本成果受到中国人民大学"985 工程"的支持

走向比较诗学

APPROACHING COMPARATIVE POETICS

曾艳兵 著

北京大学出版社
PEKING UNIVERSITY PRESS

图书在版编目（CIP）数据

走向比较诗学 / 曾艳兵著 .—北京：北京大学出版社，2017.7
（文学论丛）
ISBN 978-7-301-28543-5

Ⅰ. ①走⋯ Ⅱ. ①曾⋯ Ⅲ. ①比较诗学 Ⅳ. ① I052

中国版本图书馆 CIP 数据核字 (2017) 第 166385 号

书　　名	走向比较诗学 ZOUXIANG BIJIAO SHIXUE
著作责任者	曾艳兵　著
责任编辑	李　娜
标准书号	ISBN 978-7-301-28543-5
出版发行	北京大学出版社
地　　址	北京市海淀区成府路 205 号　100871
网　　址	http://www.pup.cn　　新浪微博：@ 北京大学出版社
电子信箱	345014015@qq.com
电　　话	邮购部 62752015　发行部 62750672　编辑部 62759634
印刷者	三河市博文印刷有限公司
经销者	新华书店
	720 毫米 ×1020 毫米　16 开本　17.25 印张　296 千字 2017 年 7 月第 1 版　2017 年 7 月第 1 次印刷
定　　价	55.00 元

未经许可，不得以任何方式复制或抄袭本书之部分或全部内容。
版权所有，侵权必究
举报电话：010-62752024　电子信箱：fd@pup.pku.edu.cn
图书如有印装质量问题，请与出版部联系，电话：010-62756370

目 录

走向比较诗学（代自序）………………………………………………… 1

比较文学的立场问题 ……………………………………………………… 1
作为比较文学中国学派的阐发研究 ……………………………………… 14
厄尔·迈纳及其比较诗学体系 …………………………………………… 27
侨易学与比较文学 ………………………………………………………… 39
远古神话与民族文化精神 ………………………………………………… 53
西方文学源头考辨 ………………………………………………………… 64
变态心理描写的美学意义 ………………………………………………… 77
西方现代主义文学与基督教文化传统 …………………………………… 94
西方现代派作家的异化观与马克思异化观之比较 ……………………… 109
意识流：从西方"流"到中国 …………………………………………… 124
跨文化语境中的西方文学经典 …………………………………………… 141
中国的英国文学经典 ……………………………………………………… 154
诗的误读与诗无达诂
　　——后现代主义诗学与中国诗学的两个命题之比较 …………… 165
后现代主义与魏晋玄学 …………………………………………………… 173
《红楼梦》与后现代写作 ………………………………………………… 186
卡夫卡与中国文学 ………………………………………………………… 198

走出"围城"与走入"城堡"
　　——钱锺书的《围城》与卡夫卡的《城堡》之比较 …………… 225
走向"后诺奖"时代 ……………………………………………… 239

后　记 ……………………………………………………………… 250

走向比较诗学(代自序)

如果说比较文学从19世纪末兴起,至今也就一百多年的历史,那么,比较诗学的兴起就更是晚近的事情了,况且,比较诗学与比较文学最初的理念和原则是相悖离的。法国比较文学的代表人物基亚一再重申:"比较文学不是文学比较"。在基亚看来,比较文学确切地说,就是"国际文学关系史"。基亚说:"我的老师让-玛丽·伽列认为,凡是不再存在关系——人与作品的关系、著作与接受环境的关系、一个国家与一个旅行者的关系——的地方,比较文学的领域就停止了,随之开始的如果不是属于辩术的话,就是属于文艺批评的领域。"[1]如果这种观点一直在比较文学研究领域占主导地位的话,比较诗学的产生和发展便是不可能的。比较诗学显然不是文学关系史,具体的文学关系的考证和辨析,至多只能是比较诗学研究的一个方面、一个侧面,或者一种基础,肯定不是比较诗学研究的旨意和目标。比较诗学的研究一定是"比较"的,没有"比较"的比较诗学根本就不可能存在。比较诗学,不论如何从具体的文本入手,最后一定会上升为一种抽象的、概括的理论研究,并且,这种研究自始至终都是"比较"的,以区别于其他文学批评、文学理论或文艺美学。1958年,在教堂山会议上,韦勒克向法国学派的保守立场宣战,提倡比较文学研究中的平行研究。1963年艾田伯的论著出版,宣告了比较文学必然走向比较诗学的历史发展趋势。从此以后,比较诗学作为比较文学一个独特的研究领域和方法,逐渐获得了专家学者的关注和认同,并出现了一大批重要的研究成果,产生了广泛而又持久的影响。

---

[1] 干永昌等编:《比较文学研究译文集》,上海:上海译文出版社,1985年,第76页。

一、从诗学到比较诗学

"诗学"一词最早可以追溯到亚里士多德的《诗学》(Poetics)。在亚里士多德那里,诗学是"指一种其原理适用于整个文学,又能说明批评过程中各种可靠类型的批评理论"①。"诗学"一词源于古希腊文,其原意为"制作的技艺"。在古希腊人看来,诗人做诗,就像鞋匠做鞋一样,靠自己的技艺制作产品。"诗学"(poietike techne)就是"作诗的技艺"的简化。因此,从该词的本义来讲似乎更应该译为"创作法、创作学",或者干脆译成"诗术"。以后,随着这个词内涵的不断演变,诗学这个名称"早已不再意味着一种应使不熟练者学会写符合规则的诗歌、长篇叙事诗和戏剧的实用教程"②。

在古代西方,广义的诗泛指文学,而"文学"这个概念直到近代才出现,因此"诗学"也就相当于一般的文学理论。"诗学这一名词为什么能指示文学的整个原理呢?首先因为文学这一概念产生的时期较晚,要到 18 世纪;以前,整个语言艺术与有着实用性目的的口才情况相似,曾在很长一段时期内与各种戏剧题材诗歌、英雄史诗及抒情诗混为一谈。诗学则长期作为诗歌之理论而存在,这里的诗歌取其广义,包括所有口头创作。'诗学'一词在其第一位真正的缔造者亚里士多德那里指的就是关于语言艺术创作的理论。"③这一传统由亚里士多德奠定之后,便一直延续下来。譬如,古罗马作家贺拉斯便有论述文艺理论的著作《诗艺》(Ars Poetica),法国古典主义理论家布瓦洛的经典文学理论著作则是《诗的艺术》(l'art Poetique)。可见,诗学作为一门理论学科的出现虽然是晚近的事,但它却有着久远的渊源和漫长的历史。总之,"诗学,或一般的文学理论,至少可以追溯到亚里士多德,但它在 20 世纪随着现代语言学的出现而得以重

---

① 诺斯罗普·弗莱:《批评的解剖》,陈慧等译,天津:百花文艺出版社,2006 年,第 20 页。
② 施塔格尔:《诗学的基本概念》,胡其鼎译,北京:中国社会科学出版社,1992 年,第 1 页。
③ 达维德·方丹:《诗学——文学形式通论》,陈静译,天津:天津人民出版社,2003 年,第 4 页。

构。"①诗学指的就是文学的整个内部原理,即那种使文学之所以成为文学的东西,简言之,就是那种文学性的东西。

俄国形式主义批评家显然继承了这一诗学传统。鲍里斯·托马舍夫斯基说:"诗学的任务(换言之即语文学或文学理论的任务)是研究文学作品的结构方式。有艺术价值的文学是诗学的研究对象。研究的方法就是对现象进行描述、分类和解释。""研究非艺术作品的结构的学科称之为修辞学;研究艺术作品结构的学科称之为诗学。"②维克托·日尔蒙斯基则认为:"诗学是把诗当作艺术来进行研究的学科。"他将诗学分为理论诗学和历史诗学。"普通诗学或称理论诗学的任务,是对诗歌的程序进行系统的研究,对它们进行比较性的描写和分类;理论诗学应当依赖具体的史料,建立科学的概念体系,这个体系是诗歌艺术史家在解决他们面临的具体问题时所必需的。""历史诗学主要就是研究这种个人或历史风格的更替;这些风格在零散的文学史研究中组成统一的要素。"③法国当代理论家达维德·方丹将诗学的历史划分为四大理论及四个阶段:模仿诗学、实效诗学或接受诗学、表达诗学、客观诗学或形式诗学。"诗学远不是把自己封闭在单个文本中,而是把单个文本置于一般性中,置于组成文本的各种关系之交叉点上。"④如此看来,诗学不仅已经较为明确地指称一般文学理论,有时甚至可以泛指一般的"理论"。

在中国古代,"诗学"一词主要是指专门的《诗经》研究,或泛指一般诗歌的创作技巧和其他理论问题的研究。"诗与学"连在一起使用最早可能在汉代,《汉书》中有"诗之为学,性情而已"⑤。晚唐诗人郑谷的《中年》一诗云:"衰迟自

---

① 维克多·泰勒、查尔斯·温奎斯特编:《后现代主义百科全书》,章燕、李自修等译,长春:吉林出版社,2007年,第360页。
② 鲍里斯·托马舍夫斯基:《诗学的定义》,见什克洛夫斯基等著《俄国形式主义文论选》,方珊等译,北京:三联书店,1989年,第76、79页。
③ 维克托·日尔蒙斯基:《诗学的任务》,见什克洛夫斯基等著《俄国形式主义文论选》,方珊等译,北京:三联书店,1989年,第209、225、238页。
④ 达维德·方丹:《诗学——文学形式通论》,陈静译,天津:天津人民出版社,2003年,第134页。
⑤ 《二十五史·汉书·卷七十五·眭两夏侯京翼李传》第1册,上海:上海古籍出版社、上海书店,1986年,第294页。

喜添诗学,更把前题改数联。"①中国古代以"诗学"为书名的著作主要有:元代杨载《诗学正源》、范亨的《诗学正脔》,明代黄溥的《诗学权舆》、溥南金的《诗学正宗》和周鸣的《诗学梯航》。② 这里的诗学大体上都是指一般的诗歌创作技巧。在傅璇琮等人主编的《中国诗学大辞典》中,"诗学"即"关于诗歌的学问,或者说,以诗歌为对象的学科领域,叫做诗学。在中国,由于诗的含义有好几个层次,相应地,诗学所指的范围,也有广狭之不同。""当'诗'作为一个专名,是指《诗经》的时候,'诗学'即相当于诗经学。"③中国诗学的研究范围主要包括以下几个方面:1.有关诗歌的基本理论和诗学基本范畴;2.有关诗歌形式和创作技巧的问题;3.对于中国历代诗歌源流,或曰历代诗歌史的研究;4.对于历代诗歌总集、选集、别集和某一具体作品的研究;5.对于历代诗人及由众多诗人所组成的创作群体的研究;6.对于历代诗歌理论的整理和研究。可见,中国古代诗学概念大体等同于亚里士多德的诗学,但却没有生发出西方诗学后来的意涵。

现代汉语中的"诗学"概念,既不是完全西方的概念,也不是纯粹的中国古代的概念,而是在"传统"和"西方"两大资源的共同影响下,融会了较多现代意识的新生汉语文论概念。④ 乐黛云先生这样界定诗学:

> 现代意义的诗学是指有关文学本身的、在抽象层面展开的理论研究。它与文学批评不同,并不诠释具体作品的成败得失;它与文学史不同,并不对作品进行历史评价。它所研究的是文学文本的模式和程式,以及文学意义如何通过这些模式和程式而产生。⑤

在乐黛云看来,诗学就是文学理论的研究。以此类推,比较诗学通常是指不同民族、不同文化体系的文学理论、文学批评的比较研究。曹顺庆说:"比较诗学是一个以文学理论比较为核心内容的研究领域,它包括了不同国家、不同

---

① 《全唐诗》下,上海:上海古籍出版社,1985年影印扬州诗局本,第1701页。
② 参见蔡镇楚:《诗话研究之回顾与展望》,《文学评论》1999年第5期。
③ 傅璇琮等编:《中国诗学大辞典》,杭州:浙江教育出版社,1999年,第2页。
④ 参见徐新建:《比较诗学:谁是"中介者"?》,《中国比较文学》2001年第4期。
⑤ 乐黛云等编:《世界诗学大辞典·序》,沈阳:春风文艺出版社,1993年,第4页。

走向比较诗学(代自序)

民族诗学的影响研究和平行研究,也包括了跨学科、跨文化诗学的比较研究。"①陈跃红认为,"所谓诗学,主要是指人们在抽象层面上所展开的关于文学问题的专门研究,譬如从本体论、认识论、语言论、美学论或者从范式和方法论等思路去展开的有关文学本身命题的研讨。"比较诗学,"则肯定是从跨文化的立场去展开的广义诗学研究,或者说是从国际学术的视野去开展的有关文艺问题的跨文化研究。"②钱锺书先生下面这段话被广泛引用,通常被认为是比较诗学最为贴切的定义:"文艺理论的比较研究即所谓比较诗学是一个重要而且大有可为的研究领域。如何把中国传统文论中的术语和西方的术语加以比较和互相阐发,是比较诗学的重要任务之一。"③

比较文学在突破了法国学派的藩篱之后,不可避免地要走向跨民族、跨语言的文学共同规律的探索。美国学者亨利·雷马克指出:"法国人较为注重可以依靠事实根据加以解决的问题(甚至常常要依据具体的文献)。他们基本上把文学批评排斥在比较文学领域之外。他们颇为蔑视'仅仅'作比较、'仅仅'指出异同的研究。"这就是法国学派所注重的比较文学的影响研究,而在雷马克看来,真正的比较文学,"是超出一国范围之外的文学研究,并且研究文学与其他知识和信仰领域之间的关系,包括艺术(如绘画、雕刻、建筑、音乐)、哲学、历史、社会科学(如政治、经济、社会学)、自然科学、宗教等等。简言之,比较文学是一国文学与另一国或多国文学的比较,是文学与人类其他表现领域的比较"④。

当这种比较文学的观念逐渐被比较文学研究者所接受时,1963年法国著名比较文学研究者艾田伯(Rene Etiemble)做出了"比较文学必然走向比较诗学"的断言,他在《比较不是理由:比较文学的危机》中说:

> 将两种自认为是敌对实际上是互补的研究方法——历史的探究和美

---

① 陈惇、孙景尧、谢天振主编:《比较文学》,北京:高等教育出版社,1997年,第230页。
② 陈跃红:《比较诗学导论》,北京:北京大学出版社,2005年,第2页。
③ 张隆溪:《钱锺书谈比较文学与"文学比较"》,《读书》1981年第10期。
④ 张隆溪选编:《比较文学译文选》,北京:北京大学出版社,1982年,第1页。

走向比较诗学

学的沉思——结合起来,比较文学就必然走向比较诗学。①

将近半个世纪以来比较诗学在世界范围内的蓬勃发展以及中西比较诗学研究的实绩都充分证实了这一点。比较诗学,作为一门学科的产生和存在,并渐渐成为学术的前沿课题,主要基于以下几个方面的原因:1. 近代以来中国诗学和文论传统在世界性文艺研究格局中被矮化(dwarf)和被忽略;2. 西方文学理论在中国文艺研究领域的攻城略地和话语霸权的趋势;3. 现代中国文艺研究追求自我突破和现代性发展的策略选择。②

比较诗学的研究热潮与20世纪70到80年代西方学术研究的理论转向不无关系。这时期,比较文学的教授们要求学生阅读的著述来自哲学、历史、社会学、人类学、心理学、宗教等各种学科,比较文学界"最热烈讨论是理论,而不是文学"。文学理论与"对尼采、弗洛伊德、海德格尔、德里达、拉康、福柯和德·曼、利奥塔等人的讨论"基本上是同义词。"在英语国家的大学中,开设较多有关近来法国和德国哲学课程的不是哲学系而是英语系。"③"在20世纪70年代,美国文学系的教师们都开始大读德里达、福科,还形成了一个名为'文学理论'的新的二级学科。……反倒为接受过哲学,而不是文学训练的人在文学系创造了谋职的机会。"④"理论"本身成为焦点和中心,理论似乎可以自己生产自己,自己发展自己,任何经验和实践都不再是重要的,不可替代的。

二、比较诗学的基本理论与论争

比较诗学作为比较文学中一个独特的研究领域和方法,自有其独特性和合法性。比较诗学就是通过对不同民族、不同文化的各种文学现象的理论体系的

---

① Rene Etiemble, *The Crisis in Comparative Literature*, Herbert Weisinger and George Joyaux. East Lansing: Michigan State University Press, 1966, p.54.
② 参见陈跃红:《比较诗学导论》,北京:北京大学出版社,2005年,第3页。
③ 理查德·罗蒂:《后哲学文化》,黄勇编译,上海:上海译文出版社,2004年,第93页。
④ Richard Rorty, *Looking Back at "Literary Theory"*, in *Comparative Literature in an Age of Globalization*, ed. by Haun Saussy, Baltimore: The John Hopkins University Press, 2006, p.63.

走向比较诗学(代自序)

研究,去发现和探讨全人类对文学规律的共同认识。世界各民族的文学理论体系各异,范畴不同,术语概念更是千差万别,对于那些属于不同文化渊源的文学理论,比较的基础是什么?这种比较的基础就是比较诗学的可比性问题。

我们已经充分注意并认识到了各民族文学理论体系的差异,而对于它们之间的相同或相似我们则往往关注不够。其实,正是在这种同异之间,比较诗学便建立了自己的可比性。因为完全的"同",便无比较的必要;而完全的"异",则无比较的可能。比较诗学的"同",从根本上说在于全人类的感觉之同、道理之同、人心之同。孟子说:"口之于味也,有同嗜焉;耳之于声也,有同听焉;目之于色,有同美焉。至于心,独无所同然乎?心之所同然者何也?谓理也,义也。圣人先得我心之所同然耳。故理义之悦我心,犹刍豢之悦我口。"①这里的所谓"理"和"义"就是比较的理由和基础。钱锺书进而说道:"心之同然,本乎理之当然,而理之当然,本乎物之必然,亦即合乎物之本然也。"②道德最终扎根于我们的身体。正如阿拉斯代尔·麦金太尔所说:"人类的认同,虽然不仅是身体的,但基本是身体的,因此也就是动物性的认同。""我们有形躯体生理构造如此,必然在原则上能够怜悯我们的同类。道德价值也正是建立在这种同情之上;而这种能力又是以我们在物质上的互相依存为基础的。"③总之,东西方文论虽然探讨问题的方法和路径不同,但目标是一致的,即都是为了把握文学艺术的审美本质,探寻文学艺术的真正奥秘。

就比较诗学的目的而言,1983年叶威廉在台湾出版《比较诗学》一书,提出了"共同诗学"(Common Poetics)的观点和"文化模子"的理论。叶威廉认为,比较诗学的基本目标和方向就是寻找跨文化、跨国度的"共同诗学",而"要寻求'共相',我们必须放弃死守一个模子的固执,我们必须要以两个'模子'同时进行,而且必须寻根探固,必须从其本身的文化立场去看,然后加以比较和对比,始可以得到两者的全貌。"④可惜叶威廉在其论述中并没有将这一理论贯彻到

---

① 《孟子·告子章句上》,杨伯峻译注《孟子译注》,北京:中华书局,1960年,第261页。
② 钱锺书:《管锥编》第一册,北京:中华书局,1979年,第50页。
③ 特里·伊格尔顿:《理论之后》,商正译,北京:商务印书馆,2009年,第149—150页。
④ 叶维廉:《比较诗学》,台北:台北东大图书公司,1983年,第15页。

底。其实钱锺书早在20世纪40年代就明确指出:"东海西海,心理攸同;南学北学,道术未裂。"他的《谈艺录》中继而写道:"凡所考论,颇采'二西'之书,以供三偶之反。"①他认为,无论东方西方,只要同属人类,就应该具有共同的"诗心"和"文心"。②

如何才能寻找或建构一种跨文化、跨国度的"共同诗学"呢?这种"共同诗学"显然不能是欧洲中心主义的,也不能是东方中心主义的。美国斯坦福大学已故的刘若愚教授在英美多年,"深感西洋学者在谈论文学时,动不动就唯西方希腊罗马以来的文学传统马首是瞻,而忽视了另一个东方的、不同于西方但毫不劣于西方的文学传统"。因此,他用英文撰写了一部《中国文学理论》,该书的出现,"西洋学者今后不能不将中国的文学理论也一并加以考虑,否则将不能谈论普遍的文学理论或文学,而只能谈论各别或各国的文学和批评"③。刘若愚认为,"提出渊源于悠久而大体上独立发展的中国批评思想传统的各种文学理论,使它们能够与来自其他传统的理论比较",有助于达到一个融合中西两大传统、具有超越特定理论之上的普遍解释力的世界性的文学理论。这种文学理论不再是复数的、可数的,而是单数的、不可数的。正是在这个意义上,中西文学理论的互通融合就显得尤为重要:

> 在历史上互不关联的批评传统的比较研究,例如中国和西方之间的比较,在理论的层次上会比在实际的层次上,导出更丰硕的成果,因为对于个别作家与作品的批评,对于不谙原文的读者,是没有多大意义的,而且来自一种文学的批评标准,可能不适用于另一种文学;反之,属于不同文化传统的作家和批评家之文学思想的比较,可能展示出哪种批评观念是世界性的,哪种观念是限于某几种文化传统的,而哪种概念是某一特殊传统所独有的。如此进而可以帮助我们发现(因为批评概念时常是基于实际的文学

---

① 钱锺书:《谈艺录·序》,北京:中华书局,1984年版。
② 钱锺书:《管锥编》第一册,北京:中华书局,1979年,第50页。
③ 杜国清:《中国文学理论·译者后记》,刘若愚《中国文学理论》,南京:江苏教育出版社,2006年,第261页。

走向比较诗学(代自序)

作品),哪些特征是所有文学共通具有的,哪些特征是限于某一特殊文学所独有的。如此,文学理论的比较研究,可以导致对所有文学的更佳了解。①

但是,刘若愚的著述,主要是从西方文论的体系出发,以西方的形上理论、决定理论、表现理论、技巧理论、审美理论和实用理论为框架,对中国文论进行全面的对比分析,还没有上升到中西文论"互动"这一层面上来。所谓"互动",就是从不同文化的视点来理解和阐释另一种文化,从而在不同的文化的激荡和照亮中产生新的因素和建构。比如"赋"是中国特有的文类,在中国古代文学中占有十分重要的地位。我们都知道李白、杜甫是伟大的诗人,殊不知他们也同时是重要的赋作者,他们在当时官场上的升迁主要因为他们是赋作者,而不是诗人。如果赋这种文类在其他的文化中并不存在,那么,建立在这一文类基础上的理论是否具有普遍性意义?同理,如果某一理论只是建立在西方所独有的某一文类基础上,那么,这种理论的普遍性意义也同样应当受到质疑。而这个问题我们以往则重视不够。

乐黛云认为,宇文所安的《中国文论读本》无疑做到了这一点。该书从文本出发,改变了过去从文本抽取观念的做法,通过文本来讲述文学思想,仅以时间为线索将貌似互不相关的文本连贯起来。譬如,宇文所安认为,西方文论主要是引导人去认识一个先在的概念或理念;孔子的学说则主要是引导人去认识一个活动变化着的人。"中国文学思想正是围绕着这个'知'的问题发展起来的,它是一种关于'知人'或'知世'的'知'。这个'知'的问题取决于多种层面的隐藏,它引发了一种特殊的解释学——意在解释人的言行的种种复杂前提的解释学。中国的文学思想就建基于这种解释学,正如西方文学思想建基于'诗学'(就诗的制作来讨论诗是什么)。中国传统诗学产生于中国人对这种解释学的关注,而西方文学解释学则产生于它的'诗学'。在这两种不同的传统中,都是最初的关注点决定了后来的变化。"②正是在此基础上,乐黛云说,宇文所安的

---

① 刘若愚:《中国文学理论》,杜国清译,南京:江苏教育出版社,2006年,第3页。
② 宇文所安:《中国文论:英译与评论》,王柏华、陶庆梅译,上海:上海社会科学出版社,2003年,第18页。

走向比较诗学

《中国文论:英译与评论》"是中西文论双向阐发、互见、互识、互相照亮的极好范例"。

比较诗学的研究范围和领域从纵横两个方面来考察,可以分为学术概论和范畴的比较研究与跨文化诗学理论的比较研究。前者主要研究重要的文学概念和范畴,譬如文化、文学、文学批评、诗学、美学、想象、自然、典型、表现、再现、现实主义、浪漫主义、象征主义、小说、悲剧等;后者则主要研究跨文化诗学体系的异同及其缘由,如中西比较诗学、中俄比较诗学、中日比较诗学、中印比较诗学、中非比较诗学、中东比较诗学等。当然,还可以专门就中西诗学范畴进行比较,如道与逻各斯、风骨与崇高、妙悟与迷狂、隐喻和比兴、感物与模仿、诗的误读与诗无达诂等。总之,"比较文学的最终目的在于帮助我们认识总体文学乃至人类文化的基本规律,所以中西文学超出实际联系范围的平行研究不仅是可能的,而且是极有价值的。这种比较惟其是在不同文学系统的背景上进行,所以得出的结论具有普遍意义。"①钱锺书的《谈艺录》以及1979年出版的《管锥编》被认为是中西比较诗学研究的典范。

也许正是在这一意义上,中国的比较文学似乎并没有经历从比较文学走向比较诗学这一过程,而是从一开始就直接进行比较诗学的探讨和研究。中国比较文学的先辈们大都不是从实证影响研究开始,而是一开始就径直进入了比较诗学研究领域。中国比较文学初期的最大成就,就体现在中西比较诗学研究上,譬如梁启超、王国维、鲁迅等均可视为中西比较诗学的先驱学者。

不过,关于中西诗学的比较研究,余虹教授的观点值得关注和重视。余虹认为,非西方文化圈中并无什么"诗学",因此,"中西比较诗学"这一概念并不成立。"'中西比较诗学'这一称谓在根本上取消了中国古代'文论'与西方'诗学'的思想文化差异,以及现代汉语语境中这两大语词的语义空间差异,独断式地假定了'文论'与'诗学'(文学理论)的同一性。"②譬如,有学者指出:

"中西比较诗学"是什么意思呢?"诗学"并非仅仅指有关狭义的"诗"

---

① 张隆溪:《钱锺书谈比较文学与"文学比较"》,《读书》1981年第10期。
② 余虹:《中国文论与西方诗学》,北京:三联书店,1999年,第3页。

的学问,而是广义的包括诗、小说、散文等各种文学的或理论的通称。诗学实际上就是文学理论,或简称文论。如果说比较文学指文学的比较研究的话,那么比较诗学则指文学理论的比较研究。但是,我们何以不用"比较文艺学"、"比较文论"、"比较文艺理论"而偏偏用"比较诗学"呢?直接的理由固然是返回到古希腊的"诗学"概念去,但这种返回的意义难道仅仅在于称呼本身吗?事实上,由"文艺学"、"文论"返回到"诗学"概念,包含着一个根本性意图:返回到原初状态去。原初并非仅仅指开端,原初就是原本、本原、本体,因而返回原初就是返回本体。

余虹认为,"这段话最为明确地表达了一种西方中心主义的偏见。在此,'诗学'显然是按西方样式来理解的,在从'诗学=文学理论'到'文学理论=文论'的推论中有一种非法跳跃,而在将'诗学'视为'本体'并要求'文论'返回到'诗学'概念的推论中更是充满了西方中心主义的独断。……当'中西比较诗学'论者将中国古代'文论'名之为'诗学'之后,他会不知不觉地先行按西方'诗学'模式选择、增删中国古代文论素材,从而虚构出一种'诗学化文论',然后将其与西方'诗学'进行比较。由于'诗学化的文论'已非中国古代文论的实事本身,因此,所谓的'中西诗学比较研究'往往是在中国古代文论缺席情形下的比较研究。"那么,在比较诗学的研究中如何才能清除"西方中心主义",进入真正平等的对话和研究呢?余虹认为,"适当的研究姿态与策略是在承认双方的结构性差异的前提下,既不从中国古代'文论'入手,也不从西方'诗学'入手,而是站在两者之间去进行比较研究。""只有在'文论'和'诗学'之外去寻找一个'第三者'才能真正居于'之间'而成为比较研究的支点与坐标,这个'第三者'当然是更为基本的思想话语与知识框架。"[①]具体地说,这个"第三者"就是现代语言论和现代生存论。

---

① 余虹:《中国文论与西方诗学》,北京:三联书店,1999年,第5、6页。

三、比较诗学的方法与厄尔·迈纳的启示

如果说比较文学研究的基本方法就是历史考证与美学批评,前者归因于比较文学的影响研究;后者归属于比较文学的平行研究,那么,这两种研究方法自然也属于作为比较文学研究分支之一的比较诗学。当然,从发生学的意义来说,作为不同文化语境中孕育而成诗学或文论概念或命题几乎没有相互影响或启示的可能,因此第一种方法对于比较诗学研究而言似乎没有多少意义。而美学批评是一个比比较诗学古老得多的概念,它自然不属于比较诗学,只是恰好可以被比较诗学所利用或重要。比较文学最重要的基本研究方法就是比较,比较是比较文学的一种观念,一种学术研究的出发点,但是比较的方法并不只属于比较文学。早在1886年,爱尔兰学者波斯奈特(H. M. Posnett)在《比较文学》一书中就明确指出:"就某种意义而言,获得或者传播知识的比较方法一如思想本身一样古老;就另一种意义而言,比较的方法(comparative method)是我们19世纪的特别荣耀。一切理性,一切想象力,都在主观的意义上运作,然而它们却借助诸种比较与差异,在客观的意义上从人传递给人。""基督教传教士们正在把中国的文学与生活如此生动地带回家,带给欧洲人……自那些岁月以来,比较的方法已经被运用到除了语言之外的许多学科;而且许多新的影响已经被结合起来,使得欧洲的思想变得比以前任何时候更加容易比较与对照。"[①]当然,比较文学的"比较"亦有其独特之处,即这是一种跨文化的比较研究。这种比较不只是"求同",而且还要"探异",既有类比,又有对比。在"异同比较"中发现各民族文学的特色和独特价值,寻求相互的理解、沟通和融合。比较文学由比较的方法进而扩展到所谓"阐发法""文化模子寻根法""对话法",但这些方法均不属于比较文学独有的方法。鉴于比较诗学难以有自己独特的理论和方法,二者似乎难以分离、不可分离,于是,有学者索性将二者合并在一起展开论

[①] 哈钦森·麦考莱·波斯奈特:《比较文学》,姚建彬译,北京:中国社会科学出版社,2015年,第2、70、72页。

述：可比性及"共同诗学"的寻求；东西方诗学的差异及其文化根源的探寻；比较诗学的阐发研究与对话研究。①

正因为如此，陈跃红在《比较诗学导论》一书中并未论述比较诗学的方法，而是直接论及中西比较诗学的方法思路。从比较诗学的方法到中西比较诗学的方法，这中间原本是应该有转换和过渡的，但陈跃红将这些都省略了。他认为，中西比较诗学的方法问题首先是有关传统和现代的阐释学问题。他说："所谓比较诗学意义上的阐释学展开，实际上就是借助现代阐释学的理论和方法原则，立足于中国文论追求的现代性主题，以西方理论范式为参照系，以现代人的认识能力作为基本维度，以中西古今对话为方法，对传统文论从整体观念、理论逻辑、论述范畴、术语概念、修辞策略等等方面展开阐释性言说，对其各个方面的理论话语层面加以界定和探讨。"②其次是对话问题，对话包括两个方面：古今对话和中西对话；前者是关乎"传统诗学的现代性展开"，后者关乎"互为主体的应答逻辑"。显然，阐释和对话绝非比较诗学的独特方法，如此看来，比较诗学或许根本就没有自己的专属方法。

果然，在乐黛云、陈跃红、王宇根、张辉合作撰写的《比较文学原理新编》中，作者写道："比较文学像其他学科一样经常使用描述、解释、比较等诸多不同的具体研究方法，但这些方法是所有学科所共有的，其中的任何一个都不能独自成为比较文学的方法论，只有当我用跨文化与跨学科这一观念将这些具体方法组合起来形成一个方法整体时，才能形成比较文学的方法论……我们不讨论比较诗学的具体研究方法，而将重点放在其方法论基础上，也就是说，到底是什么使比较诗学在具体方法的运用上呈现出自己的特异性。"③简言之，比较诗学的方法论基础就是跨文化阐释。

近百年来，比较诗学的研究成果斐然，举世瞩目，但是，真正论述"什么是比较诗学"的著作并不多见。比较学者大多自觉或不自觉地从事着有关比较诗学

---

① 陈惇、孙景尧、谢天振主编：《比较文学》，北京：高等教育出版社，2014年，第186—192页。
② 同上书，第125页。
③ 乐黛云、陈跃红、王宇根、张辉：《比较文学原理新编》，北京：北京大学出版社，2014年，第179—180页。

的研究,但通常并不在乎研究的性质和名称,这当然多少还是令人感到有些缺憾。1990年,美国当代著名日本文学、英国文学和比较文学研究专家、普林斯顿大学资深教授,厄尔·迈纳出版了《比较诗学》一书,是少有的几本专门论述比较诗学的著作之一。该书"是真正的跨文化论述方面第一次着力的尝试","是对长久存在的诗学体系所进行的历史的、比较的论述"[①]。因此,我们与其颇为费力地论述"什么是比较诗学的方法",倒不如看看迈纳在《比较诗学》一书中究竟做了些什么?

迈纳的这部《比较诗学》虽然以"比较诗学"命名,但并没有泛泛到论述比较诗学的定义、原理和方法,而是从"实用"的角度探讨了比较诗学何以成为可能的问题。什么是"比较诗学"呢?迈纳认为,"恰当而严格的定义是不存在的,也许是不可行的。"不过,迈纳又认为,"比较诗学的种种独立的含义确实更多地来源于比较学者以及文论家们的实践活动。"[②]原来,我们谈论比较诗学学者的实践活动就是在讨论比较诗学,我们谈论他们的实践方法也就是在讨论比较诗学的方法。

四、中国的比较诗学实践者及其成果

中国比较诗学的先辈们大多并不是从实证影响研究开始,而是从一开始就不自觉地进入了中西比较诗学的研究领域。中国比较文学初期的成就往往就是中西比较诗学的成果。中国比较诗学的先行者是梁启超,其后有王国维、鲁迅、朱光潜、钱锺书、王元化、宗白华等。

梁启超流亡日本期间发表于《清议报》(1898年12月)上的文章《译印政治小说序》是一篇有关小说理论的文章,亦被认为是中国最早涉及比较诗学的文章。该文强调的"政治小说"的概念,源于日本小说家和理论家的影响,而日本的小说理论又是受到英国小说理论的影响。梁启超大力倡导政治小说、翻译外

[①] 安东尼·泰特罗:《本文人类学》,王宇根等译,北京:北京大学出版社,1996年,第57—58页。
[②] 厄尔·迈纳:《比较诗学》,王宇根、宋伟杰等译,北京:中央编译出版社,2004年,第15页。

国小说,在不经意间成为了中国比较诗学的先行者。

紧随梁启超之后的就是王国维。王国维于1904年开始在《教育丛书》上连载发表《红楼梦评论》。王国维以叔本华之哲学思想观照分析《红楼梦》,使他成为第一个系统地取用西方理论评论《红楼梦》的学者。该文分为四章:第一章"人生及美术之概观"为总论,论述生活之本质,以及生活与艺术之关系。第二章"《红楼梦》之精神"为对《红楼梦》总体精神的把握分析,第三、四章分别论述该书的美学和伦理学价值。王国维认为,《红楼梦》的价值在于提出人生的问题,并给予解决之。人生的大问题是什么?欲也,欲者,玉也。《红楼梦》开卷即叙述贾宝玉之来历:无才补天之玉而已。王国维摒弃传统索隐考证的烦琐,借用叔本华及康德的悲剧美学思想对《红楼梦》展开分析论述,开辟了中国红学研究的新领域、新途径,这是一项"前无古人,后有来者"伟大创举。《红楼梦评论》亦成为中国比较诗学的最早的经典范例。1908年王国维发表了《人间词话》。王国维运用了一系列西方诗学的概念和范畴,诸如"写实的""理想的""优美""宏壮"等来阐释中国文学与文论。陈寅恪在《静安遗书序》中论及了王国维在学术上的贡献,提出了著名的三重证据法:"取地下之实物与纸上之遗文互相释证";"取异族之故书与吾国之旧籍互相补正";"取外来之观念与固有之材料互相参证"。其中,"取外来之观念与固有之材料互相参证"便可看做是比较文学或比较诗学的"阐发法"。由此可见,王国维是直接援用西方理论来阐释中国文学与文论的先驱。

1908年,年仅27岁的鲁迅发表了长篇论文《摩罗诗力说》《文化偏至论》。这两篇文章被认为是比较诗学的经典之论,收在鲁迅论文集《坟》中。鲁迅具有自觉的比较意识,他说:"意者欲扬宗邦之真大,首在审己,亦必知人,比较既周,爰生自觉。自觉之声发,每响必中于人心,清晰昭明,不同凡响。……国民精神之发扬,与世界识见之广博有所属。"[①]在《题记一篇》中,鲁迅进一步指出:"篇章既富,评骘遂生,东则有刘彦和之《文心》,西则有亚里士多德之《诗学》,解析神

[①] 鲁迅:《坟》,《鲁迅全集》第一卷,北京:人民文学出版社,2005年,第67页。

质,包举洪纤,开源发流,为世楷模。"①鲁迅因为怀古而未有所获,因而"别求心声于异邦",进而认为,"至力足以振人,且语之较有深趣者,实莫如摩罗诗派。摩罗之言,假自天竺,此云天魔,欧人谓之撒旦,人本以目裴伦。今则举一切诗人中,凡立意在反抗,指归在动作,而为世所不甚愉悦者悉入之,为传其言行思维,流别影响,始宗主裴伦,终以摩迦(匈牙利)文士"②。鲁迅在《摩罗诗力说》一文中主要论及了19世纪欧洲浪漫主义诗人拜伦、雪莱、普希金、莱蒙托夫、密茨凯维奇、裴多菲等。

一百多年过去了,鲁迅的这篇有关比较文学或外国文学的论文仍然具有理论意义和现实意义。"《摩罗诗力说》在世界文学和中国本土文化语境的双重背景中,以人类文明史和文化批判意识为视角,站在西方近现代哲学的高度,以强烈的理性批判精神,系统评介了欧洲浪漫主义诗人,并对中国诗歌发出了时代的呐喊。这就使《摩罗诗力说》当之无愧成为中国诗学现代转型的开端和标志。"③比较而言,我们今天比较学者或外国文学学者撰写的论文,当下就鲜有人阅读,专业之外更是无人问津,何谈现实意义、百年之后?

1942年朱光潜的《诗论》由重庆国民图书出版社出版。该书旨在寻求中西美学与诗学的共同规律。朱光潜的诗学比较意识是非常自觉的、明确的。他既用西方理论解释中国的诗歌,又用中国的文论阐发西方的文学。在他看来,"研究我们以往在诗创作与理论两方面的长短究竟何在,西方的人的成就究竟可否借鉴",其方法只能是比较,"一切价值都由比较而来,不比较无由见长短优劣"。④

钱锺书是中国现代作家、古典文学研究家,也是当代最著名的比较文学家。1929年钱锺书考入清华大学外文系。在清华上学时他用英文撰写了论文《中国古代戏剧中的悲剧》("Tragedy in Old Chinese Drama"),该文具有明显的

---

① 鲁迅:《题记一篇》,《集外集拾遗补编》,《鲁迅全集》第八卷,北京:人民文学出版社,2005年,第370页。
② 同上书,第68页。
③ 李震:《〈摩罗诗力说〉与中国诗学的现代转型》,《中国社会科学》2009年第3期。
④ 朱光潜:《诗论·序》,北京:三联书店,1984年。

走向比较诗学(代自序)

比较诗学的意味。1948年《谈艺录》由开明书店出版。该书虽然以中国传统的诗话的形式写成,甚至连语言也用文言文写作,但在讨论中国古典诗歌时又引证了许多西方诗学的例证,这使得该书别开生面,成为中西比较诗学的典范之作。"文化大革命"期间,他完成了巨著《管锥编》。1979年《管锥编》由中华书局出版。全书旁征博引,探幽索微,是一部跨文化、跨学科的比较诗学学术巨著。

钱锺书曾经谈及比较诗学,他说:"文艺理论的比较研究即所谓比较诗学是一个重要而且大有可为的研究领域。如何把中国传统文论中的术语和西方的术语加以比较和互相阐发,是比较诗学的重要任务之一。"[1]换句话说,钱锺书认为:"为了更好地了解中国文学,我们也许该研究一点外国文学;同样,为了更好地了解外国文学,我们该研究一点中国文学。"[2]他在《谈艺录·序言》中写道:"颇采'二西'之书,……以供三隅之反。盖取资异国,岂徒色乐器用;流布四方,可徵气泽芳臭……东海西海,心理攸同;南学北学,道术未裂。"[3]钱锺书相信,无论是东方西方,都该具有共同的"诗心"和"文心"。本乎此,比较诗学就有了安身立命之基础。这就是钱锺书所说的:"心之同然,本乎理之当然,而理之当然,本乎物之必然,亦即合乎物之本然也。"[4]钱锺书的学术追求旨在打通古今、融汇中西,"欲使小说、诗歌、戏剧,与哲学、历史、社会学等为一家"。[5] 钱锺书的论文《诗可以怨》《通感》《读〈拉奥孔〉》等均很好地贯彻了其学术理念,都是比较诗学的经典名篇。

自1949年至1977年,中国内地的比较文学与比较诗学研究几近于无。但此时海外及台港的比较诗学研究却在悄然兴起,并逐渐发展起来。1975年美国斯坦福大学刘若愚教授的《中国文学理论》由芝加哥大学出版社出版,该书被认为是海外第一部中西比较诗学的著作。刘若愚在《中国文学理论》中对艾布拉

---

[1] 张隆溪:《钱锺书谈比较文学与"文学比较"》,《读书》1981年第10期。
[2] 钱锺书:《美国学者对于中国文学的研究简况》,见《写在人生边上的边上》,北京:三联书店,2002年,第186页。
[3] 钱锺书:《谈艺录》,北京:中华书局,1998年,第1—2页。
[4] 钱锺书:《管锥编》第一册,北京:中华书局,1979年,第50页。
[5] 钱锺书:《谈艺录》,北京:中华书局,1998年,第89页。

走向比较诗学

姆斯的诗学体系坐标图稍加改造,成了一个圆形结构。在此基础上,刘若愚将中国传统批评分成六种文学理论,分别称为形上论、决定论、表现论、技巧论、审美论以及实用论。他以这种方式便进入了他的中西比较诗学研究领域。"这就是刘若愚以西方诗学体系为透镜,在适配与调整中所完成的对中国古代文学理论的分类,在中国古代文献典籍中所蕴涵的丰沛的文学批评思想与文学理论思想,也正是在中西比较诗学研究的互见与互证中澄明起来,且走向逻辑化与体系化。"[①]

1983年叶威廉的《比较诗学》在台湾出版,这是又一部比较诗学的里程碑式的著作。该书由作者的五篇重要论文组成。在该书的"总序"中叶威廉提出寻求跨文化、跨国度的"共同诗学"和"共同美学据点"的观点,进而提出了他的著名的"文化模子"理论。"比较诗学"属于叶威廉主持的"比较文学论丛"中的一册,其余的还有周英雄的《结构主义与中国文学》、王建元的《雄浑观念:东西美学立场的比较》、古添洪的《记号诗学》、郑树森的《现象学与文学批评》、张汉良的《读者反映理论》等。这些著作大部分涉及比较诗学研究,是台港比较诗学成果的集中体现。

20世纪80年代以后中国的比较诗学研究呈现迅猛发展并逐渐走向深入的势头。1979年10月王元化的《文心雕龙创作论》出版,这是一部将《文心雕龙》与西方文论相比较的典范性著作。1981年宗白华的《美学散步》出版,这是一部比较诗学,尤其是跨学科比较研究的独树一帜的成果。1988年曹顺庆的《中西比较诗学》出版,该书通常被认为是中国内地第一部系统的中西比较诗学的专著。另外涉及比较诗学的重要的成果还有刘小枫的《拯救与逍遥》、张法的《中西美学与文化精神》等。黄药眠与童庆炳主编的《中西比较诗学体系》和乐黛云、叶朗、倪培耕主编《世界诗学大辞典》是20世纪90年代中西比较诗学的重要成果。

杨周翰在比较文学界享有盛誉,是中国比较文学奠基者之一。杨周翰的主

---

① 杨乃乔:《路径与窗口——论刘若愚及在美国学界崛起的华裔比较诗学研究族群》,《北京大学学报》2008年第5期。

走向比较诗学(代自序)

要著作有《攻玉集》《十七世纪英国文学》《镜子与七巧板》等,主编有《欧洲文学史》《莎士比亚评论汇编》。其中《镜子和七巧板》(1990)一书是杨周翰比较文学研究成果的集中体现。在《镜子与七巧板:当前中西文学批评观念的主要差异》一文中杨周翰阐明了该书的立意本旨:"对比并简略概述当前中西流行的两种差异极大的批评方法或倾向:其中一种用镜子来标志,另一种则用七巧板来标志"。镜子说指的是"当前中国的文学批评",即文学反映论。七巧板指的是西方现代文学批评,这种批评专注于文学作品的形式。西方现代批评家犹如一位手拿手术刀的外科医师,时刻准备切开作品的各个部分,以找出一部作品的组成零件,也可以说,如同一个面对七巧板的整套部件苦思苦想的人。"这两套批评术语的不同表明,中国批评家所专注的是反映在作品中的生活,而西方批评家则关照作品本身,不屑于费心探究作品的'外部因素'。"① 从"镜子与七巧板"的说法我们分明能够看到艾布拉姆斯《镜与灯》的影响,但杨周翰这里论及的并非文学,而是文学批评,确切地说是中西文学批评。

20世纪90年代以来,比较文学研究的学科化进程日益加快,研究和教学更加规范。有关比较诗学的研究也更加深入、更加沉稳、更加个性化。谈及此时中国的比较文学,盛宁教授指出,"比较文学的这片场地打从一开始就好像置于一面斜坡上,于是这球踢来踢去虽然也很热闹,却基本上总在自己这半场上滚动"。然而,有一本书的出版似乎稍稍地改变了这种现状,这就是张隆溪的《道与逻各斯:东西方文学阐释学》。盛宁说,该书的价值和意义"就是把比较文学这个球踢到了对方的场地上"。该书最初用英文写成,1992年由杜克大学出版社出版,1998年经四川大学冯川教授翻译成中文由四川人民出版社出版,2006年由江苏教育出版社出版。该书"与当年刘若愚先生以英文写成的《中国文学理论》一样,是一种使中国古典文论逐步进入西方批评话语的努力"。"张隆溪认为,这里倒是平行比较一显身手的领域。关于语言和阐释问题的讨论将非西方文本也包括进来,不仅是一种视野的扩大,而且将有助于西方对于中国文学

---

① 杨周翰:《镜子与七巧板》,北京:中国社会科学出版社,1990年,第22页。

19

走向比较诗学

批评传统的系统理解。张隆溪说,他就是要引入一种被西方批评传统认为是'异己'的声音,为所谓'另一种声音'说话,他认为这种做法便能超越西方文化中关于'自我'与'异己'的传统分野,进入一个更加广阔的经验与知识的境界。对英美学界来说,'道'与'逻各斯'一番对话的价值亦在于此。"① 毋庸置疑,《道与逻各斯》是近年来中国学者撰写的具有重要影响的比较诗学著作。

2000年5月美国哥伦比亚大学斯皮瓦克教授在加州大学尔湾分校举行每年一度的"韦勒克文库批评理论系列讲座",题目即为"一门学科之死"。这里"一门学科"指的就是"传统的比较文学学科"。这门学科死亡之后,"一门新的比较文学"即将诞生。这门新的学科首先需要做的就是"跨越边界"。"近期的发展业已对区域研究自身的某些假设提出了挑战。例如,认为世界可以划分出可知的与自足的两种'区域',这种观点已经开始受到质疑,人们现在更多关注的是各区域间的变迁情况。人口变化,族裔散居,劳务移民,全球资金周转与媒体运转,还有文化沟通与交融的进程,已经激励我们更加敏锐地解读区域的特征及其构成。"② 从区域研究到文化研究,"这种研究仍然是单语的、今世主义的和自恋的,而且也未在细读中得到充分的检验,更无法理解母语已经被积极地分割开来"。"我再次强烈地呼吁比较文学和区域研究这两股力量能够携起手来,因为时代似乎已经向我迎面而来。"③ 比较文学跨越边界,不再在传统的西方中心主义的领地故步自封,不再囿限于文学关系的实证考据研究,将越来越注重和拓展比较诗学的研究。

---

① 盛宁:《思辨的愉悦》,北京:东方出版社,2010年,第230、235—236页。
② 斯皮瓦克:《一门学科之死》,张旭译,北京:北京大学出版社,2014年,第3页。
③ 同上书,第22、23页。

比较文学的立场问题

在经历了后现代的解构大潮后,"立场"成了人们争议和讨论的一个热点问题。许多人没有了立场,或者说以没有立场当作了自己的立场;有些人选择了多元立场,他们根据现实的需求或自己的需要随时变换立场;少数人则仍然坚守自己的立场,坚持自己的学术与道德操守,但他们不得不一次次、一点点地放松自己坚守的底线。"'立场'在今天成了一个尖锐的问题,这几乎是不言自明的,但又十分晦暗。由'立场'所启示的问题氛围不仅笼罩着全部的学术灵魂,也笼罩着当代人的日常生活。"[①]基于知识分子的责任和天命响应,2005年余虹先生创办《立场》辑刊,"为有立场的思想学术实践提供了一个实验性的场地"。然而,2007年余虹先生突然去世,有关立场的思想学术讨论还未真正展开,就戛然而止,这实在令人叹惋遗憾。比较而言,比较文学作为一门学科,原本就立场不够坚定,在后现代和全球化语境下,其立场就更加飘忽不定,随风摇摆。因此,在这种背景下我们亟须重新思考和关注比较文学的立场问题,并循此路线进一步探讨人文学者的立场问题。

所谓立场,就是指"认识和处理问题所处的地位和所抱的态度"。你的立场就是你所处的位置,你的位置决定了你的视角和眼光,决定了你的兴趣和态度,决定了你的"所见"和"不见"。立场决定视角,视角产生认知,认知影响判断。"立场问题其实是一个价值问题,而'价值',借尼采之言,乃是人类生存非此不可的条件,没有这个条件,人生就没有方向、目标和意义。"[②]英国著名比较文学家苏珊·巴斯奈特在《二十一世纪比较文学反思》一文中指出:"视角的转换必然激发其观点的改变,但作为欧洲的学者,不能忘记我们的立场与我们自己的

---

① 余虹:《立场·前言:虚无与立场》,余虹、徐行言主编《立场》,北京:人民文学出版社,2006年。
② 同上。

文学史的关系，这也很重要。"①作为中国学者，在全球化时代"不能忘记我们的立场与我们自己的文学史的关系"，是否更为重要？

　　比较文学的立场问题与生俱来、鲜明突出，比较文学从创建之初就缺乏独立而稳固的位置。1995年，伯恩海姆在《比较的焦虑》一文中指出：比较文学这个专业目标不清，方向不明，学生就业前景暗淡，陷入了焦虑重重的困境，亟待寻找出路。②"比较文学的研究对象是跨民族、跨语言、跨文化界限和跨学科界限的各种文学关系。"③"它的研究对象的这种'居间性'(inbetweeness)本身在时间与空间上都显出了某种程度的不确定性或不明确性，而且也使它从问世之初便没有一个确定的时空位置。"④任何比较都是有目的的：为什么比较？为谁比较？谁在比较？另外，任何"比较"如果可能，都会涉及以下问题：比较的基础、标准是什么？站在什么位置，以什么眼光，用什么方法比较？对以上问题的不同回答，比较的结果或结论就不会是相同的。比较文学学者如果没有立足之地，他们如何能拥有自己的立场？比较文学学者自身处在各种关系之中，他又如何能跨越这种关系？任何比较文学学者在文化身份上最终必然隶属于某一特定民族或国家，他们都会拥有各自相应的文化价值观念，他们的文化立场，在某种程度上决定了比较文学研究的价值和意义。"真正的明断意味着要采取立场。"⑤

　　当然，讨论比较文学立场问题的途径和方式很多，最近笔者在认真研读了荣格撰写的纪念卫礼贤的文章之后，觉得或许可以通过荣格的立场来思考我们的立场，也就是说，通过西方人讨论东方文化的立场，来思考和探索中国人对待和研究西方文化的立场。荣格的文章名为《纪念理查·威廉》，写于理查·威廉逝世的1930年。文中荣格所体现出来的文化立场或文化自觉，我们可以从如

---

① 苏珊·巴斯奈特：《二十一世纪比较文学反思》，黄德先译，《中国比较文学》2008年第4期。
② Bernheimer Charles, *Comparative Literature in the Age of Multiculturalism*. Baltimore: The Johns Hopkins University Press, 1995, pp.1—17.
③ 陈惇、刘象愚：《比较文学概论》，北京：北京师范大学出版社，2000年，第15页。
④ 刘象愚：《比较文学"危机说"辨》，《北京大学学报》2008年第3期。
⑤ 特里·伊格尔顿：《理论之后》，商正译，北京：商务印书馆，2009年，第132页。

下几个方面来加以讨论。

一、比较学者的资格

比较文学学者的资格是什么？或者说,什么样的人可以谈论比较文学？荣格承认,谈论理查·威廉和他的工作,对他说来并不是一件容易的事,因为他们彼此的出发点相去甚远。具体地说,理查·威廉的毕生工作有相当一部分在荣格的研究范围之外。荣格说到底是一位医生,一个精神分析家,而理查·威廉却是一位著名的汉学家、神学家。荣格没有去过中国,也不熟悉汉语,但这些最终并没有成为他谈论理查·威廉的障碍。非但如此,荣格甚至觉得他们从一开始接触,就超越了学院的疆界,他们在人文研究领域相遇,"心灵的火花点燃了智慧的明灯,而这注定将成为我一生中最有意义的事件之一"。由此他发现了理查·威廉的价值和意义,他"在东方和西方之间架设了一座桥梁,把一种持续了数千年,也许注定要永远消逝的文化珍贵遗产,给予了西方"①。看来,经常能够切中肯綮地谈论比较文学或文化问题的学者,并不总是那些专业的比较文学学者,而常常是那些"业余爱好者"。

比较文学的重要特征之一就是跨学科,而跨学科这一特征自然需要跨学科的学者来使之成为现实。在论及比较文学的定义和功用时,美国学者亨利·雷马克指出:"比较文学是超出异国范围之外的文学研究,并且研究文学与其他知识和信仰领域之间的关系,包括艺术（如绘画、雕刻、建筑、音乐）、哲学、历史、社会科学（如政治、经济、社会学）、自然科学、宗教等等。简言之,比较文学是一国文学与另一国或多国文学的比较,是文学与人类其他表现领域的比较。"②跨学科是比较文学研究的一种类型,它也是具有开放性特征的比较文学研究的必然发展趋势。正是科学技术和哲学思想的飞速发展,不断地改变着人们的生活方

---

① 荣格：《纪念理查·威廉》,《心理学与文学》,冯川、苏克译,北京：三联书店,1987年,第248页。因为该文引用较多,以下只在行文中注明页码,不再另注。

② 张隆溪选编：《比较文学译文选》,北京：北京大学出版社,1982年,第1页。

式和思想观念,与此同时,也改变了人们的文学观念和文学创作本身。这使得跨学科的研究不仅成为可能,而且已经成为了比较文学学者所应当做和必须做的工作。英国数学家、哲学家怀特海认为:"单就英国文学而言,哲学与科学跟许多伟大人物都是有关的,科学的间接影响尤其可观。"①英国文学如此,世界文学亦如此。对文学理论的贡献,并不总是来自文学理论家,反而常常来自哲学家、数学家、物理学家、生物学家、医学家、心理学家等。这一点对于比较文学学者来说,应当是毋庸置疑的。

　　理查·威廉就是著名的德国汉学家卫礼贤,全名为理查德·威廉·青岛(Richard Wilhelm-Tsingtao)。卫礼贤原是德国同善会的一名传教士,在德国占领青岛后到中国传教。在华期间,他曾创办礼贤书院,潜心研究中国儒家学说。他因为酷爱中国文化,便自取中文名字卫礼贤。从1903年起,卫礼贤开始发表有关中国和中国文化的论文,并着手翻译中国古代哲学经典。他翻译出版了孔子的《论语》(1910)、《老子》、《列子》(1911)、《庄子》(1912)、《中国民间故事集》(1914)和《易经》(1914)等。他通过办学、讲学、翻译中国经籍和解说中国文化,为中西方文化交流作出了重大贡献。荣格于1922年结识卫礼贤,随后他们成了好朋友。1923年卫礼贤应荣格之邀,在苏黎世心理学俱乐部作了一次有关《易经》的学术讲演。此后卫礼贤常到苏黎世去看望荣格,探讨双方都感兴趣的问题,尤其是中国文化和《易经》。1925年荣格在远赴非洲旅行之前,决定请教《易经》,并为自己算了一卦。结果荣格得到了"渐卦第五十三的九三条"②。该卦为"鸿渐于陆。夫征不复,妇孕不育,凶。利御寇"。虽说"渐卦"有"逐渐进展"的意思,似乎是赞同荣格的非洲探险,但"夫征不复"意思为"丈夫出征不回来",又有不祥的意思。但荣格有意选择前面的含义,而忽略了后面的含义。

　　作为医生与精神分析学家的荣格,谈论作为汉学家的理查·威廉,这里就涉及一个比较文学学者的资格和身份的问题。谈论理查·威廉的价值和意义,也许并不仅限于那些汉学家,那些非汉学家的谈论也许更有创见和洞见,这也

---

① 怀特海:《科学与近代世界》,北京:商务印书馆,1979年,第74页。
② 芭芭拉汉娜:《荣格的生活与工作》,李亦雄译,北京:东方出版社,1998年,第166页。

正是比较文学的意义和魅力所在。在许多情况下,具有真知灼见的探索和发现并不仅仅局限于某一狭窄领域内的专家和学者,某种跨学科的研究也许更能给人以启示并引发更多的思考。美国学者韦勒克曾经指出:"人们过分强调了专家的'权威',其实他们可能只是比较了解出版物的情况,或有一些文学以外的知识,却不一定具有非专门家的鉴赏力、敏感和眼界,而后者更为广阔的视野和敏锐的眼光完全可以弥补缺少多年专门研究的不足。"①就中国的比较文学研究而言,其先驱者是梁启超、王国维、鲁迅、朱光潜、钱锺书、王元化、宗白华等,他们中间没有一人是专门的比较文学研究者。

因此,荣格不仅能够,而且可以很好地谈论比较文学的问题。荣格认为自己是人类心灵的探索者。一旦他开始探索原始人的心理,便必定会探讨原始人的宗教和神话,这样他就必定会关注和研究东方古老的宗教和神话。荣格去过印度和锡兰(现称斯里兰卡),在那里他考察和研究了东方人的风俗习惯、宗教信仰和神话原型,写出了大量有关东西方个性差异的著作。荣格正是通过与卫礼贤的交往开始关注和研究中国文化,由此他认真研究了《易经》,这对于他日后写作《心理学与炼金术》具有十分重要的意义。循此发展路向,荣格已经在不知不觉中从心理分析学,走向了比较人类学和比较诗学。荣格曾经说过:"人类存在的唯一目的就是在纯粹的自在之黑暗中点燃光明之焰。"②从这个意义上说,心理学家与比较文学学者可谓殊途同归。

二、比较学者的目的和境界

在世界文化交流的过程中,比较学者所追求的目的和境界是什么?他们应当以怎样的态度进行比较?"比较文学研究现在已不再仅仅满足于确定'影响',而是把注意力集中于精神力量所起的作用,集中于独特的、在文艺美学上

---

① 张隆溪选编:《比较文学译文选》,北京:北京大学出版社,1982年,第29页。
② 卡尔文·S.霍尔、沃农·J.诺德拜:《荣格心理学纲要》,张月译,郑州:黄河文艺出版社,1987年,第21页。

可以把握的接受类型和方式,也就是说,集中于被接受了的促进因素所发生的变化。"①荣格发现:"所有平庸的精神接触到外来文化,不是夭折于自己的盲目企图,就是沉湎于不理解和批判的傲慢热情。他们仅仅以外来文化的外表和皮毛自误,始终没有尝到它的真正好处,因而从未达到真正的心灵交流,那种产生新生命的最亲昵的输入和相互渗透。"(249)这种心灵交流在巴赫金看来就是"对话"。"一种涵义在与另一种涵义、他人涵义相遇交锋之后,就会显现出自己的深层底蕴,因为不同涵义之间仿佛开始了对话。这种对话消除了这些涵义、这些文化的封闭性与片面性。我们给别人文化提出它自己提不出的新问题,我们在别人文化中寻求对我们这些问题的答案;于是别人文化给我们以回答,在我们面前展现出自己的新层面,新的深层涵义。倘若不提出自己的问题,就不可能创造性地理解任何他人和任何他人的东西(这当然应是严肃而认真的问题)。即使两种文化出现了这种对话的交锋,它们也不会相互融合,不会彼此混淆;每一文化仍保持着自己的统一性和开放的完整性。然而它们却相互得到了丰富和充实。"②

我们今天对于外来文化,尤其是对于西方文化的接触是一种怎样的情况呢?我们是否达到了"真正心灵的交流,那种产生新生命的最亲昵的输入和相互渗透"呢?是否实现了那种真正意义上的对话呢?我们对于西方文化的接触、理解和认识,已有了长足的进步,早已不再是盲目地"跟风",或一味地批判,但是,我们距离荣格所说的"真正心灵的交流"以及巴赫金所说的"对话"目标和境界还很遥远。我们的比较文学学者目前所做的,更多的是借鉴西方观念、术语、写作方法和形式,对于那些心灵交流的内容,因为其不易把握、不易认识、不易量化、不易表述而往往搁置一旁,或干脆弃之不顾。

在荣格看来,卫礼贤的工作是伟大的,"他把中国精神的生命胚芽接种到我们身上,能够对我们的世界观造成一种根本变化。我们不再被降低为崇拜的或批评的旁观者,而是不仅参与到东方精神之中,而且还成功地体验到《易经》的

---

① 张隆溪选编:《比较文学译文选》,北京:北京大学出版社,1982年,第20页。
② 巴赫金:《巴赫金文集》第四卷,石家庄:河北教育出版社,1998年,第370—371页。

生机盎然的力量。"(250)荣格继而赞誉卫礼贤在各种意义上都完成了他的使命:"他不仅使古代中国的文化宝藏能够为我们接受,而且正如我说过的那样,他给我们带来了这种文化的已经存活了数千年的精神之根,并且将它种植在欧洲的土壤里。"(257)也许正是在这个意义上,荣格说:"我确实觉得他极大地丰富了我,以致在我看来仿佛我从他那儿接受的东西,比从任何人那儿接受的都多。"(258)

卫礼贤将中国精神的生命胚芽接种到西方人身上,并进而对西方人的世界观造成了根本变化;他将中国文化的数千年的精神之根,种植在欧洲的土壤里,从而改变或者丰富了西方文化的品质。荣格高度赞扬了卫礼贤的这种超越欧洲人的狭隘偏见的精神:"只有一种包罗万象的人性、一种洞察全体的博大精神,能够使他面对一种深相悖异的精神,毫无保留地敞开自己,并通过以自己的种种天赋和才能为它服务来扩大其影响。"(249)卫礼贤昔日的成就显然就是今日比较学者的追求的目标。中国文化之与卫礼贤,恰如中国的比较学者所面对西方文化。如果说,卫礼贤的这种追求和境界在我们的前辈学者中似乎还隐约可见。但到了今天,这些已成为明日黄花,随风而去了。我们的学术研究越来越缺乏人文精神和人文关怀,越来越专业化和专门化,而读者则越来越少,往往在专业之外便无人问津。所谓学术几乎成了学术圈内极少数人的自说自话。这样的学术研究究竟有多少价值和意义呢?这样的学术文章如何"有益于天下,有益于将来"?

比较文学研究的最高境界是什么?在荣格看来,比较文学学者的最高学术境界就应该像卫礼贤那样,"他自由地、不带偏见地、不自以为是地对它加以考察;他向它敞开自己的心灵和精神;他一任自己为它所掌握和塑造,因而当他返回欧洲,他就不仅以他的精神而且以他的整个存在,给我们带来了东方的真实形象。"(256)早在荣格的时代,"人们厌倦了学科的专业化,厌倦了唯理主义与唯智主义。他们希望听见真理的声音,这种真理不是束缚而是拓展他们,不是蒙蔽而是照亮他们,不是像水一样流过而是深入到他们的骨髓之中。"(253)我们中国的比较文学学者是否也应当"以他的精神而且以他的整个存在"给我们带来西方的或者外国的真实形象呢？是否也"希望听见真理的声音"，并使这种声音"不是像水一样流过而是深入到我们的骨髓之中"？这是否就是中国的比较文学学者的最高研究境界呢？

三、比较学者的立足点

比较学者的立足点在哪里？任何比较都有比较的主体，比较的主体必须立足于某地，才有力量和能力进行比较。比较学者必须脚下有根，他的"比较"才能舒展自如、运斤成风、游刃有余，最后进入"比较"的最高境界。比较文学的基本性质和特征是跨文化的，当代已故的比较文学理论家迈纳在论及比较诗学时说："只有当材料是跨文化的，而且取自某一可以算得上完整的历史范围，'比较诗学'一词才具有意义。"或者更确切地说："'跨文化的……文学理论'只不过是'比较诗学'的另一种说法而已。"[①]比较诗学如此，比较文学同样如此。既然比较文学是跨文化的，而各种不同文化显然又存在着差异、矛盾，甚至对立，那么，我们该怎样评判这些不同的文化，我们以怎样的标准、理论或者观念去评价各种不同的文化？用荣格的话来说，就是当中国的"科学原理"完全不同于西方的"科学原理"时，譬如说除因果原理之外，还存在着一种"同步原理"（synchronistic principle）时，我们相信或者坚持什么样的原理是"科学"的？西方文化霸权和欧洲中心主义显然是我们所反对的，东方中心主义与民族主义也是我们应当担心和警惕的。比较文学在消解了欧洲中心主义、东方中心主义、民族主义，以及传统思维习惯和定势之后，是否就不再有中心，甚至失去了立足之地呢？任何比较一旦失去了立足点，失去了根基，就不可能是稳固的、充分的、长久。我们在学习借鉴西方比较学者比较的视野和方法时，是否将他们比较的立足点也一并横移过来？抑或是逐渐建立自己的比较文学的立足点，而真正领悟和掌握了比较文学的精髓？

[①] Earl Miner, *Comparative Poetics*: *An Intercultural Essay on Theories of Literature*, Princeton: Princeton University Press, 1990, pp. 3—5.

卫礼贤钟情于中国文化,甚至酷爱中国文化,但这些并没有使他变成一个中国人,他的立场仍然是西方的、欧洲的,"他始终仍是一个欧洲人,一个热爱青年人并对其寄予厚望的绝对的现代人"①。"卫礼贤到中国时是一位神学家和传教士,离开中国时却变成了儒家信徒。"他甚至说:"我作为传教士没有劝说任何中国人皈依基督教,这对我是一个安慰。"②但这些只能说明卫礼贤对中国文化的理解深入了,去除了西方人长期以来固有的思维惯性和认识偏见,但这并不意味着他的立场已发生了根本变化。"他有时表现得几乎就像一个中国人,而他本人也常说,在中国就有人发现:他的思想和言谈举止比有些中国人还中国化。"但是,"他还是他,只是广博了,成熟了……他生来就注定要超越种族与民族的狭隘性而进入人类的层面。能够成为欧洲人的人很多,而能够把人类思想变为现实的人却很少。"③准确地说,卫礼贤是一个超越了种族与民族的狭隘性的欧洲人。正因为他超越的种族和民族的狭隘性,他才能如此热爱中国文化;正因为他是一个欧洲人,他对中国的翻译和解说才如此深刻而持久地影响了欧洲人。

荣格自然十分清醒地认识到了这一点。他说:"乞丐并不因为有人把手——无论是大是小——放在他手中而得到帮助,即便这可能正是他需要的。如果我们指点他怎样才能通过工作使自己永远摆脱乞讨,他得到的才是最好的帮助。我们时代的精神乞丐太容易接受东方人的手掌,不加考虑地模仿其种种方式……欧洲精神并不仅仅因各种新鲜感觉或一种神经的瘙痒而得到帮助。中国花了几千年时间才建立起来的东西,不可能通过偷窃而获得。如果我们想占有它,我们就必须以自己的努力来赢得对它的权利。如果我们抛弃我们自己的基地,仿佛它们只是一些老掉了牙的错误,如果我们像无家可归的海盗,觊觎

---

① W. F. 奥托:《卫礼贤人格肖像》,见孙立新、蒋锐主编《东西方之间——中外学者论卫礼贤》,济南:山东大学出版社,2004年,第8页。
② 张君劢:《卫礼贤——世界公民》,见孙立新、蒋锐主编《东西方之间——中外学者论卫礼贤》,济南:山东大学出版社,2004年,第27页。
③ W. F. 奥托:《卫礼贤人格肖像》,见孙立新、蒋锐主编《东西方之间——中外学者论卫礼贤》,济南:山东大学出版社,2004年,第6—7页。

走向比较诗学

地栖身在异邦的海滩上,《奥义书》的智慧和中国瑜伽的顿悟,于我们又有何用呢?如果我们把我们真实的问题置诸脑后,带着传统的偏见蹒跚前行,如果我们把我们真实的人性及其全部危险的潜流和黑暗遮蔽起来不让自己看见,东方的内省,特别是《易经》中的智慧,对我们也就没有任何意义。"(253—254)面对当今西方丰富的物质文化,我们许多人表现得就像是精神乞丐,太容易接受西方的手掌,将手掌上的东西不加分辨地尽可能地全盘照收。如果我们抛弃了我们自己的根基,西方文化于我们又有何用呢?

在文化交流的过程中,如何使我们不至于沦落为文化乞丐呢?对于西方学者,荣格的忠告是:"我们需要有一种我们自己的根基稳固、丰富充实的生活,这样我们才能把东方智慧作为一种有生命的东西加以检验。因此我们首先需要学习一点欧洲的有关我们自己的真理。我们的出发点是欧洲的现实而不是瑜伽的功夫,这种功夫只会蒙蔽我们使我们看不见我们自己的现实。"(254)对于中国学者而言,我们首先应当有自己的根基稳固、丰富充实的生活,我们应当学习我们自己的真理和东方的智慧,这样才不至于被西方的文化大潮所蒙蔽而看不见我们自己的现实。

其实,早在1907年,鲁迅在写作《摩罗诗力说》时就已经有了这种比较的主体意识和自觉意识,他说:"意者欲扬宗邦之真大,首在审己,亦必知人,比较既周,爱生自觉。自觉之声发,每响必中于人心,清晰昭明,不同凡响。……国民精神之发扬,与世界识见之广博有所属。"[①]比较学者必须有自己的立足点,"首在审己,亦必知人",正是在审己与知人的过程中产生文化自觉意识,在这种文化自觉中发出自己的声音,才有可能"清晰昭明,不同凡响"。杨周翰先生说:"我们的先辈学者如鲁迅等,他们的血液中都充满了中国的文学与文化,中国文

---

① 鲁迅:《坟》,《鲁迅全集》第一卷,北京:人民文学出版社,2005年,第67页。一百多年过去了,鲁迅的这篇有关比较文学或外国文学的论文仍然具有理论意义和现实意义。"《摩罗诗力说》在世界文学和中国本土文化语境的双重背景中,以人类文明史和文化批判意识为视角,站在西方近现代哲学的高度,以强烈的理性批判精神,系统评介了欧洲浪漫主义诗人,并对中国诗歌发出了时代的呐喊。这就使《摩罗诗力说》当之无愧成为中国诗学现代转型的开端和标志。"(见李震:《〈摩罗诗力说〉与中国诗学的现代转型》,《中国社会科学》2009年第3期)比较而言,我们今天比较学者或外国文学学者撰写的论文,当下就鲜有人阅读,专业之外更是无人问津,何谈现实意义、百年之后?

化是其人格的一部分。这样他们一接触到外国文学就必然产生比较,并与中国的社会现实息息相关。"①乐黛云先生继而指出:"杨周翰提出研究外国文学首先要有一中国人的灵魂,也就是强调首先要了解自己,要有深入的文化底蕴,才能使自己的外国文学研究有中国特色,而中国文学也才能真正进入世界。"②当代法国后殖民理论家法农则从反面印证了鲁迅的观点:"一切被殖民的民族——即一切由于地方文化的独创性进入坟墓而内部产生自卑感的民族——都面对开化民族的语言,即面对宗主国的文化。被殖民者尤其因为把宗主国的文化价值变为自己的而更要逃离他的穷乡僻壤了。他越是抛弃自己的黑肤色、自己的穷乡僻壤,便越是白人。""讲一种语言是自觉地接受一个世界,一种文化。想当白人的安的列斯人尤其因为把语言这个文化工具当成了自己的而更像是白人了。"③即便是当代著名的后殖民理论家赛义德,他在描述和研究东方时也是有立足点的,这个立足点仍然是西方的,因为所谓"东方学",其实是西方用以控制、重建和君临东方的一种方式。因而,任何人一旦在"比较"中失去了主体意识和自觉意识,就等于失去了自己真实的面孔,呈现在世人面前的只能是一副虚幻的面具。

当然,比较学者的立场并不总是固定不变的,也并不总是单一清晰的。1972年,德里达出版了一部访谈录,取名为《多重立场》(*Positions*),"它的多义性过多地表现在'播撒性'的字母's'上?关于'多重立场',我要补充的是:撒播的实况、活动和样式"④。比较文学通常总是具有多重立场,这是由该学科的性质和特征决定的,但是,这并非是指每一个比较文学学者都具有多重立场,而是指每一个比较文学学者首先应该有自己的立场,每一个学者的立场可以是不同的,甚至是变化的、矛盾的,这样才能够真正形成比较文学学科的多重立场。这里我们需要特别指出的是,我们强调比较文学的立场问题,并不是强调比较文学的先入为主,或比较学者的个人偏见和偏爱,以至于弱化或取消了比较文学

---

① 杨周翰:《镜子与七巧板》,北京:中国社会科学出版社,1990年,第11页。
② 乐黛云:《后现代思潮的转型与文学研究的新平台》,《中国比较文学通讯》2011年第1期。
③ 弗朗兹·法农:《黑皮肤,白面具》,万冰译,南京:译林出版社,2005年,第177—178、9、25页。
④ 雅克·德里达:《多重立场》,佘碧平译,北京:三联书店,2004年,第121页。

学理上的普适性、客观性和科学性,而是警惕我们在比较研究中因为失去了立场而陷入一种失重的、飘忽不定的状态。

总之,随着中西文化交流的日益频繁、普遍和深入,在比较文学研究领域,西方人对文学标准的选择、评定越来越限制,甚至规定着中国人对文学研究标准的认识和界定。中国人与西方人对于文学研究标准的认定也越来越接近,甚至趋于同一。这种情况固然意味着中国人对西方经典认识水平的提高,中国学者与西方学者认知水平的同步,但也隐藏着中国学者独立思考和原创精神的弱化和丧失。因为这种"同一"基本上等同于"同西方",尽管这里的西方可以是西方不同的国家。这样一来,西方学者对文学的"比较"标准就会成为唯一正确的标准,这也将成为衡量所有非西方学者学术眼光和水平的唯一标准。研究莎士比亚的非西方学者,最高目标和理想就是将来有朝一日能得到英国的莎士比亚专家的首肯和赞扬,哪怕只是只言片语;研究陀思妥耶夫斯基的,就得看俄罗斯人的脸色行事;研究福克纳的,自然就得唯美国学者的马首是瞻;至于研究歌德,当然就要看德国学者的眼神了……而那些西方汉学家,似乎并不太在意中国学者说了些什么,尤其不大在意中国学者对他们的研究成果说了些什么,有些西方汉学家甚至声称:中国的20世纪文学史只能由他们来撰写才是最公正、最客观、最真实的,因为他们最少顾忌和偏见。而事实上西方汉学家独特的视角和富有创见的成果的确曾引起我们的关注和重视,并因而改变了我们对某些中国文学作品的评价和看法。

外国人研究中国的学问叫"汉学",中国人研究外国人的汉学叫"国际汉学",国际汉学研究在今天已经成为国内一门蓬勃发达的学科,有了不少专门的研究机构,出了许多刊物、专著和丛书。中国人研究西方的学问,如果还有这样一种学问的话,叫"西学",然而西方人对中国的"西学"似乎并不怎么关注,更谈不上有多少研究。究其原因,恐怕主要在于中国的"西学"缺乏自己的观点和判断,因而也就缺乏独特的价值和意义。中国的"西学"如果只是对西方的"西学"的翻译和复制的话,自然也就失去了研究的价值和意义。中国的"西学"学者缺乏自己观点和判断,原因自然是多方面的,但其中一个非常重要的原因就是失去自己的学术立场。面对以上研究状态,如果我们不加以思考和警惕的话,最后中国比较学者发出的声音,便可能只是一味地重复西方、复制西方,变得越来越可有可无,索然无味。早在 20 世纪 30 年代,荣格曾告诫那些急于想学习和借鉴东方智慧的欧洲人:需要有一种他们自己的根基稳固、丰富充实的生活,这样他们才能把东方智慧作为一种有生命的东西加以检验。巴赫金同样告诫我们:"存在着一种极为持久但却是片面的,因而也是错误的观念:为了更好地理解别人的文化,似乎应该融于其中,忘却自己的文化而用这别人文化的眼睛来看世界。这种观念,如我所说是片面的。诚然,在一定程度上融入别人文化之中,可以用别人文化的眼睛关照世界——这些都是理解这一文化的过程中所必不可少的因素;然而如果理解仅限于这一因素的话,那么理解也只不过是简单的重复,不会含有任何新意,不会起到丰富的作用。创造性的理解不排斥自身,不排斥自己在时间中所占的位置,不摈弃自己的文化,也不忘记任何东西。"[①]时至今日,我们的比较文学研究已经成果丰硕、举世瞩目,然而,我们"比较"的根基和立足点却越来越摇晃不定、令人担忧。我们似乎已经忘记了太多的自己的东西。如果我们失去了自己的出发点,失去了对我们自己的现实的关怀,那么,无论我们怎样尽心尽力,我们离自己的目的地则会越来越远。

---

① 巴赫金:《巴赫金文集》第四卷,石家庄:河北教育出版社,1998 年,第 370 页。

作为比较文学中国学派的阐发研究

在中国比较文学界,学者们通常认为,阐发研究是与影响研究和平行研究并行的一种研究方法。而且,阐发研究与"中国学派"之间似乎有着彼此依存的内在关联。甫提"中国学派",必附阐发研究。阐发研究似已脱离出阐释学的学术语境,成为比较文学"中国学派"特有的批评方法。阐发研究一般包括三个方面的内容:一、运用某种异文化的文学理论对某种文学现象进行阐发,譬如用某种外来理论模式解释本民族文学中的某些作家、作品或文学现象,或者用本民族文学中的某种理论模式来解释外民族文学中的作家、作品和文学现象。二、不同民族文学理论的相互阐发,这实际上就是比较诗学的内容。三、以其他学科理论对文学进行阐发,或者说以其他学科的理论来解释文学中的各种问题,这当然也属于跨学科的比较文学范畴。所以,所谓阐发研究其核心就是指以上第一种研究方式或研究路径。

一、阐发研究与中国学派

如果说作为一个学科,比较文学的兴起也就一百余年的历史的话,那么,所谓阐发研究的提出就是更晚近的事情了。1979年台湾学者古添洪在一篇题为《中西比较文学:范畴、方法、精神的初探》的文章中,首先把援用西方文学理论的方向界定为"阐发研究",并在另外一篇文章中进一步解释说:

> "阐发"的意思就是把中国文学的精神、特质,透过西方文学理念和范畴加以表扬出来。我并进一步界定"中国派"的内涵,认为在范畴、方法上必须兼容并蓄,亦即我们要容纳法国学派主要从事的影响研究、美国学派

主要从事的类同研究,加上我们所提出的、符合当前状况的"阐发研究"。①

人们通常认为,古添洪的这一命名就是所谓"阐发研究"的肇始了,然而,事实上早在1973年就有学者提出了这一理论方法:

> 过去20余年来,旨在用西方文学批评的观念和范畴阐释传统的中国文学的运动取得了越来越大的势头,这样一种趋势预示在比较文学中将会出现某些令人振奋的发展……应该指出,运用某些西方的批评观念和范畴来研究中国文学,原则上是适宜的,这正如古典文学学者采用现代文学技巧与方法来研究古代文学的材料一样。②

1975年,台湾召开了第2届东西文学关系的国际比较文学会议。台湾大学的朱立民在会上提出了"运用西方的批评方法来研究中国古典和现代文学"的构想。随后他又在相关文章中指出:"许多论文是研究中国文学的,而大多数作者用的是西方现在流行的批评方法,这就是我们当前所需要的。"朱立民的意见引发了学者们热烈的讨论,所谓比较文学的"中国学派"的创建问题也应运而生。

比较文学"中国学派"的最早"提出",就是在这一背景下酝酿和发生的,在20世纪70年代台湾淡江大学召开的第一届"国际比较文学会议"时。据称,会上朱立元、颜元叔、叶维廉、胡耀恒、A. Qwen Aldridge 等学者都曾提出"中国学派"的构想。与此同时,淡江大学的《淡江评论》和台湾大学的《中外文学》也相继创刊,专门刊发"比较中国文学与外国文学"和"用比较的方法讨论中国文学"的论文。一时间,用欧美新理论新观点批评中国古典文学的风气大开。各种理论和方法诚如夏志清先生所描述的,"近年来,在中国,在美国,之风大开,一排新气象"。

最早"写下""中国学派"一词的,当是李达三先生。在《比较文学中国学派》

---

① 参见黄维樑、曹顺庆编:《中国比较文学学科理论的垦拓》,北京:北京大学出版社,1998年,第167页。
② 同上。

走向比较诗学

一文中,李达三先生将在观念上"与比较文学中早已定于一尊的西方思想模式分庭抗礼的""对于中国文学及比较文学有兴趣的学者"统称为比较文学的"中国"学派,并解释说该文是一份"属于意识形态的临时声明",因为"中国学派不是从学院中产生,更不是在纯学术的讨论中发展,中国学派是在近代中西文化的激烈碰撞中诞生的……她的发展是伴随着救亡图存,伴随着中西文化论战,伴随着社会政治文化改良运动而发展的"。因而"中国学派"的目标应该是:

> 首先从"民族性"的自我认同出发;逐渐进入更为广阔的文化自觉;然后与受人忽视或方兴未艾的文学联合,形成文学的"第三世界";进而包含世界各种文学成为一个大体,最后,将世界所有的文学在彼此复杂的关系上,做出全面的整合。①

李达三先生说,所谓中国学派,如果改称为"中庸"学派,也许更为恰当。因为中国学派采取的是不偏不倚的态度,它不仅是对法国学派和美国学派的优点加以吸收和利用之后的一种变通之道,它更以东方特有的折中精神,在左右逢源中按照"既定目标"勇往直前。② 这一"既定目标"便是以"西学中用"为主导,以一种"拿来主义"的单向阐发为文化策略,其根本目的是推动中国本土文化的突围与发展。所以,"中国学派"的提出与"阐发法"的应用,是伴随着强烈的立足国际舞台的民族身份意识与文化自觉应运而生的。这一时期的阐发研究成果,也多烙有鲜明的"拿来主义"的印记。正如夏志清先生在《追念钱锺书先生——兼谈中国古典文学研究之新趋势》一文中所描述的:

> 近年来,在台湾,在美国,用新观点批评中国古典文学之风大开,一派新气象……但这种外表的蓬勃,在我看来,藏着两大隐忧。第一,文学批评越来越科学化了,系统化了,差不多脱离文学而独立了……第二个隐忧是机械式的比较文学的倡行,好像中西名著、名家,若非择其相似的来作一番

---

① 李达三:《比较文学中国学派》,黄维梁、曹顺庆编《中国比较文学学科理论的垦拓》,北京:北京大学出版社,1998年,第140页。
② 同上书,第139—140页。

比较研究,自己没有尽了批评家的责任。①

在某种意义上,韦勒克所指陈的比较文学的危机,也正是当时中国比较文学所面临的问题。20世纪70年代的台湾,比较文学"蓬勃"与"隐患"并存的状态尤为明显。因为"中文系的研究方法,大体上亦正是早期法国学派的历史性外缘研究;而外文系的文学研究取向,由于执教的师长大部分皆受过新批评的洗礼,可以说是20世纪的理论性、分析性与美学研究。这种新批评的训练,再加上中西文学比较先天上的缺乏血缘关系,很自然使我们的比较文学走上美国学派,甚至狭隘的类比研究的途径。终于出现了'汉宫秋与都柏林人的比较'、'红楼梦与卡拉马助夫兄弟的比较'的怪诞的论文"②。

实际上,在具体的文本分析实践中,面对那种生硬套用西方文学理论所带来的弊端,大多论者也能够自觉地调适外来理论与本土文学之间的距离,并结合本民族的理论模式对外来模式进行改造,以求更加切近被解释对象的文学价值。而且,随着阐发研究的进一步实践,比较文学学者们逐渐意识到,弘扬本民族的文化与文学价值,仅仅依赖对外来文化和文学理论的"借用"是远远不够的,有时甚至背离了中国比较文学发展的初衷。只有立足本土,重新发掘自己本民族文学理论和文学话语的现代价值并加以发扬,才会真正让中国文学走向世界。于是,双向阐发的提倡和实践成为当务之急。在20世纪80年代中后期,中国内地比较文学学者"双向阐发"的研究实绩及对"中国学派"进一步强调,都在一定程度上加快了中国比较文学立足国际舞台的进程。

然而无论是"拿来主义"的单向阐发,还是强调文化自觉与文化自主的"对话式"双向阐发,阐发研究始终伴随着弘扬本土文化,发展和建立"中国式"比较文学的文化心态和身份意识。从"西学中用"的早期阐发方针,到中西合璧的"跨文化"与"对话"理解,阐发研究的核心并非在于建立某种方法论以完成阐释

---

① 夏志清:《钱锺书与中国古典文学研究之新趋向》,黄维樑、曹顺庆编《中国比较文学学科理论的垦拓》,北京:北京大学出版社,1998年,第289页。
② 张汉良:《比较学研究的方向与范畴》,黄维樑、曹顺庆编《中国比较文学学科理论的垦拓》,北京:北京大学出版社,1998年,第108—109页。

学的目标;"中国学派"也并非师法"法国派"或"美国派"以立"派"为目的。① "阐发研究"与"中国学派"两者之间互为动因、互为因果的关系清晰可辨:阐发研究的肇始与发展始终伴随着建立中国学派这一特定价值取向。阐发研究实际上承担着服务于特定文化策略的文化工具功能。阐发研究在东西方之间"相看两不厌"的宽广视域及其博采众长的方法论对策,使中国比较文学始终保持着开放的、充满弹性的学科理论、学科方法和学科价值目标。

综上所述,阐发研究与比较文学的中国学派几乎是同时发生的,在某种意义上这几乎成了同一问题的两个方面:阐发研究确立了比较文学中国学派的基本特色;中国学派对比较文学的最重要贡献或许就是创造了"阐发法"。当然,阐发研究无论怎样"阐发",它一定与阐释、诠释、解释等相似或相近概念密切相关,这使得我们不能不讨论阐发研究与阐释学之间的关系。

二、阐发研究与阐释学

阐发研究的理论依据虽然不是直接来源于阐释学,甚至它的提出和论证都没有太多地借鉴阐释学的成果和理论,但是,阐发研究与阐释学之间显然存在着某种必然的内在的联系,因为任何阐发研究都是通过阐释得以完成的,尽管我们也知道,并非所有的阐释都可以发展成为阐发研究。因此,思考并辨析二者之间的关联对于我们研究阐发研究的内容及其特征应该是非常必要的,也是非常有意义的。

从西方的阐释学到中国的阐释学,再到中国比较文学的阐发研究,这中间我们还是能够发现其隐秘的逻辑关系。西方阐释学围绕作者、文本、读者、世界等要素提出了许多新问题,诸如原意的理解、读者的作用、阐释的标准等,这些也是比较文学关注和思考的问题。而西方阐释学理论被引入中国当代汉语语

---

① 张汉良先生的《中西比较文学的历史回顾》一文,对比较文学各种"派"的称谓以及"中国派"还是"中国化"提法有过精辟的评论。详见黄维梁、曹顺庆编:《中国比较文学学科理论的垦拓》,北京:北京大学出版社,1998年,第179—180页。

境后,就为中西方文化和文学在阐释学层面上展开对话和比较提供了新的可能和契机,阐释学的原理便给阐发研究提供了理论基础和方法论依据。因此,考察阐发研究与阐释学之间的关系,我们应该首先对现代阐释学的源流以及相关的文学阐释学分支有所了解。

阐释学(Hermeneutics),又译作"解释学""释义学""诠释学"等。从词源上看,阐释学是从古希腊神话中赫尔墨斯(Hermes)派生而来。赫尔墨斯是古希腊神话中的十二主神之一,他是神的使者,他用语言为媒介传达众神的意志,因此,他就是神的"代言人"(Hermeneutics)。神旨并非凡人均能理解,因此这就需要赫尔墨斯对神旨进行翻译、说明和阐释,这就是早期阐释学的基础。到了中世纪,阐释学主要是《圣经》研究的一个方法论分支,其目的是通过阐释、注解使人们理解圣典中所蕴含的上帝的意图。文艺复兴以后,阐释学扩展到对整个古代文化的阐释,阐释学于是成了人文科学的方法论基础。总之,如果说理解和解释是人类社会普遍存在的一种现象,那么,阐释学或曰诠释学就是专门研究这种现象的古老学问,简言之,阐释学就是一种说明和解释的理论或艺术。

作为一种理论,阐释学最初是由德国哲学家施莱尔马赫在19世纪建立起来的。他第一次把阐释古代文献的语文学、文献学的阐释传统和阐释《圣经》的神学解释传统统一起来,创建了一种普遍的阐释学原理。20世纪初德国哲学家狄尔泰进一步完善了施莱尔马赫的理论。当然,现代阐释学的建立应当归功于海德格尔和伽达默尔。在他们那里,阐释学从人文科学的一般方法论转向了哲学本体论。

具体而言,在施莱尔马赫那里,"理解"就是阐释学的基础,理解就意味着重构作者的思想和生活;在狄尔泰那里,理解就意味着重新体验过去的精神和生命。而能否达到这种正确的理解,就取决于认识者是否能够成功地从自身的历史条件及其偏见中解脱出来,从而对事物采取一种历史主义的观点。加达默尔则认为,他们在强调认识对象的历史性的同时,却忽视了这种历史方法自身的历史性。事实上,我们的诠释学处境决定了我们独特的视域,正如我们的立足点制约着我们所能看见的范围一样。"正如没有一种我们误认为有的历史视域

一样,也根本没有一种自为的现在视域。理解其实总是这样一些被误认为是独立存在的视域的融合过程。"加达默尔随后指出:

> 历史视域的筹划活动只是理解过程中的一个阶段,而且不会使自己凝固成为某种过去意识的自我异化,而是被自己现在的理解视域所替代。在理解过程中产生一种真正的视域融合,这种视域融合随着历史视域的筹划而同时消除了这视域。我们把这种融合的被控制过程称之为效果历史意识的任务。①

这就是伽达默尔著名的"视域融合"的观点。在伽达默尔那里,这种视域融合是通过解释者与文本之间的对话而实现的。一个文本成为我们的解释对象,就意味着它向我们提出了问题;而理解一个文本就意味着我们向它提出问题,文本的意义就在于对这个问题所作的回答。要理解作者的视域,我们就要有自己的视域。我们必须通过自己的概念,才能理解关于过去历史的概念。总之,文本永远呈现为一种开放状态,读者永远以不同的方式理解文本,而文本的意义则是不可穷尽的。

对于意义的阐释和接受,在某种意义上说,是同一问题的两个方面。伽达默尔说:"一如所有的复原活动,重建原初语境的企图因我们自身的历史局限性而注定失败。人们重建的、从异化中恢复的生活场景已经不是原初的了……对阐释活动来说,理解固然意味着重建原初语境,但阐释活动只不过是对已逝意义的传递罢了。"一部文本的意义不会被作者的意图所穷尽,也不等同于其意图(它不能被简化为作者及其同代者心中的意义),它必须包含所有年代的所有读者对它的批评史,吸纳自己过去、现在、将来的接受情况。② 因此,在阐释学基础上发展出接受理论,当属必然之事。

阐释学对于当代文学批评发生了重要影响,它直接促成了文学阐释学和接受美学的建立。接受美学,或曰文学接受理论发端于西方学者对形式主义文论

---

① 加达默尔:《真理与方法》上卷,洪汉鼎译,上海:上海译文出版社,1999年,第393、394页。
② 安托万·孔帕尼翁:《理论的幽灵——文学与常识》,吴泓缈、汪捷宇译,南京:南京大学出版社,2011年,第55、57页。

的批判，其思想根源是后期现象学理论和海德格尔、伽达默尔的现代哲学阐释学。文学接受理论产生于20世纪60年代的联邦德国，其影响随后很快扩展到全世界。文学接受理论突出表现为重视读者的作用，强调读者能动接受的重要意义，由此探寻文学艺术价值实现的途径，沟通文学与社会历史的联系。文学接受理论的学术诉求与"阐发研究"可谓殊途同归。如此看来，台湾学者在20世纪70年代提出"阐发研究"的观点绝非偶然。

  中国古代并没有发展出系统的阐释理论，但绝不缺少阐释实践和阐释成果。譬如，德国哲学家狄尔泰提出的著名的"阐释的循环"的观点，在中国便并不陌生。狄尔泰认为，在理解和阐释的过程中，整体必须通过局部来理解，局部又必须在整体联系中才能理解，二者互相依赖，互为因果，这就构成了一切阐释的困境。钱锺书在论及中国乾嘉的"朴学"时，顺手就提到了狄尔泰的这一理论："乾嘉'朴学'教人，必知字之诂，然后识句之义，识句之意，而后通全篇之义，进而窥全书之指。虽然，是持一边耳，亦只初桄耳。复需解全篇之义乃至全书之指（'志'）；庶得以定某句之意（'词'），解全句之意，庶得以定某字之诂（'文'）……所谓'阐释之循环'者是也。"①钱锺书借中国的"朴学"阐释狄尔泰的"阐释的循环"理论，按照比较文学学者看法，这已经是"阐发研究"了。

  钱锺书的《诗可以怨》可以看做是"阐发研究"的一篇范文。钱锺书写道："尼采曾把母鸡下蛋的啼叫和诗人的歌唱相提并论，说都是'痛苦使然'。这个家常而生动的比拟也恰恰符合中国文艺传统里的一个流行的意见：苦痛比快乐更能产生诗歌，好诗主要是不愉快、苦恼或'穷愁'的表现和发现。"于是，钱锺书从《论语·阳货》中关于诗的"兴、观、群、怨"说起，特别说到这个"怨"字。刘勰在《文心雕龙·才略》中进而用了一个巧妙的譬喻："蚌病成珠"。自此，这个譬喻常被后人引用。这种说法西方也有。格里尔帕策说，诗好比害病不作声的贝壳动物所产生的珠子。以后福楼拜、海涅亦有此说。这里，钱锺书用中国的意见印证尼采的理论，进而双向阐发，探讨文学的一般规律和共同特征。钱锺书

---

① 钱锺书：《管锥编》第一册，北京：中华书局，1979年，第171页。

在文章末尾写道:"'诗可以怨'是中国古代的一种文学主张。在信口开河的过程里,我牵上了西洋近代。这是很自然的事……人文科学的各个对象彼此系连,交互映发,不但跨越国界,衔接时代,而且贯穿着不同的学科。"[①]钱锺书这里论及的其实就是阐发研究的学理依据和理论基础。

20世纪70年代以来,中国学者正是在研究中国古典文学或近代文学时,因为援用西方的理论和方法进行阐释和分析才提出了所谓比较文学的中国学派,或者说正是这种双向阐释的文学实践奠定了中国比较文学的基本特色。古添洪和陈慧桦在《比较文学的垦拓在台湾·序》中写道:

> 在晚近中西间的文学比较中,又显示出一种新的研究途径。我国文学,丰富含蓄;但对于研究文学的方法,却缺乏系统性,缺乏既能深探本原又能平实可辨的理论;故晚近受西方文学训练的中国学者,回头研究中国古典或近代文学时,即援用西方的理论与方法,以开发中国文学的宝藏。由于援用西方的理论与方法,即涉及西方文学,而其援用也往往加以调整,即对原理论与方法作一考验,作一修正,故此种文学研究亦可目之为比较文学研究。我们不妨大胆地宣言说,这援用西方文学理论与方法并加以考验、调整以用之于中国文学的研究,是比较文学的中国学派。[②]

西方阐释学的理论和方法使我们看到了重新阐释中国文化和文学的可能性和合理性,进而在结合和融入中国古代文化和文学的阐释学传统之后,开创并建立适合于当今学术语境的阐发研究理论和方法,最后在此基础上建立起比较文学的中国学派。从阐释学到阐发学,再到中国学派,中国比较文学阐发研究终于逐渐确立了其地位,并渐渐发展成熟起来。

---

① 钱锺书:《诗可以怨》,见张隆溪、温儒敏编选《比较文学论文集》,北京:北京大学出版社,1984年,第32、44页。
② 古添洪、陈慧桦:《比较文学的垦拓在台湾·序》,见黄维梁、曹顺庆编《中国比较文学学科理论的垦拓》,北京:北京大学出版社,1998年,第178—179页。

三、阐发研究的意义与局限

尽管阐发研究是否能代表比较文学的中国学派,尚有许多争议,但是,中国比较文学研究的阐发学特征却是毋庸置疑和争辩的事实。中国学者以及特有的跨文化经验和传统进入比较文学研究领域,使传统的比较文学研究必然走出所谓法国学派和美国学派的固有藩篱,这对于比较文学研究打破西方中心主义的一统天下,使比较文学真正成为跨民族、跨语言、跨文化的国际范围内的比较文学,应该是具有意义和价值的。

中国学派的阐发研究这一提法虽然较晚,但是有关阐发研究的实践却早已有之。中国最早的较为经典的阐发研究实例当推王国维的《红楼梦》研究。1904年,王国维发表长篇论文《红楼梦评论》。王国维的《红楼梦》评论与叔本华的理论密切相关,他在阐述了叔本华的理论后继而推导出《红楼梦》的主题:

> 生活之本质何?"欲"而已矣。欲之为性无厌,而其原生于不足。不足之状态,苦痛是也。既偿一欲,则此欲以终。然欲之被偿者一,而不偿者十百。一欲既终,他欲随之。故究竟之慰藉,终不可得也。即使吾人之欲悉偿,而更无所欲之对象,倦厌之情即起而乘之。于是吾人自己之生活,若负之而不胜其重。故人生者,如钟表之摆,实往复于苦痛与倦厌之间者也,夫倦厌固可视为苦痛之一种。有能除去此二者,吾人谓之曰快乐。然当其求快乐也,吾人于固有之苦痛外,又不得不加以努力,而努力亦苦痛之一也。且快乐之后,其感苦痛也弥深。固苦痛而无回复之快乐者有之矣,未有快乐而不先之或继之以苦痛者也。又此苦痛与世界之文化俱增,而不由之而减,何则?文化愈进,其知识弥广,其所欲弥多,又其苦痛亦弥甚,故也。然则人生之所欲,既无以逾于生活,而生活之性质又不外乎苦痛,故欲与生活、与苦痛,三者一而已矣。①

---

① 王国维、蔡元培、胡适:《三大师谈〈红楼梦〉》,上海:三联书店,2007年,第4页。

因此,在王国维看来,《红楼梦》中的"玉"不过就是生活之欲。宝玉因为"得"玉而误入尘世,因为"还"玉而根绝尘缘。"而解脱之道,存于出世,而不存于自杀。"王国维以叔本华哲学理论阐释《红楼梦》,自此成为中国比较文学阐释学的经典范例。

王国维的《红楼梦》研究大体上奠定了比较文学中国学派的"阐发法"的雏形。王国维的阐发研究,使我们看到了以往在《红楼梦》中从未看到的内容和意义,甚至开创了红学研究的一个新的方向,即不再是传统的索引派,而是走向了红学研究中的主旨研究或主题研究。而王国维的研究也为日后的学术研究提供了一种范式,这种研究范式既有其积极的意义,也有其消极的影响。

与王国维不同的是,钱锺书的阐发研究更多属于比较诗学的范畴,他往往更加注重两种异质的文学理论的互释、互证、互见,而不仅仅是用一种理论阐释另一张理论,或另一种文学现象。杨周翰的《镜子与七巧板:当前中西文学批评观念的主要差异》也可以看做是阐发研究的经典文本。这篇文章旨在"对比并简略概述当前中西流行的两种差异极大的批评方法或倾向:其中一种用镜子来标志,另一种则用七巧板来标志"。镜子说指的是"当前中国的文学批评",即文学反映论。七巧板指的是西方现代文学批评,这种批评专注于文学作品的形式。西方现代批评家犹如一位手拿手术刀的外科医生,时刻准备切开作品的各个部分,以找出一部作品的组成零件,也可以说,如同一个面对这七巧板的整套部件苦思苦想的人。"这两套批评术语的不同表明,中国批评家所专注的是反映在作品中的生活,而西方批评家则关照作品本身,不屑于费心探究作品的'外部因素'。"[①]两个术语的不同,实际上意味着中西批评家所关注的批评对象的内容和特征的不同。

更为典型的例子,是美国著名华裔汉学家孙康宜直接选择"表现"(expression)和"描写"(description)这两个西方文学概念来分析中国的六朝诗歌。孙康宜说,20世纪80年代初,"描写"是许多美国批评家探讨的重点,而在

---

① 杨周翰:《镜子与七巧板》,北京:中国社会科学出版社,1990年,第22页。

更早的60—70年代,美国学者又特别专注于情感的"表现"问题。因此,"我把'表现'与'描写'用作两个既对立又互补的概念来讨论,一方面为了配合现代美国文化思潮的研究需要,另一方面也想利用研究六朝诗的机会,把中国古典诗中有关这两个诗歌写作的构成因素仔细分析一下。现代人所谓的'表现',其实就是中国古代诗人常说的'抒情',而'描写'即六朝人所谓的'状物'与'形似'。我发现,中国古典诗歌就是在表现与描写两种因素的互动中,逐渐成长出来的一种既复杂又丰富的抒情文学。"①孙康宜的《抒情与描写》出版于1986年,因为如此分析、阐释六朝诗歌的著述前所未有,因此,这本书在当时竟成为"一部拓荒之作"。

当然,阐发研究的问题和局限亦一目了然。首先,阐发研究由于并不关注或重视研究对象之间的相互影响关系,因此,它依然属于美国学派所倡导的平行研究的范围,而平行研究的局限和问题恐怕阐发研究一样难以幸免。阐发研究如果缺乏对文学事实的考据,对文学现象相互联系的梳理,对各种历史典籍的探微索隐,就很容易成为空泛的议论,以西说东,以东说西,天马行空,汪洋恣意,最后成为无根之谈,没有什么实际的意义。

其次,在阐发研究的具体实践中,我们更多的是运用西方的理论对中国文学中的某些作家、作品或文学现象进行阐释和分析,而很少采用中国的理论来解释外民族文学中的作家、作品和文学现象。这种以西释中的现象在中国比较文学研究中屡见不鲜,而某些更为突出的例证就是将中国文学直接变成了西方文学理论的注脚。在这类研究中,阐发研究的优点似乎荡然无存,而其缺点或者问题却反而突出地显现出来了。

第三,阐发研究的局限和问题自然就是比较文学中国学派的局限和问题,当然,比较文学的中国学派应当并不仅仅局限于阐发研究,还应该寻找、呼唤和创立更多的研究方法,以适应比较文学研究的发展和变化。其实,较之学派的创立,学术实践的实际成果更为可贵,当我们拥有了丰富的学术成果,并得到了

---

① 孙康宜:《抒情与描写:六朝诗歌概论·中文版序》,钟振振译,上海:三联书店,2006年,第2页。

世界比较文学的承认或认可时，所谓中国学派的确立也就是水到渠成之事。

　　总之，作为比较文学中国学派的阐发研究，或者说，阐发研究作为最具中国特色的比较文学研究已经走过将近半个世纪的路程，已经取得了一些举世瞩目的成果，当然也留下了许多问题或困惑，这值得我们去认真研究和总结。杨周翰说："我国早期学者多用外来的方法和理论来阐发中国文学，卓有成效。这个途径我觉得应当算做'中国学派'的一个特点。"①虽然我们还不能说，通过比较文学的阐发研究我们已经在世界范围内确立了比较文学的"中国学派"，但是，作为中国比较文学特色的阐发研究已确实取得了诸多卓越成果，并越来越引起世界比较文学学者的重视和关注。

---

① 杨周翰：《镜子与七巧板》，北京：中国社会科学出版社，1990年，第8页。

厄尔·迈纳及其比较诗学体系

一、研究领域:日本文学、英国文学、比较文学

厄尔·迈纳(Earl Miner,1937—2004),中文名孟而康,美国当代著名日本文学、英国文学和比较文学研究专家,普林斯顿大学资深教授。迈纳毕业于明尼苏达大学,并获得日本研究的学士学位和英国文学的硕士、博士学位。1953—1955年他在威廉斯学院教授英语,1955—1972年任教于加州大学洛杉矶分校英文系,1972—2000年任普林斯顿大学英国文学和比较文学教授。他曾任国际比较文学学会会长并主持国际比较文学学会下属的跨文化研究会。2004年4月20日辞世,享年77岁。他的主要研究领域包括三个方面:17、18世纪的欧洲文学,尤其是早期的英国文学、东方文学,特别是日本的古典文学,以及比较文学和比较诗学。他的主要著述有《日本宫廷诗》(*Japanese Court Poetry*,1961)、《日本连歌》(*Japanese Linked Poetry*,1979)、《从弥尔顿到德莱顿的古典诗》(*The Restoration Mode from Milton to Dryden*,1974)、《从琼森到科顿的骑士诗》(*The Cavalier Mode from Jonson to Cotton*,1971)、《从多恩到考利的玄言诗》(*The Metaphysical Mode from Donne to Cowley*,1969),以及《比较诗学》(*Comparative Poetics*,1990)和《失乐园:1668—1968:三百年研究综述》(*Paradise Lost*,1668—1968:*Three Centuries of Commentary*,2004)。

作为一名训练有素的西方学者,迈纳精通多种语言,尤其是日文。他对东方文学充满了热情和洞见,早在大学时代就开始研究日本文学。这些为他日后的跨文化研究打下了坚实的基础。1994年由于在日本文学研究方面的特别贡献,他获得了日本政府颁发的朝日文化奖(The Order of the Rising Sun)。"孟

而康教授一直是中国比较文学的好朋友和引路人,他和中国比较文学前辈学者如杨周翰、王佐良等一直保持着深挚的友谊。"①他曾多次应邀赴台湾和香港讲学。1983年,他与斯坦福大学的刘若愚(James Liu)教授一起率美国比较文学10人代表团来北京参加首届中美比较文学双边研讨会并在会上宣读了论文《比较诗学:比较文学的几个理论和方法论问题》。这次研讨会被钱锺书先生誉为"不但开创了记录,而且也平凡地、不铺张地创造了历史"②。1987年,他又在美国普林斯顿大学热情接待了参加第二届中美比较文学双边研讨会的中国学者,这次大会进一步推进和发展了比较文学中的跨文化研究。

作为迈纳教授跨文化研究的理论结晶的《比较诗学》一书自1990年出版后就一直"很受欢迎"。香港大学比较文学系安东尼·泰特罗(Antony Tatlow)教授认为,该书"是真正的跨文化论述方面第一次着力的尝试","是对长久存在的诗学体系所进行的历史的、比较的论述"。③

二、比较诗学的理论基础

迈纳的这部《比较诗学》虽然以"比较诗学"命名,但并没有泛泛到论述比较诗学的定义、原理和方法,而是从"实用"的角度探讨了比较诗学何以可能的问题。

什么是"诗学"?这是一个内涵庞杂而又不断发展变化的概念,诗学这个名称"早已不再意味着一种应使不熟练者学会写符合规则的诗歌、长篇叙事诗和戏剧的实用教程"④。迈纳在"绪论"中有一个简短的定义:"'诗学'可以定义为

---

① 乐黛云:《见证比较文学先贤的国际友谊——悼念孟而康教授》,《中国比较文学》2004年第3期。
② 杨周翰、乐黛云主编:《中国比较文学年鉴》,北京:北京大学出版社,1987年,第365页。
③ 安东尼·泰特罗:《本文人类学》,王宇根等译,北京:北京大学出版社,1996年,第58—57页。
④ 爱米尔·施塔格尔:《诗学的基本概念》,胡其鼎译,北京:中国社会科学出版社,1992年,第1页。

关于文学的概念、原理或系统。"①那么,什么是"比较诗学"呢?迈纳认为,"恰当而严格的定义是不存在的,也许是不可行的"。不过,迈纳又认为,"比较诗学的种种独立含义确实更多地来源于……比较学者以及文论家们的实践活动。"②因此,可以说迈纳的这部《比较诗学》其实就是作者自己实践活动的结果,而正是这一结果使我们明白了迈纳心目中的"比较诗学"是什么。

那么,迈纳从什么地方开始他的比较学者的实践活动的呢?首先,迈纳将普遍性的诗学体系分为两种:"其中之一在实践上是隐含不露的,这种诗学属于所有视文学为一种独特的人类活动、一种独特的知识和社会实践的文化。另一种是明晰的'原创'(originative)或'基础'(foundational)诗学,这种诗学只见于某些文化,而在另一些文化中则找不到。"接着,迈纳提出了自己的主要论点:"当一个或几个有洞察力的批评家根据当时最崇高的文类来定义文学的本质和地位时,一种原创诗学就发展起来了。"显然,迈纳所关注的是原创诗学,而原创诗学来源于对文类理论的研究。"文学理论需要一种文学概念——一种假定的诗歌总体,但事实上,这种所谓的总体只是一批已知的单个范例性作品,即经典而已。可是,这些极端的东西不能满足所有的需要,因而明显需要第三个概念:即有关同类诗归集或归类的概念。"迈纳认为,文类一般是指戏剧、抒情诗和叙事文学,这些属于基础文类(foundation genres)。"文类三分的概念对一种诗学体系的起源来说是必要的,无论这种源头是含蓄的(如抒情诗之于近东文化)还是明晰的(如戏剧之于西欧)。"一种文化中的诗学体系,必须建立在此文化中占优势地位的"文类"基础之上。"当某个天才的批评家从被认为是最有影响的文类出发去解释文学概念时,这个文化体系中系统、明确而具有创造性的诗学就应运而生了。"③

在西方,亚里士多德正是在戏剧这一基础文类上创造了摹仿诗学,"这不足为奇,因为它建立在戏剧的基础上,而戏剧是一种再现的文类"。在东方,中国

---

① Earl Miner, *Comparative Poetics*: *An Intercultural Essay on Theories of Literature*, Princeton: Princeton University Press, 1990, p. 4.
② Ibid., p. 12.
③ Ibid., pp. 7, 217, 8, 23—24.

的诗学是在《诗大序》的基础上产生的,日本诗学则是在纪贯之的《古今集》日文序的基础上产生的。也就是说,以中国和日本为代表的东方诗学产生于其古老的抒情诗。迈纳将这种"基于抒情作品的不同种类的诗学统称为'情感—表现的'(affective-expressive)诗学,因为这种诗学认为,诗人受到经验或外物的触发,用语言把自己的情感表达出来就是诗,而正是这种表现感染着读者和听众"①。至于叙事文学,则似乎没有哪个原创性诗学是基于这种文类产生的。接着,迈纳重点对这三种基础文类——戏剧、抒情诗和叙事文学的特征进行了分析和清理。

戏剧"似乎是要再现生活中激动人心的场景,如:对白(台词)、角色扮演、反面角色的运用、起承转合、高潮,甚至我们在世界这个舞台上死去时被抬走的最后一幕"。戏剧的主要特征是"疏离"(estrangement)和"内引"(engagement)。"由于我们被置身于作为真实而再现的东西和我们所想象的真实之间,我们便被分成了两半,即被'疏离'了。""这便是我们在还笑得出声来的时候却能体会出难受和已经感到难受时却还能笑出来的东西。""内引"则仅随疏离,并攻其要害。"当我们震惊于戏剧虚构而跳将起来的时候,内引却让我们泰然落座。"②亚里士多德正是在戏剧的这种"疏离"和"内引"特征上创造了摹仿诗学。日后西方诗学无论如何发展变化,甚至叛逆,终究摆脱不了摹仿诗学的影响与制约。

"抒情诗似乎是最原始、最基本的艺术……抒情诗所以伟大,主要在于其强大的动人的力量……"抒情诗是"具有极端共时呈现性的文学",它的根本特征就是"强化"这种共时呈现。对仗、重复、象征、比喻、隐喻和意象以及在叙述中增加一个抒情的瞬间都是人们熟悉的抒情诗所使用的强化方式。另外,"抒情诗中不存在'元抒情诗'(metalyric)的问题。抒情诗的某个部分也许比其他部分更集中、更强烈,但它不像元戏剧和元叙事那样会打断自己"。③

与抒情诗比,叙事文学是"具有极端历时延续性的文学"。"对叙述文学来

---

① Earl Miner, *Comparative Poetics: An Intercultural Essay on Theories of Literature*, Princeton: Princeton University Press, 1990, pp. 24—25.
② Ibid., pp. 34, 39, 38, 50.
③ Ibid., pp. 83, 103.

说,运动的连续性是如此重要以致成了与其他文类相区别的标志。"叙事的连续性通过"序列与情节"这两种因素得以实现。由于叙述文学不属于原创性诗学的基础文类,因此,西方的叙述文学更接近于模仿诗学,而东方的叙述文学则更接近于"情感—表现"诗学。"在必然与摹仿说对立的反摹仿叙事文和按情感—表现传统写成的叙述文之间仍然存在巨大的鸿沟。"在叙事文学中,叙事视点和叙事注意点非常重要。迈纳在比较分析了日本作家紫式部的《源氏物语》、英国诗人弥尔顿的《失乐园》和女作家简·奥斯汀的《劝导》等作品后肯定地说:"在情感—表现叙事中注意点趋向于占据视点在摹仿叙事中一般所占据的中心地位。"迈纳认为,"这是一个只能通过跨文化比较研究才能获得的结论。"①

通过对以上三种基础文类的研究,迈纳便考察和分析了"不同文化体系中系统性诗学的起源和发展",这便给迈纳的《比较诗学》"提供了一个理论基础"。② 在迈纳的《比较诗学》中,"诗学体系自身乃从迈纳所谓的'基础的'文类派生而来,这些文类因而决定着所有表述的性质,并因而决定着那些在文化上可能的基本期待"③。

三、比较诗学的视野和特征

迈纳为什么从文类学入手进行他的比较诗学的研究呢？因为迈纳认为,以往的比较诗学研究在实践上还存在一些障碍。"这些障碍多来自集体意志和观念而非论题本身,其中多数难以克服,有的则无法逾越。集体意志以一些已不成为理由的理由限制了研究的取材范围。""另一个障碍是人们一直对'比较诗学'中的'比较'一词未加足够重视。"迈纳在这里所说的集体意志和观念中既有文化中心主义、民族中心主义,又有千百年来形成的对文学和文学研究的思维定势。人们对"比较诗学"中的"比较"重视不够,并不是他们的研究没有"比

---

① Earl Miner, *Comparative Poetics: An Intercultural Essay on Theories of Literature*, Princeton: Princeton University Press, 1990, pp. 87, 143, 194, 202.
② Ibid., p. 23.
③ 安东尼·泰特罗:《本文人类学》,王宇根等译,北京:北京大学出版社,1996年,第57页。

较",而是指他们在比较诗学的研究中并未有意识地破除或者超越文化中心主义、民族中心主义和传统的思维桎梏。"在已有的实际研究中,比较主要是文化内部的,甚至是国家内部的。歌德和席勒经常被拿来比较,而就我们所知,高村光太郎和聂鲁达则很少有人比较过。比较诗学显然不只是比较两位伟大的德国诗人,而且也有别于中国的德国文学研究或俄国的意大利文学研究。"如何破除和超越比较文学及比较诗学中的这些障碍呢?迈纳指出了一条可行之路:"只有当材料是跨文化的,而且取自某一可以算得上完整的历史范围,'比较诗学'一词才具有意义。"或者更确切地说:"'跨文化的……文学理论'只不过是'比较诗学'的另一种说法而已。"①迈纳终于从"跨文化"中找到了突围之路。

迈纳曾说过一句有关比较文学的名言:"灯塔下面是黑暗的。"灯塔照亮了别人,但它若想照亮自己则必须发现另一座灯塔。这句话形象地道出了迈纳对比较文学精神实质的理解和把握。迈纳在他的《比较诗学》中写道:"援引他国文化中的证据,使我们看到自己的文化中早就该看到的东西,是很有用的。""研究诗学,如果仅仅局限于一种文化传统,无论其多复杂、微妙和丰富都只是对单一的某一概念世界的考察。考察他种诗学体系本质上就是要探究完全不同的概念世界,对文学的各种可能性作出充分的探讨,作这样的比较是为了确立那些众多的诗学世界的原则和联系。"并且,"比较的规模决定着比较的性质,当然也决定着比较的结果"。② 如果"比较"只是在"单一的某一概念世界"(同质文化)里进行,那么,这种"比较"便只能算是一种手段和方法;如果"比较"是在"完全不同的概念世界"(跨文化)中进行,那么,这种"比较"就是真正意义上的比较文学或比较诗学。因此,在迈纳的比较诗学中真正的"比较"必须是异质对象的比较。

比较文学及比较诗学作为文学研究的一个独立学科已有了一百多年的历史。在这百年多的历史中,比较文学的发展一直没有完全摆脱欧洲中心主义以

---

① Earl Miner, *Comparative Poetics: An Intercultural Essay on Theories of Literature*, Princeton: Princeton University Press, 1990, pp. 3—5.

② Ibid., pp. 208, 7, 21.

及西方文化霸权的影响和制约。多少年来，西方学者一直将目光集中在由亚里士多德奠基的摹仿诗学上，认为这种摹仿诗学不仅统领了西方诗学两千多年，而且是放之四海而皆准的真理。"批评家们凡是想实事求是地给艺术下一个完整的定义的，通常总免不了要用到'模仿'或是某个与此类似的语词，诸如反映、表现、摹写、复制、复写或映现等，不论它们的内涵有何差别，大意总是一致的。"①总之，西方诗学日后的任何发展变化都受制于这一基础诗学。"它们仅仅作为某个特定文学系统的翻版或变体才有存在的意义，才可以得到理解。正如我们所看到的，传统西方文学史观一直与摹仿说相关，即使当其变体发展到极端成为反摹仿说时亦如此。"迈纳一针见血地指出："总是存在一种霸权主义的假定，认为西方的文学活动乃取之不竭的宝藏，我们可以在另一文学中找出它的对应物，这种对应物有别于西方文学，足以证明它所处的从属地位。"譬如，"根据西方小说的特定规范去判断西方之外的现代——甚至前现代的——文学性散文叙事"，迈纳认为，这是一种"邪恶的错误倾向"。"这不是相对主义，也不是比较文学，而是基于愚昧和恐惧基础之上的欧洲中心主义。"②

迈纳指出，因为摹仿诗学在其原创阶段占主导地位的文类是西方戏剧，因此，建立在这一文类基础上的诗学在西方具有普遍有效性，但一旦存在着一种并非建立在戏剧之上的诗学，那么，这种诗学就不可能是摹仿诗学，摹仿诗学也不可能对这种诗学具有有效性。通过长期的研究和考察后，迈纳发现东方诗学是建立在抒情诗基础之上的，它是有别于西方摹仿诗学的"情感—表现"诗学。迈纳还特别说明了他采用"情感—表现"诗学这一术语的理由："对于以抒情诗为基础的诗学而言，我用'情感—表现的'这样一个术语来形容它。我之所以不用'非西方的'这一术语，有两个充分的理由。首先，即使撇开这些观念中的帝国主义与霸权主义色彩不论，在'是（西方的）'与'非（西方的）'之间作出比较是

---

① 艾布拉姆斯：《镜与灯》，郦稚牛等译，北京：北京大学出版社，2004年，第9—10页。
② Earl Miner, *Comparative Poetics: An Intercultural Essay on Theories of Literature*, Princeton: Princeton University Press, 1990, pp. 225—227.

行不通的。其次是为了找到一个颇为准确的术语以与'摹仿论'抗衡。"①

正如我们不能用摹仿诗学来限定与评判"情感—表现"诗学一样,我们同样不能用"情感—表现"诗学来限定与评判摹仿诗学。刘若愚先生说得明白:"一种文学中产生的批评标准未必适用于另一种文学,而比较文学传统不同的作家和批评家对文学的思考或许可以揭示出哪些批评概念具有普遍意义,哪些概念则只适用于某些文化传统,哪些概念又只属于某一特定的传统。"②迈纳则认为,"没有任何一种诗学可以包容一切","每种诗学体系不可避免地都只是局部的、不完整的,因为可供利用的材料受到了限制"。因此,迈纳坚持诗学研究应当不再仅局限于单一的摹仿诗学研究,而是把眼光和视野投向东方,乃至整个世界,那么,这种诗学就是一种真正的比较诗学,是一种跨文化的诗学研究。"我们在研究中所考察的文学越是广泛多样,所建构的比较诗学理论也就越为坚实可信,当然其中涉及的相对主义诸问题也就越为复杂。"迈纳在《比较诗学》结尾处一再强调:"比较诗学只能建立在跨文化研究的基础之上。""通过跨文化研究,我们可以避免把局部当作整体,把暂时当作永恒,更有甚者,把习惯当作必然。"③

迈纳在《比较诗学》一书中还提供了许多跨文化比较研究的实例。譬如在第二章"戏剧"中"戏剧实例"一节,迈纳首先在同一文化内部比较分析了普劳图斯(Titus Maccius Plautus)、莫里哀(Molière)、德莱顿(John Dryden)和克莱思特(Heinrich von Kleist)笔下的安菲特律翁故事的不同结局,指出它们的"主要不同处在于剧作家对神的处理",它们都属于"一种变相的摹仿论,一种受到恐吓的摹仿论"。接着迈纳对贝克特(Samuel Beckett)的《等待戈多》(*En attendant Godot*)与日本作家世阿弥(Zeami Motokiyo)的能剧《松风》进行了跨

---

① Earl Miner, *Comparative Poetics: An Intercultural Essay on Theories of Literature*, Princeton: Princeton University Press, 1990, p. 9.

② James J. Y. Liu, *Chinese Theories of Literature*, Chicago and London: The University of Chicago Press, 1975, p. 2.

③ Earl Miner, *Comparative Poetics: An Intercultural Essay on Theories of Literature*, Princeton: Princeton University Press, 1990, pp. 19, 238.

文化的比较研究。贝克特的反摹仿论其实仍然源于摹仿论,"贝克特采用了恰被他拒斥的模仿假设,而这正是其剧作的力量所在,正是我们为之所动的根本原因"。而《松风》则不遵从摹仿说,"不管作出何种选择,它都不会涉及摹仿或反摹仿的戏剧。它乃是一种基于强烈情感激动之上的表现剧。……它是世阿弥对基于抒情诗之上的诗学的修正"。正是由于诗学观念的不同,西方剧作家便大量采用虚构的素材,而东方剧作家,尤其是日本剧作家则着意选用真实的材料。在西方剧作家那里,只要证明是事实,那就并非虚构;在东方剧作家那里,只要证明不是虚构,那就是事实。"埃斯特拉贡脱下的那只靴子是一只真靴子,他和弗拉基米尔两人那不合时宜的帽子是真呢帽。然而,《松风》中姐妹的水车和水桶却是精巧的小道具,姐妹俩从中看见了假想的月光和在假想的海水中的倒影。"①迈纳通过这种跨文化的比较分析,使我们对西方戏剧重视摹仿的逼真性,以及东方戏剧重视表演的虚拟性和假想性有了追根溯源的理解和认识,并给我们提供了许多有意义的思考和问题。

四、比较诗学的困境和出路

比较诗学的性质和特征既然是跨文化的,各种不同文化显然又存在着差异、矛盾,甚至对立,那么,我们该怎样评判这些不同的文化,我们以怎样的标准、理论或者观念去评价各种不同的文化?西方文化霸权和欧洲中心主义显然是迈纳所反对的,东方中心主义与民族主义也是迈纳所担心和警惕的。比较诗学如何消解欧洲中心主义、东方中心主义、民族主义,以及传统思维习惯和定势,迈纳提出了相对主义理论。"相对主义——在某种意义上支配着所有的历史思想……对于特定时间而言,其特征与它们所产生文化与时代有关。这一假定显然与诗学有关。"面对"比较学者们"所普遍忽视的"比较"问题,迈纳说:"相对主义能够通过对不同体系的文学的语言和历史的理解而跨越(架设桥梁面对

---

① Earl Miner, *Comparative Poetics: An Intercultural Essay on Theories of Literature*, Princeton: Princeton University Press, 1990, pp. 61, 66, 68—69.

的鸿沟）。"①关于相对主义的具体内容，迈纳分析了以下几个方面：

第一，文学的自主性是相对的。文学是一门独立自主的学科，但它的自主性又是通过与其他学科知识的转换而实现的，因此，文学的独立性是相对的。"各种独立的知识之间并非简单地相关，因为关系是多种多样的，也就是说，一种知识同另一类知识之间相互转换或利用的性质或程度是各不相同的。"②

第二，文类的划分是相对的。"用规划性术语构想的文类也具有相对性。"迈纳说："相对而言，每一种文类里所公认的区别性特征，其他文类中也有。'疏离'和'内引'在戏剧中能找到，在抒情诗和叙事文中也可以找到。同样，抒情诗的'呈现'和'强化'也能在戏剧和叙事文中找到，叙事文的'运动的连续'和'实现'在其他两种文类中也能够找到。"

第三，文本中的事实与虚构是相对的。一方面，"完全虚构的作品将是无法理解的"。另一方面，"我们是通过虚构性而获得事实性的，从这一点来说，事实依存于虚构"。同时，"虚构离开了假定的事实是不可能存在的"。总之，"事实性与虚构性，这两个概念是相互关联的，但在逻辑上事实先于虚构"。③

第四，文学史中的相对主义。首先历史是相对主义的："历史事件因其发生时间和地点、文化和历史时期的不同而不同。""历史这一词模糊不清，它既指被认为是实际发生或原始的事件，又指对这些事所作的口头或文字描述。后者是对前者的记录，但一般都要经过中间媒介的过滤。"文学史既然是历史的一部分，因此，它也必定是相对主义的。"实际上被称为'历史'的东西几乎无一例外地建立在以前的作品之上，对过去和现在的思想观念既有采纳，又有摈弃。此外，必须提醒注意的是，历史中惯性重复的力量比革新变化的力量要大得多。"④总之，文学成分之间的这种相对性在本质上是在所难免的。

但是，如果我们一旦确认了相对主义原则，问题又会随之而来。如果一切

---

① Earl Miner, *Comparative Poetics: An Intercultural Essay on Theories of Literature*, Princeton: Princeton University Press, 1990, pp. 214—215.
② Ibid., p. 213.
③ Ibid., pp. 228, 218, 223.
④ Ibid., pp. 216—217.

都是相对的,那就意味着,在比较研究中任何有意义的工作都不能展开,任何有意义的结果都不可能获得。因为相对主义与科学性、确定性、稳定性背道而驰。佛克马(Douwe W. Fokkema)无疑清楚地看到了这一点,他说:"文化相对主义本身包含着对其他文化模式的宽容,然而它又把这种态度带到了那些不宽容的文化的研究之中……科学研究的目的在于取得放之四海而皆准的结果,文化相对主义正与此原则背道而驰。"迈纳则宣称:"如果在一种文化中,对文类的偏好就如此不同,那么,对于跨文化的比较诗学,我们还抱有什么希望呢?自然我们必须有所选择,因为我们必须前行。大多数人试图将选择的根据建立在相对主义上。这一问题已得到非常简明而不无反讽的描述:'比较的中介不是一下子就能获得的'。"并且,"在文学研究中,比较的中介不仅不能一下子就获得,而且压根儿就不会获得"。①

相对主义如果贯彻到底,必定走向自己的反面,其自身便会发展成一种绝对主义。如果一切都是相对的,那么相对就变成了绝对,而"相对"本身也应相对地看待;如果"相对"也是相对的,那么,相对主义就不可能是普遍的、恒久的。如何走出相对主义困境?迈纳的办法是:"控制相对主义","辨识被比事物形式上的共同特征"。具体的辨识方法有三种:推论性的(inferential)、评判性的(judicial)和实用性的(pragmatic)。

推论性的方法是基于历史事实的,即有关文类学的研究。既然存在着"摹仿诗学建立在戏剧文类上,而其他生成性诗学建立在抒情文类上"这一事实,那么,比较诗学的任务就是根据这些历史事实去推论它们的意义。"相对主义的基础转变为某种特定的系统诗学,以此作为与基础文类相关的系列推论。一旦我们发现了赋予某一文类特殊地位的结果,我们就可以开始我们的比较活动……但它通过使其变得为人所熟知而为比较学者驯化了相对主义。"评判性的方法是推论性方法的一种延伸,是"对个人所做的假设进行精心的悬置与检查。这牵涉到确认其原则,将其视为偏见,检查这种偏见来自何处,并且寻找其

---

① Earl Miner, *Comparative Poetics: An Intercultural Essay on Theories of Literature*, Princeton: Princeton University Press, 1990, pp. 231—232.

他的思路"。当然,这样做是非常困难的,因为我们总是充满偏见。迈纳说:"我和中国文学原则的冲突是因为中国文学的观点对我来说特别难以接受。我受到的关于文学批评的教育使'遗传谬论'(genetic fallacy)原则在我的心目中变得根深蒂固。"实用性方法则是评判性方法的扩展。这种方法是实用主义的,"原因在于在相对主义的两难境地中,抉择的根据显然是实用性的而不是确定性的"。实用性方法究竟如何操作,迈纳语焉不详。不过,他说:"虽然要对这种方法进行理论阐述是最困难的,但在某些意义上它却是最容易操作的。"①

总之,迈纳并没有从相对主义走向不可知论或后现代主义的"怎样都行"。"我们中间没有谁能接受这样一种观念,即认为任何观念都同别的观念一样好。"而"语言,毋庸置辩,是指涉性的,即便在条件句和虚拟语气中,也是有明确意义的"。因此,"我们必须假定某个稳定的客体,某套合理的观念系统,以及一些有助于联系与区别的内在逻辑"。而我们最佳的做法:"就是使自己研究中的预设条件明确化,以利于他人接受,同时尽量去理解其他研究者为其研究所作的假定。"②我们首先必须确认相对主义,否则我们便无法实现真正的比较,即跨文化比较;同时,在确认了相对主义之后,我们又必须控制相对主义,借助某种稳定性、确定性和科学性,走出相对主义的泥沼。在比较诗学研究中,我们所应当做的就是:"在达成对于各种差异的评判,以及在各种选择的余地或者相关问题之间作出选择的过程中,我们需要尽可能多地解释相关问题,尽可能多地说明切中肯綮的可能性。"③

---

① Earl Miner, *Comparative Poetics: An Intercultural Essay on Theories of Literature*, Princeton: Princeton University Press, 1990, pp. 233—234.
② Ibid., pp. 4, 237.
③ 厄尔·迈纳:《比较诗学·中文版前言》,王宇根、宋伟杰等译,北京:中央编译出版社,2004 年,第 IV—V 页。

侨易学与比较文学

我们似乎刚刚经历了一个解构一切、消解一切、终结一切的时代,而这样一个时代还远没有成为历史、成为过去。我们在解构中嬉戏、狂欢,而渐渐忘却了建构的责任。当然,与殚精竭虑、持之以恒地建构相比,解构总显得轻松愉快,若是纯粹破坏性的解构,那就更可以称得上是真正的痛快了。譬如小孩搭积木,精心搭建起来的作品,可以在顷刻之间推到,化作乌有,这种痛快来得容易,去得也迅速。渐渐地我们都习惯了解构,而不再费心费力去建构,与其穷毕生精力去建构自己的理论和体系,以便让他人去解构;不如随解构之大潮随波逐流,成为时代的"弄潮儿",反而可以得风气之先。正是在这种背景下,当我们看到叶隽教授以及他的团队多年以来兢兢业业地建构有关侨易学的理论和体系,不由得不心生感动和钦佩。尽管这种理论还留有诸多的不完善、不周密之处,可以给那些解构主义者留下解构和嬉戏的机会,但是,我们相信,历史书写的总是那些建构者,或者说,历史就是由那些建构者的活动和成果构成的;而那些解构者除了可以帮助建构者将其理论建构得更加周密和严谨外,将随着潮涨潮落最终会烟消云散、不留踪迹。

近年来,有关侨易学的观念和理论已有诸多讨论,香港科技大学名誉教授陈建华指出:"'侨易学'是一门探讨文化迁徙、交流和变化的学问,无疑是一门大学问。"[1]中国社会科学院哲学研究所副所长崔唯航教授在论及叶隽教授的《变创与渐常:侨易学的观念》一书时指出,百余年来,一代又一代学者所构筑的一幅色彩斑斓的中国学术地图中,"叶隽所大力倡导并身体力行的侨易学,将在这幅地图中留下浓墨重彩的一笔。因为该书不仅鲜明展现了中国学者在中国学术发展道路上的自觉意识,而且身体力行,在这条道路上迈出了可贵的、关键

---

[1] 陈建华:《侨易的交易之道》,《书城》2014年第12期。

性的一步。"①但迄今为止,尚未有讨论侨易学与比较文学二者关系的著述。侨易学与比较文学二者之间存在着诸多相同、相似或交叉,当然也存在着一些不同和差异。二者之间可以互识、互释、互证、互补,由此得到某些启示和启发,而在学术的最高追求上,二者的差异也会越来越小,最终将趋于一致。由于侨易学乃是由叶隽教授及其团队新创的理论,尚未得到学术界普遍的认同与接受,因此对二者之间关系的探讨和研究完全没有现成的成果或资料可以依傍,因此本文只是在这方面进行的一点摸索和探讨,权且算做投石问路吧。

一、侨易原则与影响研究

有关侨易学我们已经有了许多讨论和建树,熟悉比较文学的学者很容易想到它与比较文学的关系。什么是侨易学?叶隽教授如此界定:

> 所谓侨易,实际上更多体现为交易的内容。因为有二元关系的相交,所以有侨易现象的产生。我们提出"侨易学"的概念,虽然也兼顾变易、简易的研究,但其核心部分则主要放在"交易"层面。也就是说,研究对象(侨易过程之主体)是如何通过"相交",尤其是物质位移导致的"异质相交"过程,发生精神层面的质性变易过程。②

强调主体之间的二元或多元关系,强调主体之间的"交易",强调从物质位移到精神质变,在笔者看来,这些应该就是比较文学的根本精神,尤其是比较文学中代表法国学派的"影响研究"的根本精神。巴黎大学教授梵·第根在《比较文学论》(1931)一书曾明确指出:"比较文学的对象是本质地研究各国文学作品的相互关系","地道的比较文学最通常研究着那些只在两个因子间的'二元的'关系。"③比较文学的研究目的就是发现作品之间的影响和假借及其经过路线。

---

① 崔唯航:《侨易学的开创与中国学术的主体自觉》,此文系"侨易学观念圆桌笔谈"(II)中的一篇,待发表。
② 叶隽:《变创与渐常:侨易学的观念》,北京:北京大学出版社,2014年,第6页。
③ 梵·第根:《比较文学论》,戴望舒译,上海:商务印书馆,1937年,第61、202页。

另一位法国当代比较文学学者基亚在《比较文学》(1951)一书中这样定义比较文学:"比较文学就是国际文学的关系史。比较文学工作者站在语言的或民族的边缘,注视着两种或多种文学之间在题材、思想、书籍或感情方面的彼此渗透。"如果失去了相互的关联,比较文学也就不再存在。"什么地方的'联系'消失了——某人与某篇文章,某部作品与某个环境,某个国家与某个旅游者等,那么那里的比较工作也就不存在了,取而代之的如果不是修辞学,那就是批评领域的开始。"[1]与侨易学一样,最初的比较文学所研究的其实就是"文学交易",文学也正是在交易过程中发生变化,在交易中相互接受和影响,从而实现了文学的繁荣发展。

侨易学的原则有三条:一为"二元三维,大道侨易"。"即建立理解世界和宇宙的基本思维结构模式"[2],这一目标远比比较文学的视野宏大,因为比较文学基本上只是理解和阐释文学的思维结构模式,尽管我们在讨论文学时一定会涉及文学与世界和宇宙的关系。在这里侨易学特别强调的"侨易"中"易"的若干含义,"它既有强调变化的一面,更有强调'交易',交互之间的关系与变化,以及'不易'的一面,也就是'恒常'的一面"[3]。这里的"易"与影响研究中的"影响"的意思大体接近,可以互相阐释、互相引证。我们知道任何影响一定是双方的或多方的,并且一定会有变化,这种变化有时是交互之间双方的,有时则是其中一方,但是,在这"变与不变"之中,自然亦有"恒常"的东西,或者说文学传统的东西,文学自身品格的东西,否则就不是"影响",而是完全的"横移和替代"了。当然,"易"的基本意涵来自《易经》,来自中国传统文化,它远比"影响"一词复杂多变。

侨易学的第二条基本原则为"观侨取象,察变寻异"。"取象"之重要性在这里被充分地凸显出来了,"作为侠义学科概念的侨易学并不是什么现象都可拿来研究的,随便选一个东西就可以谈论,作为哲学可以,作为学科不行"。这与

---

[1] 马里奥斯·法朗索瓦·基亚:《比较文学》,颜保译,北京:北京大学出版社,1983年,第4、2页。
[2] 叶隽:《变创与渐常:侨易学的观念》,北京:北京大学出版社,2014年,第20页。
[3] 同上。

走向比较诗学

比较文学面临的是同样的问题:并不是什么都可以拿来比较的,并不是什么文学比较都是比较文学,简言之,比较不是理由。在基亚所著《比较文学》(1951)一书的序言中,法国学者伽列写道:"比较文学不是文学比较。问题并不在于将高乃依与拉辛、伏尔泰与卢梭等人的旧辞藻之间的平行现象简单地搬到外国文学的领域中去。我们不大喜欢不厌其烦地探讨丁尼生与谬塞、狄更斯与都德等等之间有什么相似与相异之处。"[1]钱锺书先生也说过类似的话:"我们必须把作为一门人文学科的比较文学与纯属臆断、东拉西扯的牵强附会区别开来。由于没有明确比较文学的概念,有人抽取一些表面上有某种相似之处的中外文学作品加以比较,既无理论阐发,又没有什么深入的结论,为比较而比较,这种'文学比较'是没有什么意义的。"[2]比较文学的"比较"是有自己的特定领域和规则的,这就涉及比较文学的可比性问题。比较文学以跨民族、跨语言、跨文化、跨学科界限的各种文学关系为研究对象,这种跨越性文学现象中所包含的各种内在联系就是比较文学可比性的客观基础。具体而言,这种文学关系主要包括三个方面,即事实联系、价值关系和交叉关系。

侨易学研究的对象是什么?应该就是"侨易现象",是由"侨"致"易"的过程,或者说由"因"结"果"的过程。"其核心点有二,一是'迁移',二是'变化'。从外在的表象来看,作为主体的人发生了距离的变化,这种距离的变化一般是指具有异质性的文化体之间的变迁,具体则主要表现为国与国(当然不仅如此)之间的距离变化;从内在的本质而言,是指作为主体的人的精神世界发生了较大的变化,也可以说是一种'质性变化'。"[3]如前所述,比较文学中的影响研究中必定有"易",但却未必有"侨";而在这种影响研究中既可以由"因"结"果",也可以由"果"探"因"。在影响研究中"迁移"并不是必须的,因为影响在原地也可以发生。但作为影响的结果和目的却是一致的,即"作为主体的人的精神世界发生了较大的变化,也可以说是一种'质性变化'"。因为没有这种精神世界的较

---

[1] 北京师范大学中文系比较文学研究组选编:《比较文学研究资料》,北京:北京师范大学出版社,1986年,第42—43页。
[2] 张隆溪:《钱锺书谈比较文学与"文学比较"》,《读书》1981年第10期。
[3] 叶隽:《变创与渐常:侨易学的观念》,北京:北京大学出版社,2014年,第20—21页。

大变化，泛泛而论所谓影响就是没有意义的。

　　侨易学的第三条基本原则为"物质位移导致精神质变"。"这里的物质位移，乃是由多个因素构成的重要的文化区结构差之间的位移过程，如此导致个体精神产生重大变化。精神质变是一切社会变动的起因……"① 说到这里，侨易学就远非一个文学问题，甚至都不是一个纯粹的理论问题了。它不仅解释世界，最终还必将改变世界，在"物质—精神—社会"环环相扣的变动关系中，侨易学的创建者最终期待的也许就是社会变革和社会进步了。这种期许自然超越了一般比较学者的愿望了。

　　将侨易学的观念付诸学术研究的具体实践中去便需要侨易学特有的方法。至于侨易学的方法与比较文学的方法也有相近或相同之处。侨易学的一个基本方法是"取象说易"，"也就是我们要选取比较典型的侨易现象来讨论我们的研究对象"。② 有时候，典型的侨易学现象其实就是比较文学的现象，而影响研究的例证恰好也可以用来作为侨易学研究的例证。

　　在叶隽教授看来，侨易学就是"通过实证性的可操作方式，来考察具有关键性的文化、思想、精神的具体形成问题（尤其是创生）……其主要追问，或许在于人的重要观念的形成，总是与其物质位移、精神位移息息相关，尤其是通过异质性（文化）的启迪和刺激，提供了创造性思想的产生可能。故此，侨易学的核心内容乃在于探讨异文化间相互关系以及人类文明结构形成的总体规律。"③ 强调实证性的可操作性，强调"物质位移"对于"精神质变"的意义和价值，强调文化创生中异质文化的启迪和刺激，这些都可以在比较文学研究中找到丰富的例证。例如，在19世纪浪漫主义时期，法国人对德国的看法主要来源之一是斯达尔夫人，她的"《论德国》(1813)打开了通向德国文学之路，触发了1814年以后的法国浪漫派之争。"④ 而据法国学者的考证，斯达尔夫人自己对德国的如此认识和看法，"则要归功于多罗泰的那位不给人好感的情人。这个例子充分证明，

---

① 叶隽：《变创与渐常：侨易学的观念》，北京：北京大学出版社，2014年，第21页。
② 同上书，第21页。
③ 同上。
④ 韦勒克：《近代文学批评史》第二卷，杨自伍译，上海：上海译文出版社，1997年，第265页。

比较文学工作者对有活动能量的次要人物进行艰苦的研究是多么富有历史意义。"①我们知道,斯达尔夫人的这位情人就是查理斯·德·维耶(Charles de Villers),一位有文化的法国炮兵军官,法国大革命后来到德国,以后竭力鼓吹德国文化。斯达尔夫人在德国旅游时与这位炮兵军官有过非常密切的交往,而这种交往最终促动了斯达尔夫人思想的改变。这里,首先是斯达尔的情人维耶的"物质位移",使这位法国军官改变了自己对德国的看法,他的观点随后又改变了斯达尔夫人对德国的看法,最后,斯达尔夫人的著述则改变了法国人对德国的看法,并进而影响到法国浪漫主义的形成和发展。

二、侨易理念与比较诗学

任何一种理论都必须有实践作为支撑和证明,侨易学亦不例外。侨易学单有理论肯定是远远不够的,还必须注重实证性的操作和考察。"如何才能通过一门相对学术化的方法论建构,使得侨易学的概念能在具体的实践运用中'散入寻常百姓家'。可以说这是任何一门具体学科得以确立的基本条件,舍此则无从论学,只能是故作惊人之语的'所谓创新'而已。"②当然,实证性的操作和考察并不是侨易学的目的,侨易学的真正目的在于"探讨异文化间相互关系以及人类文明结构形成的总体规律"。这就将历史学的考证和方法上升到了哲学史和思想史的高度了,在这一点上,侨易学与比较诗学可谓不谋而合、殊途同归。

关于侨易学的这种功用和目的,叶隽教授如此说:"或许正在于给各种学科的自由互涉提供了一种从研究对象到研究方法乃至学术思维上的某种抓手功用,因为它关注的正是这样一种'关联性'、'互涉性'、'迁变性',乃至于一种知识谱系上的'链条生成史'……我们更应当努力追求知识之间的关联性,在整体上把握事物(或知识)的谱系,如此则接近了对道德探寻!"在这个意义上说,侨易学与其说是某一门具体的科学,不如说它所追求的是一种科学的科学,即综

---

① 马里奥斯·法朗索瓦·基亚:《比较文学》,颜保译,北京:北京大学出版社,1983年,第28页。
② 叶隽:《变创与渐常:侨易学的观念》,北京:北京大学出版社,2014年,第31页。

合了许多科学的科学。因此,对于侨易学而言,"无论是研究者还是寻道者,我们应当努力荟萃文学家的艺术与智慧(兼及批评家/文学史家的判断)、史学家的缜密与坚实、社会学家的概括和理论、人类学家的嗅觉和洞察。其余则政治学、经济学、教育学、心理学等都作为相应手段,最后要达至的是哲学家的体系与高度。"①侨易学最终要达到的是哲学家的综合和高度。

比较诗学虽然未必要达到哲学家的综合和高度,但它已然超越比较文学中的具体关系、具体影响的研究而走向更高的综合和概括,这一点则是不言而喻的。早在1963年,法国著名比较文学研究者艾田伯(Rene Etiemble)在《比较不是理由:比较文学的危机》一文中就做出了断言:"比较文学必然走向比较诗学。"他说:

> 将两种自认为是敌对实际上是互补的研究方法——历史的探究和美学的沉思——结合起来,比较文学就必然走向比较诗学。②

艾田伯的断言可谓"一石激起千层浪"。1983年,叶威廉教授的《比较诗学》一书在台湾出版,作者在书中提出了"共同诗学"(Common Poetics)的观点和"文化模子"的理论。叶威廉认为,比较诗学的基本目标和方向就是寻找跨文化、跨国度的"共同诗学",而"要寻求'共相',我们必须放弃死守一个模子的固执,我们必须要以两个'模子'同时进行,而且必须寻根探固,必须从其本身的文化立场去看,然后加以比较和对比,始可以得到两者的全貌。"③其实钱锺书早在20世纪40年代就指出:"东海西海,心理攸同;南学北学,道术未裂。"他的《谈艺录》,"凡所考论,颇采'二西'之书,以供三偶之反。"④他认为,无论东方西方,只要同属人类,就应该具有共同的"诗心"和"文心",即"心之同然,本乎理之当然,而理之当然,本乎物之必然,亦即合乎物之本然也。"⑤总之,"比较文学的最终目

---

① 叶隽:《变创与渐常:侨易学的观念》,北京:北京大学出版社,2014年,第27页。
② Rene Etiemble, *The Crisis in Comparative Literature*, Herbert Weisinger and George Joyaux, East Lansing: Michigan State University Press, 1966, p.54.
③ 叶维廉:《比较诗学》,台北:台北东大图书公司,1983年,第15页。
④ 钱锺书:《谈艺录·序》,北京:中华书局,1984年。
⑤ 钱锺书:《管锥编》第一册,北京:中华书局,1979年,第50页。

的在于帮助我们认识总体文学乃至人类文化的基本规律,所以中西文学超出实际联系范围的平行研究不仅是可能的,而且是极有价值的。这种比较惟其是在不同文学系统的背景上进行,所以得出的结论具有普遍意义。"① 钱锺书的《谈艺录》以及 1979 年出版的《管锥编》被认为是中西比较诗学研究的典范。

钱锺书的学术成果通常也是侨易学的重要理论资源。"钱锺书之著述影响力经久不绝,何也……表现在艺术方面则是其所谓'通感'概念的提出,而背后则体现出其对中国文化一以贯之的承继意识,即'通识'自觉。"② 叶隽教授在论及"文化的传播与交流"时写道:"事物的发展变化过程,从本质上来说都是阴阳二力之交易作用,或合力、或相抗、或对峙……其中最关键的部分则是'交感'力之有无。这不仅是客观上的事实,而且也确实是万物发展前进的基本动力。"③

那么,什么是"交感"呢? 叶教授并没有开章明义地直接论述"交感",而是从钱锺书说起,具体而言,就是从的钱锺书所论及的"通感"说起。众所周知,钱锺书《通感》一文亦是比较诗学研究的经典名篇。钱锺书在这篇论文中首先从宋祁《玉楼春》词中的名句"红杏枝头春意闹"说起,这里的"'闹'字是把事物无声的姿态说成好像有声音的波动,仿佛在视觉里获得了听觉的感受",这就是"通感"。"在日常经验里,视觉、听觉、触觉、嗅觉、味觉往往可以彼此打通或交通,眼、耳、舌、鼻、身各个官能的领域可以不分界限。颜色似乎会有温度,声音似乎会有形象,冷暖似乎会有重量,气味似乎会有体质。诸如此类,在普通语言学里经常出现。"钱锺书认为,"用心理学或语言学的术语来说,这是'通感'(synaesthesia)或'感觉挪移'的例子。"④ 从"通感"的"感觉挪移"到侨易学的"物质位移",这种变化与发展显得自然而又合乎逻辑。侨易学的某些理念就可以从这里生发出来。在钱锺书"通感"概念的基础上,叶教授谨慎地给出了"交感"的定义:"主要乃是指一种发自人的主观感知兼容已有知识、理性判断的认识感觉,是一种'理性化'的感知;但这种感知又不是一种及时性的、偶然的、灵感式

---

① 张隆溪:《钱钟书谈比较文学与"文学比较"》,《读书》1981 年第 10 期。
② 叶隽:《变创与渐常:侨易学的观念》,北京:北京大学出版社,2014 年,第 272 页。
③ 同上书,第 198 页。
④ 钱锺书:《七缀集》,上海:上海古籍出版社,1994 年,第 65 页。

的,而是综合的、长期的、积淀后达致的'打通'之后的秘索思倾向的感知。"自然"通感"与"交感"是有区别的,其主要区别在于前者主要立足于"通",后者主要立足于"交"。由于后者更加"关注异质文化间经由相互接触而发生的碰撞、共鸣、吸收、创生的可能"。所以,在侨易观念当中,"交感"是一个很重要的核心词。"我们不仅要关注一般性的物质位移过程,或者是简单地关注最后的精神质变结果,而更要把握其关系所在,即此种观念变化是为何产生的,其重要元素是什么?如此,则交感的发生就非常重要了。"[①]从"通感"到"交感",再到"侨易",叶隽教授顺利地过渡到了他的侨易学思考和创建。

三、一个例证:流亡文学

侨易学的出现与当今现实的变动和理论爆炸关系密切。"侨易学的出现,乃是为了更好地给我们观察变动不居的大千世界、纷繁复杂的人事兴替、红尘滚滚的功利时代,提供一种理论与学理上的支持,同时开辟一块新的更高的学术平台。如果我们重新以侨易学的思路去审视原有的相关研究,譬如说在中外文化交流史领域,在比较文学领域,在留学史领域等,或许不乏更为洞明的眼光。"[②]如此看来,我们既然可以用侨易学的思路去审视比较文学的研究,自然也可以用比较文学的思维重新审视侨易学的研究,这种互看、互释、互证将会开拓我们的学术视野,获得一种更为洞明的眼光,同时也将会有更多的理论发现。

侨易学研究的领域非常宽泛,并无限制,"如留学、传教、外交、交流、比较、接受等固然是最佳内容,其他如涉及跨文化(空间)、跨领域(类型)、跨代际(时间)等,也都可纳入视域"[③]。这样一来,侨易学与比较文学视域在许多地方是相同的、交叉的,至少是相近的。

作为侨易学的核心观念"物质位移,精神质变",乃是我们理解侨易学的重

---

① 叶隽:《变创与渐常:侨易学的观念》,北京:北京大学出版社,2014年,第199页。
② 同上书,第22页。
③ 叶隽主编:《侨易·发刊词》第一辑,北京:社会文献出版社,2014年,第2页。

要锁匙。但是,具体而言,这种物质—精神的关系是如何建构起来的?这是侨易学学者必须关注和回答的问题。因此,叶隽教授写道:"所谓'侨'者,无非是位置之间的移动而已,但这种侨又不是漫无目的地随意挪动,而是具有势差之间的异质文化体之间的位置变化,从而有可能导致精神的质性变异。而'易'的原有意义,则在我们的发覆之下愈益增多,譬如'交易'的概念就很重要。"①这里,比较学者经常论及的流亡文学似乎又给这一理论提供了有力的佐证。丹麦著名文学批评家勃兰兑斯著有六卷本巨著《十九世纪文学主潮》,其中第一卷为《流亡文学》。流亡文学亦可称为侨民文学:"在这两大暴政期间,一个法国文人,只有远离巴黎,在寂寥的乡间过死一般寂静的生活,或是逃出国去到瑞士、德国、英国或是北美,才能从事他的创作活动。只有在这些地方,独立思考的法国人才能存在,也只有独立思考的人才能创作文艺、发展文艺。这个世纪的第一批法国文学家来自四面八方,其特点就是反抗的倾向。"②流亡文学或流亡主题反映了19世纪末20世纪初从欧洲到全世界的时代热点,曾引起了成千上万读者的强烈共鸣和浓郁的兴趣。

什么是流亡文学?流亡文学通常就是指那些流亡国外的作家所从事的文学活动及创作的作品。这些作家由于某种政治、宗教或其他原因被迫流亡国外,并且他们往往是一大批作家。在世界历史上许多国家都有过这类情形,并且这种情况在近代以来尤以为甚。流亡文学自然离不开流亡,流亡必须有人及物的位置的移动,而这种移动常常导致流亡者的精神质变,最终这种精神质势必反映在他们的文学作品之中。就作为流亡的结果的流亡文学作品而言,的确"既非单纯的位移现象,也非纯粹的思想现象,而是物质现象与精神现象的结合"③。法国著名比较文学学者基亚指出:"流放环境不仅是一个观察良心问题的背景,一个有利于解释和产生反革命思想的场所;如果没有这些外国经验(俄国的君主专制政体、英国的平衡体制),那么,博纳尔(Bonald)、梅斯特勒和夏多

---

① 叶隽:《变创与渐常:侨易学的观念》,北京:北京大学出版社,2014年,第31页。
② 勃兰兑斯:《十九世纪文学主流》第1分册,张道真译,北京:人民文学出版社,1980年,第1—2页。
③ 叶隽:《变创与渐常:侨易学的观念》,北京:北京大学出版社,2014年,第111页。

布里昂自己在十八世纪的诉讼事务中也就不会有那么丰富的知识了。移居国外的行为还为法国的文学、政治和思想开辟了新的前景。宗教的动摇、民族的差异的发现、文学新的价值(尤其是英国和德国的),这一切都引导人们走向了浪漫主义。"①似乎可以说,没有流亡(又译为流放)就没有法国的浪漫主义,或者说法国的浪漫主义就不是现今的这个样子。

一般说来,法国浪漫主义是由夏多布里昂和斯达尔夫人开创的。"夏多布里昂是浪漫的唯美主义的开创者之一,不仅在他对基督教精华所取的态度上,尤其是对天主教仪式,而且在热烈颂扬艺术的永恒性和崇拜天才的优越性及孤僻态度这两点上都说明了他的开创作用。"②夏多布里昂(Chateaubriand)中学毕业后乘船去美洲探险,想发现新的西北航道,但发现的却是自己的写作才能。他在北美南部的丛林中历险,和当地人一起生活了一年。这次旅行为他后来的创作提供了丰富的素材,他的诗歌《纳切兹》便写于此时。与后来不同,夏多布里昂这次的流亡是自己主动选择的。1792 年夏多布里昂回到法国,参加了由保皇党流亡者组成的军队。1793 年他在战斗中负伤后开始流亡伦敦,直到 1800 年他才回到法国。回国后不久就发表他的著名小说《阿达拉》(*Atala*)、《勒内》(*René*),这两部作品被认为是法国浪漫主义的开山之作。由此可见,没有 7 年的流亡生活也就不可能有作为法国浪漫主义开创者的夏多布里昂。斯达尔夫人(Madam De Stael)是法国浪漫主义的另一位开创者。1792 年雅各宾党专政之后,斯达尔夫人感到自身难保,不得不逃离法国,开始了她的流亡生活。她先到瑞士的科佩,后来到英国。1794 年她发表了第一个短篇小说《聚尔玛》,开始了她的作家生涯。1795 年斯达尔夫人回到法国。1803 年她又由于与拿破仑的公开矛盾流亡德国,以后又去过意大利、奥地利、圣彼得堡、斯德哥尔摩等地。1813 年她辗转来到英国,1816 年她再次回到法国。她在流亡德国时完成了重要理论著作《论德国》,这部作品被认为是法国浪漫主义的奠基作。另外值得一提的是,法国浪漫主义另一位领袖雨果因为反对拿破仑三世开始了他的流亡生

---

① 马里奥斯·法朗索瓦·基亚:《比较文学》,颜保译,北京:北京大学出版社,1983 年,第 30 页。
② 韦勒克:《近代文学批评史》第二卷,杨自伍译,上海:上海译文出版社,1997 年,第 288 页。

活,从1851年至1870年他回到祖国,他的流亡生涯长达19年。这种流亡生活对雨果思想和创作不可能没有影响。

当然,主动移民和被迫流亡是有区别的,流放生活对这些移民的影响与通过这些移民的媒介间接地对本国人民的影响,同样是有区别的。总之,"伏尔泰、孟德斯鸠、普雷伏从英国回来后,变成了英国崇拜者。史达尔夫人、米什莱、雨果在德国找到了所有的诗、所有的道德。司汤达希望人们在他的墓前写'米兰人亨利·贝尔之墓'(Arrigo Beyle, Milanese)。拜伦在莱蒙湖岸上遇见了卢梭高尚的影子,它使他更加痛恨自己那毫无信义的祖国。海涅在巴黎变得更热爱法国,咒骂普鲁士了。"① 显然,流亡之前的作者已经大大地不同于流亡之后的作者了,有时候我们甚至会怀疑他们是否还是同一个人。

古今中外流亡文学的例证还很多,其中最著名的例子恐怕要属但丁和屈原了。1302年,由于政治的原因、党派之争但丁被判处流放托斯康纳境外两年,不久后又改判终身流放。直至1321年去世,但丁度过了将近20年流亡的日子。正是在流亡期间,但丁完成了《神曲》,这与屈原放逐,乃赋《离骚》非常相似。但丁日后一直渴望能重返故里,荣归故乡。在《神曲·天堂篇》中,但丁如此写道:"如果有朝一日这部天和地一同对它插手的、使得我为创作它已经消瘦了多年的圣诗,会战胜把我关在那美好的羊圈(指弗罗伦萨)门外的残忍之情——我曾作为一只羔羊睡在那里,被那群对它宣战的狼视为仇敌;那时我将带着另一种声音,另一种毛发,作为一位诗人回去,在我领礼的洗礼盆边戴上桂冠。"② 但是,但丁最终未能如愿,而是客死他乡。这种情形与屈原远离楚国又怀念楚国如出一辙。正是远离故乡又渴望回归故乡成就了但丁及其《神曲》,地理距离的疏远使但丁对故乡故人的评判显得从容而冷静;心理距离的拉近使得但丁对旧人旧事依然充满爱恶与激情。对于屈原及其《离骚》,我想亦可作如此评述。

综上所述,流亡作家的身体流亡与精神变异可以作为侨易学研究和探讨的

---

① 马里奥斯·法朗索瓦·基亚:《比较文学》,颜保译,北京:北京大学出版社,1983年,第31—32页。
② 但丁:《神曲·天国篇》,田德望译,北京:人民文学出版社,2002年,第153页。

对象。流亡作家作为知识精英,"他们所体现的物质位移和精神质变的关系'交点'值得特别关注;我们分析精英人物的侨易过程,不仅在于获得个体发展观念重大变化的原因解释,也在于由个案上升到普遍,抽象出更有规律性的东西,就是规则侨易现象的普遍原理"①。流亡文学与流亡作家的"交点"就在于流亡。通过侨易学的视角,我们将会特别关注流亡地点、流亡时间,以及流亡生活对于流亡作家的影响与作用,进而探讨流亡与文学的关系,乃至文学的规则和规律问题,这自然会加深并扩展我们对文学的理解和认识。并且,与流亡文学相关的问题我们还可以探讨得更加细致精微,与此相关的问题还有流散文学、流浪文学、流放文学,等等,而流散文学原本就是当今学术界关注的热点问题。

总之,侨易学与比较文学的关系还可以阐述得更为具体。近两年来在北京举办的"东西交通与文化侨易""文学世界与资本语境中的侨易现象"等学术讨论会上提交的论文,很大一部分其实就是典型的比较文学论文,如《试谈美国犹太移民与犹太文学中的"侨易"》《"移常"的建构性:乔治·艾略特小说中的乡土记忆》《侨易学与位移理论——现代文学中侨易学的两种经典类型及其案例》《德布林与〈庄子〉》《从居室厅堂走向百货商店的女性——从左拉文学世界看女性消费群体的一次迁变》《幽灵的侨易——狄更斯的雾霾考古学》《作为侨易个体的萨义德及其理论形成》《试探美国犹太移民与犹太文学中的"侨易"》《"话剧":一个术语的诞生与多重侨易的发生》《解析古德诺的〈解析中国〉》《浅议卫礼贤〈道德经〉德译本对布莱希特创作"老子出关诗"的影响》《日译本〈绘本通俗三国志〉的版本源流及价值》《卡夫卡与中国当代文化》等。不谈及论文的内容,仅从这些论文的题目,我们就看到了侨易学与比较文学的交叉与融合。

当然,侨易学与比较文学亦存在诸多不同与差异。在研究对象上,侨易学并不只研究文学,只要与"侨易"有关,均属于它的研究对象与范畴,这与比较文学所宣称的"比较文学不是文学的比较"颇为不同。在研究方法上,侨易学并不局限于某一方法,而是兼收并蓄,只要有利于侨易学的研究均可以为我所用,而

---

① 叶隽:《变创与渐常:侨易学的观念》,北京:北京大学出版社,2014年,第177页。

比较文学则注重比较的观念、比较的思维，以及比较的方法，没有比较一定没有比较文学，当然，有了比较并不就是比较文学。在研究性质上，"侨易"构成了侨易学的基础和核心，没有"侨易"就没有侨易学，而"侨易"往往需落在实处，而不只凭主观的臆测和猜想，因此，侨易学更接近历史科学，与比较文学中影响研究非常接近，而与平行研究及其他更宽泛的研究则相去较远。总之，侨易学与比较文学的关系既有交叉与重叠，又有区别和差异，辨明二者之间的关系并非轻而易举，自然也不是一两篇文章就可以论述清楚的。

远古神话与民族文化精神

法国年鉴学派的创始者马克·布洛赫曾经说过:"那种观点把人类进化的过程描述为一系列短暂而激烈的动荡,其影响无一超过几百年时间。与此相反,我们的研究证明,那些广泛而持久的发展所造成的强烈震荡完全可能是由古及今的。""古今之间的关系是双向的。对现实的曲解必定源于对历史的无知;而对现实一无所知的人,要了解历史也必定是徒劳无功的。"[①]远古神话对于民族文化精神的影响同样是由古及今、广泛而又深刻的,二者之间的关系同样是双向的:对于远古神话的理解有利于探究民族文化间精神的渊源及其发展轨迹;而对于当今民族文化精神的把握又有益于我们理解古代神话。当然,要在一篇论文中论及古代神话的方方面面显然是不可能的,本文只拟从"神与自然、神与人、神与神"三个方面对以上问题作些分析和探讨。

一、神与自然

这里的"自然"包含有"宇宙、世界"等意思。神与自然的关系,关键在于神与自然究竟谁是创造者,谁是被创造者,即谁是第一性的问题?如果世界原本就存在着,神产生于这世界中间,那么这世界从何而来?如果世界是神创造的,那么神又从何而来?古代希腊神话、希伯来神话与中国神话对同一问题的不同回答显示出不同的民族文化品格:

> 最先产生的确实是卡俄斯(混沌),其次便产生该亚——宽胸的大地,所有一切的永远牢靠的根基,以及在道路宽阔的大地深处的幽暗的塔耳塔

---

① 马克·布洛赫:《历史学家的技巧》,张和声等译,上海:上海社会科学院出版社,1992年,第34、36页。

罗斯、爱神厄罗斯——在不朽的诸神中数她最美,能使所有的神和所有的人销魂荡魄呆若木鸡,使他们丧失理智,心里没了主意。从混沌还产生出厄瑞玻斯和黑色的夜纽克斯……①

——赫西俄德《神谱》

起初,神创造天地。地是空虚混沌,渊面黑暗;神的灵运行在水面上。说:"要有光。"就有了光。神看光是好的,就把光暗分开了。神称光为昼,称暗为夜。有晚上,有早晨,这是头一日。

——《圣经·旧约》

天地混沌如鸡子,盘古生其中。万八千岁,天地开辟,阳清为天,阴浊为地。盘古在其中,一日九变,神于天,圣于地。天日高一丈,地日厚一丈。如此万八千岁,天数极高,地数极深,盘古极长……故天去地九万里。

——《太平御览》卷二

比较以上三则神话,我们发现原始初民所想象的自然与世界的最初样子总是相同的:这便是"混沌",即所谓"混沌初开,乾坤始奠",但"混沌"之后,神创造天地的方式与过程却大不相同。前者正好说明了神话与人类的某些共性,所谓"全世界的神话都是相似的"②;后者却渐渐塑造出各民族不同的文化精神,或者说正由于各民族不同的文化品格限定了他们所创造出的神话也必定有着某种程度的不同。

在希腊神话中,"混沌"本身就是神,他是最初的神,由他再产生出其他的神,"万神"之主宙斯只是他的后代。希腊神本身就是宇宙或世界的一部分,因此,神产生神,便是神在创造着宇宙与世界。至于"混沌之神"如何产生出以后的神,希腊神话语焉不详。由此看来,希腊神与自然没有分离,神不是自然的主体,而是与自然一体。其次,主神宙斯是在天地被创造之后才来到这个世界,他与创世无关,只是统治或者说管理着这个世界。因为宙斯是在世界之内统治或管理着世界,因此他也局限于这个世界;因为宙斯的局限,所以需要其他的神来

---

① 赫西俄德:《工作与时日、神谱》,张竹明、蒋平译,北京:商务印书馆,1991年,第29、30页。
② 参看莱维-斯特劳斯:《结构人类学》,上海:上海译文出版社,1995年,第223页。

补充和协助宙斯管理这个世界。这就意味着,希腊神话不可能是一神的世界,而必定是多神的世界。

在希伯来神话中,神在天地之先,在天地之外创造世界。神在天地之先与天地之外,因而不受时间与空间的局限:没有起源,也就不可能有终结;没有形体,也就没有大小,因此也不可能用空间来加以限定。我们只知道"神的灵运行在水面上",神的灵看不见、摸不着,无法描述,因此我们不能说他是什么,只能说他不是什么。神创造了这个世界,但他自己却不在这个世界之内;神是这个世界的原因,但他自己却没有原因;神是世界的中心,但中心却不在世界之内,正如米兰·昆德拉所说,以色列是欧洲的心脏,但却长在母体之外一样;这世界是神创造的结果,但结果却不能倒转过来限定原因。因此,这种没有局限、不可限定的神很容易成为宗教意义上的神。神如何创造这个世界?"耶和华创世实在是太过高超,以至于直到今天都无须被重写或加以改动。"[①]他只是"说",并不需要行动,他用语言创造了这个世界。神如果行动就必定会带来神的局限,因为任何行动都必定包含着行动的主体和行动的对象(客体),主客体的分离就是矛盾,有矛盾的神不可能是真正意义上的神。《圣经·约翰福音》对此有着更为明晰的表述:"太初有道,道与神同在,道就是神。这道太初与神同在。万物是藉着他造的;凡被造的,没有一样不是藉着他造的。生命在他里头,这生命就是人的光。"这里"道"(word)即"言说和词语"之意,"道"即上帝的语言,这正如暗合了"神话"一词的本意。神话(myth,亦为 mythos)一词源于希腊语词根(mu),这一词根意为"用嘴发出声音",因此,神话是原始民族的"圣经",上帝用语言创造世界便是最原始意义的"神话"。这以后,虽然上帝的声音渐渐被人的声音所替代,人用语言和理性建造的巴比伦之塔代替了上帝的声音,但是,语言的中心或重要位置却并没有因此而被其他内容所替代,反而构成了西方十分强大而又源远流长的逻各斯中心主义(logocentrism)。逻各斯中心主义一词来源于希腊语"逻各斯"(logos),意即"语言""定义",是关于每件事物是什么的本真

---

① 凯伦·阿姆斯特朗:《神话简史》,胡亚豳译,重庆:重庆出版社,2005年,第105页。

说明,是由语言表达的最终真实。这样古希腊的文化便与上帝的声音合二为一,共同塑造着西方的文化精神。今天西方的后现代主义虽然竭力要解构逻各斯中心主义,但它自身似乎并没有离开这一中心,它依然借助逻各斯来解构逻各斯,其自身的局限不言而喻。

在中国神话中,创造天地的神盘古有着巨大的局限。盘古生于天地之间,因此他在时间与空间上均有局限:在时间上,他既有生,就必有死(盘古果然有死,他死后化为山岳、日月、江海、草木),尽管他可以活万八千岁;在空间上,他上有天,下有地,盘古虽然极长,但他不可能超越天地。盘古有形,他在天地之内,因此他不可能大于天地。盘古如何创造天地呢?"盘古将身一伸,天即渐高,地便坠下。而天地更有相连者,左手执凿,右手执斧,或用斧劈,或以凿开,自是神力。久而天地乃分,二气升降,清者上为天,浊者下为地,自此混沌开矣。"这里的盘古,哪里是神,分明是一个劳动者的形象。因此,较之《旧约》中的神,盘古显然缺少神性;较之希腊神,中国神话中的神具体实在,富有生活气息,但缺乏抽象性和神秘性。

二、神与人

大凡神话中总是神创造了人,如果是人创造了神,那就不是神话,而应是人类学、哲学那类学科了。但是即便神话中都是神创造人,各民族神话中神创造人的目的、方式、过程却大异其趣。从这种不同中我们又可以追寻、探访到民族文化精神的不同。下面我们先将古希腊、希伯来与中国的有关"神造人"的神话摘录如下:

> 一个先觉者普罗密修斯,降落在大地上。他知道天神的种子隐藏在泥土里,所以他摄起一些泥土,用河水使它润湿,这样那样地捏塑着,使它成为神祇——世界之支配者的形象。为了给与泥土构成的人形以生命,他从各种动物的心摄取善和恶,将它们封闭在人的胸腔里。在神祇中他有一个朋友,即智慧的女神雅典娜;她惊异这提坦之子的创造物,因把灵魂和神圣

的呼吸吹送给这仅仅有着半生命的生物。

——斯威布《希腊的神话与传说》

神就照着自己的形象造人,乃是照着他的形象造男造女。神用地上的尘土造人,将生气吹在他鼻孔里,他就成了有灵的活人,名叫亚当。

——《圣经·旧约》

俗说天地开辟,未有人民。女娲抟黄土作人,剧务,力不暇供,乃引绳于泥中,举以为人。故高贵者,黄土人也;贫贱凡庸者,引绠人也。

——《太平御览》卷七十八

从以上三则神话来看,人均是神用泥土塑成的。但神按什么标准造人,怎样造人,以及造出怎样的人,却并不相同。比较而言,希腊神话和希伯来神话大体相似,这证明它们或许原本就是同源的。在这里,神均按照自己的样子或形象造人,而且,神是先造人之肉身,然后再将"灵魂""呼吸"或"生气"送入人体,仅有肉身之人还只能算是"半生命的生物",有了灵魂和生气的肉体,才是"有灵的活人"。这里有两点以后渐渐塑成了西方悠久而又强大的文化精神内核:

第一,人是仅次于神的"宇宙的精华,万物的灵长"。在希腊神话中,天地初创,"鱼在水里面嬉游。飞鸟在空中歌唱。大地上拥挤着动物。但还没有灵魂可以支配周围世界的生物"。于是普罗米修斯创造了人,因此,人是这个世界的支配者,而世界成了被人支配的对象;人是有灵魂的主体,而世界成了被人的灵魂思维着的客体。在《圣经》中,神对他创造的人说得更加清楚,"要生养众多,遍满地面,治理这地;也要管理海里的鱼、空中的鸟,和地上各样行走的活物"。人与世界、人与自然的关系由此分离、对立,成为管理与被管理、征服与被征服的关系。马克思在论述神话时似乎也有意强调了这种分离,"任何神话都是用想象和借助想象以征服自然力支配自然力,把自然力加以形象化"[①],这使得人类的自我中心主义精神更加膨胀。由于自然是物,是死的,是不同于人类的另一世界;由于人类是最接近神的存在,所以,人类理所当然地要征服其他生物和

---

① 马克思:《政治经济学批判·导言》,《马克思恩格斯选集》第二卷,北京:人民出版社,1972年,第113页。

自然，使其为人类服务。这一传统后来便渐渐成了西方科学文明的基础，其结果是：一方面西方人开始肆无忌惮地开发、利用、征服、掠夺自然，自然科学研究由此获得了突飞猛进的发展和成就；另一方面，伴随着对自然的疯狂掠夺，自然被严重破坏，人类的生存环境变得愈来愈恶劣。

第二，人的肉体和灵魂原本是分离的，"灵"与"肉"对立的历史与人类的发展史一样漫长。这一传统贯穿在西方的文化精神之中。歌德在《浮士德》中有一段名言："有两种精神居住在我的心胸，一个要想同别一个分离！一个沉溺在迷离的爱欲之中，执扭地固执着这个尘世；别一个猛烈地要离去风尘，向那崇高的灵的境界飞驰。"灵魂和肉体的分离如此强烈，贯穿于浮士德的一生，乃至歌德的一生。在托尔斯泰笔下，有着一个精神的涅赫留朵夫和一个肉体的涅赫留朵夫，一个同另一个分离，一个战胜着另一个。在陀思妥耶夫斯基那里，上帝将灵与肉抉择的自由交给了人类，无疑是一种残酷的自由，因为人类的弱小，个人永远无法面对并作出这一选择。司汤达笔下的于连也总是处在分裂与选择之中，红与黑的选择，理想与现实的选择，也是灵与肉的选择。总之，灵与肉的分离构成了西方文学中绵绵不绝的形象和主题。

在中国神话中，女娲照什么样子造人，我们不得而知，但至少不是按照男性神的样子来造人，也不是按照女娲自己的样子来造人，因为女娲自己是"人首蛇身"。这样，受人顶礼膜拜的女娲还保留着动物的形貌，那么，由女娲创造的人类，其地位和价值就不可能高于女神自己，也不可能高于其他的动物和生物。同时，女娲造人，灵肉一体，并不分离，这就为人类同大自然平等相处、和谐发展提供了神话学的依据，也为中国传统文化中的"天人合一"精神提供了某种依据。因此，在中国神话中我们看到的常常不是人与自然、世界的分离对立，不是管理与被管理、征服与被征服的关系，而是二者的和谐同一。这一传统以后便成了中国文化精神的主要内容，其结果是：一方面，中国人对自然的开发和利用总是有所节制、有所保留，这就妨碍、制约了自然科学尤其是近现代自然科学的发展；另一方面，由于人类同大自然处于一种平等、亲情的关系中，自然由此得到了保护，人类也完善了自己的生存环境。遗憾的是现代中国在吸纳了西方的科学文明精神之后，却割裂了同中国传统文化精神的内在联系，致使中国现代文化朝着西方的方向迅猛发展，其对自然的破坏较之近现代的西方也常常有过之而无不及。

中国有关人类起源的神话还有一点非常不同于希腊神话和希伯来神话，那就是：人类的创造者竟是一位女性！在希腊神话中，是男性神普罗米修斯用泥土造人。在《圣经·旧约》中，"神照着自己的形象造人"，造出来的第一个人是男人，名叫亚当。接着，"神就用那人身上所取的肋骨，造成一个女人，领她到那人跟前。那人说：'这是我的骨中之骨，肉中肉，可以称她为女人，因为她是从男人身上取出来的。'"显然，作为西方文化的两个源头——古希腊神话和古希伯来神话——在人类起源的故事中男权主义起着支配作用。这种"男先女后"的神话在女权主义的文化视角下显然是父系制的产物。因为人类在现实生活中所见到的是，所有的人都是女人所生，如果循此推导，世界上的第一个人应该是女人。然而，这一结论是以父权为中心的社会所不能接受的，男人要把生女人的优先权置于自己的名下，于是顺序只好颠倒过来。男性神不仅创造了一切，也创造了人类，包括女人。

那么，中国的创造人类之神为何竟是一位女性呢？《说文解字》里说："娲，古之神圣女，化万物者也。"《山海经·大荒西经》郭璞注："女娲，古神女而帝者。"人类的创造者是一个女性神。学者们一般认为，这是史前时代母系氏族社会现实的一种反映。不过，我们在同古希腊神话比较后发现，古希腊神话中虽然有反映由母系社会向父系社会转折与过渡的神话，即俄瑞斯特斯为了给父亲阿伽门农报仇，杀死了自己的母亲克吕泰墨斯特拉，后来俄瑞斯特斯在雅典法庭受审时，雅典娜女神宣判他无罪。恩格斯说，这便是"父权制战胜母权制"。"世系最初只能依女系即从母亲到母亲来确定；女系的这种独特的意义，在父亲的身份已经确定或至少已被承认的个体婚制时代，还保存了许久；最后，母亲作为自己的子女的唯一确实可靠的亲长的这种最初的地位，便为她们，从而也为所有妇女保证了一种自那时以来她们再也没有占据过的崇高的社会地位。"但是，在古希腊神话中除了埃斯库罗斯的《俄瑞斯特斯》这一剧本因为被恩格斯关注和阐释,从而显示出特别的母系社会的历史意义之外,在别的神话里却再难窥探到母系氏族社会的现实。而希腊神话又是以其体系完整、时代久远而著称于世的。古希腊神话显然是父系社会的产物。这样,我们再回过头来看女娲在中国神话中所处的中心和重要位置,便绝不只是简单地将其解释为对母系氏族社会的反映了。由此,我们或许可以作出两点推测:一、中国有关女娲的神话在时间上和在社会发展形态上都要早于古希腊神话;二、有关女娲的神话长期在民间流传,影响悠远,而在中国确立了父系制后,并没有将她改编成一个男性神,这不能不说中国文化传统中女性意义与女权意识历史悠久,深入人心。中国神话的历史化特征是世人有目共睹的,而女娲这一神话却并没有被历史化,这不能不引起人们的兴趣和思考。

女娲补天的神话可以说更进一步证实了我们以上的推论。《淮南子·览冥训》中这样记载:"往古之时,四极废,九州裂;天不兼覆,地不周载……于是女娲炼五色石以补苍天,断鳌足以立四极,杀黑龙以济冀州,积芦灰以止淫水。"女娲不仅创造了人类,而且还修整了天地,拯救了人类,给人类提供了一个安定的生活环境。所以,"考其功烈。上际九天,下契黄垆;名声被后世,光晖重万物。"(《淮南子·览冥训》)笔者认为,女娲的这种非凡的业绩以及她长久地受到人们的顶礼膜拜,或许意味着中国"女性意识"的源远流长。

三、神与神

就神与神之关系而言,古希腊神话同中国神话更为接近,而同希伯来神话迥然有别。希伯来神话是"一神"之神话,除了上帝耶和华,不再有别的神,"摩西十戒"的第一条就是:"除了上帝外不可敬拜别的神。"希腊神话与中国神话具有更多的人性,神与神的关系常常就是人与人的关系,但是,希腊神话中神与神的关系清晰、完整,有可供查询亲缘关系的"神谱";中国神话中神与神的关系却零散并缺乏血缘联系。三大神话体系何以具有如此不同的特点,这一点又如何影响着民族文化精神的发展和走向,这是笔者下面将要探讨的问题。

《圣经》中的一神神话似乎不应是这里讨论的问题,因为这里不存在神与神之间的关系。这个唯一的神似乎可以直接等同于宗教的神,这里的神话其实等同于神学。上帝的存在证明了一切,而上帝自身却不再需要任何证明。上帝是世界上纷繁复杂的万物背后的最高最后的原因,正是他决定了各种具体事物何以为各种具体事物,何以具有这样的性质,并且以如此这般的方式生存、发展和灭亡。这个上帝构成了西方历史悠久、根深蒂固的逻各斯中心主义。

《神谱》的主要内容就是述说宙斯和奥林匹斯诸神的诞生,即他们之间的亲缘关系,"最先产生的确实是卡俄斯(混沌),其次便产生该亚——宽胸的大地……"大地母亲的后裔以天神乌兰诺斯系为主系,最为繁盛,一传至克洛诺斯,二传至宙斯。宙斯打败了提坦和提丰,确立和保住了对全宇宙的统治权,然后给诸神分配职司。此后便是宙斯的子女雅典娜、阿波罗等的出世,女神和凡间男子生了半人半神的英雄们。《神谱》以奥林匹斯神系为归宿,把诸神纳入了一个单一的世系,这不能不说是希腊神话的进步。美国哲学家梯利说,神谱学比神话前进了一步,它试图用理性来说明神秘的世界,解释被设想为掌管自然现象和人类生活事件的主宰者的起源。因此,神谱学距离科学和哲学已只有一步之遥了。

中国神话零散,神与神之间几乎没有什么联系,更少有亲缘关系。茅盾先生在他的《神话研究》中,将中国神话分为彼此无甚联系的六大类:天地开辟的神话;日月风雨及其他自然现象的神话;万物来源的神话;记述神或民族英雄武功的神话;幽冥世界的神话;人物变形的神话。总之,"中国神话不但一向没有集成专书,并且散见于古书的,亦复非常零碎,所以我们若想整理出一部中国神话来,是极难的。"①中国神话没有走向神谱学,更没有走向宗教,倒是渐渐走向了历史。

希腊神话与中国神话都是"多神"的世界,多神就意味着对神的限制,因而这里的任何神都不可能是无处不在、无所不能的。神的这种局限和无能说明神

---

① 茅盾:《神话研究》,天津:百花文艺出版社,1981年,第65、66页。

的地位非常接近人,这也就是我们通常所说的"神人同形同性"的特点。色诺芬尼说:"荷马和赫西俄德把一切在人类那里都要受到谴责的丑事,如偷盗、通奸和欺骗别人等都加诸于神。"①神被还原于人,并且还远不如人,这便是将神"人化"。中国神话具有一种对现实生活的积极进取精神,如盘古垂死化身,女娲功成身退;鲧违帝命,盗息壤以治水,帝令祝融杀之于羽郊,死三岁不腐,剖之以吴刀,化为黄龙,又腹中生禹,禹继鲧志,历尽艰辛,终于完成了治水大业;帝女没于水,化精卫鸟衔木石以填沧海;夸父追日,化邓林以荫后人,等等,这表明中国神话歌颂的是劳动,赞美的是意志,表现的是强烈的正义力量和英勇献身精神,因此,中国的神其实是"人所应当有的样子",是人民的英雄,这便是将人"神化"。

希腊神话将神"人化"与中国神话将人"神化"的特点既有着历史文化的背景,又对中、希(西)文化精神的形成和发展起着重要的影响和制约作用。我们知道,希腊是海洋国家,首先发展起来的是商业和交通,商业的目的就是获取最大的利润,这样商业的发展必定会刺激人们的各种私欲的发展,所以,"希腊人中,自始至终在男子当中流行着极端的自私自利"②,随着私利在社会上的合理化、合法化,与自私自利相伴的"偷盗、通奸和欺骗别人"等也便成了希腊人正常的、无可非议的精神品格了,希腊人再将这些品格赋予他们心中的神,也就顺理成章,自然而然了。希腊神话的这种对人的欲望、权利、享乐的强调,以后又成了西方人本主义传统的文化精神源头。中国是大陆国家,首先发展起来的是农业。农业的根本在于土地,土地搬不走,所以要定居,定居后繁衍,故有大家族,有家族崇拜,有"家邦社会",于是也就有了儒家学说,儒家学说中的"修身齐家治国平天下""君子自强不息"的精神应该说既是中国神话精神的合理延伸,又反过来制约着神话的传播和定型;农业的关键还在于勤劳节俭、团结合作,以及与各种自然灾害作不懈斗争,所以中国神话赞美一砖一石的劳动,歌颂坚韧不

---

① 参见叶秀山:《前苏格拉底哲学研究》,北京:三联书店,1982年;人民出版社,1997年重印,第126页。
② 马克思:《摩尔根〈古代社会〉一书摘要》,北京:人民出版社,1956年,第39页。

拔的意志,崇尚温柔敦厚的恬静美。

　　同时,古代希腊由于商业、交通的发展,人民向往整一、系统的生活,其神话与此吻合,也渐渐被编撰得体系完整、丰富多彩;中国过早发展起来的定居农耕生活,是一种原始的"小国寡民"的自然经济,一个个分散的氏族部落,犹如一处处"世外桃源",虽"鸡犬之声相闻",却"老死不相往来",因此,愚公宁肯子子孙孙搬山不止,也不愿搬家迁徙。这种封闭自足、与世隔绝的农耕生活自然不利于文化的整合,因此在这种背景下产生的神话也只能是零散的、缺乏联系的、自生自灭的。

　　在希腊神话里,万神之主宙斯也只能把一个人的死推迟一下,最后还得听命于命运女神,而且人类也有自由意志,他们不是神的玩偶,阿喀琉斯就自己选择了自己的命运。希腊神最大的优势或许在于他们的长生不死,这较之中国的有生有死的神,虽则他们超越了死亡,但却由此而缺乏尊严,因为中国神话中的神能在死亡面前作出自己的选择,而希腊神却无此可能,也无此必要。正是死亡赋予中国神的行为以意义,因为在人类看来只有死亡是最后的裁定,不可变更,因此我们通过盘古之死、女娲之死看到了神的尊严,体味到了神的精神,当然,这实际上原本就是人的尊严、人的精神。

　　美国神话学家大卫·李明说:"神话就像人类所关切的事物一样的真实。当我们失掉了感受神话的能力时,我们也就失掉了同体现最基本和最普遍人性的事物的联系。在一种真实的意义上说,当一个社会不再能够体验神话的时候,它也就失去了它的灵魂。"① 我们庆幸我们还没有失掉感受神话的能力,虽然现代社会的工业文明正在一点一点地蚕食着我们的这种能力。古老的神话精神已经铸就了民族之魂,即使我们并没有经常地、自觉地去感受神话,神话精神也不会离我们远去。"要了解一个国家或民族,首先应该了解它的神话"②,袁珂先生的这句话,可以作为本文的结语。

---

　　①　袁珂主编:《中国神话》第一集,北京:中国民间文艺出版社,1987年,第359页。
　　②　袁柯主编:《中国神话·序》第一集,北京:中国民间文艺出版社,1987年。

西方文学源头考辨

德国著名现象学家胡塞尔有句名言:"直面于事情本身(Zu den Sachen Selbst)!"[①]这句话的意思是要我们回到事情的本源,而将那些与此不相关的讨论暂时先搁置起来。西方文学发展至今已有几千年的历史,对于西方文学我们已有了许多讨论,而对于文学的源头的讨论我们似乎忽略了,或者说忘却了。德国著名艺术史家格罗塞早在一个世纪前就曾经指出:"艺术的起源,就在文化起源的地方。不过历史的光辉还只照到人类跋涉过来的长途中最后极短的一段,历史还不能给予艺术起源文化起源以什么端倪。"[②]艺术如此,文学更莫如此。

一

对于西方文学或文化的源头,我们都知道所谓"两希说",即希腊和希伯来文学是西方文学的源头。英国著名学者马修·阿诺德在《文化与无政府状态》一书中指出:"希伯来文化与希腊文化,这两者之间的影响推动着我们的世界。在一个时期,感受到它们中的这一个吸引力大些,在另一个时期,又感到另一个的吸引力大些;虽说从来不曾,但却应当在它们之间保持适当和幸福的平衡。"[③]马修·阿诺德是19世纪下半叶英国最重要的批评家。他一直被视为英美知识思想传统,或者说主流文化中的一个重要人物。他的《文化与无政府状态》出版

---

① 恩斯特·卡西尔:《语言与神话》,于晓等译,北京:三联书店,1988年,第15页。胡塞尔:《逻辑研究》第二卷,上海:上海译文出版社,"导论"部分第2节。
② 格罗塞:《艺术的起源》,蔡慕晖译,北京:商务印书馆,1984年,第26页。
③ 见威廉·巴雷特:《非理智的人——存在主义哲学研究》,段德智译,上海:上海译文出版社,2007年,第74页。

于1869年,他的这一关于西方文化源头的说法影响久远。茅盾在1930年出版的《西洋文学通论》中提及西方文艺思潮发生和发展的"两个H"之说。所谓"两个H"指的是Hebrism(希伯来主义)和Helenism(希腊主义)。"尤其是'二希',很被重视为欧洲文艺史的两大动脉。"①茅盾没有注明此观点出自何处,但恐与阿诺德不无关系。也有西方学者指出,西方文学的源头还应加上哥特文学或文化,"欧洲文明的主流发源于古典文化和希伯来文化时代,随后又因哥特人的入侵而加入第三个重要支流。"哥特人被认为是耳尔曼部落中最凶暴、最活跃的一支。哥特人的主要特点是躁动不安和激情好动。他们没有在书面文学、艺术形式以及文化装饰品方面做出贡献,但是,"他们对个人自由理想的强调、对怪诞事物的迷恋、对妇女的神秘态度以及个人对首领的忠诚等观念,在创造中世纪和后来的欧洲生活形态过程中也颇有影响力。"②当然,比较而言,作为西方文学的源头,哥特文学出现较晚,希伯来文化则有些间接,作为西方文学最直接、最古老的源头应当就是古希腊文学了。

古希腊文学是西方文学的开端,铸就了西方文学的精神品格和基本走向。"他们(古希腊人)的神话,经荷马传诵,成为西方文学的源泉。"③"在许多方面,我们的近代世界是希腊和罗马世界的延续……但就我们大部分的思想活动而言,我们是罗马人的孙辈,是希腊人的重孙。其他因素也参与造就了今日的我们,但希腊—罗马人的影响无疑是最强烈和最广泛的。如果没有他们,我们的文明不仅会面貌迥异,而且将贫瘠得多,显得更加支离破碎、缺乏思想和流于物质。"④如何能领略西方文学的精髓或精神?到古希腊文学那里去,大概是我们的必经之路或理想之路,并且应该是我们最先的选择。如有可能,我们就应该到源头去饮水。这句话包含两个意思:一是若想品味西方文学,就得首先品味

---

① 茅盾:《西洋文学通论》,北京:书目文献出版社,1985年,第8页。
② 罗德·霍顿、文森特·霍珀:《欧洲文学背景》,房炜等译,北京:人民文学出版社,1992年,第1、3—4页。(Rod W. Horton Vincent F. Hopper, *Backgrounds of European Literature*, New Jersey: Prentice-Hall, INC. Englewood Cliffs.)
③ 琼·肯尼·威廉姆斯:《古代希腊帝国》,郭子龙译,北京:商务印书馆,2015年,第3页。
④ 吉尔伯特·海厄特:《古典传统:希腊—罗马对西方文学的影响》,王晨译,北京:北京联合出版公司,2015年,第1页。

古希腊文学;二是若想真正品味希腊文学,就得去阅读希腊原著。但是,设若做到了以上两点,我们是否就饮到了"源头活水"呢?

事情并非如此简单。西方文学的源头并非一泓固定不变的"死水",等待着我们随时去"豪饮"。一旦我们诚心去追寻西方文学的源头时,我们发现这个源头其实并不确定,也并非可以轻易涉足其间。对于古希腊文学,我们现在所能看到的只是一些断片或片面性的传说。公元前5世纪的希腊文学作品,我们所掌握的约有百分之二十,而越往前我们所掌握的就越少。英国古希腊文学研究专家吉尔伯特·默雷说:"每一种文学作品,当人们想起要保存下来的时候,实际上大部分早已毁弃。"[1]美国古典文学学者汉密尔顿在《希腊精神》一书中感叹道:"希腊遗留下来的东西是那么稀少,又是那么的遥远,因为时间、空间和陌生艰涩的语言等诸多原因与我们是如此的隔膜。"[2]"文明民族的诗歌大部分已因经过书写和印刷而有了定形,野蛮人的诗歌的保存,却全靠不很确实和不能经久的记忆力。"[3]而作为文学的真正源头的显然属于后者,而不属于前者。前者在经过文字的记载和传播后,已经从"源"变成了"流",且蔚为大观。

二

古希腊文化的源头是克里特文化,又称米诺斯文化,它是"爱琴文化"的发祥地。大约在公元前2600年,这里已经开始进入金石并用的时代,即原始社会的后期。克里特是欧洲最古老的国家,曾一度称霸海上。修昔底斯在《历史》第一卷中写道:"根据传说,我们知道米诺斯最早拥有舰队,控制着现在称为希腊海(即爱琴海)的大部分海洋……"[4]公元前2000年,克里特经济文化繁荣,对周边世界影响深远。"从庇里牛斯半岛到底格里斯和幼发拉底两河之间,从巴尔干半岛北部到尼罗河谷地,到处可以发现克里特的手工品。这证明了公元前

---

[1] 吉尔伯特·默雷:《古希腊文学史》,孙席珍等译,上海:上海译文出版社,1988年,第3页。
[2] 伊迪丝·汉密尔顿:《希腊精神》,葛海滨译,北京:华夏出版社,2008年,第3页。
[3] 格罗塞:《艺术的起源》,蔡慕晖译,北京:商务印书馆,1984年,第174页。
[4] 兹拉特科夫斯卡雅:《欧洲文化起源》,陈筠、沈澂译,北京:三联书店,1984年,第105页。

200年克里特商人勇敢旅行的神话是事实。"①米诺斯是希腊传说中的第一位统治克里特岛的国王,他是宙斯和欧罗巴的儿子。这个神话传说显然也涉及欧洲文化源头的问题。

欧罗巴(Europa)是亚细亚地区腓尼基(Phoenicia)国王阿格诺尔的女儿,卡德摩斯的妹妹。腓尼基是希腊人对迦南人(Canaan)的称呼,迦南一词在闪米族语的意思是"紫红",这同他们衣服的染料有关。迦南在希腊文中的意译便是腓尼基。"欧洲一词可能源于闪语,最初可能是对(遥远的)西部土地的对外称呼。但该词在希腊人看来并不是指'西方',因为他们第一次使用欧洲一词是指希腊中北部这个小区域,后来才逐渐扩展为更广阔的地区。"②腓尼基是古代地中海沿岸兴起的一个民族,一个亚洲西南部的城邦国家,由地中海东部沿岸的城邦组成,位于今叙利亚和黎巴嫩境内。一天晚上,欧罗巴做了一个梦,梦见亚细亚和对面的大陆变成两个妇人,她们来争夺她。最后欧罗巴被外乡人带走。欧罗巴清晨醒来,梦中情景历历在目。她与众姑娘去海边草地采撷鲜花,编制花环。宙斯为阿弗洛狄忒金箭所射中,爱上了年轻的欧罗巴。他变成一头漂亮的牝牛,出现在山坡草地上。欧罗巴被他一步步所吸引,她在他角上挂上花环,骑在牛背上。牝牛开始漫步行走,突然疾驰而去,飞越大海,来到克里特岛。牝牛随后变成一位美丽无比男子,欧罗巴同意委身于他。欧罗巴一觉醒来,面对的是完全陌生的海岸风景。欧罗巴羞愧无比,绝望中想到自杀,但阿弗洛狄忒突然出现在她身旁,对她说:"你命定要做不可征服的宙斯的人间的妻。你的名字是不朽的,因为从此以后,收容你的这块大陆将被称为欧罗巴。"③在克里特岛,她给宙斯生下了米诺斯和勒达曼托斯。后来,欧罗巴成为克里特国王阿斯特里翁的妻子。国王死后,米诺斯继承王位,米诺斯文化也由此而得名。

原来腓尼基在欧洲文化的源头中扮演着如此重要的角色,于是也明白了20世纪英美最重要的诗人艾略特为什么在其代表作《荒原》中反复使用"腓尼基商

---

① 兹拉特科夫斯卡雅:《欧洲文化起源》,陈筠、沈澂译,北京:三联书店,1984年,第99页。
② 克里斯蒂安·迈耶:《自由的文化:古希腊与欧洲的起源》,史国荣译,合肥:时代出版传媒有限公司,2015年,第22页。
③ 斯威布:《希腊的神话和传说》,楚图南译,北京:人民文学出版社,1978年,第44页。

人"这一意象。"那淹死了腓尼基水手""尤吉尼地先生,那个士麦那商人""腓尼基人弗莱巴斯,死了已两星期……回顾一下弗莱巴斯,他曾经是和你一样漂亮、高大的"①,长诗的第四章"水里的死亡"集中描写的就是这位"腓尼基人弗莱巴斯"。翻阅原诗的注释,有这样一句:"古代的腓尼基人是一些惯于远航的商人,他们遍布埃及,其影响遍及整个地中海区域。"②腓尼基人是往来于亚非欧的商人,他们在水里的死亡,其意义自然不只限于某一区域。果然,有评论家认为,弗莱巴斯的死其实就是全诗的"诗之眼"。"溺水而亡的腓尼基人菲力巴士,他的尸体在诗中被诠释为一种献祭。"③腓尼基是欧洲文化的源头,但这个源头并不在欧洲之内。西方源头的死亡和枯竭意味着真正荒原的来临。

  欧罗巴的故事后来被有些学者用来作为古代欧洲、非洲、亚洲文化交流的实例。欧洲文学最初的发生和发展便与非洲文学、亚洲文学密不可分。"希腊神话提示我们:欧罗巴是出生于亚细亚的少女,宙斯中了爱神之箭后化为牛把她引诱到欧洲土地上并使她委身于自己。这则神话包含着一个隐喻,即欧洲的文明同亚细亚文明有不可解的关系。……欧罗巴与宙斯的结合象征着西亚、埃及文化与希腊原始文化的结合。"④希腊神谱和巴比伦创世神话非常相似,有证据表明,希腊神话直接受到了东方神话的影响。"东方神话中的王朝更替不仅帮助赫西俄德在公元前700年确定了希腊诸神的世界,而且有利于后来埃斯库罗斯解释民主政治的突然崛起。"⑤

  笔者倒认为,欧洲文明的发祥地不在希腊本土,倒在一个漂浮在地中海的海岛上,这多少有些令人匪夷所思。其文化资源从何而来?总不会是从天上降

---

① 艾略特:《荒原》,赵萝蕤译,袁可嘉编《外国现代派作品选》第1册(下),上海:上海文艺出版社,1980年,第109、116、120页。
② Nina Baym eds. *The Norton Anthology of American Literature*, New York: W. W. Norton & Company, 1995, p.1244.
③ 蒂姆·阿姆斯特朗:《现代主义:一部文化史》,孙生茂译,南京:南京大学出版社,2014年,第17—18页。
④ 徐葆耕:《西方文学:心灵的历史》,北京:清华大学出版社,1990年,第5页。
⑤ 克里斯蒂安·迈耶:《自由的文化:古希腊与欧洲的起源》,史国荣译,合肥:时代出版传媒有限公司,2015年,第73页。

下来的吧？果然，古希腊人造了一个神话，宙斯带着欧罗巴从天而降。不过，从考古学那里我们也可以得到部分印证："没有更早的原始的陶器和工具，使人想起，狄萨莉亚或克里特新石器时代的居民是由其他地区迁来的。"①如此看来，西方文学的源头似乎要到东方去寻找。果然，美国当代著名历史学家丹尼斯·舍尔曼的《西方文明史读本》中起始一章便是"古代近东的文明"。舍尔曼教授指出："历史学家所称的'文明'，大约在五六千年前肇始于古代近东河谷地带的农业村落，首先出现在底格里斯河（Tigris）和幼发拉底河（Euphrates）附近的美索不达米亚，稍晚出现于尼罗河流域的埃及。"美索不达米亚（Mesopotamia）中的"美索"（meso）意思是"中间"或者是"在两者之间"，"不达米亚"（potamia）在希腊语中表示"河"。美索不达米亚表示"在两河中间"延伸的一块土地，或者叫"河谷中的国家"②。然而，丹尼斯·舍尔曼在随后一章中又写道："尽管西方文明诞生于古代近东，但是我们还是更肯定地认为其根源是希腊文明。在希腊文明于公元前5—公元前4世纪达到巅峰之前，曾经历了漫长的发展过程。公元前3000—前2000年，克里特岛上的米诺斯已经发展了复杂的海上文明，它与希腊大陆有着密切的关联。"③

公元前2000年在原始公社制废墟上第一次在欧洲出现的奴隶制国家就是克里特。克里特岛是爱琴海的第一大岛，东西长约250公里，南北宽约12至60公里。它的东面是孕育人类最早文明的两河流域，南面是伟大而古老的埃及，小亚细亚则与它隔海为邻。"克里特岛的居民大部分来自南方四百英里处的北非，他们后来的文化明显具有埃及文化的特征。"④"公元前17至15世纪，克里特居民从每个符号表示一个一定的字或概念的图画式表意文字，过渡到每个符号表示一个音节的线形文字。这种线形音节文字是从象形文字发展而来的，因

---

① 兹拉特科夫斯卡雅：《欧洲文化起源》，陈筠、沈澂译，北京：三联书店，1984年，第56页。
② 房龙：《文明的开端》，刁一恒译，北京：北京出版社，1999年，第64页。
③ 丹尼斯·舍尔曼：《西方文明史读本》，赵立行译，上海：复旦大学出版社，2011年，第2、28页。
④ 罗德·霍顿、文森特·霍珀：《欧洲文学背景》，房炜等译，北京：人民文学出版社，1992年，第15页。

为有三分之一的线形文字符号可以确定出象形文字的原型。"①这种记录米诺斯文化的文字被称为"线性文字A",这种文字至今人们也无法解读。不过,"尤其应当认为确定的是,用线形文字A书写的泥板是一些经济表报的文件"②。大约在公元前2000年,尚武的印欧语族侵入希腊本土,他们后来被称为阿开亚人和迈锡尼人。到公元前1600年迈锡尼人控制了希腊本土。迈锡尼是阿伽门农的首都,迈锡尼曾经非常富有,荷马常用"多金的""建筑完好"等词来形容它。公元前468年迈锡尼被阿尔戈斯人所毁,渐成废址。废址上仍有著名的"阿特柔斯宝库""阿伽门农陵墓"等遗址。公元前1450年他们征服了克里特人,并在那里建造了典型的迈锡尼人的城堡。他们创造了所谓B类线性文字,从而替代了比较笨拙的A类线性文字。在B类线性文字的书写版上,发现有献给众神的贡品清单。希腊文字就是从这类文字发展演变而来。当然,公元前3000年希腊或小亚细亚希腊的早期居民的语言,没有留下任何文字材料。

  法国当代思想家让-皮埃尔·韦尔南在《希腊思想的起源》一书中指出:"公元前12世纪,在闯入大陆希腊的多利安人部落的推进下,迈锡尼势力土崩瓦解;在那场依次席卷派罗斯和迈锡尼的大火中,不只是一个朝代灭亡了,而且是一种王国制度被永远摧毁,一种以王宫为中心的社会生活形态被彻底废除,神王这个人物从希腊的地平线上消失了。"③随着王国制度的毁灭一种新思想诞生了,这种思想强调对称、平衡和平等关系。随着王国制度的毁灭,昔日的文字消失了。"当希腊人在公元前9世纪末从腓尼基人那里借来文字时,他们重新发现的不仅是另一种类型的拼音文字,而且还是一个迥然相异的文化事实:文字不再是书吏阶层的专长,而成为普通文化的一部分。"④昔日的文字消失了,由这种文字记载的文学或文化也大部分灰飞烟灭,少许留存在口头文学传统之中,或者保存在民族记忆之中,日后再由另一种文字呈现出来。

---

 ① 兹拉特科夫斯卡雅:《欧洲文化起源》,陈筠、沈澂译,北京:三联书店,1984年,第44—45页。
 ② 罗德·霍顿、文森特·霍珀:《欧洲文学背景》,房炜等译,北京:人民文学出版社,1992年,第15页。
 ③ 让-皮埃尔·韦尔南:《希腊思想的起源》,秦海鹰译,北京:三联书店,1996年,第2页。
 ④ 同上书,第23页。

三

　　如此看来,希腊文学必定出现在希腊文字之前,但我们今天所知道的希腊文学,一定是用文字记载的文学。最古老的希腊文字,我们或者不可知,或者不可读,或者早已消失,我们现在知道的、可读的希腊文字已经不是最早的希腊文字,因此,用这种文字记录的希腊文学已经不能算是希腊文学的真正源头了。况且,人们最初发明文字,并不是为了记录文学的。周作人在《欧洲文学史》中写道:"希腊古代文学最早者为宗教颂歌,今已不存。"[①]正因为这种宗教颂歌已不复存在,因此我们便以为希腊神话的最重要特征是"神人同形同性"。其实,所谓"神人同形同性"只是以荷马为代表世俗文学如此,真正的宗教文学恐怕并非如此。"社会历史表明,希腊人正如雅典人自己认为的那样,'非常敬神',或如圣·保罗所说,'过于迷信。'而目前所保存的希腊文学则完全是世俗的……哪里有把神真的当作神一样来对待的宗教文学呢?这种文学可能是存在过的……如果要全面反映希腊民族的精神面貌,单是用世俗文学来担当这一任务,显然是无法胜任的。事实上,我们可以见到许多希腊宗教作品早就存在,而且形式多种多样,数目也不少。"[②]看来,在以荷马为代表的世俗文学存在之前,极有可能还存在着一种宗教文学,譬如俄尔甫斯和他的亲属缪萨埃阿斯创作的文学,据说古代许多宗教诗都是他们创作的。俄尔甫斯与神秘宗教及其仪式有着十分密切的联系。"在古希腊,对世界作出神秘性的'宗教狂热'的解释的鼓吹者,是颇不乏其人的,虽然,跟它完全背道而驰的雅典人所倡导的大胆假说是时代的主流。"[③]这就意味着,真正作为希腊文学源头的宗教文学我们已经不可知,而我们现在所知道的以荷马史诗为代表的世俗文学已经不是真正的西方文学源头。

[①] 周作人:《欧洲文学史》,石家庄:河北教育出版社,2002年,第3页。
[②] 吉尔伯特·默雷:《古希腊文学史》,孙席珍等译,上海:上海译文出版社,1988年,第63—64页。
[③] 同上书,第70页。

走向比较诗学

  从时间和内容上看,古希腊神话应该是西方文学的源头,"神话是文学与文化的源头,也是人类群体的梦"。马克思说过一段名言:"希腊神话不只是希腊艺术的武库,而且是它的土壤。……它们何以仍然能够给我们以艺术享受,而且就某方面说还是一种规范和高不可及的范本。"①在马克思看来,希腊神话就是希腊艺术的资源库和生长源。但是,有关希腊神话的文字记载已经是很晚以后的事情了。集中记载希腊神话的赫西俄德的《神谱》要比荷马史诗晚一个世纪。据《神谱》记载,最初的宇宙一片混沌,只有混沌大神居住其中。"最先产生的确实是卡俄斯(混沌),其次便是该亚——宽胸大地,所有一切的永远牢靠的根基……从混沌还产生出厄瑞波斯和黑色的夜神纽克斯;由夜神生出埃特耳和白天之神赫莫拉,纽克斯和厄瑞波斯相爱怀孕生了他俩。大地该亚首先生了乌兰诺斯——繁星似锦的皇天,他与她大小一样,覆盖着她,周边衔接。"显然,世界产生之初,并没有人类。然而问题是:人类何以知道在他来到这个世界之前世界是怎样产生的呢?赫西俄德有一种解释:神教的。"曾经有一天,当赫西俄德正在神圣赫利孔山下放牧羊群时,缪斯教给他一支光荣的歌。"②于是,便有了《神谱》。赫西俄德显然比荷马高明,他把自己的名字悄悄塞进了自己创作之中,从而为自己赢得了不朽。设若荷马在《伊利亚特》开篇时写道:"女神啊,请(让伊奥尼亚人荷马)歌唱佩琉斯之子阿喀琉斯的致命的忿怒,那一怒给阿开奥斯人带来无数的苦难……"(括弧中的文字为笔者所加),那么,日后有关"荷马问题"的持续不断的争论恐怕就无从说起。

  的确,关于希腊神话,我们现在能够看到的原始材料非常有限。"最早的神话,那些属于旧石器时代和新石器时代早期的神话,由于缺乏书面证据,被禁锢在神秘之中,所以只能通过考古学的方法,以及通过同较晚文化的表达方式进行比较等推定的方式加以接近。"③稍后的神话我们了解得更多一些,但这些神话的传播者根据自己需要所做的改动也要更多一些。因此,如果神话是后人记

---

① 中共中央编译局:《马克思恩格斯选集》第二卷,北京:人民出版社,1972年,第113页。
② 赫西俄德:《工作与时日、神谱》,张竹明、蒋平译,北京:商务印书馆,1991年,第29—30、26页。
③ 戴维·李明:《欧洲神话的世界》,杨立新、冷杉译,北京:三联书店,2010年,第2页。

载下来的,后人也一定参与了神话的编辑、增删和改写,这种神话也就算不得西方文学真正源头了。

所以,英国著名希腊学专家默雷在《古希腊文学史》中并没有论述希腊神话,而是直接从荷马史诗说起。丹尼斯·舍尔曼在论及"希腊文明的出现"时也首先引述了荷马史诗的材料。他认为,荷马史诗"是从希腊早期流传下来的少数历史文献之一"①。德国当代历史学家克里斯蒂安·迈耶则认为,荷马史诗远远超过了之前的任何作品,"因为作品中成千上万的诗句被抄写或誊抄在兽皮或纸草上。至于在荷马史诗之前是否存在其他的文字史诗作品,我们就不得而知了。"②因此,荷马就是站立在西方文学长河源头的人,他大约生活在公元前9世纪和公元前8世纪之间。"他是诗人、哲学家、神学家、语言学家、社会学家、历史学家、地理学家、农林学家、工艺家、战争学家、杂家……是古代的百科全书",他在一切方面为希腊乃至欧洲文学的发展奠定了一个合宜的方向。③ 荷马(Homer)原意是指"人质",它不可能是一个完整的名字,它可能是某个名字经过缩写的昵称,如荷马立达(Homereda)。在古希腊似乎没有另外的人,名叫荷马或者姓荷马的,这使我们对荷马的真实身份更加怀疑。时至今日,我们知道的有关荷马的材料仍然太少,并且,这些材料也不怎么确凿,不怎么清晰,难以令人信服。于是便有了关于"荷马问题"的争论。荷马问题并不是一个"单数"的问题,而应该是一个"复数"的问题,准确的表达应该是"荷马诸问题"或者"诸荷马问题"。在这些"问题"中新近又有了一种说法:荷马也许是一位女性,或者应当是一位女性,抑或有两个荷马,至少编唱《奥德赛》的作者是位女性。这里顺便补充一句,因为荷马时代还没有文字写作,因此荷马不可能"写"了两部史诗,他至多只是"编唱"或"编制"了两部史诗。当人们设问"《伊利亚特》和《奥德赛》是谁写的"这一问题时,这种设问本身就是错误的。

在20世纪20至30年代,被誉为"荷马史诗研究的达尔文"的当代美国学

---

① 丹尼斯·舍尔曼:《西方文明史读本》,赵立行译,上海:复旦大学出版社,2011年,第29页。
② 克里斯蒂安·迈耶:《自由的文化:古希腊与欧洲的起源》,史国荣译,合肥:时代出版传媒有限公司,2015年,第92页。
③ 荷马:《伊利亚特·译序》,陈中梅译,南京:译林出版社,2000年,第1页。

者米尔曼·帕里(Milman Parry)提出了"口头程式理论",这一理论被认为在荷马史诗研究上就有里程碑意义。在帕里眼中,《伊利亚特》和《奥德赛》虽以书面形式保留至今,但史诗保留了口头表演的创作模式,他们从文本分析和口头诗歌的类比(南斯拉夫活态的口头史诗的田野调查)两个研究方向得出结论:荷马史诗式高度程式化的,而这种程式化来自悠久的口述传统,正是口述传统的过程产生了荷马史诗"[①]。法国著名哲学史家、古希腊研究专家让-皮埃尔·韦尔南说,"'神话'(muthos)一词是希腊人传给我们的,但对于使用这个词的古代希腊人来讲,它的含义与我们今天所说的神话不同,指的是'讲话'、'叙述'。它最初并不与'逻各斯'(logos)对立,逻各斯最早的含义也是'讲话'、'话语',后来才指称智性和理性。""在研究希腊时,我们所掌握的只有,并且永远只有书面文献。他们的神话不是以活生生的形式传给我们的,不是被传言不断重复、不断改动的话语,而是史诗诗人、抒情诗人和悲剧诗人的作品中完全固定下来的故事。"[②]如此,我们不禁要问,当神话不是以神话所固有的口耳相传的形式传达给我们,而是以非神话的书面语言的形式呈现给我们,那么,这仍然还是神话吗?

　　如此看来,真正的西方文学源头,由于没有文字记载下来,现已大多散失,我们已不可知。我们已知的最早的《荷马史诗》所记载的神话,经过数百年的重复、编辑、改动,已经不可能是真正的源头了。而我们今天通过文字,不论是哪种文字,阅读或吟诵《荷马史诗》,已经不可能是当年荷马吟唱的史诗了。即便我们尽可能地将荷马史诗还原,我们也不可能拥有荷马时代的听众,况且,物是人非,时过境迁,吟唱荷马史诗的自然环境和历史情境早已不复存在了。意大利当代著名小说家卡尔维诺在论述口头叙事艺术的起源时写道:"讲童话或神话故事的人所依据的不仅有群体的记忆,而且还有遗忘。他们的每个故事都是从遗忘深处脱颖而出的……发生这个故事的那个多样化的世界,是记忆的黑夜,也是遗忘的黑夜。离开那黑暗的境界之后,故事的时间、地点和人物应该继续保持模糊不清的状态,以便听众能够在这个故事中找到自我,并用自己的亲

[①] 陈戎女:《荷马的世界——现代阐释与比较》,北京:中华书局,2009年,第4页。
[②] 让-皮埃尔·韦尔南:《希腊思想的起源》,秦海鹰译,北京:三联书店,1996年,第10、11页。

身经历去补充与完善这个故事。"①没有了古代的听众,《荷马史诗》还是荷马所讲述的那个故事吗?伽达默尔说:"一如所有的复原活动,重建原初语境的企图因我们自身的历史局限性而注定失败。人们重建的、从异化中恢复的生活场景已经不是原初的了……对阐释活动来说,理解固然意味着重建原初语境,但阐释活动只不过是对已逝意义的传递罢了。"②再说,"希腊文学和希腊雕塑一样都不尚雕琢,行文素朴、率直,实话实说。如果直译的话,译文往往显得非常直白干瘪……但如果我们不能欣赏直接的译文,我们就永远不可能知道希腊人的作品是什么样子的,因为希腊语和英语非常不一样,希腊语一旦译成了英语,原文的风格就丧失殆尽了。"③如此看来,希腊语一旦译成中文,其原文的风格更不知还剩几何?

更有甚者,我们阅读的许多希腊典籍并非来自希腊原文。譬如,"人们阅读的亚里士多德作品并非原文,而是拉丁语译本——其中一些是罗马帝国灭亡后不久由波伊提乌(Boethius)翻译的,另一些是犹太人从阿拉伯语转译而来,还有一些则是在圣托马斯·阿奎那主导下完成的,成为了对欧洲人全面再教育的组成部分"④。如此看来,我们以为阅读希腊文的亚里士多德就是阅读原文,其实这中间不知道经历多少抄写、传播和翻译。

另外,我们知道任何事物均事出有因,没有例外;任何叙事皆在因果关系之中。这就是文学史所做的事、当做之事。过往的文学总有作品或文本存在。作品既已是过去之事,便是"故"事,而不是"当事"。当事既是故事的结果,又是未来之事的原因。所谓创造历史就是当事之人和当前之事成为故事。故事杂乱无章、零乱无序,没有意义。一旦故事被编排进某种因果关系之中,意义也就立即产生。有了因果关系,我们往往是循"果"而找"因",而不是相反。因此,任何

---

① 伊塔洛·卡尔维诺:《美国讲稿》,萧天佑译,南京:译林出版社,2008年,第128—129页。
② 安托万·孔帕尼翁:《理论的幽灵——文学与常识》,吴泓缈、汪捷宇译,南京:南京大学出版社,2011年,第55页。
③ 伊迪丝·汉密尔顿:《希腊精神》,葛海滨译,北京:华夏出版社,2008年,第50—51页。
④ 吉尔伯特·海厄特:《古典传统:希腊—罗马对西方文学的影响》,王晨译,北京:北京联合出版公司,2015年,第10页。

"源"只有在"流"中才能被理解和解释,所谓"沿波讨源",因此,"流"乃源之"源"。历史总是回溯的,因此永远是"流"在前而"源"在后。这种不合逻辑似乎搅乱了因果关联,但它仍然处在一种因果关系之中。① 这样西方文学的"源",我们似乎应该到文学的"漫漫长流"中去寻找。

的确,我们渴望到源头去饮水,我们相信"唯有源头活水来",但是,真正的源头却并不易发现,或者永远不可能被发现。"欧洲究竟发源于何地,到底存在过什么?任何存在都有自己的开端和开创者,以及具备一定的先决条件,但没有所谓的'零时'。"②文学的渊源较之国家、民族、文字的渊源似乎更为幽深错综、扑朔难辨,"沿波讨源",真"幽"则未必"显",无论我们多么努力,我们所饮之水,只不过是稍稍地接近了源头而已。

---

① 参见伍晓明在中国人民大学文学院所做的报告《文学"史"可能吗?》(2011年12月16日)。
② 克里斯蒂安·迈耶:《自由的文化:古希腊与欧洲的起源》,史国荣译,合肥:时代出版传媒有限公司,2015年,第3页。

变态心理描写的美学意义

> 美是一种可怕的东西！可怕的是美不只是可怕的东西，而且也是神秘的东西。魔鬼同上帝在进行斗争，而斗争的战场就是人的心。
>
> ——陀思妥耶夫斯基[①]

作家对变态心理的描绘为什么会震撼千千万万读者的心灵，使他们感动、思索，然后奋起或者沉沦？文学中变态心理描写为什么会越来越受到重视，乃至成为当代世界文学的一种潮流？这是 20 世纪以来创作界和理论界一直关注并思考着的问题。

然而，令人惊奇的是，黑格尔老人却基本上否定了变态心理的美学意义，他说，"为着要造成冲突或引起兴趣，而就用精神病来代替健全的性格，这办法总是永远不能成功的，所以在艺术里写精神病必须极端谨慎"。因为精神病现象只是一种"不可知的力量"，"这种幽暗的力量一到艺术的领域就会马上被赶出"。"为着要造成冲突或要引起兴趣"描写变态心理，在于作家笔下的"性格缺乏内在的实体坚实性"。这被黑格尔视为艺术之大忌。黑格尔又说："一个性格之所以引起兴趣，就在于它一方面显示出整体性，而同时在这种丰富中它却仍然是它本身，仍然是一种本身完备的主体。"[②]无疑，黑格尔在这里是将"精神病"当作人物性格的一种外在的不可知的力量来认识的，它不是构成性格的有机部分，而是作家哗众取宠、主观臆造的，为了解决无力解决的冲突而借用的廉价工具。从这一点看，黑格尔的论述是正确的、有意义的。但是，黑格尔没有认识到，变态心理也可以成为人物性格的有机部分，如堂吉诃德的疯癫与哈姆莱特

[①] 陀思妥耶夫斯基：《卡拉马佐夫兄弟》，耿济之译，北京：人民文学出版社，1981 年，第 154 页。
[②] 黑格尔：《美学》第一卷，朱光潜译，北京：商务印书馆，1979 年，第 310、309、302 页。

的疯狂。人们正是通过他们的病态或变态心理感受到了人文主义的普遍意义和价值。如果去掉了他们的病态或变态心理,也就没有了堂吉诃德和哈姆莱特这两个"这一个"了。可见,黑格尔对变态心理的论述是有偏颇的,同时,也不符合他的基本美学原理。用这种论点来评述他以前的文学现象也往往会得出错误的结论,而若用来评价现当代的文学作品,就更易见其荒谬了。时代发展到今天,已远非黑格尔所描述的那般和谐美好了,成了"病态的社会与病态的人"。精神病现象已不再是一种"不可知的力量",弗洛伊德等创建的理论引起的人类认识的第三次飞跃,也许是黑格尔始料未及的。今天,虽然已绝少有人仍恪守黑格尔老人的古训,严禁变态心理闯入文学的高雅殿堂,但是,人们对变态心理的研究仍然是不够的,对文学中变态心理描写的研究就更不够了。作家对变态心理的描写已从不自觉进入自觉,而文学研究仍停留在一般的描述、类比阶段,对于"变态心理描写的价值和意义"这样的论题,一般学者往往浅尝辄止,或者一略而过。笔者将力图在这方面作些摸索与探讨。

一、变态骨子里的真实

什么叫变态心理？肖孝嵘先生说,"变态(Abnormal)之意,视常态(Normal)之意而定"[①]。变态心理包括病态心理,是一个较大的范畴。变态心理有许多症状,如感知障碍(包括错觉和幻觉),情感障碍(包括情绪高涨、低落、淡漠、焦虑),思维障碍(主要为妄想狂、关系妄想、影响妄想、嫉妒妄想、疑病妄想、夸大妄想、罪恶妄想等),记忆障碍,智能障碍,意识障碍(包括嗜睡状态、意识模糊、谵妄状态、昏迷状态),行为和运动障碍,内省力障碍。变态心理发展到较为严重时,就会成为精神病。"据心理学家估计,人口中每十人中至少有一人或多或少有点心理变态。此外,百分之五十的生理疾病夹杂着精神和情绪因

---

① 肖孝嵘:《变态心理学》,南京:正中书局,1934年,第3页。

素"①。美国学者马奥尼则认为,当今社会"每四人中就有一人患变态心理"②。

有常态就有变态,常态类似事物的有序、静止状态,而变态类似事物的无序、运动状态。前者是有限的,后者是无限的;前者近乎现象,后者往往就是本质。这正如达尔文从动物的变异看到了物种的进化,卡尔达发现了虚数(俗称"残废数")开辟了数学研究的新领域,爱因斯坦的相对论倾斜了整个物理世界一样,变态心理使我们对社会、对人自身有了一个全新的观察角度,能迅速而直接地捕捉到对象的本质。罗丹说:"自然中认为丑的,往往要比那认为美的更显露出它的'性格',因为内在真实在愁苦的病容上,在皱蹙秽恶的瘦脸上,在各种畸形与残缺上,比在正常健全的相貌上更加明显地呈现出来。"③

索福克勒斯的《俄狄浦斯王》就是通过主人公弑父娶母的情节,表现了主人公对乱伦的畏惧。这种畏惧就是性本能与社会结构尖锐冲突而失去平衡后的变态心理。正是这种变态心理反映了原始社会向奴隶社会的巨大变革,父系政权的确立,国家、道德、伦理观念的形成等一系列社会根本问题。堂吉诃德的疯癫和哈姆莱特的疯狂深刻地揭示了人文主义者的悲剧本质,这也是文艺复兴时代的悲剧。他们心怀壮志,却找不到实现理想的政治途径;他们同情人民,感受到他们强大的力量,却又不大相信群众;他们揭露封建势力的邪恶,却又不愿根除这种邪恶。封建势力的强大淫威和人文主义者自身的弱点扭曲了人文主义思想,于是便外化成了堂吉诃德的疯癫与哈姆莱特的疯狂。陀思妥耶夫斯基最善于描写变态心理,正是通过对变态心理的描写,陀氏深刻地反映了19世纪俄国社会的大动荡、大变革。陀氏认为,"我们这个社会骨子里就有毛病,存在着病态"④。所以,他选择变态心理来探索社会骨子里的秘密。鲁迅笔下的疯子祥林嫂、痴呆的闰土、性变态者阿Q都是封建势力的压迫所致。鲁迅正是通过对他们变态心理的描绘,揭露了中国封建社会的本质。

---

① 金岭:《实用心理学》,福州:福建科技出版社,1984年,第55页。
② Michael J. Mahoneg, *Abnormal Psychology: Perspective on Human Variance*, San Francisco: Harper & Row, p. 7.
③ 罗丹:《罗丹艺术论》,沈琪译,北京:人民美术出版社,1986年,第26页。
④ 陀思妥耶夫斯基:《书信选》,冯增义、徐振亚译,北京:人民文学出版社,1986年,第389页。

导致变态心理的原因是什么？朱光潜认为器官病(organic disorder)和机能病(functional disorder)都会导致变态心理。美国学者卡特·哈斯认为，器官病变虽然会导致变态心理，但其根本原因却在于社会环境(物质和文化)对个人的压抑。他主张从医学、心理学与社会学角度去研究变态心理。弗洛姆说，"神经病就是逃避自由"。也有人说，"现代生活节奏紧张也是一个重要因素"[①]。总之，变态心理的表现形式纷繁复杂，千奇百怪，有的惨不忍睹，有的滑稽可笑。而阐述致病原因的理论往往各执一端，五花八门。据朱光潜先生的概括就有七大派别。变态心理原属医学研究的范围，后来心理学进来凑热闹，猎取了不少好处。文学研究对它发生兴趣却是20世纪初的事情。但文学对它的研究显然不同于医学和心理学：医学重在研究人体器官病变，心理学研究心理病变，文学却要透过器官病变和机能病变去发掘人与社会的本质，同时扣住文学的特点，不忘对变态心理的生动描绘和深刻表现进行审美观照。

社会是由人组成的。社会环境造成人的心理变态，人的变态心理又反过来限定了社会的性质。实际上社会的性质与人的心理变态是互为因果的。因此，如果我们对变态心理进行深刻的剖析，也就能把握社会的本质。同时，变态心理描写对社会本质的揭示往往比一般的描写更直接、更鲜明、更深刻。叔本华说："意识的完全错乱(即疯狂)，虽会伴随着诸种生动力的低下或衰弱，使生命陷入危险的境域，然而他的感受性和肌肉力量却反而增强。"[②]我们正是从美狄亚杀子复仇的变态中，看到了母系社会的崩溃、妇女命运的不幸；从波德莱尔的《恶之花》中看到了资本主义病态社会的某些本质。艾略特在《荒原》的结尾处喊出"希罗尼母又发疯了"，震撼了千千万万读者的心灵；《古船》中隋不召疾呼"洼狸镇病了"，这是对中国近代，尤其是"文化大革命"的高度概括。人处在变态心理状况时，就撕去了文明、道德的遮羞布，无视理性的约束，直截了当倾吐自己心底的呼声，就像安徒生笔下《皇帝的新装》中的那个小孩，敢于喊出"他原来什么也没有穿呀"这一真理的呼声。

---

① 周丁浦生：《心理学与日常生活》，《文星丛刊》310号，第8页。
② 叔本华：《爱与生的苦恼》，陈晓南译，北京：中国和平出版社，1986年，第157页。

弗洛姆说:"在马克思看来,异化即是人的病态。这不是一种新的病,因为自劳动分工以来,即从原始社会进入文明社会的时候起,它就必然地存在了,只是在工人阶级中,这种病才得以最迅猛地发展起来了,以至于每个人都患着这一疾病。"又说,"患有神经病的成年人是一个异化了的人的存在;由于他不能体验到自己是自身行为和经验的主体和创造者,所以,他并不可能感觉到自己的强大,他是胆小怕事的,受约束的"①。马克思认为人本质的异化就是劳动异化。即人同自然、人本身、活动机能、劳动产品相异化。"劳动生产了智慧,但是给工人生产了愚钝和痴呆"②。劳动关系代表了人与自然、人与人的关系。变态心理是人与自然、人与人关系异化的产物,是人本质同强大的异化力量对抗而被扭曲的结果。所以,作者通过对变态心理的描绘,就能探索到人的本质和秘密。

这里,作家正是将人本质的异化,通过变态心理表现出来,进而确证人的本质力量。第一次异化(现实中的异化)是否定,而表现在作家笔下的第二次异化就是否定之否定。弗洛姆说:"只有等到这一病情恶化的时候,才能医治这一疾病,只有全面异化的人才能克服异化——因为一个全面异化的人不可能健全的活着,所以,他就不得不克服异化。"③只有揭示出异化,才能克服异化;只有揭示出变态心理,才能消灭变态心理。首先,作家深刻地认识了变态心理,这便是理性的第一次张扬。而后,在作品中以非理性的形式(诸如潜意识、梦境、幻境、错觉等)将非理性的内容(变态心理)表现出来,这表面看去是对前者的否定,实际上已蕴涵着一个新的肯定。当读者通过深沉的反思,真实地把握了变态心理描写时,理性又一次升华,回归到一个新的起点。因此,我们说,作家笔下的变态心理就是人本质异化后的一种特殊形式的复归。

作家笔下的变态心理,一般均因社会关系压抑所致,不涉及自然环境和遗传病变。因为后者更多的是自然科学与遗传医学的课题。作者描绘变态心理,就是要否定不合理的社会关系,使人的本质得以复归。堂吉诃德和哈姆莱特的

---

① 弗洛姆:《在幻想锁链的彼岸》,张燕译,长沙:湖南人民出版社,1986年,第54、49页。
② 马克思:《1844年经济学——哲学手稿》,北京:人民出版社,1985年,第50页。
③ 弗洛姆:《在幻想锁链的彼岸》,张燕译,长沙:湖南人民出版社,1986年,第54、49页。

变态心理就是对封建制度的否定,唱了一曲人文主义的赞歌。"人是一件多么了不起的杰作……宇宙的精华!万物的灵长!"①他们以人性反对神性,以人权反对神权,以个性解放反对宗教束缚,以爱情反对禁欲。而这一切都通过主人公的变态心理折射出来。陀思妥耶夫斯基的《白痴》中的主人公梅思金公爵是作者理想的化身,体现了人的本质力量。作者在给伊万诺娃的信中说,"长篇小说的主要思想是描绘一个绝对美好的人物"②。叶尔米洛夫在评析《白痴》时写道:

> 如果知觉是疾病,那么,梅思金公爵就是精神健康的化身!他那种纯粹陀思妥耶夫斯基式的奇癖之病,并不妨碍,反而帮助促成他的精神的明朗和他对健康的人们所占的优势。因为所有这些健康的人,在知觉上都害着病——梅斯金公爵没有害这种病;他们,健康的人,害着利己主义的病,卑劣的贪婪爱财的病,沉没在现世界的泥泞里——梅思金公爵跟这一切了然无关。他像孩子一样纯洁和单纯,他有一颗孩子的心,因此,比所有的人都聪明。③

所以说,处在一定社会关系中的梅思金是变态,但作为一个真正的人他却是常态,而他周围的芸芸众生却正好相反。鲁迅笔下的狂人其实是反封建的大无畏的战士,他的变态心理恰恰引导了时代前进的潮流。

从心理学和病理学的角度看,变态心理多属潜意识和无意识领域。随着近代科学的发展,人们逐渐认识到潜意识和无意识处在意识的深层结构,往往构成意识的本质,决定和制约着人的社会实践活动。弗洛伊德说,"心理过程主要是潜意识的,至于意识的心理过程则仅仅是整个心灵的分离部分和动作"④。荣格在此基础上又补充了"集体无意识"这一概念。精神变态产生于潜意识,弗洛伊德说,"不仅症候的意义是潜意识的,而且症候和潜意识之间还有一种互相代

---

① 莎士比亚:《莎士比亚全集》9,朱生豪译,北京:人民文学出版社,1978年,第49页。
② 陀思妥耶夫斯基:《书信选》,冯增义等译,北京:人民文学出版社,1986年,第191页。
③ 叶尔米洛夫:《陀思妥耶夫斯基论》,满涛译,上海:上海译文出版社,1985年,第186页。
④ 弗洛伊德:《精神分析引论》,高觉敷译,北京:商务印书馆,1986年,第8页。

替的关系,而症候的存在只是这个潜意识动作的结果"①。弗氏的理论一般推测过多,往往缺乏实验证明,因此,人们一般也就姑且听之。但是,变态心理与潜意识的密切关系是无法否认的,潜意识与人的本质的联系也是无法否定的。苏联学者维戈茨基将无意识概念引入了他的艺术心理学:"艺术效果的直接原因隐藏在无意识之中,只有深入到这一领域中去,我们才能弄清艺术问题。"②描写变态心理的作家正是比较清醒地认识到了这一点,才使他们有可能跻身于世界文学巨人之林。

二、丑与悲剧的伟大融合

变态心理作为审美对象,我们不能用一般的美学原理去评定它的价值和意义,而应探索它的特殊意义和价值,从而拓开美学研究的范围,促进文学的繁荣。我认为,变态心理作为审美对象,其特殊意义和价值就在于它既是丑的内容,又有悲剧的意蕴。

变态心理较之健康常态,无论是器官病变,还是机能病变都属于丑的内容。根据鲍姆嘉通的观点,不完善的外形就是丑,包括畸形、毁损、芜杂等,与美中均衡、对称、完整、和谐相对应。罗丹认为,"在实际事物的规律中,所谓'丑',是毁形的,不健康的,令人想起疾病,衰弱和痛苦的,是与正常、健康和力量的象征与条件相反的——驼背是'丑'的,跛腿是'丑'的,褴褛的贫困是'丑'的。不道德的人,污秽的,犯罪的人,危害社会的反常的人,他们的灵魂与行动是'丑'的;弑亲的逆子,卖国贼、无耻的野心家,他们的灵魂是'丑'的"③。朱光潜说得更明确:"美是事物的常态,丑是事物的变态。"④

堂吉诃德是妄想狂,哈姆莱特患了忧郁症;陀思妥耶夫斯基刻画了众多的"二重人格"形象,还有白痴梅思金、癫痫病患者斯麦尔佳科夫;狄更斯笔下的老

---

① 弗洛伊德:《精神分析引论》,高觉敷译,北京:商务印书馆,1986年,第220页。
② 维戈茨基:《艺术心理学》,周新译,上海:上海译文出版社,1985年,第87页。
③ 罗丹:《罗丹艺术论》,傅雷译,北京:人民文学出版社,1983年,第23页。
④ 朱光潜:《朱光潜美学文集》第1卷,上海:上海文艺出版社,1982年,第142页。

医生梅瑞特(《双城记》)曾一度发疯,艾米莉笔下的希斯克里夫(《呼啸山庄》)成为复仇狂,巴尔扎克的夏培上校最终成了疯子,莫泊桑的佛兰锁(《窑姐儿》)最后发了疯,范进中举而发狂,贾宝玉一听说林妹妹要回江南去便精神失常了,祥林嫂在绝望中如痴如呆,黄省三(《日出》)无力养活一家老小,只好去疯狂中"逃避自由"……作家们呕心沥血,精心描绘属于丑的变态心理,其用心何在呢?而且,随着近代文学的发展,人们从排斥变态心理,到吸收它,重视它;从用变态衬托常态,到变态与常态对立以及变态逐步取得主导地位,这种文学的发展趋势又该作何解释呢?有人认为,"丑是在感性形式中包含着一种对生活、对人的本质具有否定意义的东西"①。据此来评价变态心理至少是不全面的,因为它仅看到了变态心理的表面现象,忽略了变态心理的悲剧内涵。作家描绘变态心理是通过对变态的人的否定,证明人的本质的存在。黑格尔说,"艺术的普遍而绝对的需要是由于人是一种能思考的意识,这就是说,他由自己而且为自己造成他自己是什么,和一切是什么。自然界事物只是直接的,一次的,而人作为心灵却复现他自己,因为他首先作为自然而存在,其次他还为自己而存在,观照自己,认识自己、思考自己,只有通过这种自为的存在,人才是心灵"②。人怎样才能认识人自身的存在,只有通过心灵的思考。人和绵羊不同的地方就在于,意识代替了本能,或者说他的本能是被意识到的本能。动物彼此之间以及周围事物都和平相处,而人的心灵却酿成两面性和分裂,他就围困在这种矛盾中,这种心灵的分裂过程就是病态心理,人类只有认识到心灵的分裂,才能认识到人的存在,只有认识了变态,才能更好地认识常态。在变态心理的假象下隐匿着人的本质。"假象是存在或直接性最切近的真理。直接性并不是指独立自倚之物而言。反之,直接性只是一种假象,既是假象,它就概括地被看成是本质单纯的自身存在"③。作家对变态心理的否定,实际上是对人的本质的肯定。人类只有否定了酿成变态心理的环境,才能充分显现出人的本质,从必然王国进入自由王

---

① 杨辛、甘霖:《美学原理》,北京:北京大学出版社,1982年,第82页。
② 黑格尔:《美学》第一卷,朱光潜译,北京:商务印书馆,1979年,第38—39页。
③ 黑格尔:《小逻辑》,贺麟译,北京:商务印书馆,1980年,第275页。

国。绝大多数描绘变态心理的作家都抱着这种良好的愿望。

对变态心理的描写总少不了要表现残酷与痛苦,肉体上与精神上的变形总是和丑联系在一起的。人类最大的痛苦莫过于精神上的痛苦,精神尚不堪忍受痛苦,而酿成精神变态,可见苦之深、痛之切。正是这山一般的痛苦与目不忍睹的残酷构成了悲剧的崇高。康德说,"崇高的情绪植根于自我保存的冲动和基于恐怖,这就是一种痛苦,因为他不致达到肉体部分的摧毁,就产生出一些活动,能激起舒适的感觉,因为它们从较细致的或粗糙的脉络里净除了危险的和阻塞的涩滞物,固然不是产生了快乐,而是一种舒适的颤栗,一种恐惧混合着的安心"①。这就是说,作者最终将恐惧与哀怜给予净化,使原来的痛感转化为审美意识上最深刻的快感。至深的痛苦被心灵克服后,往往会产生一种无与伦比的胜利感。

作家表现残酷与痛苦,一般有两种途径:一是直接描写变态心理所忍受的残酷与痛苦;二是通过变态心理察看社会的残酷与痛苦。堂吉诃德癫狂的骑士行为给他带来的肉体精神上的直接痛苦,远不及他壮志未酬、理想破灭的痛苦。哈姆莱特的忧郁吞噬着他那颗敏感的心,但是眼睁睁地看着在"丹麦这座地狱"里,千百万人在痛苦挣扎,更加不堪忍受。到了陀思妥耶夫斯基笔下,对病态心理的痛苦与残酷的描绘更加细致入微。陀氏曾借《白痴》的主人公梅思金公爵谈起什么样的死刑最痛苦。公爵说,砍头并不算最痛苦,因为这只有一眨眼的工夫,另外,"譬如拷打吧,便有痛苦,创伤和身体的折磨,这一切反而使你分散精神上的痛苦……最主要的、最剧烈的痛苦也许不在创伤上面,而在于你明明知道再过一小时,再过十分钟,再过半分钟,现在,立刻——灵魂就要离开肉体,你将不再成为一个人,而且知道这一点是固定不移的。世界上就没有比这更痛苦的事情"。公爵说到这里不由得感叹道:"谁说人类的天性能够忍受下去而不发狂呢?"②拉斯柯尔尼科夫杀人并不怎么可怕,而杀人后的心理分析却令人目不忍睹,作家将解剖刀捅入人类的心灵深处,然后一刀一刀地细细解剖,残酷得

---

① 康德:《判断力批判》上卷,宗白华译,北京:商务印书馆,1985年,第119页。
② 陀思妥耶夫斯基:《白痴》,耿济之译,北京:人民文学出版社,1982年,第24页。

令人发憷。拉斯柯尔尼科夫接受了索尼娅的劝告后,背上了人类罪恶的十字架,准备去服苦役。陀氏这样解剖心灵:

> 他走进干草市场。他非常不喜欢在人群中挤来挤去,但是他却正是朝人最多的地方走去。此刻他宁可把世界上的一切都给人,只要能够让他一个人独自呆一会儿;但是他自己又感觉到,他一个人连一分钟也呆不下去。
>
> 他蓦地想起了索尼娅的话:"到十字街头去,向人们跪下,吻一吻大地,因为你对它也犯了罪,再大声向大家说,我是杀人犯。"他想起这话后,浑身发起抖来。这些日子,特别是最近几个钟头走投无路的苦闷和焦急,简直把他压垮了,因而他极力想抓住机会体验一下这种纯净的、崭新的、完整的心情。这种心情就像疾病发作一样突然降临在他身上:像一个火花似的在他心里燃烧起来,突然像一场大火烧遍了他的全身。他心里的一切立刻软化了,他泪如雨下。他怎么站着,就怎么扑倒在地上……
>
> 他跪在广场中心,趴在地上,怀着快乐的幸福吻了这片肮脏的土地。他站起身来,然后又跪下去磕头。①

在所有伟大作家中,恐怕没有谁对痛苦的感受堪与陀氏相比。也只有他在痛定之后,有这样的思索,"我们伟大的人民像野兽一样长大成人了,他们从开始到现在一千年来经受了世界上任何人民所没有经受过的磨难。任何民族经受这样的磨难都可能瓦解、被毁。而我们的人民在这磨难中是坚强团结的"。"要考虑的是他们一时丑陋到什么程度,而只能考虑时间一到他们所能达到的精神高度"②。鲁迅在刻画阿Q的"精神胜利法"时,也不乏那种冷峻的残酷。他称赞陀氏"太伟大了","他把小说中的男男女女,放在万难忍受的境遇里,来试炼他们了,不但剥去了表面的洁白,拷问出藏在底下的罪恶,而且还要拷问出藏在那

---

① 陀思妥耶夫斯基:《罪与罚》,岳麟译,上海:上海译文出版社,1979年,第613页,译文又参考了朱海观译本(北京:人民文学出版社,1982年,第698页)。
② 徐玉琴:《伟大作家的真诚自白——陀氏〈作家日记〉评介》,上海:首届全国陀氏学术讨论会论文,1986年。

种罪恶之下的真正的洁白来"①。从这里我们可以约略窥出两位文学大师在描写变态心理上的内在联系。

以上作家在表现残酷与痛苦时,并不只是表现单个人的残酷与痛苦,而是把全人类的痛苦都构筑在某一人身上。从这里就显示出了人类伟大的忍受力和不可估量的张力——这就是崇高。这是在"丑"的阴影笼罩下更加显示其威严和力度的一种惊心动魄的"美"。

叔本华从物种学的角度论证:人类对残酷和痛苦的体验能够证明人存在的本质。他说:"植物没有感觉,所以没有痛苦,最下等的动物滴虫类或放射动物等,所感觉的苦恼程度极为微弱,其他如昆虫等对于痛苦的感受机能也非常有限。直到有完全的神经系统的脊椎动物,才有高度的感觉机能,并且,智力愈发达,感觉痛苦的程度愈高。如此这般,认识愈明晰,意识愈高,痛苦也跟着增加,到了人类乃达于极点。"②存在主义哲学大师海德格尔颇有同感,他说:"剧烈苦闷的经验把我们暴露给我们自己,使我们看到自己暴露在这个世界上。"③他认为,存在要意识到自己,只有在经历某些经验,如剧烈的苦闷之后才能达到。人类正是在痛苦中显现出崇高的。所以,叔本华说:"只有表现巨大的痛苦才是悲剧。"维尼说:"我爱人类痛苦之中的崇高。"④人类正是认识到了这一点,才在对变态心理进行审美观照时获得崇高的快感。丑恶和不和谐是悲剧的内容,却能引起美感的愉悦,尼采从这里悟出了悲剧诞生的奥秘。变态心理属于心灵的变异,混沌一团。而作家对变态心理的描写就使得心灵这个主体又成为自己的对象(以心观心),这时审美观照就会使心灵从变态心灵中解放出来,而且就在变态心理本身里获得解放,尔后回到它本身而处于自由独立、心满意足的自觉状态,这时审美主体也就心情舒畅了。

"魔鬼同上帝在进行斗争,而斗争的战场就是人的心"。上帝胜利了,人就成了圣徒;魔鬼胜利了,人就会去犯罪,两者不分胜负,又日日夜夜混战不休,就

---

① 鲁迅:《鲁迅全集》第六卷,北京:人民文学出版社,1958年,第327页。
② 叔本华:《爱与生的苦恼》,金玲译,北京:华龄出版社,2002年,第97页。
③ 王守昌:《现代西方哲学概论》,北京:商务印书馆,1985年,第213页。
④ 朱光潜:《悲剧心理学》,张隆溪译,北京:人民文学出版社,1985年,第206、158页。

会导致人的精神变态。但是精神变态的巨大痛苦又像一所炼狱,在这里会荡涤人类的一切罪恶,净化人类的各种邪恶的感情,最终走向上帝。没有痛苦便不可能理解幸福,理想要通过痛苦才能达到,就像金子要经过炉火的冶炼一样,天堂要靠努力才能达到。陀氏笔下的人物在心灵深处都有一线希望,希望涅槃后的新生。"一粒麦子不落在地上死了,仍旧是一粒;若是死了,就结出许多粒来。"(《约翰福音》第12章第24节)因此,作家在描绘人类心灵战场上的血肉混战,以及战后陈尸遍野的惨景时表现的是丑,而正是这混战与死亡孕育了生命,就如墓地上的鲜花一样,这时,无望变成了希望,丑就升华为崇高。因此,陀氏笔下的主人公往往热爱痛苦、依恋痛苦、喜欢受罪。拉斯柯尔尼科夫踏上了去受难的漫长征途;米卡——这位无罪的罪人也受苦去了,"在不幸和误判的暴风雨中,他的灵魂和良心受到了洗刷"。马卡尔一辈子受苦受难,最后却背起全人类的十字架去云游四方,朝拜圣地。维戈茨基说,"艺术的最直接的特点是:它在我们身上引起相反方向的激情,只是由于对立定律而阻滞情绪的运动表现,它使相反的冲动发生冲突,消灭内容的激情和形式的激情,导致神经能量的爆炸和疏泄"①。变态心理就是由丑和悲剧的冲突导致了被唤起情绪的疏泄和爆炸式反应。

因此,在这里丑就是悲剧,悲剧就是丑,两者已熔为一炉,莫能分解。罗森克兰兹指出:"普通知觉目之为丑的东西,往往是最高贵的艺术中十分突出的东西,深深地灌注着不可否认的美的品质。"②遗憾的是,一些读者和评论家并不解其味,往往生生将它分解,然后各执一端,片而引申,即所谓见仁见智。道德家、医学家看到的是丑,看到的只是变态心理对人生的否定,还有残酷、痛苦和绝望,他们浮于表面,只注意了形式而忽略了深层的内涵。哲学家、思想家则将变态心理放入整个宇宙世界进行抽象思考,看到的是否定之否定的规律,人的存在与人的确证,他们忽略了形象,抽去了变态心理的血肉之躯。对于哈姆莱特的疯狂,人们争论了数百年,最终留下的仍然是个谜,其原因之一恐怕就是因为

---

① 维戈茨基:《艺术心理学》,周新译,上海:上海译文出版社,1985年,第284页。
② 鲍桑葵:《美学史》,张今译,北京:商务印书馆,1985年,第516页。

大家对"疯狂"进行了片面地肢解。陀思妥耶夫斯基沉浮一百年,吹上天的有,打入地狱的也有,决定其价值的关键就在于对他所描绘的变态心理的理解。即使今天,在世界性研究陀氏的热潮中,警惕堕入抽象的哲学沉思而忘其形象特征也是必要的。正确的态度应该是审美判断:既不单纯地出自知解力,即不出于概念的功能,又不单纯地出于感觉和感觉到的丰富多彩的东西,而是出自知解力与想象力的自由活动。我们要把变态心理看做一个整体:丑即悲剧,悲剧由丑表现。这实质上是个别与一般的统一,正是在这个统一体中,我们体味到了莎士比亚的伟大,陀思妥耶夫斯基的不朽。

三、变态人物的性格美

陀思妥耶夫斯基将笔探入人的灵魂深处,描绘属于心灵底层的变态心理,创造了一个由变态心理人物构成的宏伟文学形象画廊。

变态心理人物具有一般常态人物所没有的独特的性格美。这种性格美并非一般意义的勇敢、坚强、善良等,而是指性格所体现的主体性、独特性和深刻性。

苏联学者巴赫金在阐述陀氏笔下人物的主体性时,创立了所谓复调小说理论,认为陀氏的主人公不仅仅是作家意识的客体,而且也是自我意识的主体。"主人公的意识在这里被当作另一个人的意识,即他人的意识;可同时它却并不对象化,不囿于自身,不变成作者意识的单纯客体"[①]。这样的主人公不喜欢来自任何方面的背后的评价和推理,他要求一种使自己揭露自己,自己理解自己的艺术氛围。我认为,巴赫金指明陀氏人物的特点是其主体性,结论是正确的,但其论证过程却难以成立。主人公都是由作家塑造的,不可能不打上作家思想的烙印。黑格尔说:"戏剧体诗又是史诗的客观原则和抒情诗的主体性原则这二者的统一。"[②]陀氏的小说就被格罗斯曼称为"小说—悲剧"。陀氏是一个十分

---

① 巴赫金:《巴赫金全集》第五卷,石家庄:河北教育出版社,1998年,第29页。
② 黑格尔:《美学》第一卷下册,朱光潜译,北京:商务印书馆,1979年,第241页。

自觉的作家,他笔下的人物与作家难以分割。他的作品往往数易其稿,"整年整月对它进行加工"。他曾写信给卡特科夫说:"我不急于创作,我更喜欢把一切,直至最小的细节,通盘考虑一番,谋篇布局。"《卡拉马佐夫兄弟》第五卷的宗旨,"就是要描绘存在脱离现实的俄国当代青年那种极端的渎神行为和进行破坏的思想苗子,在表现渎神行为和无政府主义的同时,我目前准备在佐西马长老——小说的主人公之一——的临终遗言中对此加以驳斥"。他甚至说,"我希望能表达一些思想,甚至牺牲艺术性也在所不惜。"[1]因此,陀氏笔下的人物的思想不可能远离作家的思想。其实,说陀氏笔下的每一人物都是独立自主的主体,便是先假定了作家有整一的思想,再以此与人物的思想相对照而得出的结论。问题在于这个假定的前提不能成立。陀氏没有整一的思想,他自始至终是一个矛盾的组合体,虽然每一种思想都出自同一主体,但在不同的阶段往往由不同的思想占主导地位。陀氏的伟大就在于能将如此多的无法调和的矛盾容纳在一个人身上。陀氏人物的主体性就是作家矛盾的主体性的投射,作家自己不能说服自己,也就难以说服他笔下的人物了。

变态心理突出的是自我意识,正是自我意识与社会意识的尖锐冲突无法平衡,才造成人格分裂。所以,变态心理的主人公往往在揭示自身内在矛盾的过程中确定自我,它表现为一种双重思维,一种自我矛盾的意识主体。"地下人"式的双重人格者是最好的例证。在突出了主人公的自我意识后,主人公就不再是单纯的客体,而成了另一个主体。这样,读者就会产生一种错觉,似乎作者把主人公摆在与自己完全平等的地位上,使自己仅仅作为对话的一方存在,并不使自己的声音和意识成为最后的结论。主人公的思想意识就获得了独立于作者主观意识之外的完整价值。其实,作家离开他笔下的人物只是一种假象,这假象的妙处就在于它借对变态心理的描绘使主人公的主体性得到了证实。

变态心理是灵魂残酷搏斗后的结果。描写变态心理的作家最善于描写这一灵魂搏斗的过程,他们将外部行为,外部活动,看成是人的精神世界的外化。

---

[1] 陀思妥耶夫斯基:《书信选》,冯增义等译,北京:人民文学出版社,1986年,第96、90、99、379页。

他们描写外部事件的目的是为了表现人的内心世界,有时为了突出内心世界,作者不惜将外部世界淡化,甚至干脆略而不写,以体现人的主体性。

变态心理不像常态心理具有过多的法律、道德、伦理的束缚,它更倾向于非理性心理。变态心理撤走了层层心理防卫,率直地表现自己的思想,并乐意付诸行动,真正体现了个性的主体性。莎翁笔下的李尔王在神志清醒时,完全处在一种自欺与虚荣中,只有当他的精神由幻灭走向崩溃和疯狂时才顿悟出金钱与权力的淫威对人性的扭曲与扼杀,正像鲁迅笔下的"狂人"一样,只有在精神失常中才能看清中国封建社会的"吃人"本质。

变态心理人物的美还在于其独特性、新奇感。变态心理较之于常态心理属于少数,据一般专家统计,常态多在60%以上,而变态往往不足40%。这种数量上的比例已经显出了变态心理的特点,而文学作品中描写变态心理的就更微乎其微了。塞万提斯的疯癫骑士,莎士比亚的忧郁王子,果戈理和鲁迅笔下的狂人,陀氏的系列形象:抹布感情的"穷人",亦恶亦善的"二重人格"者,蛰居循世的"地下人",耽于幻想的"梦想家",人性沦丧的迫害狂,喜怒无常的囚犯,殉情好义的白痴,心灵崩溃的疯癫者,弑父争宠的卡氏兄弟——这些鲜明的形象,以其变态心理为特征,吸引了千千万万读者,具有永久的魅力。黑格尔说:"普通眼光所视为黑暗,偶然和混乱统治着的东西,对于诗人却显示出绝对理性在实在世界的自我实现。"[①]陀思妥耶夫斯基说,"我对现实(艺术中的)有自己独特的看法,而且被大多数人称之为几乎是荒诞的和特殊的事物,对于我来说,有时构成了现实的本质。"[②]作家们并非为写变态心理而写变态心理,那样就会有了病理的特征而失去了文学的特征,坠入自然主义的窠臼,也不是将变态心理当作神秘的力量,借以解决作家无法解决的矛盾,那样人物就失去了独立自主性,成为一种宿命的或神鬼的文学;而是通过对变态心理的描绘,揭示人物的普遍性内涵。这样,变态心理描写无论从形式到内容都给人耳目一新的审美感受。

从心理学角度看,描写变态心理还能因其独特性满足人们的好奇心。麦独

---

① 黑格尔:《美学》第三卷下册,朱光潜译,北京:商务印书馆,1979年,第248页。
② 陀思妥耶夫斯基:《书信选》,冯增义等译,北京:人民文学出版社,1986年,第222—223页。

孤认为,人类的主要本能与原始情绪之一就是好奇本能与惊奇性。鲁卡斯认为,好奇心——正是史诗,小说及悲剧的终极根基。在现代的聪明观众身上,大概好奇心在起着越来越大的作用。对于变态心理这种独特的心理基础,我们也不可忽视。

  至此,我们该论述变态人物形象的深刻性了。其实,我们在论述上述问题时,已经约略地涉及了这一问题的要点,但因为这一问题非常重要,所以有必要突出地提出来,加以强调。心理描写已经将笔探入了深层结构,变态心理便是人的深层结构中的深层结构了。变态心理往往从深刻处反映出社会和人的本质。丹纳赞扬莎士比亚是"最伟大的心灵创造者,最深刻的人类观察者,眼光最敏锐,最了解情欲的作用,最懂得富于幻想的头脑如何暗中酝酿,如何猛烈的爆发,内心如何突然失去平衡,最能体会肉与血的专横,性格的左右一切力量,促成我们疯狂或健全的暧昧的原因"①。福斯特认为,"没有哪个英国小说家在探索人类心灵方面有陀思妥耶夫斯基那么深入"②。陀氏笔下的人物让我们分享到一些比主人公的经验更深一层的东西。他的人物几乎都属圆形人物,而且具有无限的韵味。譬如米卡已经是个圆形人物,但他还可以延伸下去。他既无神秘性,也无象征性。他在被捕前做了个奇怪的梦:

    一个村庄离得不远,看见许多乌黑的农舍,都已经烧掉了一半,只剩下些烧焦的木头矗在那里,许多村妇成排地站在村口的路旁,身体瘦弱枯干,脸都成了深褐色。特别是靠边上有一个女人,瘦骨嶙峋,高个子,看来有四十岁,也许只有二十岁,一张又瘦又长的脸,手上抱着一个正在啼哭的婴儿,大概她的乳房是那么干瘪,连一滴奶都没有了。这婴儿哭着、哭着,伸着小手,光光的小手握着小拳头,冻得肤色完全青了。③

  这个梦就能容纳全人类的区域。这正是变态心理给作家的人物带来了高度的概括性。

---

① 丹纳:《艺术哲学》,傅雷译,北京:人民文学出版社,1983年,第364页。
② 福斯特:《小说面面观》,苏炳文译,广州:花城出版社,1984年,第5页。
③ 陀思妥耶夫斯基:《卡拉马佐夫兄弟》,耿济之译,北京:人民文学出版社,1981年,第756页。

总之,变态心理已不再是美学殿堂里无人问津的弃儿,它已一跃而成了当代美学的宠儿。任何一个当代有成就的作家恐怕鲜有不写到变态心理的,而理论家们也开始纷纷为变态心理鼓掌呐喊,鸣锣开道。但是,变态心理毕竟不是常态,人类真正呼唤的还是回归常态。因此,变态心理一旦成了时代的宠儿后,就会残害人类自身,这同时也是变态心理步入末路的标志。当然,人类一旦经历了变态的剧烈痛楚之后,就会渐渐学会防治变态心理,这样人类便又成熟了许多。

西方现代主义文学与基督教文化传统

西方现代主义文学是以其彻底的反传统为其基本思想倾向和特征而闻名于世的,而西方文化传统又往往集中体现在基督教文化上。杜维明先生曾经说过,"古希腊文明,以苏格拉底、亚里士多德为代表的对物的反思,发展为后来的科学传统;古希伯来文明和犹太教,从对上帝的敬畏,引发出宗教原罪思想;古罗马法制传统,发展为近代法制观念"①。而这三大源头都在基督教中汇总,并以这种宗教信仰的形式在西方构筑起庞大的文化体系。如此看来,西方现代主义文学彻底的反传统似乎意味着它与基督教文化断绝了来往和关系,或者说基督教文化纯粹只是作为一种现代主义文学的对立面,也就是所谓"反"的对象而存在。长期以来,也许正是这种思想或观念使我们在研究西方现代主义文学时忽略了它与基督教文化之间密切而又深刻的联系。而一旦我们暂时悬置起这种观念和思想,开始认真地思考这一问题时,即使随便列出几位现代主义作家,如艾略特、乔伊斯、福克纳、贝克特等,我们就会立即发现,如果我们不把他们的创作与基督教文化联系起来进行思考和研究,我们就简直无法真正地理解和认识他们。

一、传统中的反传统

正如任何一种文学流派和思潮的产生和发展一样,西方现代主义文学也是在其文化传统中产生并发展起来的,而这种传统又集中体现或汇总在基督教文化中,因此,现代主义文学在它产生之初就必然早已打上了基督教文化的烙印,

---

① 中国社会科学院世界宗教研究所基督教研究室编:《基督教文化面面观·前言》,济南:齐鲁书社,1991年,第1页。

而在它的全部发展过程中,它在任何时候都不可能完全摆脱这一传统。即便是与基督教文化针锋相对,西方现代主义文学也不能摆脱其影响和制约,作为一种文化背景现代主义文学始终笼罩在它的阴影和迷雾中,我们也只有将它还原到这一背景中才能真正地理解和认识它。法国当代天主教学者阿尔弗雷德·卢瓦絮,被认为是天主教现代派的典型代表,他曾说:"不论我们在神学上对传说作何考虑,不论我们是相信它还是怀疑它,我们都只能凭着传说,通过传说,只能在原始基督徒的传说中认识基督。"[①]同样,无论现代主义作家对基督教文化采取何种态度,他们都无法远离这一传统。另外,即便是基督教文化传统也并非就是铁板一块,没有发展和变化,其中也存在着很多分支,很多对立,甚至叛逆、异端,即使在《圣经》中也存在着撒旦和蛇这样的叛逆,还有亚当和夏娃的背叛,因此,西方现代主义文学的反传统其实也是有传统的,并且,这一传统原本就包含在基督教文化传统之中。

尼采是西方现代主义文学的精神先驱,他是从基督教传统中孕育出来的精神叛逆者。尼采1844年生于德国一个虔诚的基督教家庭。他的祖父和父亲都是牧师,他外祖母和母亲都是牧师的女儿,虔诚的教徒。尼采从小在浓郁的宗教气氛中长大,1864年进入波恩大学时,最初学的是神学和语言学,之后他才转入莱比锡大学专攻古典语言学,而这使他的家人非常伤心失望。正是这种浓郁的宗教气氛培育了尼采的叛逆精神,正是这种从内部的叛逆使尼采的思想具有非凡的深刻性和惊世骇俗的力量,并在整个思想文化领域引发了一场强烈的精神"地震"。从这个意义上说,尼采便是典型的从传统中反传统的大师,而他的精神又几乎灌注了全部的西方现代主义文学。

尼采思想的核心就是宣告"上帝死了"。尼采说:

> 难道你没有听说过那个狂人吗?他在大白天,提着一盏灯笼,跑到市场上,不停地大叫:"我寻找上帝!我寻找上帝!"——那时恰逢许多不信上帝的人站在周围,他的痴态顿时引起哄堂大笑。他迷路了吗?一人问道。

[①] 詹姆斯·C.利文斯顿:《现代基督教思想》下册,何光沪译,成都:四川人民出版社,1999年,第548页。

他像小孩子一样走丢了吗？另一人问道。也许他在藏身？他害怕我们吗？他是在航程途中吗？他移居他乡了吗？——就这样人们狂叫着，大笑着。

那个狂人跳到人群当中，两眼逼视众人。"上帝到哪去了呢？"他大声发问："我来告诉你们。我们杀死了他——你们和我。我们都是杀戮者……我们没听到掘墓人埋葬上帝的声音吗？我们没有闻到上帝腐烂后的气味吗？神也会腐烂。上帝死了，永不复生。是我们把他杀死了。"①

"上帝死了，一切事情都可能发生"。上帝死了，也就失去了普遍的、永恒的、唯一的价值标准。因此，对于以往的一切偶像，即昔日的"真理"都要进行价值重估。然而，要进行价值重估，就必须先找到"重估"的标准，于是，尼采在古希腊悲剧精神、酒神精神中找到了新的价值蓝本，即体现了生命的满溢和无穷的能量的权力意志。这便有了历史循环论，即所谓"永恒重现"。而衔接昔日酒神精神的现代体现者就是"超人"，超人必然超越现代人，正如现代人已经超越了猿人一样。尼采最后在狂热地呼唤超人时陷入疯狂，死前心灵成了耶稣和恺撒角逐的战场。可以说，尼采的思想源于基督教思想，从未脱离过基督教思想，尽管他常常是以反叛者的姿态出现的。没有基督教，也就没有尼采。尼采创造出超人，希望以此来替代上帝，但他的超人非但没有将现代人救出困境，反而将自己逼入绝境，进了疯人院。

作为现代主义文学的先驱者爱伦·坡、波德莱尔、陀思妥耶夫斯基的情形与尼采颇为相似。波德莱尔自称是"教士的儿子"，说他的父亲是"先着僧袍，后戴红帽"②。他父亲曾在巴黎大学受过哲学和神学教育。后来他放弃神职，到一位公爵家里当了家庭教师。他母亲比他父亲小34岁，结婚时26岁。父亲在波德莱尔6岁时就去世了，因此波德莱尔与母亲的感情更为深厚。母亲卡罗琳·杜费斯性格忧郁、感情纤细、笃信宗教。波德莱尔深受母亲的影响，具有牢固的基督教思想。波德莱尔早在中学时代就洋溢着反叛精神，他反叛的主要是资产阶级的道德观念和风俗习性，这中间当然也包括宗教观念。他的代表作《恶之

---

① 陈鼓应：《悲剧哲学家尼采》，北京：三联书店，1994年，第323页。
② 波德莱尔：《恶之花》，郭宏安译评，桂林：漓江出版社，1992年，第8页。

花》被指控为"亵渎宗教",具体体现在三首诗上:《唱给撒旦的连祷文》《醉酒的杀人犯》《圣·彼埃尔的背弃》。在诗中波德莱尔对魔鬼撒旦大唱颂歌,"啊,你,在天使中最美又最聪明","你是全知者,是地狱中的至尊,治愈人类痛苦的亲切的医神","撒旦,愿光荣和赞美都归于你,在你统治过的天上,或是在你失败后耽于默想的地狱底下"[①]!歌颂撒旦,就是遣责上帝,但是,无论波德莱尔怎样背离了传统的基督教观念,他并没有远离基督教传统。

陀思妥耶夫斯基一辈子处在宗教矛盾之中,他曾经说过,"一个问题,就是那个我有意无意之间为此苦恼了一辈子的问题——上帝的存在"。在《卡拉马佐夫兄弟》中作者通过主人公伊凡之口说,"既然没有永恒的上帝,就无所谓道德,也就根本不需要道德"。因此,"一切都可以允许,一切都可以做"[②]。斯麦尔佳科夫于是理直气壮地去弑父。而这却是陀思妥耶夫斯基所不愿看到的。这反倒证明了上帝是存在的,至少是需要的。"据陀氏本人证明,他初次发羊癫风时有点儿像得到天启的样子。因为当时有过一场刚刚关于宗教问题的争论。陀氏刚刚痛苦而热情地反驳过无神论者,'不,不,我相信上帝'"[③]。正是陀思妥耶夫斯基的这种矛盾性完成了他的作品的丰富性、复杂性和深刻性。

现代主义的经典作家乔伊斯更是从宗教传统中走向反传统。乔伊斯于1882年出生于宗教气氛特别浓郁的爱尔兰首都都柏林,母亲是一个非常虔诚的天主教教徒。1888年他进入克朗戈斯·伍德教会学习,接受天主教教育,准备当神父。中学毕业前开始与宗教信仰决裂。乔伊斯的第一部长篇自传小说《一个青年艺术家的画像》详细记载了作者从浓郁的基督教文化传统走向反传统的心理变化历程。1904年8月29日他在一封给娜拉的信中写道:"我从心中摒弃目前整个社会结构和基督教——家庭、公认的各种道德准则、社会各阶层以及宗教信仰。"小说主人公斯蒂芬从小上教会学校,在那里他曾受到同学的欺负和教导主任多兰的体罚,这给他留下了刻骨铭心的印象。以后处于青春期的斯蒂

---

① 波德莱尔:《恶之花》,钱春绮译,北京:人民文学出版社,1987年,第322页。
② 陀思妥耶夫斯基:《卡拉马佐夫兄弟》,耿济之译,北京:人民文学出版社,1881年,第956、394页。
③ 卢那察尔斯基:《论俄罗斯古典文学》,蒋路译,北京:人民文学出版社,1958年,第237页。

芬,在灵与肉的冲突中,顺从身体感官的要求,躺倒在妓女的怀中,这使他内心充满了内疚和犯罪感。整日整夜挥之不去的地狱惩罚的情景迫使他去向神父忏悔,但他仍然难以获得内心的平静。最后他渐渐失去了宗教信仰,当忏悔神父提出要他担任神职时,他拒绝了。"在整个孩子时期,他常常想着担任教职是他最后的归属,可是现在到了他服从这一召唤的时候,他却服从一个更野性的本能,逃避开了"。他决意摆脱宗教的束缚,献身艺术。"我不愿意去为我已经不再相信的东西卖力,不管它把自己叫做我的家、我的祖国或我的教堂都一样:我将试图在某种生活方式中,或者某种艺术形式中尽可能自由地、尽可能完整地表现我自己,并仅只使用我能容许自己使用的那些武器来保卫自己——那就是沉默、流亡和机智"①。乔伊斯后来回忆说,他16岁脱离教会是因为"我的本能冲动",而现在他对教会深恶痛绝。"我通过我说的话、写的文章和做的事公开反对教会"②。在乔伊斯的代表作《尤利西斯》中也表现了这种与基督教不相容与不调和的思想和态度。主人公斯蒂芬由于母亲病危而从巴黎赶回都柏林,母亲在弥留之际要求斯蒂芬在病榻之前跪下为她的灵魂祈祷,但斯蒂芬出于对宗教的反叛没有从命。斯蒂芬后来虽为此而感到非常抑郁和痛苦,但他仍然无法改变自己对基督教的看法和态度。在第15章,斯蒂芬在妓院里跳舞时产生幻觉,母亲从坟墓里出来,恳求他为她的灵魂祈祷,"祷告是万能的。念乌尔苏拉祈祷书里那段为受苦灵魂的经文,就可以获得四十天大赦。悔改吧,斯蒂芬。"但是,他还是拒绝了。"对我来说:要么得到一切,要么一无所有。我不侍奉"③。于是,他在痛苦中举起手杖打碎了吊灯,然后冲出了妓院大门。

福克纳也出生在一个传统的基督教家庭。他曾祖父在世时,"每天早上大家坐下来吃早饭时,在座的从小孩子起直到每一个成年人,都得准备好一节《圣经》的经文,要背得烂熟,马上就能脱口而出。谁要是讲不出来,就不许吃早饭,

---

① 乔伊斯:《一个青年艺术家的画像》,黄雨石译,北京:外国文学出版社,1983年,第191、297页。
② 布伦南·马多克斯:《乔伊斯与诺拉》,贺明华译,天津:百花文艺出版社,1997年,第23页。
③ 乔伊斯:《尤利西斯》中卷,萧乾译,南京:译林出版社,1994年,第551、552页。

可以让你到外边去赶紧啃一段,好歹要背熟了才能回来"①。福克纳的父母都是虔诚的基督徒。父亲属于美以美教会,母亲是浸礼教徒。他从小就上美以美教会的主日学校,结婚后上主教会教堂。福克纳曾经说过,"基督教的传说是每一个基督徒",特别是像他那样的"南方乡下小孩的背景的一部分","我在其中长大,在不知不觉中将其消化吸收,它就在我身上,这与我究竟对它相信多少毫无关系"。基督教文化成了福克纳身上的一部分,但他并不是一个真正的基督教作家,对基督教并不"相信多少"。他所关心的主要是人,而不是神。他说,"我主要是对人感兴趣,对与他自己、与他周围的人、与他所处的时代和地方、与他的环境处在矛盾冲突之中的人感兴趣"②。因此,福克纳在他的作品中没有去写神,反倒是写了许多像神一样的人。福克纳的艺术观与艺术手法也常源于基督教文化。他曾说过一段非常有名的话,"我可以像上帝一样,把这些人物调来遣去,不受空间的限制,也不受时间的限制。我抛开时间的限制,随意调度书中的人物,结果非常成功,至少在我看来效果极好。我觉得这就证明了我的理论,即时间乃是一种流动状态,除在个人身上有短暂的体现外,再无其它形式。所谓'本来',其实是没有的——只有'眼前'"③。古罗马的奥古斯丁曾说过与此非常类似的话:在上帝面前,没有所谓以前和以后,只有永远的现在。上帝的永恒性是脱离时间关系的;对上帝来说一切时间都是现在。他并不先于他自己所创造的时间,因为这样就意味着他存在于时间之中了。而实际上,上帝是永远站在时间的洪流之外的。④"你的日子,没有每天,只有今天,因为你的今天既不递嬗于明天,也不继承着昨天。你的今天即是永恒"⑤。福克纳将自己当成了他小说中的上帝,并将这一思想贯穿在他的小说创作中。另外,他的代表作《喧嚣与骚动》在结构上还模仿了《新约》的"四福音书"。

---

① 福克纳:《福克纳谈创作》,《福克纳评论集》,北京:中国社会科学出版社,1980年,第267—268页。
② 肖明翰:《威廉·福克纳研究》,北京:外语教学与研究出版社,1997年,第117、118—119页。
③ 福克纳:《福克纳谈创作》,《福克纳评论集》,北京:中国社会科学出版社,1980年,第274页。
④ 罗素:《西方哲学史》上卷,何兆武、李约瑟译,北京:商务印书馆,1963年,第435页。
⑤ 奥古斯丁:《忏悔录》,周士良译,北京:商务印书馆,1963年,第241页。

现代主义文学一般是指产生于19世纪末至20世纪中叶的一种文学思潮或流派。现代主义文学的产生和发展有其独特的社会、历史背景。两次世界大战给人类精神和肉体留下了前人难以想象的创伤和影响。第一次世界大战在世界范围内有30个国家参战,13亿人卷入了这场战争,结果,信奉同样一个上帝的人相互残杀,造成了3000多万人的死亡。第二次世界大战是一场更加疯狂、更加可怕的大屠杀。直接在这场战争中死亡的人数大约是第一次世界大战的3—5倍,由于德国法西斯的种族灭绝政策,大约有500万犹太人被屠杀。与此同时,科学技术则一日千里地迅猛发展,这使人们对已经熟悉了的世界变得越来越陌生,它改变了人们的生活方式、思维方式和文化价值观念。这是一个"大灾难年代",从拿破仑、俾斯麦到希特勒,他们的"英雄"业绩给人类造成了巨大的灾难和后遗症:滑铁卢战场的阴魂未散,欧洲大陆战火又起,而广岛、长崎上空无形的幽灵至今仍在为昔日的大灾大难而呻吟。人类杀人的技术越来越先进;救人的医术也越来越高明,这真是人类荒诞的生存状态。在这"杀"与"救"之间,最后究竟是杀出一片不毛的宇宙,还是救出永生的人类?对此,西方现代派作家没有丝毫的乐观。人们终于渐渐明白了,原来人类历来所说的理想、伟大、光荣,竟只是少数野心家用来坑害亿万人民的美丽谎言!于是尼采愤而向世人宣告:"上帝死了!"当代奥地利作家彼得·汉德克说:"天堂的大门已经关闭,现代人已没有任何希望,他们的灵魂将永远在这个世界上徘徊游荡。"[①]上帝死了之后,于是一切都是可为的,这又证明了罪恶存在的合理性;而在一个罪恶肆虐的世界里人们又不能正常、合理地生活,于是他们又渴望、需要一个上帝。在这种混乱和矛盾中,西方世界越来越畸形发展,即物质文明的高速膨胀和精神文明的极度空虚,人的异化也越来越严重。机器人、计算机、电脑由人制造,反过来又控制了人,人失掉了主体性,在高速度、高频率中疲于奔命,在竞争中失却了自我。人类失去了精神家园,失去了安身立命之所,于是,面对茫茫宇宙大声询问:"我是谁?""我从哪里来?""到哪里去?""啊!钥匙丢了!"西方现代

---

① 章国锋:《"天堂的大门已经关闭"——彼得·汉德克及其创作》,《世界文学》1992年第3期。

主义文学的幻灭感、危机感、荒诞感、恐惧感几乎全部源于此,其创作思想的矛盾性、深刻性和震撼力也源于此。

二、面对上帝与面向内心

基督教是崇奉上帝的宗教,是崇奉耶稣基督为救世主的宗教。基督教神学的核心教义就是圣子、圣父、圣灵三位一体,即一神具有三种形式。圣父创造天、地和人类;圣子道成肉身,为救赎人类而被钉在十字架上受难,后又复活、升天,将来必再降临,审判世界;圣灵从圣父、圣子出来圣化人类。基督教的这一思想便在哲学上提出了神的现实性与超越性问题:神既超乎世界之上,同时又在世界之内,人类社会的发展是神的意志在人的历史中的体现。因此,有关三位一体的问题,绝不是一个客观存在的问题,而更应该是一个心灵存在的问题。"从本来的意义上说,上帝是超验的……上帝是独一或单一,是绝对的、单纯的统一体"①。面对上帝,其实就是沉思上帝,面对心灵的上帝。费尔巴哈说得很明白,"宗教对象是自身内在的对象,因此它像人的自我意识,人的良心一样,从来不离开人,他是亲密的、最亲密的、最亲近的对象"。"上帝之意识,就是人之自我意识;上帝之认识,就是人之自我认识……人认为上帝的,其实就是他自己的精神、灵魂,而人的精神、灵魂、心,其实就是他的上帝:上帝是人之公开的内心,是人之坦白的自我;宗教是人的隐秘宝藏的庄严揭幕,是人最内在的思想的自白,是对自己的爱情秘密的公开供认"②。面对上帝的人并不是面对客观存在和现实社会的人,而是面对内心和自我的人。由面对上帝很容易转换到面向心灵。陀思妥耶夫斯基在他的《卡拉马佐夫兄弟》中曾引用了席勒的两行诗:"没有得到天上的保证,/只好相信内心的声音"③。人们在失去了上帝后,更容易关注、聆听和相信自己内心的声音。基督教的这种本质规定性或主要特征于是与

---

① 穆尔:《基督教简史》,郭舜平等译,北京:商务印书馆,1981年,第74页。
② 费尔巴哈:《基督教的本质》,荣震华译,北京:商务印书馆,1984年,第42、43页。
③ 陀思妥耶夫斯基:《卡拉马佐夫兄弟》,耿济之译,北京:人民文学出版社,1881年,第370页。

西方现代主义文学的"面向内心""面向自我"相契合了。

　　康德的哲学思想对西方现代主义文学有着极其深远的影响,他被认为是西方现代主义文学的总根子。康德将世界分割为现象和本体两部分。本体又称物自体、自由意志或上帝的自由创造。它是不以人的意志为转移的,是不可知的彼岸世界。这与基督教中的上帝没有什么太大的区别。但康德强调,人只能认识现象,即此岸世界,而不能认识本体,即彼岸世界。"知性的纯粹概念永远不能用于先验,而只能在经验上使用,用纯粹知性的原理只适用于感官的对象,从属于一个可能的经验之普遍性条件,而永远不适用于事物自身,或者离开我们能知觉到它们的方式的那种事物"①。

　　叔本华一方面继承了康德的思想,认为经验世界就是现象界,还存在着一个超经验的本体界;另一方面,他又否认康德的不可知论。康德认为,我们不能在理智知觉中面对自在之物。对于自在之物,我们除了知道它存在之外,对它一无所知;所谓心灵的形式,如空间、时间、因果性,等等,均不适用于它。叔本华却说,如果我们仅仅只是理性的动物,观察外界的主体,那么,我们便只能知觉处于时空和因果关系中的现象。但是,在我内心深处的意识中,我面对我的真实的自我,我意识到了这种活动,我也就认识了自在之物。自在之物就是意志,那是初始的、无时间性、无空间性的、无因而成的活动。"'世界是我的表象':这是一个真理,是对于任何一个生活着和认识着的生物都有效的真理;不过只有人能够将它纳入反省的、抽象的意识罢了。并且,要是人真的这样做了,那么,在他那儿就出现了哲学的思考。于是,他就会清楚而确切地明白,他不认识什么太阳,什么地球,而永远只是眼睛,是眼睛看见太阳;永远只是手,是手感触到地球;就会明白围绕着他的这世界只是作为表象而存在着"。而另一个真理就是:"世界是我的意志。""因此,主体就是这世界的支柱,是一切现象,一切客体一贯的、经常作为前提的条件;原来凡是存在着的,就只是对于主体的存在"②。这样,康德那里的物自体变成了我的意志,而意志在人的心中就表现为

---

① 约翰·华特生:《康德哲学原著选读》,韦卓民译,北京:商务印书馆,1963年,第112页。
② 叔本华:《作为意志和表象的世界》,石冲白译,北京:商务印书馆,1982年,第25、28页。

冲动、本能、奋进、渴望和欲求。叔本华终于完成了由"面向上帝"到"面向自我、面向内心"的转化。

西方文学的发展演变大体上顺应了这种文学"向内转"的趋势,或者说现代西方哲学原本就给20世纪的西方文学提供了思想基础。我们知道,西方文学从古希腊发展到20世纪,大致经历了四个阶段:模仿——表现——反映——综合。文艺复兴以前的文学以模仿为主,注重于模仿人的行动,并不着意刻画人物性格,古希腊文学可以作为典范。浪漫主义文学注重表现人的内心情感,但并不在意人的复杂微妙的心理活动过程。反映论可作为现实主义与自然主义的理论基础,它们过多地注意人的社会因素和物质因素,不大注意人的主体性。当代文学走向综合,其重心却落在人的内心,即内宇宙,第二宇宙。这就是人们通常所说的20世纪文学"向内转"的发展趋势。西方现代主义文学的产生无疑顺应了这种文学"向内转"的潮流。当然,欧洲文学早在文艺复兴时期随着个性解放要求的提出就已经开始注意描写人的精神世界,把人物的内心生活、心理活动当成重要的表现对象。到了19世纪,产生了司汤达、托尔斯泰、陀思妥耶夫斯基等心理描写大师。但是,传统的心理描写仍然是以叙述故事为主,即便是揭示人物的心理活动,其目的主要也是为了表现客观现实和人物的外在行为。因此,传统的心理描写往往注重表现人物精神活动中的理性内容和自觉意识。而现代主义文学则要求表现意识活动的一切领域,尤其强调发掘无意识领域,描写意识活动的非理性内容、它的复杂性和变幻莫测的流程。现代主义文学无疑是在传统心理描写的基础上进一步地"向内转"。

西方现代主义文学的主要特征之一就是其内向性,即面向内心。一般说来,浪漫主义往往强调理想和想象,现实主义则着力描写真实的生活细节,自然主义主张对现实进行纯客观的摹写,现代主义文学却强调作家面向内心、面向自我。普鲁斯特说,"一个大作家……只是在'解释'早已存在于我们各自心中的印象"。伍尔夫则说,"生活并不是一连串左右对称的马车车灯,生活是一圈光晕,一个始终包围着我们的半透明层。传达这变化万端的,这尚欠认识、尚欠探讨的根本精神,不管它的表现多么脱离常轨、错综复杂,而且如实传达,尽可能不羼入它本身之外的、非其固有的东西,难道不正是小说家的任务吗?"①福克纳认为,作家只应"一辈子处在人类精神的痛苦和烦恼中劳动","从人类精神原料中创造出前所未有的某种东西",写人类的"内心冲突"和"心灵深处亘古至今的真实情感"②。在意识流作家那里,作家主要表现的就是人物内心意识或潜在意识的自然地、非逻辑的流动,而所谓的客观现实,必定已经涂上了人物的主观色彩,并且,现实往往是支离破碎的,只有主观才是完整的。普鲁斯特的《追忆似水年华》就是这方面的典型例证。小说几乎没有传统意义上的故事情节,主要以回忆的方式表现了主人公复杂的内心世界。主人公马赛尔早晨醒来,躺在床上,辗转反侧,思绪万千。他想起了童年往事,古老的小镇,家庭朋友,以及阔佬斯万。之后他恋上了斯万的女儿吉尔伯特。与吉尔伯特分手后,他在一次疗养中又爱上了阿尔贝蒂娜,但最初遭到阿尔贝蒂娜的拒绝。后来姑娘改变了态度,他便疯狂地爱恋她,想与她结婚,把她关在家里,但是,她却突然不辞而别。于是,他到处寻找,最后得知她已突然死去。他在绝望中,决心写一部小说,用文学来反映这一段生活的悲欢苦乐。小说也正是在这个意义上完成了一场逆向的"哥白尼式的革命"。乔伊斯的《尤利西斯》"写的既不是眼睛看到的,也不是耳朵听到的,而是人的头脑从一个片刻到另一个片刻进行着的漫无边际的思维和想象的记录"。《尤利西斯》的永恒魅力就在于它展示灵魂漂泊的独特方式,我们可以将这一方式概括为:心灵本真状态的还原。③

奥地利诗人里尔克的短诗《豹》,被认为是现代主义诗歌的经典之作。这首诗有一个副标题"在巴黎植物园",当年冯至先生还特别解释说,这是植物园,不是动物园。由此可见,这首诗并非写诗人在动物园里所看到的真实的"笼中豹",而是写诗人在植物园里想象的"心中豹":

　　它的目光被那走不完的铁栏

---

① 弗吉尼亚·伍尔夫:《现代小说》,转引自伍蠡甫主编《西方文艺理论名著选编》下卷,北京:北京大学出版社,1987年,第151页。
② 威廉·福克纳:《在接受诺贝尔文学奖时的演说》,李文俊编《福克纳评论集》,北京:中国社会科学出版社,1980年,第254页。
③ 参见拙文《文学的"心灵现象学"——论乔伊斯的〈尤利西斯〉》,《文艺研究》1996年第5期。

缠得这般疲倦,什么也不能收留。

它好像只有千条的铁栏杆,

千条的铁栏后便没有宇宙。

诗以"笼中豹"的形象,隐喻资本主义社会人的处境,用"思想知觉化"的方式表现诗人孤独、困惑的心境。诗人以自己的思想扭曲了豹的感受力,以突出个人与社会、理想与现实的冲突,并含蓄地表达了作者在探索人生意义时的迷惘、彷徨和苦闷心情。

三、异化中的祈祷

"异化"是西方现代主义文学最重要的主题之一。袁可嘉先生将西方现代主义文学的主要内容概括为,"在四种基本关系上所表现出来的全面的扭曲和异化:在人与社会、人与人、人与自然(包括大自然、人性和物质世界)和人与自我四种关系上的尖锐矛盾和畸形脱节,以及由之产生的精神创伤和变态心理,悲观绝望的情绪和虚无主义的思想。这四种关系的全面异化是由现代资本主义的腐蚀作用所造成的,它们是在它的巨大压力下扭曲的。现代派文学的社会意义和认识价值也正在于此"①。袁可嘉的观点显然源于马克思有关异化的理论。众所周知,异化问题是马克思早年研究探索过的问题。马克思认为,异化就是劳动异化。劳动异化表现在三个方面:劳动者同他的产品之间的异化,即物的异化;劳动活动本身的异化,即自我异化;人同自己的"类本质"的异化,这里面便包含着人与人之间关系的异化。但是,虽然异化是西方现代主义文学经常表现的主题,然而,西方现代主义作家的异化观与马克思的异化理论却并没有多少相同之处,反倒同基督教思想颇为接近。

在基督教的教义中,亚当与夏娃在伊甸园里的纯真状态才是人类的本真状态,当他们因为偷食禁果而被驱逐出伊甸园时就是犯罪,就是异化,而一旦他们

---

① 袁可嘉:《外国现代派作品选·前言》第一册(上),上海:上海文艺出版社,1980年,第5页。

通过赎罪重返伊甸园,他们便实现了人类本真状态的复归。人类因始祖犯罪而生来有罪,无法自救,于是,上帝圣父派他的独生子耶稣基督降世为人承受死亡,流出宝血作为"赎价",以赎相信者,人类才能得以获救。"在宗教上,意识到罪愆的人会感到异化,不一定是与社会分离,而是与上帝的存在相隔离,正是这样一种异化感,成为一个人的宗教生命的开始"。西方现代主义作家更相信异化是与生俱来的,并且凭借人类自身的力量永远也不能克服和扬弃异化。"我们或许可以说服自己,共产主义彻底消灭(而在他们那一方,是资本主义的彻底消灭)了,异化也跟着消灭了。但我们稍加思考就会知道,即便我们一觉醒来,所有这些外部敌人在地球上都统统消灭了,我们仍然会像过去一样,还是停留在老地方"①。萨特在《存在与虚无》中论及了异化。但却认为这种异化是必然的、永恒的、无法逃避的。可以说,萨特的剧本《间隔》就是这一异化观的形象表述。

同样,基督教神学也并不只限于把人作为一个孤立的人来看待,它还把个人与周围的世界、与其他人联系起来,由此而提出问题。当亚当和夏娃偷食禁果后,发现自己赤身裸体,便藏进树丛,耶和华神找不到他们,便喊亚当,"你在哪里?"这个问题实质上是对人的身份、地位的追问。在茫茫天地之间,在纷繁复杂的世界上,人究竟在哪里安身立命? 以后该隐出于嫉妒将他弟弟亚伯杀了,耶和华便问该隐,"你的兄弟在哪里?"这实际上又是一个人与人的关系问题。这些问题与西方现代主义最为关注的问题:"我是谁?""我从哪里来?""我到哪里去?"等问题其实是一脉相承的。西方现代主义在宣告"上帝死了"之后,便不再相信有什么人的本质和本性,昔日的人道主义理想与传统已经分崩离析、烟消云散,因而人的本质和归属究竟是什么,又一次成了真正的问题。

身处这种严重的异化之中,面对这种致命的、没有答案的问题,现代主义作家于是去宗教中寻找人的本质的复归之路,他们在对上帝的祈祷中寻找安宁和精神慰藉。譬如著名的象征主义诗人艾略特就是一个典型的例证。

---

① 诺斯洛普·弗莱:《现代百年》,盛宁译,沈阳、香港:辽宁教育出版社、牛津大学出版社,1998年,第8、9页。

爱尔兰著名诗人叶芝也看到了现代社会的严重异化现象,他在诗中写道,"一切都四散了,再也保不住中心,/世界上到处弥漫着一片混乱"。但是,要"保住中心""消除混乱"已非我们能力所能左右,我们只有期待着"基督重临",坚信"神的启示就要显灵"①。荒诞派剧作家贝克特在面对无时无刻、无处不有的荒诞时,便等待着"戈多"的到来,等待戈多(waiting for Godot),便意味着等待上帝。剧中两个人物,一会儿自称是亚当,一会儿又称自己是该隐和亚伯,在另一些场景中,他们又隐隐约约、无可奈何地把自己等同于与基督一起受难的窃贼。剧中有这样一段对话:

爱斯特拉冈:耶稣就是这样的。
弗拉季米尔:耶稣!耶稣跟这又有什么关系?你不要拿你自己跟耶稣相比吧!
爱斯特拉冈:我这一辈子都是拿我自己跟耶稣相比的。

最后在"一切的一切都死了"之后,弗拉季米尔说:"耶稣保佑我们!"②他们只好在等待中期待着上帝的到来。

然而,宗教非但不能使人性得以复归,反而使人的异化更加严重,因为宗教和上帝原本就是人类异化的结果。人把同属于一个物种的人类的本质"外射"到上帝这个幻想产品上去了,这样,"人把自己奉献给上帝的越多,他保留给自己的就越少"③。于是,在对宗教的希望破灭之后,有些现代主义作家就去文学艺术中寻求解救之路,如卡夫卡,他说,"写作是祈祷的一种形式","是砸碎我们心中冰海的斧子";有些作家则将异化归之于荒诞,认为现实世界是不合理的,甚至都不能用歪理来加以解释,于是他们求助于西西弗式的"无所为而为"的悲剧精神,如存在主义作家;有些作家面对异化,则"报之以幽默、嘲讽,甚至'赞赏'的大笑,以寄托他们的阴沉的心情和深渊般的绝望",他们最后到爵士乐、摇

---

① 袁可嘉:《外国现代派作品选·前言》第一册(上),上海:上海文艺出版社,1980年,第64页。
② 萨缪尔·贝克特 尤金·尤奈斯库等:《荒诞派戏剧选》,金志平译,北京:外国文学出版社,1983年,第66、121页。
③ 马克思:《1844年经济学—哲学手稿》,刘丕坤译,北京:人民出版社,1979年,第45页。

摆舞、吸大麻、性放纵中去寻找精神寄托,如"黑色幽默"作家。当然,在这里,无论是卡夫卡的"艺术",还是存在主义的西西弗精神,或是黑色幽默的吸毒群居生活,已相当于某种宗教的替代品。现代主义作家由于找不到异化的真正原因,也就必然找不到真正的人性复归之路,因此,他们去寻找宗教的替代品实在是十分自然而又无奈的事。

西方现代派作家的异化观与马克思异化观之比较

德裔美籍著名思想家埃利希·弗洛姆说:"在整个工业化的世界中,异化达到了近似于精神病的地步,它动摇和摧毁着这个世界宗教的、精神的和政治的传统;并且通过核战争,预示普遍毁灭的危险性,正因为异化已经达到了这种程度,越来越多的人才更清楚地认识到,病态的人乃是马克思承认的现代的主要问题"[1]。异化作为"现代的主要问题"已"吞没了全部现代文学"。但是,西方现代派作家的异化观同马克思的异化观显然不同。两者之间究竟存在哪些差异?这些差异又是如何形成的?它们又是怎样影响或制约着作家的创作的?下面我们拟从三个方面来加以论述:

一、"无因之果"的迷惑

现代派作家大都缺乏对异化原因的分析与探索,偶尔有之,也往往是偏颇的、形而上的、悲观绝望的。他们很少直接论及异化,虽然他们笔下反映的常常是异化主题。不过,萨特可算是例外,萨特在《存在与虚无》一书中力求了解"人的实在"的一般结构。他将个人面临的浑然世界称为"自在的有",而把个人自己的意识定名为"自为的有"。"自在的有"是浑然的、未分化的、无定形的、无知觉的存在,它是人的意识登场时在那里跟意识打照面的东西,它对于人的意识来说是荒唐的、讨厌的、令人恶心的。"自为的有"则永远不是什么东西,是无,它总是不断地要成为什么东西。宇宙万有当中,唯有人是"自为的有"。人是没有本质的,这就是"存在先于本质"。因此,人是自由的,正是这种自由将人的

---

[1] 弗洛姆:《在幻想锁链的彼岸》,张燕译,长沙:湖南人民出版社,1986年,第62页。

"实在"与世界上其他的万"有"区别开来。人人都是自由的,这样,人与人之间的关系就只有两种可能性:不是甲作为"自为的有"把乙看成物("自在的有"),就是乙作为"自为的有"把甲看成物("自在的有")。譬如,我坐在公园的长凳上,另一个陌生人从旁边走过,抬起头来看我。立刻,我就成为,并且知道自己已经成为他的一个对象,一个物,一个物体。他在把我看成他的对象时就消灭了我的主体性。这时他就是"自为的有",而我成为"自在的有"。我不甘心跟我坐的长凳一样,成为一个单纯的对象,于是反过来盯着别人,也把他看成一个对象。这时,情形又完全颠倒过来了。因此:

> 对象——他人是我凭借领会所使用的爆炸工具,因为我在他周围预感到有人使他闪现的恒常可能性,并且,由于这种闪现,我突然体验到世界从我这里逃走了,我的存在异化了。①

当我的"自为的有"变成了他人的"自在的有"时,异化便发生了。并且,这种异化是必然的、永恒的、无法逃避的。我永远不能捉住别人的自我,别人的"自为的我"也总不让我抓住,我无可奈何,只好把别人看成一种永远威胁着我的自由主体的存在。

萨特的剧本《间隔》是这一异化观的形象的表述。剧本写三个鬼魂:加尔森是在战争中叛国脱逃而被枪毙的胆小鬼;伊奈斯热衷于同性恋;埃司泰乐是溺死亲生儿的色情狂。他们在进入地狱后仍然无休止地争斗。他们互相隐瞒、互相戒备、互相封闭、互相折磨,每个人都是"刽子手",又是受害者;既成为别人的障碍,又使自己坠入深渊。埃司泰乐狂热地追求加尔森,但加尔森说,只要伊奈斯看得见,他就没法爱她;而伊奈斯要和埃司泰乐搞同性恋,加尔森又成了一大障碍。他们就是这样互相追逐,永无宁日,欲逃无路,欲死不成。虽然他们置身其中的环境是地狱,但他们相互敌对却构成一座更加恐怖的"地狱"。"我万万没有想到,地狱里该有硫黄,有熊熊的火堆,有用来烙人的铁条……啊!真是天

---

① 萨特:《存在与虚无》,陈宣良等译,北京:三联书店,1987年,第390页。

大的笑话！用不着铁条，地狱，就是别人"①。

　　显然，萨特的异化观非常接近黑格尔的异化观，而同马克思的异化观相去甚远。黑格尔认为，世界本体是客观精神、客观思维、客观概念，具有能动性。这种能动性就是自身的否定性，或自身矛盾、自身异化的发展能力。客观思维经过自身逻辑阶段的否定性发展，异化为自然界和人类社会，又通过人的意识的否定性发展达到自我意识，在人的自我意识的否定性和异化长期艰难曲折的发展中，人逐渐认识到这一切都无非是精神自身的各种异化和扬弃这种异化的种种形式，最终达到了对精神自身的绝对性认识，达到了绝对精神本身。总之，黑格尔的"异化"就是"对象化"，又叫精神变物质，是他辩证法中正反合三位一体中由正到反的阶段。萨特的异化也大体等于对象化，但被对象化的却不是客观精神，而是人的"自为的有"，也就是人的自由。虽然他们出发点不尽相同，但结论却出乎意料地趋于一致，所以，萨特宣称黑格尔的说法非常正确：人的一切关系的基础都是主奴关系。

　　像黑格尔一样，萨特的异化观的局限与错误也是一目了然的。虽然萨特的异化观反映了在资本主义世界中小资产阶级受排挤、被吞没、身不由己、无可奈何的生存处境，但是，萨特将这种异化普遍化、永恒化，便从根本上限制并抹杀了人的自由，这使他"存在先于本质"的论断显露出难以弥合的裂隙。

　　但是，无论如何，萨特毕竟探索了产生异化的原因，他给我们提供了一个可供认识与批判的参照系。而更多的现代派作家虽然在作品中致力于表现异化主题，但他们却几乎从不使用异化这一概念，并且，通常总是略去了产生异化的原因，或者他们认为异化原本就是没有原因的。因为没有原因，所以异化又是永恒的。卡夫卡就是如此，他在《乡村婚事》中写道：

　　　　我手无寸铁地面对着一个形体，他安静地坐在桌旁，望着桌面，我转着他绕圈子，感到自己被扼住喉咙快窒息了似的。第三个人围着我转圈子，觉得被我扼住。第四个人绕着第三个人走，感到被卡住喉咙，就这样持续

---

① 柳鸣九编选：《萨特研究》，北京：中国社会科学出版社，1987年，第303页。

下去直到星辰运行到宇宙之外。万物都感到被卡住了脖子。①

这种被"卡住了"的感觉与状态,也就是异化。

在卡夫卡的作品中,一切都体现了人的异化:政治、法律、宗教、事业、爱情,甚至连罪恶也是如此。《审判》是对无罪的审判。约瑟夫·K莫名其妙地被捕了,他自己不知道犯了什么罪;来抓他的看守也只知道:"你被捕,这是事实。"而审判他的法官竟连他的真实身份也一无所知,开口就对K坚定地说:"您是一个油漆匠吧?"这里,政治法律成了人类面临的一种同自己敌对的、莫可名状而又强大无比的力量。《变形记》中人变成甲虫,异化为非人。人变成甲虫,甲虫便带着人的视角去看人类,它所看到的是一群多么冷漠、多么空虚的芸芸众生;从人的角度看甲虫,甲虫就显得更加孤独、恐惧和不可理解了。主人公既是人又是虫,但他体验的只是人与虫双面的痛苦。《饥饿艺术家》中艺术家的事业是以生命作代价的,40天的饥饿表演只是求得肉体的生存,而绝食却成了艺术的最佳状态。有限的生命永远也不可能真正实现无限的艺术。《城堡》中K同弗丽达的爱情,绝不是真正的爱情。当他们都追求纯洁、专一的爱时,他们就相互排斥,很快失去了对方;当他们各自心中另有所图时,他们又相互吸引,迅速地结合在一起。《在流放地》中行刑官已异化为机器,最后当行刑机器将被废除时,行刑官宁愿同机器一道同归于尽。

总之,卡夫卡发现了西方社会普遍存在的异化问题,他苦苦思索,但最终也未找到答案和出路,而他又不肯苟且地找一个模棱两可的替代品。"他感觉到被囚在这个地球上使他憋得慌,被囚禁的忧伤、虚弱、疾病、狂想交集于一身,任何安慰也不能使他宽解,因为那仅是慰藉,但如果你问他,他到底想要什么,他回答不出来"②。"目标只有一个,道路却无一条,我们谓之路者,乃彷徨也"③。因此,卡夫卡只知道人已异化为甲虫,但人为什么会异化为甲虫,卡夫卡却不得

---

① 转引自叶廷芳编:《论卡夫卡》,北京:中国社会科学出版社,1988年,第607页。
② 卡夫卡1917年写的《箴言》,转引自叶廷芳《现代艺术的探险者》,广州:花城出版社,1987年,第83页。
③ 叶廷芳编:《卡夫卡全集》第5卷,石家庄:河北教育出版社,1996年,第5页。

而知。

　　荒诞派戏剧、黑色幽默、垮掉的一代等现代派流派朝异化走得更远,走向彻底的荒诞和全面的垮掉。他们已不再相信有什么本质和本性,昔日的人道主义理想与传统已经分崩离析,烟消云散,因而也就无所谓异化和复归了。他们认为,人类生来就处在荒诞中,并且永无解救的希望,这就像海勒笔下那令人窒息的"第22条军规",无时无处不在,永远无法摆脱。当然,这种彻底的荒诞在我们看来也只是人类异化的一种表现。但是,被异化了的现代派作家由于身临其境,却不明白其中的缘由,他们只是一味蚕食异化的苦果,却不知这苦果从何而来,于是,他们在将异化视为荒诞抛弃的同时,也将异化的反面,即人的本质一起抛却了,异化在这里成为一种更加不堪忍受的人生重负。

二、"无因"之"因"的启示

　　现代派作家放弃了寻找或者说没有找到异化的真正原因,这一事实本身却是有原因的。现代派作家绝大多数同马克思主义无缘,不了解马克思对异化的正确分析和阐述,少数作家如萨特虽然有志于发展存在主义的马克思主义,但他最终发展的仍然是存在主义,而非马克思主义。因此,我们在理解马克思的异化观之后,就不难看出现代派作家为何陷入"无因之果"的迷误了。

　　马克思所说的异化就是劳动的异化。马克思认为劳动是人的本质,劳动从主体来说也是人的根本需要。人类的历史不外是借助于自己的劳动和自己的生产而进行的自我改造。"整个所谓世界历史不外是人通过人的劳动而诞生的过程,是自然界对人说来的生成过程"[①]。因此,马克思从对劳动的研究出发,来考察私有财产的本质、起源和意义,这样一下子抓住了异化的真正原因。

　　劳动异化表现出来的经济事实首先是劳动者同他的产品之间的异化,这又叫物的异化。"劳动者生产的财富越多,他产品的力量和数量越大,他就越贫

[①] 马克思、恩格斯:《马克思恩格斯全集》第四十二卷,北京:人民出版社,1979年,第131页。

穷"。这说明,"劳动生产的对象,即劳动产品,作为一种异己的存在物,作为不依赖于生产者的力量,同劳动相对立"①。产品原是工人劳动力量的对象化,但却同它的创造者形成了对立的关系,对象化成为丧失对象,受到对象的奴役。最终,劳动者的生命力变为同自己敌对的对象的生命力,变成了金钱、商品、资本的无上的权力,他自己反而被这些对象所占有和奴役了。同时,劳动者把自身的力量对象化到一个外部对象上去形成产品,必须以自然界、外部的感性世界为前提。于是,劳动者在这里同自然界异化了。人同外部世界的多种多样的关系(包括审美关系)被唯一的关系,即人同劳动手段和劳动对象的关系所排斥。自然界的全部的丰富性和多样性对于异化的人类来说都消失了。

以上这种"物的异化"在现代派作家笔下有许多卓越的表现。例如,在卡夫卡看来,"生活对于他和对于穷人是完全不同的;首先,对他来说,金钱、交易所、货币兑换所、打字机都是绝对神秘的事物,它们对他来说是一些莫名其妙的谜"②。所以,卡夫卡向读者展示了一个"异化的世界"。但是,卡夫卡不明白这异化的根源是劳动异化,所以他最终陷入深深的绝望之中,这正如写在他手杖上的那句名言"每一个障碍摧毁了我"。新小说派和荒诞派戏剧作家也深切地体味到在现代社会中物质已越来越成为人类生活的主宰。于是他们着意写物而拒绝写人,或者把人当作物(对象)来写而排斥写具有丰富主体性的人。罗布-格里耶是"物主义"的首创者,他的"物主义"认为,作家的任务只限于将客观事物冷静地记录下来。所以,格里耶在写物时既细致又科学,往往不差分毫,但一写到人就戛然而止,甚至干脆弃而不写。他的著名小说《橡皮》可作例证。在荒诞派戏剧舞台上充斥着物以及被物化了的人:满台的犀牛,遍地的鸡蛋,无限增多的家具,不断膨胀的尸体,以及禁闭在垃圾桶里的人,半截子入土的人,脱离肉体的一张巨大的嘴等。在尤奈斯库的《椅子》一剧中,一对年逾 90 的老人为了迎接宾客的到来,在舞台上摆满了椅子,最后,这对夫妇连立足之地也失去了,只好从窗口投海自杀。这满台的椅子令人震惊地表明了剧本的主题:椅子、

---

① 马克思:《1844 年经济学—哲学手稿》,刘丕坤译,北京:人民出版社,1979 年,第 44 页。
② 苏联科学院编:《德国近代文学史》上册,北京:人民文学出版社,1984 年,第 398 页。

在强大的物质洪流的挤压下,人已经失去了自己应有的位置,异化为一片虚无。

在现代派作家笔下,人与大自然的关系也被异化了。由于现代派作家自身的异化,又将自己变成了衡量异化世界的尺度,于是,大自然成为异化了的人的意识的象征:天空成为一块尸布,地球是柴炭和灰烬的混合物,风景用自己的线条表明它只是一具巨大的尸体,黄昏是一位被麻醉在手术台上的病人,四月是最残忍的一个月……大自然已不再是美好与和谐的,也不再是人化了的自然,它成了人的对立物,无时无刻不在压抑人,限制着人的创造力和自由。这便是现代派作家所看到的异化的恶果。

马克思认为物的异化的根源及核心是自我异化,即劳动活动本身的异化。劳动从它自身来说是人类特有的创造劳动。在劳动中,人创造满足自己需要的对象:生产衣食住行的对象,满足和丰富自己的物质生活,生产科学艺术满足和丰富自己的精神生活,在劳动和占有劳动产品中,使自己的潜力得到发展发挥。劳动是人们获得自身自由的源泉,因而它的本质应该是自由的。这样的劳动就不会产生劳动者同自己产品之间的异化和敌对。但是,在资本主义私有制下,产品却同它的生产者发生异化关系。显然,这种异化不可能是由产品的对象的物的性质(如商品、货币、资本本身的对象性质)所决定的。马克思说:"如果劳动者不是在生产行为本身中使自己异化,那么劳动者怎么会使自己活动的产品像某种异己的东西那样同自己相对立呢?产品不过是活动、生产的总结。因此,如果劳动的产品是外化,那么生产本身就必然是能动的外化或活动的外化、外化的活动。在劳动对象的异化中不过总结了劳动活动本身的异化、外化。"[①]

劳动的自我异化表现为:劳动对于劳动者来说是外在的、不属于他自己的,不是肯定自己、自由地发挥自己体力和智力的活动,而是否定自己的、非自愿的、强制的、被迫的劳动。劳动已不再是人的本质,而只是维持生存的一种迫不得已的手段。最后,人只有在运用自己动物式的机能(如吃喝等)时才觉得自己是人,而在从事人的活动时反而觉得自己是动物。

---

① 马克思:《1844年经济学—哲学手稿》,刘丕坤译,北京:人民出版社,1979年,第47页。

人于是便异化为畜生,成为非人。西方现代派作家虽然对自我异化的过程及原因不甚明了,但对于这异化的结果及危害却是深有感受的。他们一方面非常关注自我的异化这一主题,另一方面在表现异化时他们又往往抽去了其中的劳动内容,使人的自我异化变得十分抽象和模糊。"我是谁?我从哪里来?到哪里去?"成为现代派作家大声询问的问题。他们发现,人们通常所说的"自我",其实只是人们各自戴上的人格面具,真正的自我已经失落,并且无从寻找。于是,人变成了甲虫、变成了犀牛、变成了机器……

美国黑人作家艾里森的《看不见的人》表现的就是这一主题。小说的主人公"我",一直在寻找"我"那看不见的本质。他先是在白人的世界里寻找,却发现在那里根本没有自我的位置。后来他又去黑人中间寻找,他参加了一个叫"兄弟会"的黑人组织,在那里他为了发现自我而斗争。有一段时间,他以为找到了自我,但后来发现这只不过是假象。最后,他蛰居地洞去自己的灵魂和肉体中寻找自我。这便是看不见的人寻找自我所走的必然之路,正像艾里森自己一样,看不见的人在地洞里仍然找不到他的自我,因为他所走的路,从一出发方向就错了。

接着,马克思从异化劳动已有的两个规定推出了它的第三个规定,即人同自己"类本质"的异化。人是类的存在物。马克思说,人能通过理论和实践普遍地加工自然界的事物,使之成为自己的精神食粮和劳动资料、生活资料,从而使人本身成为普遍而自由的类存在物。"正是通过对对象世界的改造,人才实际上确证自己是类的存在物"[①]。既然人的本质是由劳动来实现和确证的,那么,由于劳动变成了异化劳动,从人那里夺走了生产和生活的对象和自然界,从事生产的人就不能再进行发展自身、肯定自身的劳动。人就失去了自己的类生活与类本质。劳动作为类的发展的自由活动,就变成了个人维持生存的手段,个人都为私利为谋生而活动,人"类"就丧失了自己的目的。

马克思是从实践和理论两个方面考察人的本质和异化。由于现代派作家

---

① 马克思:《1844年经济学-哲学手稿》,刘丕坤译,北京:人民出版社,1979年,第51页。

本身的局限以及理论与文学的差异,现代派文学几乎没有表现人的这种类本质异化。不过,这种类本质异化的直接结果,即人与人之间相互关系的异化,却是西方现代派文学最重要的主题。

人同自己类本质相互异化,只有通过一个人与其他人的异化关系才能得到实现或表现,这就是具体的人与人之间的相互异化、对立。这是马克思异化劳动的第四条规定。马克思认为,如果人同自己的产品、自己的劳动活动是异己的关系,这些产品和活动不再属于他自己,那就一定要属于一个在他之外的存在物。这个存在物,不是自然界也不是上帝,而只能是人,只有人本身才能成为统治人的异己力量。这个人是不同于劳动者的人,是劳动者之外的另一个人或一些人,这些人就是资本家。人要使劳动的异化和产品的异化变为现实,必须产生出资本家。"在实践的、现实的世界中,自我异化只有通过同其他人的实践的、现实的关系才能表现出来。异化借以实现的那个手段本身就是实践的"①。因此,阶级斗争和私有财产是异化劳动的产品和结果。

现代派作家由于不明白异化的根源,所以他们笔下的人与人之间的相互异化远远超出了无产阶级和资产阶级的范围,它包括任何时候的任何人,这时异化具有本体论的意义。萨特认为,由于物质资料的匮乏,为了征服"稀有",得以生存,人们就不得不彼此接触,于是就有人的交往关系。这种关系本质上属于物的关系。因为人与人之间,互为手段,彼此利用,因此,每一个人对于他人都是残暴的。这样,便有了萨特的那句名言,"他人就是地狱。"卡夫卡是以写异化著称的作家,他自身的孤独、异化就是其作品最好的注释。尤奈斯库的《秃头歌女》中的马丁先生和马丁太太竟然素昧平生,互不相识,在经过长时间攀谈之后,才恍然大悟:他们原来是同乘一趟车、同住一间房、睡一张床、共有一个女儿的夫妻。另外,剧中的女佣玛丽和消防队队长原是一对恋人,但见面后互相辨认良久,才相互认识。夫妻、恋人之间尚且如此陌生、冷漠,一般人与人之间的关系就可想而知了。

---

① 马克思:《1844年经济学—哲学手稿》,刘丕坤译,北京:人民出版社,1979年,第53页。

通过以上的分析,我认为,西方现代派作家虽然全面而又深刻地描写了现代人的异化主题,但是,这里的异化同马克思的异化观却大不相同。这种不同首先是现代派作家往往将异化的结果当作了原因,而对异化的真正原因反而略去不问。这正如当年被马克思批判的国民经济学一样,它从私有财产这个事实出发,却不给我们说明这个事实。它把应当加以论证的东西当成了理所当然的东西。私有财产以及建立在此基础上的社会结构原本是劳动异化的产物和结果,现在却成了现代派作家所表现的异化的根源,由于他们倒果为因,真正的原因便如同神学家眼中的原罪一样,成了一种合理的历史事实。这就使现代派作家笔下的异化与马克思的异化观又有了第二点不同,即现代派作家将异化普遍化、永恒化。异化于是不再是一定历史时期内工人同资本家的关系,而是与人类一样古老,又与人类一样永恒的问题。异化不再是具体的、历史的概念,它成了形而上的范畴。第三,马克思剖析劳动异化,其目的是为了人本质的复归,而在西方现代派那里,异化无时无处不在,复归却毫无希望,虽然人类可以作出不懈的努力,但其意义充其量只不过像西西弗一样,清醒地意识到这一异化事实而已。

由于现代派作家阶级的、时代的局限,我们自然不可能要求他们具有马克思主义的水平,何况马克思的《巴黎手稿》1932年才正式问世,而这时现代派文学已经经历了它的高潮期。相反,现代派作家非但没有理解与接受马克思的异化观,他们反而更多地倾心于黑格尔的"精神异化"和费尔巴哈的"抽象人本质的异化"以及非理性主义哲学思潮,如叔本华的意志论和悲观主义、尼采的权力意志论、弗洛伊德的精神分析学说,以及萨特的存在主义,这使得他们与马克思的分歧越来越大。

当然,这"没有原因"的异化的真正原因远不止以上几点,其余诸如政治、经济、科学技术、文化的背景,作家自我的异化,以及文学自身的特征等,也都不可忽视。但由于这些原因在以往相关著作中多有论述,这里不再赘述。

三、"果"的意义与"因"的转换

西方现代派作家没有找到异化的原因,自然也就无从消灭或扬弃异化的恶果。但是,这并不是说他们没有努力过、探索过,在这一点上现代派作家的意义与价值正在于他们的失败,而不是他们的成功。

现代派作家首先是去宗教中寻找人本质的复归之路。譬如 T. S. 艾略特,我们通常将他的作品分为三个时期。在早期和中期的作品中,诗人令人震惊地表现了现代人的异化:人本质已经丧失殆尽,成为"人肉发动机","碎裂的原子",并且,可以像机器一样在"地板上重新组织起来"。总之,身处荒原的人,已有身无灵,成为真正的"空心人"。"空心人"标志着这个世界的终结:

> 世界就是这样告终
>
> 世界就是这样告终
>
> 世界就是这样告终
>
> 不是嘭的一响,而是嘘的一声。①

艾略特在绝望中开始向上帝祈祷,他希望通过宗教找到人性的复归之路。1927 年他加入了英国国教,并声明自己是"政治上的保皇党,宗教上的英国国教天主教徒,文学上的古典主义者"。1930 年发表的《灰星期三》是他走向这一转折的标志:"现在为我们这些罪人祷告,在临终时为我们祷告。现在为我们祷告,在临终时为我们祷告。"②

然而,宗教也并不能从根本上解决人的异化问题,从某种意义上说反倒使人的异化变得更为严重。在对宗教的希望破灭之后,有些现代派作家就去文学艺术中寻求解救之路,如卡夫卡,他说,"写作是祈祷的一种形式","是砸碎我们心中冰海的斧子"。他一生对艺术的执著追求就像他笔下的那位饥饿艺术家。

---

① 艾略特:《四个四重奏》,裘小龙译,桂林:漓江出版社,1986 年,第 104 页。
② 同上书,第 109 页。

但是，他的努力并没有使这个异化的世界有所改变，反倒是他自己过早地成为异化的牺牲品，年仅 41 岁就溘然长逝，留下的三部长篇杰作都是未竟之作。

存在主义者加缪也深深感受到了现代人的异化，不过看起来，他更喜欢用"荒诞"表现他的这种感受。加缪认为，现实世界是不合理的，甚至都不能用歪理来加以解释。人与这个世界处于矛盾之中，有一种失去家园的陌生感，被剥夺了任何希望，这种"人与生活"的分离，其实就是人的异化。面对这无时无刻不在的异化，加缪的意识充分觉醒了，他敢于正视这种异化，从而也就超越了这种异化。西西弗的意义与价值不在于他将巨石推至山顶，而在于他推石的过程中充分展示了他的才智和体力。异化是永恒的，但存在主义者要将他所理解的人生意义赋予异化。

黑色幽默作家面对异化，"一概报之以幽默、嘲讽，甚至'赞赏'的大笑，以寄托他的阴沉的心情和深渊般的绝望。"他们以一种俨然"无所谓"的态度来对待"有所谓"，他们这种以笑当哭的态度自然不会根治异化，只会使人感到最大的失望与最大的恐惧。"垮掉的一代"的那种"无所谓"的态度较之黑色幽默更有过之而无不及。他们以更加全面、彻底的异化来面对异化，通过爵士乐、摇摆舞、吸大麻、性放纵以及参禅念佛和"背包革命"来"反叛"生活，逃避异化。这些"异化者""不再认真寻求任何他们可能接受的生活方式"。他们主张，"一个人不应当委身于任何价值、运动或人"。于是，"他们没有目标而造反，没有纲领而拒绝，没有未来应当如何的理想而不接受当前的现状"[①]。"垮掉的一代"的斗争方法，使我们想到了日本的一个古老风俗。这个风俗是，要想干掉自己仇敌的人，应在仇敌家的门槛上用自杀来结束自己的生命。这些"垮掉"的作家们，为了对异化进行鞭挞，便先将自己彻底异化掉。因此，"垮掉的一代"们的行动与其说是一种反叛异化的方法，毋宁说是现代社会人的异化的直接结果。

现代派作家虽然没有找到正确的人本质的复归之路，但他们的探索与寻找却使我们清醒地意识到人类已经异化到了这种程度，以至于不克服这种异化人

---

① 宾克莱：《理想的冲突》，马元德等译，北京：商务印书馆，1983 年，第 47 页。

类就不可能健全地活着,同时,也使我们更加注意到马克思早在1844年给人们指出的扬弃异化的必然之路。

马克思认为,对人的异化的扬弃,不应从抽象的人和人性出发,而应从具体的人的需要的本性出发。人的复归不应是空洞的。只有深入研究在劳动、实践的历史发展中所产生的人的本质的全部丰富性,研究人在私有财产的虽是异化的形式中却仍然得到了发展的积极本质,才能真正理解这种复归。在马克思看来,被物化为异己的、起决定作用的力量的生产关系,始终是社会的人的一定关系的对象化,因而,在这种生产关系中表现出来的异化的消除,只有在它能为这种关系中的经济革命奠定基础的时候,才是全面的现实的。换言之,异化不仅是消极的、否定的,而且也是必然的、有意义有价值的人类发展阶段,社会生产力、工业和科学就是在私有制和人的异化中得到了高度的发展,这就为人性的复归创造了现实的前提。总之,"自我异化的扬弃跟自我异化走着同一条道路"①。人类只有通过私有制才能铲除私有制,只有通过异化才能扬弃异化,只有通过自己才能解放自己。

这种异化的积极扬弃便是共产主义的实现,也就是通过人并且为了人而对人的本质的真正占有。"因此,它是人向作为社会的即合乎人的本性的人的自身的复归,这种复归是彻底的、自觉的,保存了以往发展的全部丰富成果。它是人和自然之间、人与人之间的矛盾的真正解决"②。在扬弃了异化劳动和私有财产之后,劳动便成为私有财产的主体本质,私有财产又是由劳动而不由异化劳动形成。这时,自然便真正成为人的基础和对象,人化的自然,自然通过自己的产物人而把自己发展到一个高级阶段,这是自然界的真正实现或新生;人重新获得了全部自然界,获得了自己感性生活的全部真正基础,使人本身得到了真正的实现。人和自然同时都得到了真正的解放。而扬弃了异化的人便成了人类对象化活动的结果和出发点。人自己创造了人——他自己和别人。同时,作为人的个性的直接体现对象,对别人说来既是他自己的存在,又是这个别人的

---

① 马克思:《1844年经济学—哲学手稿》,刘丕坤译,北京:人民出版社,1979年,第70页。
② 同上书,第73页。

存在,并且对他说来也是别人的存在。

"因为全部人的活动迄今都是劳动,也就是工业,就是自身异化的活动。"①所以,虽然可以把工业只当作人类普遍活动的一部分一方面,但是,从根本上说人更应该把上述那些抽象的普遍的活动,如宗教的、政治的、文艺的活动,看做是劳动、工业、异化活动的一个特殊部分和表现。因此,随着作为异化的异化劳动和私有财产的被扬弃,那些伴随异化劳动而产生的特殊部分和表现也将随之一道被扬弃。这时,人类便从必然王国进入了自由王国。

今天,马克思创立的异化理论已经过了一个半世纪,如果我们现在仍原封不动地照搬马克思的理论,恐怕就已经不再是原来的马克思主义了。弗洛姆说:"任何学说即使在60年内没有变化,它也不再与这个学说的创始人原初的理论完全一致了;由于僵化的复制,这一理论实际上遭到了损害。"②因此,发展马克思的异化理论或对其重新进行解释都是必要的,也是有意义的。弗洛姆又说:

> 马克思没有预料到异化达到这种程度,变成绝大多数人民的命运,特别是变成人口中日益增多的这一部分人的命运,他们不是操纵机器,而是操纵着符号也操纵人。如果有什么区别的话,办事员,售货员,总经理今天异化的程度比有技术的体力劳动者还要大。后者所起的作用仍然依靠如技术、可靠性等个人品质的表现,而他在讨价还价中不是被迫出卖他的"人格",他的微笑,他的意见;而符号的操纵者之被雇用则不仅因为他们有技术,也是因为他们成为"有引诱力的人格装饰"的那些个人品质,容易摆弄、容易操纵。③

这就是说,在这个社会中的其他人同他们本质的异化更甚于不得不出卖劳动力的工人。

另外,科学技术的发展也使我们越来越增加远离人类的异化感。诚然,科

---

① 马克思、恩格斯:《马克思恩格斯全集》第四十二卷,北京:人民出版社,1979年,第127页。
② 弗洛姆:《人之心》,都本伟译,沈阳:辽宁大学出版社,1988年,第2页。
③ 宾克莱:《理想的冲突》,马元德等译,北京:商务印书馆,1983年,第102页。

技的发展越来越多地把我们从无用的苦工中解放出来,并给所有的人提供了更多的创造性机会。但是,科学技术已经变成了一个目的,由于技术首先要做有用的研究,在生产与分配中要求数量和效率,结果我们的创造力实际上都瘫痪了。技术并没有带来个人发展和生产力提高的时代,反之却试图以消费的平均主义的概念来取代那种美好的生活。因此,科学技术使人的异化更加显眼,玛蒂尔德·尼尔说,"机械与技术有一种奴役人的自然倾向,因而它们可能变成像最不人道的那种资本主义一样危险的敌人"[1]。

因此,尽管异化的根源仍然是异化劳动与私有财产,然而,在消除了私有制或部分地消除了私有财产的一些国家里,异化并没有根本扬弃。并且,人类今天的异化的方式及程度同马克思在1844年所作的分析显然有着许多不同。这样,我们便又一次理解了西方现代派作家笔下的异化与马克思的异化论的巨大差别。

---

[1] 宾克莱:《理想的冲突》,马元德等译,北京:商务印书馆,1983年,第103页。

意识流：从西方"流"到中国

"意识流文学"是20世纪初兴起于西方,随后被东、西方作家广泛地运用着(包括在小说、诗歌、戏剧、摄影、电影等领域的广泛运用)的一种创作方法。作为一种文学流派,它主要指流行于20世纪20至40年代的英、法、美诸国的一种小说流派。"意识流"这一术语最早是由美国哲学家兼心理学家威廉·詹姆斯于20世纪初提出来的,随后便被借用到了文学领域。20世纪中国文学曾受到西方意识流理论和创作的影响,并在此基础上形成和发展起来了中国的意识流文学。"意识流"如何从一个心理学术语转变为一个文学术语?又如何从西方辗转、漂流到中国,并对中国文学产生影响?"意识流"这一概念,以及其理论和创作,从西方到中国经历了怎样的旅行路线,在到达目的地后又发生了怎样的转换和变化?这些都是非常有意思,而以往又常常被学术界所忽视的问题。本文拟在这方面做些思考和探索。

一、意识流的源头

"意识流"原是个心理学术语,这一概念最早出现在美国心理学家威廉·詹姆斯的论文《论内省心理学所忽视的几个问题》(1884)中,以后詹姆斯又在他的《心理学原理》(1904)第八、九章中加以发挥,他说:

> 意识……对它自己来说并不是以劈成碎片的样子出现的。像"链条"或"系列"这样一些字眼都不能恰当地描述意识最初是自己呈现出来的样子。它不是连接在一起的东西,它流动着。"河"或"流"这样的比喻才能最自然地把它描写出来。以后当我们谈到它的时候,让我们称它为思想流、

意识流和主观生活之流吧。①

詹姆斯认为,意识是一种不受客观事实制约的纯主观的东西,意识是"自我"的感觉,是"自我"的表现形式,甚至是"自我"的等价物。詹姆斯说,"比如在一间教室中,各人有各人的思想,我的是我的,你的是你的"②。意识的活动具有两个特点:流动性和超时间性。在意识中时间没有"空白",意识不受时间的束缚,它始终在流动,从不间断,现在、过去和将来保持着联系。詹姆斯还认为,意识中有很大一部分是非理性和无逻辑的,因此人的意识是由理性的自觉的意识和无逻辑、非理性的潜意识所构成。与此同时,"意识流"这一概念又借助于弗洛伊德和荣格的心理分析学说获得了新的发展和变化。

随后,首次将"意识流"这一术语引入文学批评中的是英国小说家梅·辛克莱(May Sinclair)。据库麦(Shiv K. Kumar)考证,辛克莱在1918年4月号的《个人主义者》杂志上发表评论英国作家多罗西·理查森的小说《人生历程》(又译作《朝圣》)的文章时最早将"意识流"这一概念引入文学界。她肯定了理查森在其小说序言中所提出的"女性现实主义",主张描写"被沉思默想的现实""思想和信仰的真实"的观点,并将理查森的小说称为意识流小说。③

早在1888年,法国小说家杜夏丹就创作了第一部意识流小说《月桂树被砍掉了》。接着,"意识流"作为一种文学观念和手法在普鲁斯特、乔伊斯、福克纳等作家笔下得到了充分的展示和体现。普鲁斯特的《追忆似水年华》(1914—1927),乔伊斯的《尤利西斯》(1922),伍尔夫的《达罗威夫人》(1925)、《到灯塔去》(1927)、《海浪》(1931),福克纳的《喧器与骚动》(1929)等终于使"意识流"小说成为西方文坛争论的热点,并成为作家们争相模仿和借鉴的亮点。

据苏联的《文学百科辞典》载:"在二十世纪的最初十年里,作家们热烈地谈论着'意识流',称它是'不朽的詹姆斯的不朽的表达方法'(劳伦斯语)。围绕'意识流'已经作为一种创作原则而联合成一个完整的'流派',组成'意识流'文

---

① 伍蠡甫主编:《西方文论选》下卷,上海:上海译文出版社,1988年,第534页。
② 高觉敷主编:《西方近代心理学史》,北京:人民教育出版社,1982年,第202页。
③ Randall Stevenson, *Modernist Fiction*, Harlow: Prentice Press, 1988, p.41.

学……随着乔伊斯的长篇小说《尤利西斯》问世,'意识流'就被许多现代主义者宣传为唯一的现代化方法。"①的确,20世纪20年代后"意识流"就成了欧美评论家和作家竞相讨论和借鉴的文学流派和艺术手法。美国当代文学理论家汉弗莱对意识流小说的范围和界限进行了界定:"意识指精神活动的全部。从前意识到精神的各个层次,其中包括可以沟通的理性悟知所达到的最高层次。这个层次几乎是每一部小说所关心的。意识流小说不同于一切心理小说之处,完全在于它所关心的只是那个较之理性陈述更朦胧的层次,即处在精神活动边缘的层次。"②另一位美国文学理论家梅·弗里德曼则在他的《意识流,文学手法研究》一书中开宗明义地写道:"第一次世界大战之后不久,一种新的艺术技巧受到人们相当大的欢迎。它几乎完全阻止了作者插手自己的作品,使得不加评述解说的类似内心生活的片段在文学上成为可能,这种技巧曾恰当地被称做'内心独白'或者'意识流'。"③当代英国小说家、理论家戴维·洛奇在他的《小说的艺术》中指出:"'意识流'一词是小说家亨利·詹姆斯的哥哥、心理学家威廉·詹姆斯造出来的,指人的思想或感情的持续流动。后来,文学评论者借用该词形容现代小说中模仿这一过程的创作流派。这一流派的代表作家有:詹姆斯·乔伊斯、多罗西·理查逊和弗吉尼亚·伍尔夫等。"④

随着意识流小说的影响越来越大,"意识流"作为一种观念和方法迅速地渗透到其他的艺术门类中。于是,"艺术中的意识流远远超出了文学的范围。我们看到意识流在绘画、音乐和语词中的长足发展。我所说的意识流,是指模糊了理性与非理性、逻辑与非逻辑、知觉和机械之界限的那个表达领域。它不只是某一心理状态的投射,且是特定的心理状态的投射……它就是真实意义上的另一种语言,而非纯然是一条小溪的流动。它是意识的一个层次,需要用重新

---

① 选自《"意识流"文学》,春归译,《外国文学报道》1980年第2期。
② Robert Humphrey, *Stream of Consciousness in the Modern Novel*, Berkeley and Los Angeles: University of California Press, 1954, pp. 2—3. 汉弗莱:《现代小说中的意识流》,刘坤尊译,桂林:广西师范大学出版社,1992年,第4页。
③ Melvin Friedman, *Stream of Consciousness: A Study in Literature Method*, New Haven: Yale University, 1955, p. 1.
④ 戴维·洛奇:《小说的艺术》,王峻岩等译,北京:作家出版社,1998年,第46页。

编序的语言、声音、色彩和节奏来解释。在这些方面,意识流代表着整个现代主义文化的先锋"。总之,"我们所说的意识流是一种观念,同时也是表达这种观念的方式"①。

二、意识流"流"到日本

"意识流"这一概念是什么时候被译介到中国的,译介过来时其内涵和意义是否发生了变化,发生了怎样的变化,并且是如何发生变化的,我们现在又是在什么意义上使用这些概念,这一概念又是什么时候,以怎样的方式进入中国的文化语境中的?

"意识流"这一概念进入中国语境经由两条路线:一条由西方先"流"到日本,再由日本"流"到中国;另一条则由西方直接"流"到中国。在时间上,前者稍早于后者。因此,我们在考察意识流进入中国之前,首先应当检查意识流是如何进入日本文化语境的。

近代日本人不仅以翻译外国书籍迅速著称于世,而且还特别善于模仿,他们在模仿中选择、融汇、吸收、消化、创造。1923年9月的日本关东大地震、东京的快速城市化等都可以算作是西方现代派传入日本的契机。而当时的日本人也把对现代派的介绍和引进当做是继明治维新之后的第二次文明开化。于是1920—1930年间日本人极其贪婪地吸收了现代派文学的营养。西方一本新书出版后,常常还不到一两个月,日本就有了译本。周作人在《日本近三十年小说之发达》中写道,在文学方面,日本在明治维新以后,"西洋思想占了优势,文学也产生了极大的变化。明治四十五年中,差不多将欧洲文艺复兴以来的思想,逐层通过;一直到现在,就已赶上现代世界的思潮,在'生活的河'中,一同游泳"②。一时间日本几乎成了世界文坛的分店,人们通过看明治以来的日本文

---

① 弗莱德里克·R.卡尔:《现代与现代主义》,傅景川、陈永国译,长春:吉林教育出版社,1995年,第408页。
② 杨扬编:《周作人批评文集》,珠海:珠海出版社,1998年,第297页。

坛,就能知晓世界文坛的现状、发展和变化。

当时有大量的外国文学作品被介绍和翻译进来,出现了很多像春山行夫编辑的《诗和诗论》这样的文学月刊,以及大批的年轻的外国文学工作者①。就在《诗和诗论》改名为《文学》的第二号(1932)上,编者以 150 页的篇幅组织刊登了关于詹姆斯·乔伊斯的特辑。乔伊斯出版《尤利西斯》(1922)以后,在日本曾引发过一股翻译介绍乔伊斯的热潮。

就笔者所掌握的材料来看,最早把乔伊斯介绍到日本的是当时活跃在日本和欧美的著名诗人野口米次郎。他于 1918 年 3 月在著名杂志《学灯》上发表了介绍乔伊斯《年轻艺术家的肖像》的文章《一个画家的肖像》。他称赞"这部小说是用英语写成的近代名作"。他说:

> 主人公的心理剖析像福楼拜尔似的极其详细。其所具有的审美的觉性和悟性,简直就可以说达到了变态的程度。

另外,较早留下了关于乔伊斯记载的是芥川龙之介。他刊登在《三 S》(1920 年 3 月)上的文章《〈我鬼窟日录〉摘抄》②谈到他曾购买丸善书店发行的《年轻艺术家的肖像》,并在 1920 年 9 月发表于《人间》杂志的《〈杂笔〉中的"孩子"》中这样谈到乔伊斯:

> 乔伊斯的《尤利西斯》无论如何看都是对儿童感受的直接述写。或者也许可以说是具有那种只要有一点感受就写下来的心情吧。但是无论怎样珍品就是珍品,像他这样写文章的找不到第二个。我想,读一读是有好处的。(8 月 20 日)

正因为如此,他后来还亲自翻译了《年轻艺术家的肖像》的一部分。

这以后,杉田未来发表在《英语青年》12 月上的文章《乔伊斯:"尤利西斯"》

---

① 吉田精一、稻垣达郎编:《日本文学的历史 12 现代的旗手们》,东京:角川书店,1969 年,第 125 页。

② 《我鬼窟日录》是芥川龙之介的作品集之一。"我鬼"是芥川的俳号,因此其书房就叫"我鬼窟"不用翻译。若勉强翻译可译为"我鬼斋",这又恐有违芥川本意。

介绍了乔伊斯。文章还重点介绍了"意识流"(「意識の流れ」)及其手法。堀口大学发表在1925年8月《新潮》上的《作为小说新形式的"内心独白"》重点介绍和分析了乔伊斯的内心独白手法。① 当然,较为全面而系统的评介乔伊斯的文章是土居光和发表在1929年2月杂志《改造》上的《乔伊斯的尤利西斯》。这篇文章一面精确地引用《年轻艺术家的肖像》和《尤利西斯》,一面进行细致的分析,并且使用"意识流"和"无意识"等一些关键词对乔伊斯的表现方法和技巧进行了说明。对于"意识流"这个词的翻译,也就由此而被固定下来了。

日本的现代主义思潮的突出代表是新感觉派。新感觉派既不满足于自然主义以及使这一文学进一步失去社会意义的私小说,也不满足于无产阶级文学。他们认为,艺术家的任务在于描写内心世界而不是表现现实,他们对日本文学传统表示怀疑,否定一切旧有的艺术形式,主张追求"新的感觉、新的生活方式和对事物的新的感受方式",探索"表现形式上的革新",即文体改革和技术革新。他们借鉴和吸收了第一次世界大战后欧洲盛行的达达主义、未来主义、超现实主义、表现主义等的艺术手法和表现技巧,有些作家也开始注意并借鉴西方意识流文学技巧。横光利一的小说《机械》(1930)就明显受到过西方意识流文学的影响。伊藤整大力译介西方意识流文学,他翻译了乔伊斯的《尤利西斯》,撰写了《普鲁斯特和乔伊斯的方法》、《新心理主义》(1932)等著作,介绍了普鲁斯特的"内心独白"和乔伊斯的"意识流"手法。他在《新心理主义》一书中写道,"过去的文学是根据'话术技术'完成的,只写'心理外的现实'。新心理主义则向文学提出过去的文学所不能相信的另一半的现实,即与外在现实对立的精神内的现实"。"新文学就是要通过在文体上探索出一种有能力一齐表现外部现实和内部现实的方法来发展自己"②。这种方法便是意识流的方法。与此同时,淀野隆三早在昭和四年至昭和五年(1929—1930)便翻译出版了法国著名意识流作家普鲁斯特的代表作《追忆似水年华》第一卷《斯万的家》。

---

① 叶渭渠、唐月梅:《日本文学·现代卷》,北京:经济日报出版社,2000年,第183页。
② 叶渭渠、唐月梅:《日本现代文学思潮史》,北京:中国华侨出版社,1991年,第184页。

三、意识流"流"到中国

下面我们对意识流进入中国的两条路线分别加以考察。我们先考察第一条路线。

中日两国一衣带水,交往密切,甚至有所谓"同文同种"的说法,这使得中国向日本学习有着十分便利和快捷的条件和基础。"日本人向西方学有成效,中国人也想向日本人学习。"[①]20世纪初中国向日本学习蔚然成风,大批的留学生赴日留学。许多留学生正是通过日本教育,掌握了两种或三种外语,打开了直接通向欧美文学的大门;有的则通过日本人的翻译和演出,接触并了解欧美文学,从而受到欧美文学的熏陶;许多人还通过日本人写的理论著作,理解和认识了欧洲文学。然后,他们或者直接将日本人的翻译成果和研究成果介绍给中国读者,或者将自己对西方文学的理解和认识带回中国。总之,日本成了我们通向世界文学的一座桥梁,一个中介。西方意识流文学来到中国的情形自然也不例外。

日本文坛对西方意识流文学的关注和译介很快就被中国知识界注意到了。不过,日本人最初对意识流的介绍和把握并不准确。1933年由高明翻译的早稻田教授吉江乔松撰写的《西洋文学概论》便将普鲁斯特与乔伊斯归为超现实主义流派。吉江乔松认为,这一派"希望藉弗洛伊德主义精神分析而解决那隐藏在意识的缝间的各种梦想","弗洛伊德主义的精神分析,先由个人的异常心理的解剖开始,接着发表'维尔亚仑的象征'的研究,而成了说明象征主义文艺的合适的参考,再往后便转至集团心理的解剖,批评黎朋社会学地外面地观察决定了的东西和塔尔德(Tarde)的社会的'模仿的法则'之类,而从内面藉'利比多'的表出或换做'爱斯'的核心之发见,以感染性或一致性而说明了它的伸展。《寻求失去了的时候》的作者普鲁斯特,《尤利西斯》的作者朱伊士之类,便做着

---

① 毛泽东:《论人民民主专政》,《毛泽东选集》,北京:人民出版社,1967年,第1359页。

这个流派之文艺的表现"。① 朱云影在《现代》(第3卷第1期)上写了一则《日本通信》:

> "新心理派"以伊藤整等为代表,虽然出了几种同人杂志,理论宣传得颇热闹,但是作品简直没有,倒是翻译的朱易士(James Joyce)的《幼里西斯》(Ulysses)非常畅销,正宗白鸟曾推森欧外翻译的《即兴诗人》为明治时代的最大杰作,那么这里也不妨认为《幼里西斯》为新心理派的杰作了。

《尤利西斯》就这样经由日本来到了中国。高明撰写的《一九三三年的欧美文坛》中有这样一段:"朱伊士在'Transition'杂志上连载了'Work in Progress'。在尝试着英语革命的点上,被人注目着。有时候把字连在一起,有时候利用句子所有的联想:看他的意思像是在表现上开一新境地。他也许是说,'新的感觉需要新的字眼'吧? 在那里同时附着新字辞解;因为在那文章里,不加解释,是没有理解的可能的。"文中"Work in Progress"指的是乔伊斯的最后一部小说《为芬尼根守灵》,该书1927年起在杂志上连载,1939年出版。在文章末尾作者注明道,本文"系根据1934年日本中央公论年报写成"②。这又一次证明乔伊斯是辗转日本来到中国的。

中国新感觉派的主要作家刘呐鸥原本是在日本长大的。1928年刘呐鸥回到上海时,"带来了许多日本出版的文学新书,有当时日本文坛新倾向的作品,如横光利一、川端康成、谷崎润一郎等的小说,文学史、文艺理论方面,则有关于未来派、表现派、超现实派和运用历史唯物主义观点的文艺论著和报道"③。这一年他翻译了日本新感觉派小说集《色情文化》,他在《译者题记》中写道,"能够把现在日本的时代色彩描绘给我们看的也只有新感觉派一派的作品","这儿所选的片冈、横光、池谷等三人都是这一派的健将"。他们的作品"未免也有些舶来的气味",但反而觉得"新锐而且生动可爱"。1929年郭建英还翻译了新感觉派的核心人物横光利一的小说集《新郎的感想》。刘呐鸥等对日本新感觉派小

---

① 吉江乔松:《西洋文学概论》,高明译,东京:现代书局,1933年,第112、113页。
② 高明:《一九三三年的欧美文坛》,《现代》第4卷第5期。
③ 施蛰存:《往事随想》,成都:四川人民出版社,2000年,第174页。

说的翻译,无疑使我们间接地了解了一些西方意识流小说的内容及其创作特色。

我们再来考察第二条路线。早在1921年,柯一岑在其所著《柏格森的精神能力说》中就指出,柏格森"以为意识不是固定的,乃是一种流动的东西……这是川流不息的呈现于我们经验中的东西,所以哲姆斯(詹姆斯)把它叫做意识流"①。这大概是"意识流"这一概念首次出现在中文中,但这时这一概念还不具备文学的意义。1933年,威廉·詹姆斯的《心理学原理》由伍况甫译成中文《心理学简编》,由商务印书馆出版发行,其后又在1947年再版。有关"意识流"定义那段著名的译文,最初是这样的:"这样看来,意识对于自己并不呈现分裂成为碎块的状态。我们只管用什么串字链字来形容,其实都不能和他第一步呈现出来的状态相切合。意识并非由一节一节构成,乃一整片在那里流泻。最好莫如用川或流等字来比喻,要算和自然最相近。从此以后,让我们唤他做思想流,意识流,或主观生命流。"②"意识流"这一概念仍未超出心理学范畴。

郭沫若在1923年写的《批评与梦》中有这样一段,"我那篇《残春》的着力点并不是注重在事实的进行,我是注重在心理的描写。我描写的心理是潜在意识的一种流动。"③这里的"潜在意识的一种流动"已比较接近文学上的"意识流"了,但郭沫若对英美意识流小说并没有多少了解,他更多的是接受了心理分析的影响。1933年,《现代》杂志第2卷第5期(1933)发表了勃克夫人(Mrs. P. S. Buck,即赛珍珠)的论文《东方、西方与小说》,文中有两处提到"意识之流":

> 至于西洋,作家们所使用的各种实验,有的用那种陈腐的句调去表现生命的一片段和意识之流,你们一定多少是很熟悉的。
>
> 中国小说,有许多是冒险小说,而行为小说也是那般的多,只是他们各自的人生处境就不容这样的分,心理小说并没有,写意识之流的小说也没有,完全描写个性的的确很不少。

---

① 谭楚良:《中国现代派文学史论》,上海:学林出版社,1996年,第9页。
② 威廉·詹姆斯:《心理学简编》,伍况甫译,北京:商务印书馆,1933年,第95页。
③ 郭沫若:《郭沫若论创作》,上海:上海文艺出版社,1983年,第534页。

意识流:从西方"流"到中国

这里的"意识之流"显然是指此时流行于欧美的意识流小说,但是,长期以来,中国学者和作家却几乎没有人明确地使用过这一概念。另外中国学者在译介或提及意识流的经典作家如乔伊斯、普鲁斯特、伍尔夫和福克纳时,并没有使用"意识流"这一概念。1922年茅盾先生在《小说月报》第13卷第11号"海外文坛消息"专栏中的"英文坛和美文坛"上撰文简介乔伊斯的新作《尤利西斯》:

> 新近乔安司(James Joyce)的"Ulysses"单行本出世,又显出了两方面的不一致。乔安司是一个准"大大主义"的美国新作家。"Ulysses"先在《小评论》上分期登过;那时就有些"流俗"的读者写信到这自号为"不求同于流俗之嗜好"的《小评论》编辑部责问,并且也有谩骂的话。然而同时有一部分的青年却热心地赞美这书。英国的青年对于乔安司亦有好感:这大概是威尔士赞"A Portrait of the Artist as a Young Man"(亦乔氏著作,略早于 Ulysses)的结果。可大批评家培那(Arnold Bennett)新近做了一篇论文,对于 Ulysses 很不满意了。他请出传统的"小说规律"来,指 Ulysses 里面的散漫的断句的写法为不合体裁了。虽然他也说:"此书最好的几节文字是不朽,"但贬多于褒,终不能说他是赞许这部"杰作"。法国现代批评家 Valery Larbaud 曾在《法国小说评论》——欧陆最有名的文学评论杂志——上作一篇介绍乔安司的论文,却极力赞美,以无关本文,故从略。

这段短文大概是中国内地最早介绍乔伊斯及其代表作《尤利西斯》的了,但文中并没有提及"意识流"。文中的"大大主义"是"达达主义",说乔伊斯是美国作家,显然有误,这说明茅盾当时对乔伊斯并没有多少了解。20世纪30年代后报刊上介绍乔伊斯的文字略有增多,但并没有将他与意识流小说家联系在一起。乔伊斯常常被描绘成一个文体家、心理分析家或天才和狂人合为一体的作家,他的《尤利西斯》被认为是一部"包罗一切的作品",一部"神秘"的书,人们因为读不懂而不了解它,反对它,甚至查禁它,但是说它是一部"新的"作品,却"有些危险","因为那里有许多最新的东西似乎在古典文学产生以前便有的"。并且,《尤利西斯》还有两条缺点:"一、作者侧重局部而忽略整个的和谐;二、作品注重人的肉体方面而忽略精神方面。"①这种评价显然并没有注意到小说的意识流特征。

对于普鲁斯特,《现代》第2卷第3期"现代文艺画报"上曾登有他的一张照片,题为"普洛斯特十年祭(1871～1922)",除此再没有其他的介绍或评论文字。

对于福克纳,《现代》第5卷第6期"现代美国文学专号"上刊有凌昌言的专论《福尔克奈———一个新作风的尝试者》。文中写道,福克纳"是一个十年以前根本没有人听说过的名字"。接着论者对福克纳的几部重要作品进行了分析:

《军人的酬报》,故事开始,作者并不直接的叙述马洪少佐,只是从别人物慢慢的引到主人公身上去。作者企图着在他的故事叙述上显得极没有计划的。他应用了许多分离的碎片来进行他的叙述,使读者有时候用这个人物的眼睛去看整个故事,而有时候又用另一人物的眼睛去看。再,作者把故事的时间是时常的倒置,要读者把这许多雪雪落落的印象凑合起来,才能得到一幅整然的图画。简单说,叙事上的Montage,在这一部作品里已经充分的实验了。

《声音与愤怒》两个特点:一、全书正面的故事只在三天之内发生的,而三十年的过去是整个的构成在回忆上面;二、全书的真正的主角甘黛斯是一个始终没有出场的角色,但一切不幸却都从她而起。

《我在等死》是在心理分析上最为细微的作品。

作者在此基础上概括道,福克纳所能给予的不是常态社会或是人生的表现;他给予的只是刺激,一种不平常的感官上的刺激。福克纳的小说在技巧上是新奇的,但这只是通俗小说的技巧,其作品是"非永久性"的。

以上论述大体上抓住了福克纳创作的主要特征,如叙述角度的变化、时空倒置、蒙太奇、心理分析、感官印象等,但有些地方论述显然并不确切,如《喧嚣与骚动》的主角并非就是甘黛丝(即凯蒂),而小说中的一切不幸也并非从她而起,反倒她应该是不幸的结果,而不是原因。论者虽然提及了福克纳小说技巧

---

① 费鉴照:《爱尔兰作家乔欧斯》,《现代》第3卷第7号。

的新奇，但对这种新奇的技巧的概括却反而远离了福克纳的创作特征，并且没有提到意识流这一概念。

对于伍尔夫，叶公超在《新月》(1932年第1期)上发表了译文《墙上一点痕迹》，并附有一篇1500余字的《译者识》。这大概是国内第一篇翻译成中文的西方意识流文学的经典作品，叶先生撰写的《译者识》也许就是国内学者写的第一篇有关意识流文学的专论。叶先生在文中写道："近十年来英国文坛上最轰动一时的作家可说是伍尔夫。""伍尔夫决没有训世或批评人生的目的……她所注意的不是感情的斗争，也不是社会人生的问题，乃是极渺茫、极抽象、极灵敏的感觉，就是心理分析所谓下意识的活动。""一个简单意识的印象可以引起无穷下意识的回想。这种幻想的回想未必有逻辑的连贯，每段也未必都能完全，竟可以随到随止，转入与激动幻想的原物似乎毫无关系的途径。"应当说，这段论述已经把握了伍尔夫创作的基本特色，只是叶先生还没有用"意识流"来概括她的这种创作特色。1934年范存忠先生又将伍尔夫的著名论文《班乃脱先生与白朗夫人》翻译成中文，发表在《文艺月刊》(第6卷第3期)上，这应当说是国内对意识流理论的最早译介。伍尔夫意识到"英国文学的一个伟大时期"正在到来，因为"在1910年12月左右人的性格变了"，"人与人之间的一切关系——主仆关系、夫妇关系、父子关系——都变了。人的关系一变，宗教、品行、政治、文学也要变"。这种变化便体现在乔伊斯、艾略特等作家的创作中。因为文学规范是那样的矫揉造作，因此，"软弱的人想违背，而坚强的人根本就想摧毁文学世界的根基和规范"。于是，"文法被破坏、句法烟消云散"。接着文中有一段是专门论述乔伊斯的，"乔伊斯在《尤利西斯》中所表现的猥亵是故意谋划的，好像一个人在忍无可忍之中，为了呼吸而打破窗子。有时候，当窗子被打破的时候，他是光彩夺目的。但这是何等的精力的浪费啊。何况猥亵的表现是多么无聊，当它不是过剩或野性难驯而只是一个需要新鲜空气的人的义举的时候"。① 看来，伍尔夫在肯定了乔伊斯破除陈规的意义和价值后，还是有许多保留和批评的。

---

① 引文根据朱虹的译文作了改动，见伍蠡甫主编《西方文艺理论名著选编》下卷，北京：北京大学出版社，1987年，第158、159、173页。

长期致力于译介西方文学的费鉴照先生注意到了英国文学中的这种意识流特征,他在《今代英国文学鸟瞰》(《文艺月刊》第 5 卷第 1 期)一文中说,"今代文学的另一方面便是代表人心混乱和新情调的作家,劳伦斯、乔欧斯与华尔孚。华尔孚的小说如 *Mrs. Dalloway*, *To the Lighthouse* 带有忧郁色彩。她的小说的情节很简单,事实也很少。她拿日常琐细的事用印象的方法组合起来而成了故事。在她的作品里有悲惨的命运的影子与回想。她间或用合理的思想,或随口而出的语言在自由的格调里表现下意识……乔欧斯的不单表现人心的混乱与不宁,并且用一个新的方式赤裸裸地表现人类的下意识——肉欲——了!从历史的立场说,这般作家开辟了一条新途径,创造一个新形式,无论我们现在对他们的意见如何,他们在文学上一定会得相当地位的"。费先生注意到了英国文学创作的这种新途径和新形式,并且肯定了这种新途径和新形式的价值和意义,但是他并没有给这种文学创作上的新途径和新形式命名。

1944 年,谢庆尧在《时与潮文艺》(第 2 卷第 1 期)发表了题为《英国女作家伍尔夫夫人》的文章,文中这样转述了伍尔夫的思想:"她说专重叙事就会抹杀生命意识的存在。换言之,小说——描写人生的艺术——应用'意识之流法'(stream of consciousness technique)去写。三年后,她就用是法写成她的第一本小说《杰考勃之室》,及至《到灯塔去》和《浪花》二书问世,她的'意识之流'技巧已臻于完善。"接着文章专门介绍了意识流文学手法:

> "意识之流"是心理学中的一个名词。它的意识可用联想的方式解释之。譬如说我们看到春花秋月就会产生一种感触。何以会有所感呢?这是因为除了对面前的景象动作,还会联想到旧事的缘故。……李后主的"故国不堪回首月明中"和李白的"举头望明月,低头思故乡"都是联想的佳例。这种过去印象和现在印象同时交错的心情就是心理学中所谓的"意识之流",惟有用是法写小说方能使读者体会到活的生命。

> 用"意识之流法"写小说是一种新尝试,也可说是一种小说革命,它替小说技术疆界开辟了新大陆。惟其因为它的新,所以就不易使一般人了解。……福楼拜和亨利·詹姆斯的技术虽然高明,可是他们却忽略了生命

意识流:从西方"流"到中国

中的另一个新因素——下意识(sub consciousness)。对于那些扑朔迷离的抑止的情感,间歇遗传的冲动,半知觉的脑动作和神秘的心情等下意识心理,他们就束手无策,不能应付。因此小说和人生之间仍然有一道鸿沟存在。伍尔夫的写作方法目的就在渡过这道鸿沟。她并不是小说界的唯一拓荒者,和她主张相同的在英国有乔义士和李却逊(Richardson);在美国则有安得逊、爱根(Aiken)和弗兰克(Frank)。

她的叙述下意识心理技巧足以和乔义士媲美;同时又兼有普禄士德(Proust)的透视力。

文章对意识流文学的介绍基本上是准确的,并且非常明确地提出了"意识之流"这一概念。为了便于中国读者的理解,作者顺手拿来了中国古代诗词作为例证,虽然不够确切,但已经有了比较的意识。另外,文章对于意识流文学基本特征的分析也与我们今日的理解和把握相去不远。

在中国现代作家和翻译家中萧乾曾经认真地研究过西方意识流文学,他说,"我在四十年代下了点傻功夫研究意识流……我是管它叫心理派小说。我觉得小说应该尽量去揭露人物的内心世界,但是脱离了情节,脱离了环境,把内心世界作为一个主体来写,这就叫意识流吧,我觉得是不可取的,1948 年我在复旦教英国小说时,曾在班上说:'这是条死胡同!'"他认为乔伊斯"把才华浪费了",他的《为芬尼根守灵》"牛角尖钻得更深了"。"但在我们国家的现实来说,去写这个东西就太说不过去了。"[①]因此,萧乾在创作上非但没有有意识地运用意识流手法,反而有意回避意识流的影响。他说,"我没有、也不想去写意识流那样的小说","写《梦之谷》(1937 年春)时,我只读过伍尔夫一本完全不代表她那风格的中篇《弗勒施》,写的是十九世纪英国女诗人伊丽莎白·勃朗宁和她的狗。当我接触到意识流的作品时,我早已停笔不写小说了"。萧乾虽然喜爱伍尔夫的作品,但他仍然坚持"小说的中心任务还是讲故事,它必须有人物和情节"。并且,启发他写《梦之谷》的不是伍尔夫的作品,而是"三十年代陆蠡所译

---

① 鲍霁编:《萧乾研究资料》,北京:北京十月文艺出版社,1988 年,第 258—361 页。

法国诗人拉马丁的《格莱齐拉》"①。

新中国成立以来,我国提倡社会主义文学。在介绍外国文学方面,以引进古典文学、革命的浪漫主义文学、现实主义文学为主,重点介绍苏联文学和弱小国家的文学,如越南文学、朝鲜文学等,"全面排斥和抵制西方现代派的作品,不加区分地称之为'颓废文学',视若洪水猛兽"。60年代以后,又由于反对修正主义和资产阶级思潮的需要,对西方现代主义文学进行了更为猛烈的抨击和批判。作为现代派文学中的重要流派"意识流文学"自然不能幸免。1964年袁可嘉先生在《文学研究集刊》(第1期)上发表的论文《美英"意识流"小说评述》,对英美意识流文学进行了全面的评述和批判,全文30000余字。该文认为现代意识流小说"是资产阶级开始没落以后表现种种腐朽思想的作品,只有反动颓废的一面,在创作方法上是象征主义和自然主义的奇异结合",其思想和艺术上的特点是"反社会、反理性和反现实主义"②。文章重点评述了八部最重要的美英"意识流"小说:乔伊斯的《青年艺术家画像》《尤利西斯》《为芬尼根守灵》,伍尔夫的《达罗卫太太》《到灯塔去》《波浪》,以及福克纳的《喧嚣和狂乱》和《当我弥留之际》。文中由于众所周知的原因运用了许多过激之词,如"极端虚无主义、个人主义""反动颓废""资本主义制度的产物兼帮凶"等,但作者对于这八部作品的阅读和分析还是比较具体、深入的。这也许是1949年至1978年间我国内地发表的唯一一篇评介、批判意识流文学的文章。

70年代末80年代初才是西方意识流文学真正"流"到中国,并在中国生根发芽、开花结果的时代。首先,西方经典的意识流作家被译介到了中国:1979年《外国文艺》(第6期)发表了福克纳短篇小说三篇:《纪念爱米丽的一朵玫瑰花》《干旱的九月》《烧马棚》;1980年《外国文艺》(第4期)发表了乔伊斯短篇小说三篇:《死者》《阿拉比》《小人物》;同年《外国文艺》(第3期)发表了伍尔夫的小说《邱园记事》和论文《现代小说》;1981年《外国文艺》(第1期和第5期)分别发表了两篇詹姆斯的中篇小说:《黛茜·密勒》《丛林猛兽》和普鲁斯特的《司旺的爱

---

① 鲍霁编:《萧乾研究资料》,北京:北京十月文艺出版社,1988年,第173、174页。
② 袁可嘉:《美英"意识流"小说述评》,《文艺研究集刊》第1期,第163、170页。

情》。《外国文学季刊》(1982年第4期)发表了伍尔夫的长篇小说《海浪》。在所有这些译文之前均附有译者或编者撰写的有关作者生平及创作特征的短文。譬如在提及乔伊斯时,译者宗白写道:"乔伊斯以倡导'意识流'创作方法而闻名。他在作品中力求捕捉刹那间的感觉与印象,深入发掘本能的潜意识,刻意描绘瞬息万变的内心活动,并通过跳跃式的联想、时序的颠倒与融合、各种象征手段和内心独白来传达意识的流动。"[①]在提及伍尔夫时,编者写道:"由伍尔夫及其同时代作家,如法国的普鲁斯特、爱尔兰的乔伊斯、美国的福克纳等发其端的'意识流'写作技巧,却对现代的,尤其是第二次世界大战以后的文学创作产生了不小的影响。这种技巧的运用,不仅在欧美、日本和拉美的,而且在苏联和东欧的文学作品中,都是屡见不鲜的。"[②]

其次,一批专门评述意识流文学的论文或著作问世:1980年4月2日袁可嘉在《光明日报》上发表了题为《"意识流"是什么?》的文章,对意识流文学作了较为全面的介绍和评析。同年的《外国文学报道》(第2期)翻译了苏联的《文学百科辞典》中"意识流"文学这一词条。1981年高行健出版了《现代小说技巧初探》一书,其中专门有一章为"意识流",较为详尽地介绍和评析了作为小说技巧的意识流手法。李文俊发表了《意识流、朦胧及其他——介绍〈喧嚣与骚动〉》(《外国文学季刊》1981年第2期)。徐和谨发表了《马塞尔·普鲁斯特》(《外国文学报导》1982年第2期),樵杉发表了《乔伊斯与〈尤利西斯〉》(《外国文学》1982年第8期)。《文艺理论译丛》(1983)也翻译发表了一组有关意识流文学的文章。这以后发表或出版的有关意识流文学的论文和著作便越来越多。

最后,80年代初,国内批评界围绕意识流小说的创作,曾展开过热烈的讨论。王蒙在1980年就发表了《关于"意识流"的通讯》(《鸭绿江》1980年第2期)、《关于〈春之声〉的通讯》(《小说选刊》1980年第2期)。《文艺报》(1980年第9期)发表过《文学表现手法探索笔谈》,主要便是探索意识流文学在中国的借鉴和运用问题。在创作方面,80年代初,还只有少数作家进行这方面的尝试,

---

① 詹·乔伊斯:《乔伊斯短篇小说三篇》,宗白译,《外国文艺》1980年第4期。
② 沃尔夫:《海浪》,吴钧燮译,《外国文学季刊》1982年第4期。

但到了 80 年代末,"竟然连初事创作不久的青年作家也能运用完熟得体了"①,而"那些最出色的意识流小说体现了中国当代小说文体成熟的高度,拓展了中国小说艺术表现的新境界"②。1987 年由中国社科院外文所举办的意识流问题讨论会,以及 1988 年由吴亮选编的中国新时期流派小说《意识流小说》和由宋耀良选编的《中国意识流小说选》的出版,标志着意识流已经在中国落地生根,结出了富有中国特色的丰硕果实。

---

① 吴亮等编:《意识流小说》,长春:时代文艺出版社,1988 年,第 7 页。
② 宋耀良选编:《中国意识流小说选》,上海:上海社会科学出版社,1988 年,第 23 页。

跨文化语境中的西方文学经典

在一个呼唤经典的时代,往往就是没有了经典的时代;在一个经典渐渐失落的时代,经典问题反而格外引人注目。"我们正处在一个阅读史上最糟糕的时刻","媒体大学(或许可以这么说)的兴起,既是我们衰落的症候,也是我们进一步衰落的缘由"①。但是,我们又处在一个跨文化交流的时代,我们可以"从不同的角度、以不同程度的责任感"批评经典、阐释经典。② 这又给我们认识、理解和阅读经典提供了前所未有的机遇和可能性。我们可以极为便捷地读到本土以外的世界经典,我们可以以他者的眼光和视角来打量和思考我们自己的经典,我们还可以在跨文化的交流中重构经典、创造经典。经典于是又成了我们时代的一个新的热点问题和有意义的话题。

我们通常总以为,西方的文学经典也就是中国的西方文学经典,二者之间几乎没有什么差异,即便有些差异,也完全可以忽略不计。然而,实际情形恐怕并非如此简单。确切地说,西方的文学经典并不等同于中国的西方文学经典,正如中国文学经典并不等同于西方的中国文学经典一样。即便在西方不同的国家,人们对经典的认识和选定也并不完全一样。"《浮士德》一书对德国人和奥地利人来说是天才的著作,而对别国的人民来说,那是一本如弥尔顿的《天国》或拉伯雷的作品那样令人厌倦的书。《约伯记》、《神曲》、《麦克白》等等都是一些永垂史册的著作。当然,对它们的将来,除了知道它们与现在不同之外,我们是一无所知的。"③因此,我们必须注意到,西方文学经典在中国经历了一个生成与演变的过程,这个过程漫长而复杂。在这一过程中,西方的文学经典并没有都成为中国的西方文学经典,而一些非经典的西方文学却在中国渐渐成为经

---

① 哈罗德·布鲁姆:《西方正典·中文版序言》,江宁康译,南京:译林出版社,2005年,第14、3页。
② 佛克马、蚁布思:《文学研究与文化参与》,俞国强译,北京:北京大学出版社,1996年,第37页。
③ 博尔赫斯:《作家们的作家》,倪华迪译,昆明:云南人民出版社,1996年,第21页。

典,并成为了中国的西方文学的代表。最后,这些中国的西方文学经典甚至成为了中国文学的一部分,它对中国文学的发展和演变起到了至关重要的作用。因此,考察和辨析西方文学经典在中国的生成和演变过程、规律及其原由,应当是一个极有意义和价值的课题。

一、Canon 与经典

在展开论述之前,我们首先应该对"经典"这一概念进行辨析。"Canon"通常被译为"经典",有时也被译为"正典"。但是,"Canon"在西方究竟是什么意思?"经典"在中国又是什么意思?"Canon"一词是否等同于中文经典?"The western Canon"是否又等同于汉语的"西方经典"?它们之间的差异在哪里?如果我们对这些问题没有清晰的认识和梳理,我们便无法谈论"西方文学经典"与"中国的西方文学经典"之间的联系和区别。

在西方,经典一词最初来自希腊字 kanon,指用于度量的一根芦苇或棍子。"后来它的意义延伸,用来表示尺度。公元 1 世纪基督教出现后,经典逐渐成为宗教术语。公元 4 世纪,它开始代表合法的经书、律书和典籍,特别与《圣经》新、旧约以及教会规章制度有关"[①]。以后,随着欧洲大学和文艺批评制度的诞生,经典一词进入文学、绘画、音乐等领域,与此相关的所有重要的专业著作,以及那些被大学纳入课程的精品教材都被当作经典。在陆谷孙主编的《英汉大词典》中,"canon"一词主要有以下几种意思:准则、标准、原则;教规、法规;基督教《圣经》的正经篇名表、宗教经典书目、公认的某作家的真作全集;圣徒名单,等等。就文学经典而言,"它是一种被认可的著作,包括那些公认的作家创作的原创性作品,以及那些最好地表现了文学传统的创作"[②]。

哈罗德·布鲁姆认为,经典是具有宗教起源的词汇,"世俗经典意指一些受

[①] 刘意青:《经典》,《外国文学》2004 年第 2 期。
[②] Margaret Drabble, *The Oxford Companion to English Literature*, Oxford: Oxford University Press, 2000, p. 167.

到认可的作家作品,它实际上直到18世纪中叶才出现,即出现于敏感、感伤和崇高的文学年代"。"经典的原义是指我们的教育机构所遴选的书,尽管近来流行多元文化主义政治,但经典的真正问题仍在:那些渴望读书者在世纪之末想看什么书"[1]?人的生命有限,而经典却是无限的,个人生命的增长速度永远赶不上经典的增长速度,因此,我们必须有所选择。但选择并不是由个人做出,通常总是由主流社会、教育体制、批评传统做出,在现代社会广告和宣传也常常发挥出至关重要的作用。英国当代著名文学批评家弗·雷·利维斯在《伟大的传统》一书中指出,要确定经典就得"建立起基本的甄别标准"。他认为在英国文学传统中,真正的大家为数不多。"他们不仅为同行和读者改变了艺术的潜能,而且就其所促进的人性意识——对于生活潜能的意识而言,也具有重大的意义"。"简·奥斯丁、乔治·艾略特、亨利·詹姆斯、约瑟夫·康拉德——我们且在比较有把握的历史阶段打住——都是英国小说家里堪称大家之人"[2]。在弗·雷·利维斯的有关经典的观念中,道德关怀显然占有非常重要的位置。

佛克马和蚁布思认为:"文学经典在中世纪的重要性来源于它统治着整个的教育这一事实。除了学校之外,只有其它两种社会机构被授予了权力:教会和政府……教会和司法体系各自创造了自己的经典,而在教育中则形成了由那些必须阅读和研究的作家们所构成的第三类经典。"[3]总之,文学经典来源于教育、教会和政府。

更宽泛意义上的经典,则是那些对我们产生了深远而持久的影响的作品。"经典作品是一些产生某种特殊影响的书,它们要么本身以难忘的方式给我们的想象力打下印记,要么乔装成个人或集体无意识隐藏在深层记忆中。"[4]博尔赫斯说:"所谓经典著作,指的是一个国家,或几个国家,或一段很长的时间决定阅读的一本书,仿佛在这本书的书页之中,一切都是深思熟虑的、天定的,并且

---

[1] 哈罗德·布鲁姆:《西方正典》,江宁康译,南京:译林出版社,2005年,第11页。
[2] 弗·雷·利维斯:《伟大的传统》,袁伟译,北京:三联书店,2002年,第3—4、1页。
[3] 佛克马、蚁布思:《文学研究与文化参与》,俞国强译,北京:北京大学出版社,1996年,第39—40页。
[4] 伊塔洛·卡尔维诺:《为什么读经典》,黄灿然、李桂蜜译,南京:译林出版社,2006年,第3页。

是深刻的,简直就如宇宙那样博大,并且一切都可引出无止境的解释。"①经典除了博大精深外,还需引出无止境的解释。

在中国,"经典"是一个组合词。《说文解字》:"经:织也。"在汉语中"经"为织物的纵线,与"纬"相对,后引申为"规范、原则"。《礼记·中庸》:"凡为天下国家有九经。""典"为"常道""常法"之意。《尔雅·释诂》:"典,常也。"《说文解字》:"典:五帝之书也。"《易·系辞下》:"初率其辞,而揆其方,既有典常。"《后汉书·蔡邕传》:"伯喈旷世逸才,多识汉事,当续成后史,为一代大典。"②"经典"一词出现较晚。搜索"国学网站",有关"经典"的词条共180条。《文心雕龙·序志》云:"唯文章之用,实经典枝条,五礼资之以成,六典因之致用,君臣所以炳焕,军国所以昭明,详其本源,莫非经典"。后秦佛教典籍《金刚经》多次使用经典一词,如:"须菩提,当知是人,成就最上第一稀有之法。若是经典所在之处,即为有佛,若尊重弟子。"③《汉书》:"周公上圣,召公大贤,尚犹有不相说,著于经典,两不相损。今风雨未时,百姓不足,每有一事,群臣同声,得无非其美者。"④王充在《论衡》中写道:"俗人险心,好信禁忌,知者亦疑,莫能实定。是以儒雅服从,工伎得胜。吉凶之书,伐经典之义;工伎之说,凌儒雅之论。"⑤《三国志·魏志·荀彧等传》这样评述荀彧的叔父:"幼好学,年十二,通春秋、论语,耽思经典,不应徵命,积十数年。"⑥唐代诗人白居易在《苏州重玄寺法华院石壁经碑文》中写道:"佛涅槃后,世界空虚。惟有经典,与众生俱。"⑦在《三国演义》第四十三回"诸葛亮舌战群儒"中作者写道:"座上一人忽曰:'孔明所言,皆强词夺理,均非正论,不必再言。且请问孔明治何经典?'孔明视之,乃严峻也。孔明曰:'寻章摘句,世之腐儒也,何能兴邦立事?且古耕莘伊尹,钓渭子牙,张良、陈

---

① 博尔赫斯:《作家们的作家》,倪华迪译,昆明:云南人民出版社,1996年,第21页。
② 《二十五史·后汉书》第2册,上海:上海古籍出版社、上海书店,1986年,第978页。
③ 《金刚经》,鸠摩罗什译,王月清注评,南京:江苏古籍出版社,2001年,第31页。
④ 见《二十五史·汉书·卷七十七·盖诸葛刘郑孙毋将何传》第1册,上海:上海古籍出版社、上海书店,1986年,第666页。
⑤ 王充:《论衡》,《诸子集成》第7卷,上海:上海书店出版社,1986年,第246页。
⑥ 《二十五史·三国志》第2册,上海:上海古籍出版社、上海书店,1986年,第1103页。
⑦ 白居易:《白居易全集》,上海:上海古籍出版社,1999年,第954页。

平之流,邓禹、耿弇之辈,皆有匡扶宇宙之才,未审其生平治何经典。岂亦效书生,区区于笔砚之间,数黑论黄,舞文弄墨而已乎?'严峻低头丧气而不能对。"①至此,"经典"一词已基本具备了我们现在通常使用的几种意思。

在《现代汉语词典》中,"经典"具有三层意思:指传统的具有权威性的著作;泛指各宗教宣扬教义的根本性著作;著作具有权威性的。在《辞海》中,"经典"是"一定时代、一定的阶级认为最重要的、有指导作用的著作"。《辞源》则将其释为"旧作为典范的经书"。朱自清认为,经典"指的是我国文化遗产中用文字记下来的东西","包括群经、先秦诸子、几种史书、一些集部"。② 就中国传统文化而言,人们常常将儒家的《论语》,道家的《道德经》、《南华经》和佛教的《金刚经》统称为儒、道、释三家的宗经宝典。可见,中文"经典"一词,意义较为宽泛。

由此可见,"Canon"并不等同于经典。它们之间至少存在以下几种区别:"Canon"最初的意义是尺度,所以它更强调规则与合法;"经典"则是"经"与"典"的合并,更强调常规与习性。"Canon"源于宗教,它更具有权威性和崇高性;"经典"源于文化,与伦理道德相关,更具有行为指导意义。"Canon"基本上是一个宗教术语,与《圣经》及其相关著述密切相关;"经典"大体上是一个文化术语,与儒、道、释及先秦诸子的著作关系密切。既然"Canon"与经典的意思原本就不是同一的,我们就没有必要,也不可能将西方的"Canon"都看做是中国的经典,更不可能用西方"Canon"的标准来衡量中国的经典。当然,长期以来由于词语的原始含义已经发生了难以预料的变化,因此,"一个词的词源对于澄清一种概念实际上已不起任何作用,或者作用极其微小"③。博尔赫斯如此说,但对于"经典"一词的变化,似乎并没有达到那种难以预料的地步,所有我们以上的辨析是必要的,但也肯定是不够的。

---

① 罗贯中:《三国演义》,西安:三秦出版社,1994年,第280—281页。
② 朱自清:《经典常谈·序》,北京:三联书店,1980年,第1,5页。
③ 博尔赫斯:《作家们的作家》,倪华迪译,昆明:云南人民出版社,1996年,第20页。

二、西方经典的中国化

西方文学经典在中国的生成与演变过程也就是"西方经典中国化"的过程。西方经典的中国化应当包括两个方面的内容:一是西方经典被译介到中国,并在中国传播及发生影响;二是西方作品在中国被经典化,并被赋予了更多的价值和意义。西方经典并不一定成为中国的西方经典,西方经典进入中国必定经过了一个翻译、过滤、转换、变形的阶段,经过了这一阶段的西方经典便成为中国的西方经典。

什么是西方经典?哪些作家构成了西方经典?美国当代理论家、批评家布鲁姆在其《西方正典》一书中选出了26位作家,他们是莎士比亚、但丁、乔叟、塞万提斯、蒙田、莫里哀、弥尔顿、萨缪尔·约翰逊博士、歌德、华兹华斯、简·奥斯汀、惠特曼、艾米莉·狄金森、狄更斯、乔治·艾略特、托尔斯泰、易卜生、弗洛伊德、普鲁斯特、乔伊斯、伍尔夫、卡夫卡、博尔赫斯、聂鲁达、佩索阿、贝克特。当然,即便布鲁姆的选择具有权威性,但也并不意味着以上作家就代表西方经典的全部。显然布鲁姆自己也意识到了这一点,他自问道:"为何不选彼特拉克、拉伯雷、阿里奥斯托、斯宾塞、本·琼生、莱辛、斯威夫特、卢梭、布莱克、普希金、麦尔维尔、贾科莫·莱奥帕尔迪、亨利·詹姆斯、陀思妥耶夫斯基、雨果、巴尔扎克、尼采、福楼拜、波德莱尔、布朗宁、契诃夫、叶芝、劳伦斯和其他许多人呢?"① 但布鲁姆更看重民族之经典与文类之经典的崇高性和代表性,因此他的选择并不是随意的。如果我们以布鲁姆的西方经典为参照,那么,我们最初译介的西方文学中哪些可以算得上是西方经典?哪些则渐渐成为了中国的西方经典?西方经典究竟是如何中国化的?

西方经典的中国化大约是从19世纪末开始的。据郭延礼考证,"中国近代翻译文学当始于19世纪的70年代,翻译诗歌以同治十年(1871)王韬与张芝轩

---

① 哈罗德·布鲁姆:《西方正典》,江宁康译,南京:译林出版社,2005年,第1—2页。

合译的《普法战纪》中的法国国歌(即《马赛曲》)和德国的《祖国歌》为代表……小说以同治十一年腊月年初(1873)蠡勺居士翻译的英国长篇小说《昕昔闲谈》为代表"①。但这些还算不上西方的文学经典,尤其是后者,至今也不知其作者为何人。据日本学者樽本照凶教授的统计材料显示:自1895年至1906年,中国出现的翻译小说达516种(部或篇)之多,但这里有多少可以算得上是西方经典呢? 1899年林纾翻译了《巴黎茶花女遗事》,从此一发而不可收,西方文学经典在中国的翻译可谓正式拉开序幕。五四运动前后是西方经典进入中国的重要时期。"1919年的'五四'运动为通过部分地吸收欧美经典特别是英语经典而实行的经典相对化和国际化创造了条件。所有主要的西方作家都被译介到了中国"②。20年代以后西方文学在中国的译介和研究开始走向深入和多元化。现代文坛的各文学社团都表现了各自的审美倾向和翻译选择。但抗日战争以后以及整个40年代,"欧美现实主义和无产阶级文学成为文学翻译最重要的翻译对象,苏联文学作品的翻译逐渐增多,占据整个外国文学翻译的中心地位"③。1949年以后,西方的经典便只剩下苏联和东欧文学了,再往后苏联的经典又只剩下一个高尔基了。"文化大革命"使得任何的西方经典都失去了存在的可能性。总之,直到改革开放以前,"外国文学作品的思想性"成了"决定介绍与否的一个重要条件",④有时甚至成了唯一条件。20世纪70年代以后,西方的经典又纷至沓来,各种主义、思潮、流派蜂拥而至,泥沙俱下。到了20世纪末,我们几乎译介并拥有了所有的西方经典,而当所有这一切都被当作经典时,经典的地位也就岌岌可危了。终于,我们也从经典时代进入了后经典时代。

  西方经典的中国化最初是与中国译介者的眼光和视野分不开的。譬如林纾在1899年翻译出版了《巴黎茶花女遗事》后,20余年间,共翻译了180余种文学作品。但这些作家多为西方文学中的二三流作家,属于布鲁姆经典名册上的只有塞万提斯和狄更斯。而塞万提斯的《堂吉诃德》被林纾译成薄薄的一个小

---

① 郭延礼:《中国近代翻译文学概论》,武汉:湖北教育出版社,1998年,第23页。
② 佛克马、蚁布思:《文学研究与文化参与》,俞国强译,北京:北京大学出版社,1996年,第46页。
③ 谢天振、查明建主编:《中国现代翻译文学史》,上海:上海外语教育出版社,2004年,第22页。
④ 卞之琳等:《十年来的外国文学翻译和研究工作》,《文学评论》1959年第5期。

册子《魔侠传》,译者对原文进行了许多删削,并没有将这部小说当作经典;狄更斯的作品林纾译有多部,如《大卫·科波菲尔》译为《块肉余生述》,《老古玩店》译为《孝女耐儿传》,《尼古拉斯·尼克尔贝》译为《滑稽外史》,《奥列弗·退斯特》译为《贼史》,这些小说固然是狄更斯重要的作品,但都算不上他最精彩的作品。显然,林纾由于不懂外文,只有将选择作品的主动权交给口译者,而口译者虽通外文,但均非学习或研究外国文学的。因此,他们对于西方文学并无系统、深入的了解和认识,也不熟悉西方真正的经典,更多的只是注意到了西方当时比较流行的作品。

《茶花女》与其说是中国翻译的第一部西方文学经典,不如说是第一部被翻译成中文的西方经典。因为这部小说还算不上真正意义上的西方经典,但它的确算得上是中国的西方经典。中国读者对它的熟悉程度恐怕远远超过了西方读者对它的熟悉和了解。《巴黎茶花女遗事》出版后,"一时纸贵洛阳,风行海内外","不胫走万本",好评如潮,引起了中国读者的强烈共鸣。"可怜一卷《茶花女》,断尽支那荡子肠"[①]。它是西方文学介绍到中国影响最大的第一部小说。它对于中国小说观念及技巧有着非常直接而又深远的影响,如苏曼殊的《碎簪记》和《焚剑记》、徐振亚的《玉梨魂》、钟心青的《新茶花》便明显受到这部小说的影响,甚至有仿作之嫌。小说的这种影响使它无愧于成为中国的西方经典。

这种情况在中国近代比较普遍,就"林译小说"而言,他的另一部有重大影响的译作是《黑奴吁天录》,即斯托夫人的《汤姆叔叔的小屋》。这部小说在西方也算不上文学经典,最多只能算是政治经典。但当时的中国读者对小说中"黑奴"的悲惨遭遇以及任人宰割的命运颇有同感,以致与其说是为黑人哭泣,不如说是为同胞心碎。小说以后又被改编成剧本上演,影响极大,不啻是晨钟暮鼓。

另外,在中国近代翻译较多的还有大仲马的作品,如伍光建翻译的《侠隐记》(《三个火枪手》)便流传广远,但这部小说在西方文学史上却没有什么地位。至于那时翻译的更为大量的政治小说、侦探小说、科幻小说等,便离西方的文学

[①] 严复:《甲辰出部呈同里诸公》,《严复集》第 2 册,北京:中华书局,1986 年,第 365 页。

经典更遥远了。

西方经典的中国化还与中国的政治意识形态、主流文学传统紧密相关。"'经典化'意味着那些文学形式和作品,被一种文化的主流圈子接受而合法化,并且其引人瞩目的作品,被此共同体保存为历史传统的一部分"①。如果说西方文学经典中国化最初与中国译介者的眼光和视野密不可分,那么,越到后来在这一过程中起重要作用,或起决定作用的便是政治需求和意识形态了。美国翻译理论家安德烈•勒菲弗尔将操纵文学翻译的力量归结为:意识形态、诗学和赞助人。② 而就中国20世纪的翻译文学来看,基本上是三者合一,主要是意识形态在起着操纵或制约作用,诗学和赞助人则往往成了意识形态的附庸或者同谋。

中国最初对西方文学的翻译,"名著占不到翻译小说的10%,而90%以上的译作是属于二三流乃至三四流作家的作品"③。究其原因,乃是因为中国当时译书的目的主要是借鉴其思想的意义、文明的意义,而不是考虑其文学价值和意义。以上提及的林纾翻译的《黑奴吁天录》就是较为典型的例证。"现代中国作家对外国作家所感兴趣的,以思想为主,艺术成就其次。即使绝顶聪明的人如胡适和周作人也不例外。由于他们所处的环境特殊,他们对西方文化的了解,也是片面的、不完整的"④。1909年鲁迅和周作人为了介绍外国文学,出版了两册《域外小说集》。小说集中共收录短篇小说16篇,童话、寓言若干篇。这些作品大都算不上西方文学的经典。究其原因在于鲁迅翻译介绍外国文学的目的在于开启民智、文学救亡。小说集重点介绍的是北欧和东欧弱小民族国家的作品,其目的在于引起当时遭受帝国主义侵略的中国读者的共鸣。"因为那时正盛行着排满论,有些青年,都引那叫喊和反抗的作者为同调的……因为所

---

① 斯蒂文•托托西:《文学研究的合法化》,马瑞琦译,北京:北京大学出版社,1997年,第43页。
② Andre Lefevere, *Translation, Rewriting & the Manipulation of Literary Fame*, London: Routledge, 1992, p.1.
③ 郭延礼:《中国近代翻译文学概论》,武汉:湖北教育出版社,1998年,第32页。
④ 夏志清:《中国现代小说史》,刘绍铭等译,上海:复旦大学出版社,2005年,第17页。

求的作品内是叫喊和反抗,势必至于倾向于东欧"①。《域外小说集》所选的篇目虽然并非西方文学的经典,但这两本小说集却是中国译介西方文学的真正的经典。

在诗歌方面,中国近代对拜伦的作品翻译较多,他的《哀希腊》一诗就先后有梁启超、马君武、胡适三人的译文。他的其他作品也经常被译成中文,受到中国读者的关注。鲁迅先生说:"其实那时 Byron 之所以比较为中国人所知,还有别一原因,就是他的助希腊独立。时当清的末年,有一部分青年的心中革命思想正盛,凡叫喊复仇和反抗的,便容易惹起感应。"②而拜伦同时代另一诗人华兹华斯,虽然也有零星诗作被译成中文,但却并没有引起中国读者的关注。他诗歌创作的那种朴素自然毕竟离中国的现实较远。拜伦和华兹华斯,中国人更看重前者的经典性,后者则正好相反。这种情形一直持续到了 20 世纪末,今天已有越来越多的学者认为华兹华斯的地位超过了拜伦。

这种意识形态对西方经典的操纵到了 20 世纪 50、60 年代更是愈演愈烈,最后只有苏联的社会主义现实主义文学以及与此相同或相近的文学才被认为是经典。于是,高尔基的《母亲》《海燕》,奥斯特洛夫斯基的《钢铁是怎样炼成的》,科斯莫捷米扬斯卡娅的《卓娅和舒拉的故事》,法捷耶夫的《青年近卫军》,马雅可夫斯基的《列宁!》《好!》,比留柯夫的《海鸥》,巴巴耶夫斯基的《金星英雄》,潘菲洛夫的《磨刀石农庄》,尼古拉耶娃的《拖拉机站长和总农艺师的故事》,以及伏尼契的《牛虻》,伏契克的《绞刑架下的报告》,小林多喜二的《蟹工船》《党生活者》,德永直的《静静的群山》《没有太阳的街》等,③这些作品成了影响一代人或几代人的文学经典。但是,时过境迁,以上作品除了极少数还可以称得上所谓"红色经典"外,绝大部分已与经典无缘了。反倒是当时那些被"批判继承"的现实主义、浪漫主义作品,甚至是那些纯粹"供批判用""内部发行"的现代主义、后现代主义文学成了日后的西方文学经典。

---

① 鲁迅:《鲁迅全集》第四卷,北京:人民文学出版社,1981年,第511页。
② 同上书,第一卷,第 220—221 页。
③ 参见查明建:《文化操纵与利用:意识形态与翻译文学经典的建构——以 20 世纪五六十年代中国的翻译文学为研究中心》,《中国比较文学》2004 年第 2 期。

西方经典进入中国语境,必定受到中国文化框架的过滤和改造,又在翻译、阐释、批评、传播过程中变形转换,已不可能是原封不动的西方经典,必定是已经中国化后的西方经典,它甚至可以成为中国文学的一部分。伊格尔顿说:"接受是作品自身的构成成分,每一部文学作品的构成都出于对其潜在可能的读者的意识,都包含它所写给的人的形象;每一部作品都在自己内部把伊赛尔所谓'隐含的读者'译成密码,作品的每一种姿态里都含蓄地暗示着它所期待的那种'接受者'。"①西方经典如果要获得中国文化语境的认同,就必须关注隐含读者的文化渴求和期待视野,而正是在这一过程中它就必定会在不同程度上被误读、误译、重写,甚至改写。② 譬如苏曼殊、陈独秀将雨果的《悲惨世界》翻译成《惨世界》,形式上采用了中国传统小说的章回体,内容上则多有增删,甚至偷偷塞进了民族革命思想。而林纾翻译《巴黎茶花女遗事》之所以能很快地打动中国读者的心,是因为这是一部"外国的《红楼梦》"。小说中女主人公的命运中国读者也并不陌生,她就像是中国的杜十娘。而狄更斯的现实主义作品之所以引起了林纾的特别关注,原因之一是他认为这些小说类似于中国的"谴责小说"。林纾还常常通过《左传》《史记》《汉书》等中国典籍来评述西方文学经典的写作技巧。至于对西方诗歌的翻译,最初的译者往往采用中国古典诗歌的形式、文言形式,或五言,或七言,或骚体,或长短句,使得所翻译的外国诗总是带有浓郁的中国风味。因此有学者认为,如果说"经典的发明,实际上是经典的品质和现代人的知识能力的创造性遇合"③,那么,西方经典的发明,就是西方经典的品质和现代中国人的知识能力的创造性遇合。我们阅读西方文学经典,不仅能读出前人的知识能力未达到的深度和新度,也能读出西方人未曾发现的东方的价值和韵味,而只有经过了这一阅读和理解过程之后,西方经典才可能具有世界性意义和价值。

西方经典译介到中国有一个漫长而复杂的过程:最初译介到中国的往往并

---

① 特雷·伊格尔顿:《二十世纪西方文学理论》,西安:陕西师范大学出版社,1987年,第92页。
② 参见谢天振、查明建主编:《中国现代翻译文学史》,上海:上海外语教育出版社,2004年,第6页。
③ 杨义:《经典的发明与血脉的会通》,《文艺研究》2007年第1期。

不是西方的真正经典,而西方的非经典作品常常在中国成了代表西方的经典。这种中西方对于经典在认识上的裂隙和差异,随着文化交流的频繁和深入也由大变小,最后趋于同一。这应该是中西方文化交流的必然趋势。

三、中国的西方文学经典

西方文学经典"中国化"后,就成为中国民族文学的一部分,成为中国文学经典的一部分,对中国文学的发展和演变发挥着十分重要的作用,甚至在某种程度上影响并改变了中国文学的基本精神和特征。"既然翻译文学是文学作品的一种独立的存在形式,既然它不是外国文学,那么它就应该是民族文学或国别文学的一部分,对我们来说,翻译文学就是中国文学的一个组成部分,这完全是顺理成章的事。"[①]西方文学经典在经过翻译、转换后就变成了中国文学的一部分,如果它对中国文学和读者产生了重大而深刻的影响,那么,它也就成了中国的西方文学经典,甚至成了中国的文学经典。意大利当代著名作家卡尔维诺说:"经典帮助我们理解我们是谁和我们所到达的位置,进而表明意大利经典对我们意大利人是不可或缺的,否则我们就无从比较外国的经典;同样的,外国经典也是不可或缺的,否则我们就无从衡量意大利的经典。"[②]外国经典对于意大利是如此,对于中国又何尝不是如此呢?

西方文学经典几乎从来就不是直接地对中国作家和读者产生影响的,它通常总是在被翻译成中文之后才发生影响的。因此,与其说中国作家和读者接受和借鉴了西方文学经典,不如说他们接受和借鉴的是中国的西方文学经典。中国作家很少有直接与西方作家接触和交往的,他们也很少直接通过原文阅读西方文学经典,他们主要是通过译本了解和认识西方文学经典。并且,正是这些译本使得许多作家走上了文学创作的道路,或者调整和改变了他们的思想观念和创作方向。单就小说而言,"域外小说的输入,以及由此引起的中国文学结构

---

① 谢天振:《译介学》,上海:上海外语教育出版社,1999年,第239页。
② 伊塔洛·卡尔维诺:《为什么读经典》,黄灿然、李桂蜜译,南京:译林出版社,2006年,第10页。

的变迁,是二十世纪中国小说发展的原动力。……没有从晚清开始的对域外小说的积极介绍和借鉴,中国小说不可能产生如此脱胎换骨的变化。"①小说如此,诗歌、戏剧,尤其是文学理论难道不也是如此吗?

  总之,随着中西文化交流的频繁、普遍和深入,西方人对经典的选择、评定越来越限制,甚至规定着中国人对西方经典的认识和界定。中国人与西方人对于西方经典认定也越来越接近,甚至趋于同一。这种情况固然意味着中国人对西方经典认识水平的提高,中国学者与西方学者认知水平的同步,但也隐藏着中国学者独立思考和原创精神的弱化和丧失。如果我们对这种状况不加以警惕的话,最后中国学者发出的有关西方经典的声音,便可能只是一味地重复西方、复制西方,变得越来越可有可无、索然无味。因此,我们说,西方经典并不一定就是中国的西方经典,正如中国的经典并不一定就是西方的中国经典一样。我们曾经因为西方人对中国经典的不同认识和阐释启发了我们的思考,对中国经典进行过解构和重建;我们也是否应该对西方的经典有自己的理解、认识和阐释,以便西方人能够借用"他者"的眼光和视角来重新认识和理解他们自己的经典? 如果我们清醒地意识到这一点,那么,西方经典在跨文化的视野中就一定会呈现出别样的风景和韵味。

---

 ① 陈平原:《二十世纪中国小说史》,北京:北京大学出版社,1989年,第23页。

中国的英国文学经典

正如中国的英国文学经典并不等同于英国的中国文学经典一样,英国文学经典并不等同于中国的英国文学经典。英国文学经典在中国经历了一个生成与演变的过程,这个过程漫长而复杂。在这一过程中,应当存在以下三种基本情况:一、一些英国文学经典自然成为了中国的英国文学经典,如莎士比亚、狄更斯;二、一些英国文学经典并没有都成为中国的英国文学经典,或者只是在经历了漫长的时间之后才渐渐被中国读者所理解和接受,譬如华兹华斯与柯勒律治;三、一些非经典的英国文学却在中国突然成为了经典,并成了中国的英国文学的代表,譬如《迦茵小传》,后者由于对中国文学的发展和演变起到了至关重要的作用,因而这些中国的英国文学经典甚至成了中国文学的一部分。因此,考察和辨析英国文学经典,尤其是上文提及的后两项在中国的生成和演变过程、规律及其缘由,应当是一个极有意义和价值的课题。

一、鲁迅与布鲁姆眼中的英国文学经典

鲁迅是中国现代最伟大的作家之一,他不仅是伟大的小说家、批评家、理论家,而且还是杰出的翻译家。"鲁迅在他战斗的一生中,为翻译、介绍外国文学所耗费的精力和时间,是多得惊人的"[①]。在《鲁迅论外国文学》一书中,鲁迅论及的英国作家共18位:莎士比亚、弥尔顿、斯威夫特、彭斯、司各特、骚塞、拜伦、雪莱、济慈、卡莱尔、阿诺德、史文朋、道登、王尔德、哈葛德、萧伯纳、吉辛和柯南道尔。这里所涉及的显然并非都是英国文学的经典作家,而对于英国的现代主

---

① 茅盾:《向鲁迅学习》,见福建师范大学中文系编《鲁迅论外国文学》,北京:外国文学出版社,1982年,第1页。

义作家,譬如艾略特、乔伊斯、伍尔夫等,则根本不在鲁迅的视野之内,尽管在鲁迅先生去世之前这些现代主义作家早已是蜚声海内外的著名小说家或诗人了。专就浪漫主义文学而言,鲁迅论及了5位作家。在鲁迅眼中拜伦与雪莱显然是经典,至于骚塞,鲁迅只是在论及拜伦时偶尔提及:"苏惹(骚塞)亦诗人,以其言能得当时人群普遍之诚故,获月桂冠,攻袭伦其力。裴伦亦以恶声报之,谓之诗商。"①而对于另外两位更重要的浪漫主义诗人华兹华斯与柯勒律治,鲁迅先生则不著一字。

我们再来看看美国当代理论家、批评家布鲁姆是如何评选英国文学经典的。1994年,布鲁姆在其久负盛名的《西方经典》一书中选出了26位经典作家,其中属于英国文学经典的有11位,几乎占去了其经典的一半。他们是莎士比亚、乔叟、弥尔顿、萨缪尔·约翰逊、华兹华斯、简·奥斯汀、狄更斯、乔治·艾略特、乔伊斯、伍尔夫和贝克特。当然,即便布鲁姆的选择具有权威性,但也并不意味着以上作家就代表英国文学经典的全部。显然布鲁姆自己也意识到了这一点,他又补充道:"为何不选斯宾塞、本·琼生、斯威夫特、布莱克、亨利·詹姆斯、布朗宁、叶芝、劳伦斯和其他许多人呢?"②即便加上这个补充的名单,英国文学经典在这里依然是有限的。

比较一下鲁迅和布鲁姆各自挑选的英国文学的作家名单是颇有意味的。在鲁迅那里极受推崇的拜伦和雪莱根本就不入布鲁姆的法眼,即便在他后来补充的名单中也难列其中;而布鲁姆心中的那些代表了"民族之经典与文类之经典的崇高性和代表性"的英国文学作家也大都难以引起鲁迅的兴趣和关注。他们之间选择的差异是如此鲜明而突出,而他们的选择又都绝不是随意的、任意的,这便不能不引起我们的关注和深思。美国当代著名文艺理论家艾布拉姆斯的《镜与灯:浪漫主义文论及批评传统》主要讨论的是浪漫主义文学理论,书中重点分析了华兹华斯和柯勒律治,还有雪莱、哈兹里特、基布尔及其他,却没有专

---

① 鲁迅:《坟·摩罗诗力说》,《鲁迅全集》第一卷,北京:人民文学出版社,2005年,第75页。
② 哈罗德·布鲁姆:《西方正典》,江宁康译,南京:译林出版社,2005年,第1—2页。

门论及拜伦①,这大概颇能代表西方学术界的观点。

鲁迅对中国文学的影响深远而持久,这中间当然也包括他对中国的外国文学的译介和研究的影响。1979 年出版的由杨周翰先生等主编的《欧洲文学史》,是一部在国内影响了一代人,乃至几代人的文学史。书中对于英国"湖畔派诗人"有这样一段论述:

> 湖畔派诗人华兹华斯、柯勒律治、骚塞在法国革命初期对法国革命还表示欢迎,雅各宾专政时期,他们又感到恐惧,生怕法国人民的革命行动会影响英国人民,因而开始转变,仇视革命和民主运动,颂扬统治阶级的国内外反动政策,推崇国教,拥护"神圣同盟"。……华兹华斯和柯勒律治都曾系统地阐述自己的文学主张,他们强调作家的主观想象力,否定文学反映现实,否定文学的社会作用。湖畔派致力于描写远离现实斗争的题材,讴歌宗法式的农村生活和自然风景,描写神秘而离奇的情节和异国风光,美化封建中古。他们笔下的大自然往往带有神秘色彩。②

在很长一段时间之内,这段文字几乎成了我国评价英国湖畔派诗人的经典之论,它以各种形式出现在各种外国文学史著述之中。其实,早在 1956 年中山大学编的《文史译丛》创刊号上就刊载了译自《苏联大百科全书》的《英国文学概要》,其中对英国浪漫主义文学的评价与《欧洲文学史》上的这段文字大体相同,③这就意味着后者基本上沿用了苏联学术界的观点。在 20 世纪 80 年代初由朱维之等主编的《外国文学简编》中,编者索性将浪漫主义分为积极浪漫主义与消极浪漫主义。关于英国的消极浪漫主义,书中只提到半句:"在英国有所谓'湖畔派',诗人华兹华斯、柯勒律治、骚塞等人",④编者甚至都不愿意用一个完整的句子。书中重点分析的仍然是雪莱和拜伦。因此,这时期在中国的英国文

---

① 艾布拉姆斯:《镜与灯》,郦稚牛等译,北京:北京大学出版社,2004 年,第 5、6 章。
② 杨周翰、吴达元、赵萝蕤主编:《欧洲文学史》(下),北京:人民文学出版社,1979 年,第 42—43 页。
③ 葛桂录:《他者的眼光——中英文学关系论稿》,银川:宁夏人民出版社,2003 年,第 144—145 页。
④ 朱维之、赵澧主编:《外国文学简编》,北京:中国人民大学出版社,1980 年,第 179 页。

学经典作家就是拜伦和雪莱,而"湖畔派"作家则几乎不值一提。

这种情况到了20世纪90年代才开始有所改观,1999年由郑克鲁等主编的《外国文学史》(高等教育出版社)就专门为华兹华斯安排了一节,置于拜伦之前。在新版的《欧洲文学史》中不再将浪漫主义分为积极浪漫主义和消极浪漫主义,而是将浪漫主义诗人分为两代:第一代浪漫主义诗人代表为布莱克、华兹华斯和柯勒律治;第二代浪漫主义诗人代表为拜伦、雪莱和济慈。"华兹华斯以心灵的历程与平凡中的瞬间等文思影响了乔治·艾略特、乔伊斯、普鲁斯特等作家;柯勒律治则以有关想象和艺术创作的理论影响了现代批评观,尤其是新批评派。从某种意义上,即使不提他那才华横溢的诗作,他在理论上的贡献也可使其稳居伟大作家的高位。"[①]书中对华兹华斯和柯勒律治的评论文字要略多于拜伦与雪莱。2003年修订再版的由朱维之等主编的《外国文学史》虽然仍为拜伦、雪莱安排了专节论述,但对于"湖畔派"三诗人也增加了千余字的论述。

二、英国文学经典中国化

英国文学经典在中国的生成与演变过程也就是"英国文学经典中国化"的过程。英国文学经典的中国化应当包括两个方面的内容:一是英国文学经典被译介到中国,并在中国传播及发生影响;二是英国文学作品在中国被经典化,并被赋予了更多的价值和意义。英国文学经典并不一定成为中国的英国文学经典,英国文学经典进入中国必定经过了一个翻译、过滤、转换、变形的阶段,经过了这一阶段的英国文学经典便成为了中国的英国文学经典。

英国文学经典的中国化大约是从19世纪末开始的。据郭延礼考证,"中国近代翻译文学当始于19世纪的70年代……小说以1873年初(同治十一年腊月)蠡勺居士翻译的英国长篇小说《昕夕闲谈》为代表"。该小说凡3卷,55节。小说通过一个贵族的私生子康吉的生活经历,描写了法国波旁王朝后期伦敦和

[①] 李赋宁主编:《欧洲文学史》第2卷,北京:商务印书馆,2001年,第63页。

巴黎社会生活的淫靡和堕落。但这部小说绝对算不上英国文学的经典,在当时中国的影响也非常有限。"《昕夕闲谈》虽知是英国小说,但何人所写?至今也不大清楚"①,小说作者都不大清楚,其经典性也就无从谈起。

自此之后,英国文学作品陆续进入中国。从1919年至1949年,这30年期间是"外国文学大量涌入的非常时期,掀起了中国近代以来又一新的译介浪潮"。这期间共翻译英国文学作品达703种。② 从1949年到1966年这17年间,英国文学翻译出版的高潮开始于1954年,结束于1959年,在这"短短的6年中竟推出了166种翻译作品"③。1978年以后,我国的英国文学的翻译和研究工作更是逐步走向了繁荣和昌盛。许多英国文学作品终于渐渐成为中国的英国文学经典。

笔者认为,英国文学经典成为中国的英国文学经典至少有以下几个方面原因或理由:

首先,英国文学经典的中国化最初是与中国译介者的眼光和视野分不开的。最先接触英国文学经典的是那些译介者,译介者的经典观将决定他们对经典的选择和译介。最早翻译英国小说的蠡勺居士,原名蒋子让,生平不详。只知道他做过县令,去过日本,并有可能到过英国。他翻译英国小说的目的主要在于"启发良心、惩创逸志","务使富者不得沽名,善者不必钓誉,真君子神采如生,伪君子神情毕露"。④ 译者评价文学的眼光主要在于伦理和道德。又譬如林纾,他在1899年翻译出版了《巴黎茶花女遗事》后,20余年间,共翻译了180余种文学作品。但这里所涉及的英国作家中大多为二三流作家,属于布鲁姆经典名册上的只有狄更斯。狄更斯的作品林纾译有多部,如《大卫·科波菲尔》译为《块肉余生述》,《老古玩店》译为《孝女耐儿传》,《尼古拉斯·尼克尔贝》译为《滑

---

① 郭延礼:《中国近代翻译文学概论》,武汉:湖北教育出版社,1998年,第23、27页。
② 参见王建开:《五四以来我国英美文学作品译介史》,上海:上海外语教育出版社,2003年,第62—65页。
③ 孙致礼:《1949—1966:我国英美文学翻译概论》,南京:译林出版社,1996年,第5页。
④ 阿英:《晚清文学丛钞·小说戏曲研究卷》,北京:中华书局,1960年,第195、196页。

稽外史》,《奥列弗·退斯特》译为《贼史》,《董贝父子》译为《冰雪因缘》,①这些小说固然是狄更斯重要的作品,但都算不上他最精彩的作品。我们过去通常认为,狄更斯最重要的小说是《艰难时事》,以后又认为《双城记》最能代表狄更斯的创作思想和艺术成就,而西方学者大多数与布鲁姆一样,认为狄更斯的核心作品应当是《荒凉山庄》。而以上这三部小说均未能进入林纾的翻译视野。显然,林纾由于不懂外文,只有将选择作品的主动权交给口译者,而口译者虽通外文,但均非学习或研究外国文学的。因此,他们对于西方文学并无系统地、深入地了解和认识,也不熟悉西方真正的经典,更多的只是注意到了西方当时比较流行的作品。

其次,英国文学经典的中国化还与中国的政治意识形态、主流文学传统紧密相关。"'经典化'意味着那些文学形式和作品,被一种文化的主流圈子接受而合法化,并且其引人瞩目的作品,被此共同体保存为历史传统的一部分。"②如果说英国文学经典中国化最初与中国译介者的眼光和视野密不可分,那么,越到后来在这一过程中起重要作用,或起决定作用的便是政治需求和意识形态了。美国翻译理论家安德烈·勒菲弗尔将操纵文学翻译的力量归结为:意识形态、诗学和赞助人。③ 而就中国20世纪的翻译文学来看,基本上是三者合一,主要是意识形态在起着操纵或制约作用,诗学和赞助人则往往成了意识形态的附庸或者同谋。就整体而言,中国最初对西方文学的翻译,"名著占不到翻译小说的10%,而90%以上的译作是属于二三流乃至三四流作家的作品"④。对于英国文学的翻译情况也大体如此。究其原因,乃是因为中国当时译书的目的主要是借鉴其思想意义,文明的意义,而不是考虑其文学价值和意义。

以英语诗歌翻译为例,中国近代对拜伦的翻译较多,他的《哀希腊》一诗就

---

① 俞久洪:《林纾翻译作品考索》,见薛绥之、张俊才编《林纾研究资料》,福州:福建人民出版社,1982年,第408页。
② 斯蒂文·托托西:《文学研究的合法化》,马瑞琦译,北京:北京大学出版社,1997年,第43页。
③ Andre Lefevere, *Translation, Rewriting & the Manipulation of Literary Fame*, London: Routledge, 1992, p.1.
④ 郭延礼:《中国近代翻译文学概论》,武汉:湖北教育出版社,1998年,第32页。

先后有梁启超、马君武、胡适四人的译文。他的其他作品也经常被译成中文,受到中国读者的关注。鲁迅先生说:"其实那时 Byron 之所以比较为中国人所知,还有别一原因,就是他的助希腊独立。时当清的末年,有一部分青年的心中革命思想正盛,凡叫喊复仇和反抗的,便容易惹起感应。"①而拜伦同时代另一诗人华兹华斯,虽然也有零星诗作被译成中文,但却并没有引起中国读者的关注。他诗歌创作的那种朴素自然毕竟离中国的现实较远。拜伦和华兹华斯,中国人更看重前者的经典性,后者则正好相反。这种情形一直持续到了 20 世纪末,今天已有越来越多的学者认为华兹华斯在文学史上的地位远远超过了拜伦。

这种意识形态对英国文学经典的操纵到了 20 世纪 50、60 年代更是愈演愈烈,最后只有与苏联的社会主义现实主义文学相同或相近的文学才可能被认为是经典。于是,英语文学就只剩下一部伏尼契(Ethel Lilian Voynich)的《牛虻》了。② 苏联作家尼·阿·奥斯特洛夫斯基在他的小说《钢铁是怎样炼成的》中,曾对牛虻有过高度评价。在六七十年代的中国内地,这部作品成了影响一代人或几代人的文学经典。但是,时过境迁,《牛虻》除了还算得上所谓"红色经典"外,与真正的英国文学经典已经无缘了。

最后,英国文学经典进入中国语境,必定受到中国文化框架的过滤和改造,又在翻译、阐释、批评、传播过程中变形转换,已不可能是原封不动的英国文学经典,必定是已经中国化后的英国文学经典,它甚至可以成为中国文学的一部分。伊格尔顿说:"接受是作品自身的构成成分,每一部文学作品的构成都出于对其潜在可能的读者的意识,都包含它所写给的人的形象:每一部作品都在自己内部把伊赛尔所谓'隐含的读者'译成密码,作品的每一种姿态里都含蓄地暗示着它所期待的那种'接受者'。"③英国文学经典如果要获得中国文化语境的认同,就必须关注隐含读者的文化渴求和期待视野,而正是在这一过程中它就必

---

① 鲁迅:《鲁迅全集》第一卷,北京:人民文学出版社,1981 年,第 220—221 页。
② 参见查明建:《文化操纵与利用:意识形态与翻译文学经典的建构——以 20 世纪五六十年代中国的翻译文学为研究中心》,《中国比较文学》2004 年第 2 期。
③ 特雷·伊格尔顿:《二十世纪西方文学理论》,西安:陕西师范大学出版社,1987 年,第 92 页。

定会在不同程度上被误读、误译、重写,甚至改写。①

譬如英国作家哈葛德(H. Rider Haggard),这位在英国文学史上几乎名不见经传的作家,却完全有资格和理由成为中国的英国文学经典。鲁迅先生对于他曾写过一段发人深省的文字:

> 然而才子+佳人的书,却又出了一本当时震动一时的小说,那就是从英文翻译过来的《迦茵小传》。但只有上半本,根据译者说,原本从旧书摊上得来,非常之好,可惜觅不到下册,无可奈何了。果然,这很打动了才子佳人的芳心,流传得很广很广。后来还至于打动了林琴南先生,将全部译出。仍旧名为《迦茵小传》。而同时受了先译者的大骂,说他不该全译,使迦茵的价值降低,给读者以不快的。于是才知道先前之所以只有半部,实非原本残缺,乃是因为记着迦茵生了一个私生子,译者故意不译的……即此一端,也很可以看出当时中国对于婚姻的见解了。②

这里先前的译本指的是 1901 年由蟠溪子、天笑生翻译的《迦茵小传》(*Joan Haste*,1895)。1905 年林纾和魏易翻译了全书,由商务印书馆出版。无论是哈葛德,还是他的小说《迦茵小传》,在世界文学史上均没有什么地位,但林译本一出,在中国影响深远,并在中国近代文坛上掀起了一场轩然大波。郭沫若在读了《迦茵小传》后写道:"那女主人公的迦茵是怎样的引起了我深厚的同情,诱出了我大量的眼泪哟。"③显然,《迦茵小传》虽然算不上英国文学的经典,但就其对中国读者和作者的影响而言,它应当是中国的英国文学经典。

对英语诗歌的翻译,重写、改写的情况就更加普遍了。在翻译过程中,最初的译者往往采用中国古典诗歌的形式、文言形式,或五言,或七言,或骚体,或长短句,使得所翻译的英语诗总是带有浓郁的中国风味。譬如马君武所译的拜伦的《哀希腊歌》:

---

① 参见谢天振、查明建主编:《中国现代翻译文学史》,上海:上海外语教育出版社,2004 年,第 6 页。
② 鲁迅:《上海文艺之一瞥》,《二心集》,北京:人民文学出版社,1973 年,第 85—86 页。
③ 郭沫若:《少年时代》,北京:人民文学出版社,1979 年,第 113 页。

> 暴君昔起遮松里,当时自由犹未死。
> 曾破波斯百万师,至今人说米须底。
> 吁嗟呼!本族暴君罪当诛,异族暴君今何如?①

这哪里是英语诗,分明就是中国诗。以后的英语诗歌虽然主要改用白话文翻译,但因为英语和中文的差异太大,原封不动的翻译总是不可能的。那种"不因语文习惯的差异而露出生硬牵强的痕迹,又能完全保存原有风味"的彻底和全部的"化境",只是"不可实现的理想"。②

英国文学经典译介到中国有一个漫长而复杂的过程:最初译介到中国的往往并不是英国文学的真正经典,而英国的非经典作品常常在中国成了代表英国文学的经典。这种中国读者与英国读者对于经典在认识上的裂隙和差异,随着文化交流的频繁和深入也由大变小,最后趋于同一。这应该是中西方文化交流的必然趋势,并且是不以任何人的意志为转移的。

三、英国文学经典与中国民族文学

英国文学经典"中国化"后,就成为中国民族文学的一部分,成为中国文学经典的一部分,对中国文学的发展和演变发挥着十分重要的作用,甚至在某种程度上影响并改变了中国文学的基本精神和特征。英国文学经典在经过翻译、转换后就变成了中国文学的一部分,如果它对中国文学和读者产生了重大而深刻的影响,那么,它也就成了中国的西方文学经典,甚至成了中国的文学经典。

当然,英国文学经典几乎从来就不是直接地对中国作家和读者产生影响的,它通常总是在被翻译成中文之后才发生影响的。因此,与其说中国作家和读者接受和借鉴了英国文学经典,不如说他们接受和借鉴的是中国的英国文学经典。中国作家很少有直接与英国作家接触和交往的,他们也很少直接通过原文阅读英国文学经典,他们主要是通过译本了解和认识英国文学经典。并且,

---

① 郭延礼:《中国近代翻译文学概论》,武汉:湖北教育出版社,1998年,第101页。
② 钱锺书:《林纾的翻译》,《七缀集》,上海:上海古籍出版社,1985年,第79、81页。

正是这些译本使得许多作家走上了文学创作的道路,或者调整和改变了他们的思想观念和创作方向。周作人说:"老实说,我们几乎都因了林译才知道外国有小说,引起一点对外国文学的兴味。我个人还曾经很模仿过他的译文。"①即便是我国著名学者和作家钱锺书先生,当初也是因为阅读了《林译小说丛书》而有了大发现,并将他带领进入一个新天地。"接触了林译,我才知道西洋小说会那么迷人。我把林译里哈葛德、迭更斯、欧文、司各德、斯威佛特的作品反复不厌地阅览。"②小说如此,诗歌、戏剧,尤其是文学理论难道不也是如此吗?

总之,随着中西文化交流的频繁、普遍和深入,西方人对经典的选择、评定越来越限制,甚至规定着中国人对西方经典的认识和界定。一旦西方学者对经典的选择标准就会成为唯一正确的标准,这也将成为衡量所有非西方学者学术眼光和水平的唯一标准。研究莎士比亚的非西方学者,最高目标和理想就是将来有一日能得到英国的莎士比亚专家的首肯和赞扬,哪怕只是只言片语;研究陀思妥耶夫斯基的,就得看俄罗斯人的脸色行事;研究福克纳的,自然就得唯美国学者的马首是瞻;至于研究歌德,当然就要看德国学者的眼神了……而那些西方汉学家,似乎并不太在意中国学者说了些什么,尤其不大在意中国学者对他们的研究成果说了些什么,有些西方汉学家甚至声称:中国的20世纪文学史只能由他们来撰写才是最公正、最客观、最真实的,因为他们最少顾忌和偏见。而事实上西方汉学家独特的视角和富有创见的成果的确曾引起我们的关注和重视,并因而改变了我们对某些中国文学经典的评价和看法。面对以上研究状态,如果我们不加以思考和警惕的话,最后中国学者发出的有关西方经典的声音,便可能只是一味地重复西方、复制西方,变得越来越可有可无,索然无味。由于英国文学在西方文学经典中的地位如此重要,由于英国学者对于经典的评论是如此的卓越,并富有传统,因而对于研究和思考英国文学的我们而言,问题将会变得更加突出和严峻。早在20世纪30年代,荣格曾告诫那些急于想学习和借鉴东方智慧的欧洲人:"我们需要有一种我们自己的根基稳固、丰富充实的

---

① 周作人:《林琴南与罗振玉》,《语丝》第3期(1924年12月1日)。
② 钱锺书:《七缀集》,上海:上海古籍出版社,1985年,第170页。

生活,这样我们才能把东方智慧作为一种有生命的东西加以检验。因此我们首先需要学习一点欧洲的有关我们自己的真理。我们的出发点是欧洲的现实而不是瑜伽的功夫,这种功夫只会蒙蔽我们使我们看不见我们自己的现实。"[1]试问我们在阅读英国文学经典时,我们的根基在哪里呢?如果我们失去了自己的根基和立足点,我们何以能做出自己的评价和检验呢?如果我们失去了自己的出发点,那么,无论我们怎样尽心尽力,我们离自己的目的地只会越来越远。

综上所述,我们说,英国文学经典并不一定就是中国的英国文学经典,正如中国的文学经典并不一定就是英国的中国文学经典一样。我们曾经因为西方人对中国文学经典的不同认识和阐释启发了我们的思考,对中国文学经典进行过解构和重建;我们也是否应该对英国文学经典有自己的理解、认识和阐释,以便英国人能够借用"他者"的眼光和视角来重新认识和理解他们自己的文学经典?

---

[1] 荣格:《纪念理查·威廉》,《心理学与文学》,冯川、苏克译,北京:三联书店,1987年,第254页。

诗的误读与诗无达诂

——后现代主义诗学与中国诗学的两个命题之比较

"诗的误读"原是美国当代批评家哈罗德·布鲁姆提出的一种后现代文学批评理论,如今这一理论已远远超越了文学批评领域,成为一种跨文化批评理论。1993年,欧洲跨文化研究院与北京大学比较文学所就"文化误读"问题组织了一次很有特点的讨论会。[①] 1995年10月,在北京召开了盛况空前的"文化对话与文化误读"国际学术研讨会就是一个例证。这次大会的与会代表(包括60余位国外代表)普遍认为,如何正确看待和处理"文化误读"这类问题,"已经成为当代国际文化交流中一个令人关注的问题,对于人类社会的进步和发展也是意义重大。"[②] "诗无达诂"是中国古代的一个著名诗学命题,最早见于董仲舒的《春秋繁露》。"诗无达诂"大意是说,不同的读者对同一诗歌文本不可能有一个确定的、统一的解释。"诗无达诂"与"诗的误读"有着许多相同或相近之处,正因为如此,当代中国的理论家和批评家很轻易地便接受了有关"误读"的理论,但是,当他们开始冷静而认真地梳理和阐释这一理论时,他们发现,他们所"接受"的其实更多的还是中国传统诗学的精神;同样,"诗无达诂"与"诗的误读"也存在着根本的区别和差异,正因为如此,通过对二者进行比较和互看,我们便能更清醒地认识到"诗无达诂"的局限与"诗的误读"的谬误。

如果我们将西方近现代文学的发展分为"前现代主义—现代主义—后现代主义"三个时期,与此相对应,其诗学理论在论及作品与接受者的关系时也经历了"阅读的可能性—阅读的不可能性—阅读即误读"三个阶段。

---

① 参见大会论文集《独角兽与龙—在寻找中西文化普遍性中的误读》,北京:北京大学出版社,1995年。

② 参见朱开轩在"文化对话与文化误读"国际学术研讨会开幕式上的讲话。

前现代主义包括诸如现实主义、浪漫主义、自然主义等流派,它们对文学的本质的认识虽然各不相同,有的甚至完全对立,但它们却都认为阅读是可能的。现实主义源于古希腊的"摹仿"说。既然是摹仿,就存在被摹仿的对象,于是,通过摹仿的作品就可以认识被摹仿的对象;又因为文学所摹仿的现实具有必然性和普遍性,即揭示出现实的内在本质和规律,所以文学又具有教育与陶冶作用。总之,文学的阅读是有其客观的、普遍的价值标准的。浪漫主义摹仿心灵的真实,偏重表现主观理想,抒发强烈的个人感情,因此,分析研究作家的心灵史、生活史就能阅读、欣赏作品。自然主义认为,文学应该客观地、精确地、科学地呈现人的生物本能、生理直觉以及遗传病变,文学因此也就具备了真正的客观性、精确性和科学性。总之,因为前现代主义坚持现象后面有本质,偶然之中有必然,表层意义下面有深层意义,因此,不管人们对前现代主义作品作出怎样不同的评价,但它们总是可阅读的,也是有意义、有价值的。

现代主义在宣布"上帝死了"之后,便处在失去了终极信仰和崇高价值标准的焦虑和恐惧之中,虽然他们仍然有着悲壮的追求和不懈的努力,并试图重建新的形而上学大厦(如潜意识、深层结构、亲在,等等),以让孤独、漂泊的灵魂有一片栖息之地。但他们的追求和努力最终是徒劳无功的,灵魂仍然无家可归。现代人所体会到的除了日甚一日的荒诞、异化、孤独、焦虑、恐惧之外,所剩的便是一片虚无。一切均是不可理解、不可理喻的。加缪说:"一个哪怕可以用极不像样的理由解释的世界也是人们感到熟悉的世界。然而,一旦世界失去了幻想与光明,人就会觉得自己是陌路人。他就成为无所依托的流放者,因为他被剥夺了对失去的家乡的记忆,而且失去了对未来世界的希望。这种人与生活之间的距离,演员与舞台之间的分离,真正构成荒诞感。"① 荒诞派戏剧大师尤奈斯库说:"在这样一个现在看起来是幻觉和虚假的世界里,一切历史存在的事实使我们惊讶,那里,一切人类的行为都表明荒谬,一切历史都表明绝对无用,一切现实和语言都似乎失去了彼此之间的联系,解体了,崩溃了。"②

---

① 加缪:《西西弗的神话》,杜小真译,北京:三联书店,1987年,第6页。
② 袁可嘉等编选:《现代主义文学研究》,北京:中国社会科学出版社,1989年,第674页。

不过,现代主义无论怎样强调作品的不可理解,他们还是认为作品的本意是存在的。这本意有时是作者的,有时是集体无意识与民族无意识,有时就在于作品本身,有时却是由读者提供的,有时干脆是不可理解、不可言说的。艾略特说:"一首诗看来会对不同读者有不同的意思,所有这些意思又都会不同于作者原来考虑的意思。""读者的解释不同于作者的,但会同样正确——甚至更好。"[1]现代主义注意到了理解、阐释的千差万别、千变万化,但同时也承认本意还是存在的,并且,我们有可能越来越接近本意。到了后现代主义那里,本意根本就不存在了。因为没有了本意,因此一切的理解都是误解;同样,一切的误解也都是合理的。误解和理解不再有界限,一切都是可能的,用后现代的话说就是"怎样都行"。后现代主义便在无界限、无意义的语言符号中自由嬉戏。

美国著名的解构主义大师哈罗德·布鲁姆写过关于"诗的误读"的诗论四部曲。他认为,由于任何一部文学作品都是由已往的文本拼写而成的,这种文学的"互文性"关系便使得所有的文本都成为误读的结果。布鲁姆将"误读"分为三种:后来的诗人对前辈诗人的误读;批评家对诗歌文本的误释;诗人对自己的作品的误解。他说:"诗的影响,总是以对前一位诗人的误读而开始的。这种误读是一种创造性的校正,实际上必然是一种误译。一部成果斐然的'诗的影响'的历史,乃是一部焦虑和自我拯救之漫画的历史,是歪曲和误解的历史,是反常和随心所欲的修正的历史,而没有所有这一切,现代诗歌本身是根本不可能生存的。"[2]美国当代另一位理论大师德曼却是从语言的修辞性这一角度来剖析"诗的误读"的。传统的语言观所关心的是语言能否有效地与一个语言之外的所指物或意义衔接,而德曼所关心的却是语言的比喻和换喻(即转义 trops)的内在可能性。"语言的修辞性"一经确立,就必然带来指意出轨的可能性,从而颠覆了文本的指意性。一切文学文本都不可避免地要依靠修辞性语言,而修辞性语言就是用一个文本描述另一个文本,用一个修辞语替代另一个修辞语,

---

[1] 韦勒克:《现代文学批评史》第五卷,章安琪、杨恒达译,北京:中国人民大学出版社,1991年,第262页。

[2] 哈罗德·布鲁姆:《影响的焦虑》,徐文博译,北京:三联书店,1989年,第31页。

这就是"互文性"。因为一切语言都是比喻性的,所以文本的本意就不再存在,一切的阅读也就都成为误读。罗兰·巴特说,如果词只有一个意义(字典上的),就不会有文学。文学是建立在"意义"的多层次上的。一部作品是"永远的",不是因为它将一个意义强加于不同的人们,而是因为它给一个人提出不同的意义。① 所以,误读不仅是必然的,而且是永远的。

英国当代著名文学批评家和小说家戴维·洛奇在他的小说《小世界》中写到,一位名叫扎普的教授在一次学术会议上作了一次令听众昏眩的题为"文本性有如脱衣舞"的报告,将后现代主义的"误读"理论概括得非常形象。扎普教授说:"舞女挑逗观众,正如文本挑逗它的读者,给人以最后彻底裸呈的希望,但又无限的拖延。面纱一条条揭开,衣服一件件脱掉,但真正使人兴奋的是脱光的'拖延'而不是脱衣本身,因为一旦一个秘密被揭示,我们立刻就会对它失去兴趣,并渴求新的秘密。……徒然地企图窥破文本的精髓,一劳永逸地把握它的意义——最终我们找到的只是我们自己,而不是文本本身。……阅读就是听任自己陷于无尽的好奇与欲望的转移,从一个句子到另一个句子,从一个情节到另一个情节,从文本的一个层次到另一个层次。"②总之,任何的解码都是再编码,任何的阅读都是误读。

中国诗学理论中有"诗无达诂"说。"诗无达诂"源于西汉董仲舒的《春秋繁露·精华》,"《诗》无达诂,《易》无达占,《春秋》无达辞。"达,通达;诂,训故言也,训诂或解释的意思。"诗无达诂"原本是论《诗经》的,以后引申为:对任何一部文学作品,不同的读者都可以作出不无道理的无穷无尽的各式各样的解释。这一结果首先是由文学的特殊的存在方式决定的。"诗言志",志本在心,发之为诗,"情动于中而形于言",因此,我们难以用今天的语言去对昨天诗人用他自己的语言所表现的特定的感情,做出绝对准确而透彻的解释。这里说的是,昨日诗人的本意是存在的,只是今日的读者无法同昨天的作者同一。解释是可能

---

① 参见 A.杰弗逊、D.罗比:《现代西方文学理论流派》,李广成译,北京:北京大学出版社,1992年,第116页。
② 戴维·洛奇:《小世界》,罗贻荣译,重庆:重庆出版社,1992年,第46—47页。

的,但是"达诂"却是不可能的。"达诂"的不可能是因为"达志"的不可能;"达志"的不可能是由文学作品的丰富性、宽泛性和不确立性决定的。因为文学作品"可以广通诸情",所以说"诗无达志"(王夫之《唐诗选评》)。于是,在文学作品的欣赏中就产生了美感的差异性问题。不同的欣赏者,由于性格不同,生活的经验和思想情趣不同,因此对于同一部文学文本,欣赏的侧重点便不同,引起的想象、联想和共鸣不同,在思想上获得的感受和启示也不同。王夫之说:"作者用一致之思,读者各以其情而自得……人情之游也无涯,而各以其情遇,斯所贵有诗"(《姜斋诗话》)。解释的可能性由于接受者的不同而众说纷纭,千姿百态,即所谓"仁者见之谓之仁,智者见之谓之智","作者未必然,读者何必不然"。①

这种普遍的解释的可能最后导致语言的不可能。"意翻空而易奇,言微实而难巧也"(《文心雕龙·神思》)。"言不尽意"是常有之事。因为诗人对特定情境所触发的特定的兴趣之志、之情、之意的表达具有不可重复性,所以,一旦作者用语言来表达时便总是难以尽物尽意,所谓"常恨言语浅,不如人意深"(刘禹锡《视刀环歌》)。为了超越语言的局限,司空图提出了"超以象外,得其环中"的韵味说,他强调创造与欣赏都应突破有限的"象",而把象外之象、韵外之致、味外之旨视作诗的极致的理论。到了沈德潜那里便是"古人之言,包含无尽,后人读之,随其性情高下,各有会心"(《唐诗别裁凡例》)。看来,意会和沉默或许可以"达诂",但是,这却根本不是解释,并且也无需解释。

"诗无达诂"这一概念虽然出在西汉,但对这一诗学问题的关注和思考在《国语》《周易》中就有了。《国语·郑语》记载了史伯"声一无听,物一无文,味一无果,无一无讲","和则生物,同则不继"的美学观点,最早提出了美的对象应当具有多样统一的审美特点。《周易》里有这样的文字,"其称名也小,其取类也大;其旨远,其辞文;其言曲而中,其事肆而隐"(《周易·系辞下》),所以我们也很难给予准确而清晰的分析和解释。以后,在《论语》《淮南子》《论衡》《抱朴子》

---

① 参见钱锺书:《谈艺录》,北京:中华书局,1984年,第416页。

等古代典籍中对"诗无达诂"这一诗学命题也有所论及。至魏晋以后,人们对"诗无达诂"的现象有了更为具体深入的认识,刘勰在《文心雕龙·知音篇》中说"文情难鉴","夫篇章杂沓,质文交加,知多偏好,人莫圆该。慷慨者逆声而击节,蕴藉者见密而交蹈,浮慧者观奇而跃心,爱奇者闻诡而惊听。会己则嗟讽,异我则沮弃,各执一隅之解,欲拟万端之变。所谓东向而望不见西墙也。"这里比较全面而系统地论及了"诗无达诂"这一命题。不过,几千年来这一理论却并没有得到充分的重视和探究,也没有将它置放到其应有的重要位置上。而今天的学者们开始重新认识和评价这一理论,我想这同后现代主义诗学理论在中国的广泛传播和接受不无关系。当然,后现代的"诗的误读"与中国传统诗学的"诗无达诂"是有着重大区别的,这种区别概括起来主要体现在如下三个方面:

一、"诗的误读"是一个文学本体论问题;"诗无达诂"则是一个文学鉴赏问题。前者因为有了误读而后产生诗,"误读"是因,"诗"成了"误读"的结果;后者因为有了诗而后有各种不同的理解和解释,"诗"是因,没有"诗"也就没有所谓"达诂"与"达志"的问题。前者认为一切阅读都是误读;后者认为所有的阅读自有道理。

二、解释的可能性与文本的本意的可理解性密切相关,正如我们将西方近现代文学的发展分为"前现代主义—现代主义—后现代主义"三个时期,将文学文本的阅读理解也划分为"阅读的可能性—阅读的不可能性—阅读即误读"三个阶段一样,笔者认为西方近现代诗学在对文本本意的理解和限定上也大致经历了如下三个阶段:"本意的可理解性—本意的不可理解性—本意的不存在"。因此,在后现代主义那里,解释是不可能的,因为被解释的意义根本就不存在。在中国诗学中文本本意却总是存在的,虽然这本意常常是不可言传的,甚至是不可理解的,但不可理解其实也是一种解释。总之,在中国古代诗学中解释是可能的,但准确地解释本意却是不可能的。

三、"诗的误读"是语言的本质决定的;"诗无达诂"是语言的局限决定的。后现代主义的最重要特征之一就是过去一直作为工具和手段的语言,一跃而成了主体。海德格尔说,"语言是存在的家。"伽达默尔说,"谁拥有语言,谁就拥有世界。"拉康说,"真理来自言语,而不是来自现实。"索绪尔将语言符号划分为"能指"(声音书写记号)和"所指"(观念和意义)。后现代主义强调能指与所指的对应关系其实是人为的,语言的意义完全由符号的差异所决定。A 之所以是 A,乃是因为它不是 B,不是 C,不是 D……按照这一逻辑,阐释语言系统中语言符号的意义,就变成了以新的能指符号取代有待阐释的能指符号的过程,或者说是由一个"能指"滑入另一个"能指"的永无止境的倒退。在这一过程中,符号所指代的实物实际上是永远不在场,也就是说,"能指"永远被限制在一个语言符号之内,永远不能触及所喻指的实体。用拉康的公式表示出来即:能指/所指(即 R/S),能指和所指永远被横线划开,不可能合二为一。表意链完全崩溃了,因此所有的阅读便只能是误读。中国传统诗学一向十分重视语言的内在涵义,同时又总是意识到语言的局限与不足,因而更加强调语言之外的意义。中国传统诗学里有"言不尽意","立象尽意"之说。言中有意,但不能尽意,故而要立象。象是什么?"象"本是指客观事物或人物的外部形态。在老子那里,"象"的意义被引申为超越视听之区的某种观念在想象中的形态,即所谓"无物之象"。这里的"象"实际上就是对"道"的描述。"道"是超越人们感性经验的,但它又不是彻底的虚无,它是存在于冥冥之中的一种自然的规律性,人们可以凭自己的内视、内听去感觉它。"象"是"道"的生机、生命力的表现,是非常真实的存在,是可信而非可疑的存在。"象"的最高境界是"大象","执大象,天下往",而"大象"却"无形"。"无形"便不能为语言所限定,它只有突破语言的具象媒介,才可能"尽意"。于是,便有了卦象,卦象的产生是因为语言不能尽意,而对言、意之间关系的探讨和研究又奠定了我国诗学理论的基础。

综上所述,"诗无达诂"与"诗的误读"的确有某些相同重叠的地方,正是这些相同重叠的地方构成了可以使我们彼此超越自己特殊的文化去理解和交流异文化的基础;同样,"诗无达诂"与"诗的误读"也必然存在着某些差异,它们之间又是不可通约的,正是这种差异和不可通约性使我们彼此间不可能有完全相同的理解和阐释,而真正文化间的理解也只有当我们将"误读"当成"误读",而不是当成"达诂"时才有可能。进入 20 世纪末,随着文学研究走向普遍的文化研究,西方后现代主义诗学中"诗的误读"也已经走向了"文化误读"。这既是对"误读"理论的发展,又是对"误读"理论的又一种"误读",即关于"误读"的误读。在"文化误读"理论中,"误读"是指人们与他种文化接触时,很难摆脱自身的文化传统、思维方式,往往只能按照自己所熟悉的一切来理解别人。我们或者由于民族中心主义的文化观的影响,而对异文化产生有意无意的偏见,进而贬低异文化;或者将异文化想象得十分美好,将其理想化,进而抬高异文化。由于文化的差异性,当两种文化接触时,"误读"就是不可避免的,这正如"诗的误读"一样。那么,我们应该如何认识和解决文化间的"误读"?对这一问题的思考与讨论便已经超越了"诗的误读"的局限。中国诗学理论中的"诗无达诂"似乎一直被限定在诗学领域,而没有进入文化领域,更没有进入跨文化比较的领域,即没有由"诗无达诂"走向"文化无达诂"。但是,通过"诗无达诂"与"诗的误读"的东西方诗学理论的对话,我们或许既能够由诗学理论走向文化理论,又能够始终坚持诗学研究的本色和特点。总之,"诗无达诂"与"诗的误读"虽然是两个不同的诗学命题,但在经过对二者的比较分析后,我们的收获却并不仅仅局限于诗学。

后现代主义与魏晋玄学

魏晋玄学自然是中国文化的一部分,但由于魏晋玄学与后现代主义有着某种特别亲近的关系,因此,我们有必要专门来进行讨论。后现代主义精神与魏晋玄学有着明显的相同之处,但这并不意味着后现代主义早在魏晋玄学中就已经存在,或者说魏晋玄学是后现代主义的精神源泉,而只是表明:魏晋玄学与后现代主义的这种精神上的玄远相通,使得我们今天在接受西方的后现代主义时显得比较容易、比较自觉,因为魏晋玄学原本就是中国传统文化中的重要组成部分。同时,后现代主义与魏晋玄学有着更为深刻的不同,这种不同便制约着我们所接受与借鉴的已不是真正意义上的西方后现代,而是夹杂了许多中国传统文化的"东方后现代"。本文的意旨无须说不在全面而详尽概述或评论后现代主义精神与魏晋玄学,而只在就后现代主义与魏晋玄学的几个明显类似的方面展开论述,通过后现代主义角度考察魏晋玄学,转而又通过魏晋玄学来考察后现代主义,在这种中西文化的互看和比较中,我们或许可以获得双份的收获。

一、没有中心与"无"即中心

后现代主义的最根本特征就是深度模式的消解,即中心的消解,中心的失落,并且,在消解之后不再试图予以重建。詹姆逊说:"如果说现实主义的形势是某市场资本主义的形势,而现代主义的形势是一种超越了民族市场的界限,扩展了世界资本主义或者说帝国主义的形势的话,那么,后现代主义的形势就必须被看做是一种完全不同于老的帝国主义的,跨国资本主义的或者说失去中心的世界资本主义的形势。"① 正是这种失去了中心的资本主义,导致资本主义

---

① 詹明信:《晚期资本主义的文化逻辑》,北京:三联书店,1997年,第286—287页。

社会的思想、文化和文学也均失去了中心。并且,正是在这一点上,后现代主义与魏晋玄学可谓"心有灵犀"。

德里达是解构主义大师,他的突出成就就在于反对从柏拉图直至列维-斯特劳斯以来的整个西方形而上学传统,即所谓的"逻各斯中心主义"传统。德里达认为,自柏拉图以来,西方文化传统一直受到逻各斯中心主义的支配。所谓"逻各斯"(logos)就是某种由语言表达的最终的真实,它可以是理性的声音,也可以是上帝的旨意。它是一种不受质疑的"真言",它是语言文字与意义的最后的合而为一。正是这个"逻各斯"构成并维系着人的认识系统,它是这个认识系统的中心和出发点,但它自己却并不属于这个系统,也不受这个系统的制约和支配。这就是"逻各斯中心主义"。逻各斯中心主义不仅设置了各种各样的二元对立,如主体与客体、本质与现象、必然与偶然、真理与谬误、同一与差异、能指与所指、自然与文化,等等,而且还为这些对立设置了等级,即对立的双方不是一种对等的平衡关系,而是一种从属关系。二元对立中的第一项总是处于统治地位或优先地位,第二项则是对第一项的限制和否定。就言语与文字的关系而言,言语属于二元对立中的第一项,文字则属于第二项。言语是思想的再现,文字是言语的再现。这就是言语中心主义。言语中心主义是逻各斯中心主义的特殊形式。"逻各斯中心主义也不过是一种言语中心主义:它主张言语与存在绝对贴近,言语与存在的意义绝对贴近,言语与意义的理想性绝对贴近。"因此,从言语中心主义这一角度切入,就能迅速进入逻各斯中心主义的核心;消解了言语中心主义,也就瓦解了逻各斯中心主义。

在《论文字学》中,德里达对言语中心主义的有关思、说、写的关系提出了质疑。亚里士多德曾经说过,"言语是心境的符号,文字是言语的符号。"这是因为,言语,作为"第一符号的创造者,与心灵有着本质的直接贴近关系",即所谓"言为心声"。言语与思想没有距离,因此言语更接近于思想的真实,因而也就要高于书写。但是,德里达则认为,这是对思、言、写关系的歪曲。因为言语绝不是思想的简单再现,言语与思想从一开始就存在着差别。所谓"言不尽意""意在言外"是常有的事。另外,写甚至比说更具有原本性。写往往更能反映语言的差别性,而说却常常掩盖乃至取消了这种差别性。譬如,不少同音异形的词,仅听读音是无法辨别的,只有通过辨形才能将它们区别开来。又比如各地的方言,我们也常常无法通过声音来加以辨别,而只有通过文字来加以确认。因此,德里达说,写最能体现语言是一种差别系统的事实,"文字凭其地位注定要代表最难以消除的差别",而"差别乃是语言学价值的根源","语言保持差别,差别保持语言"。① 语言与文本的意义因差别而存在,在这里没有中心和本源,一切都变成了话语。

魏晋玄学首创的代表人物,思想史上皆推崇何晏、王弼,而他们二人的重要思想之一,就是以"无"为中心。稍后的玄学大师向秀和郭象通过《庄子注》又将"道"即"无"的思想发展到极致。东汉末年黄巾起义后,长期社会动荡,由周代所奉行的"普天之下,莫非王土;率土之滨,莫非王臣"之说演变而来的,以后在西汉大一统政权支配下形成的普遍性君臣观念此时已分崩离析,所谓"天下分崩,人怀苟且,纲纪既衰,儒道尤盛"(《三国志·魏书·王肃传》),于是,君权关系、君臣思想乃至父子人伦关系都淡薄了,不再有绝对的唯一的中心。这便像后现代主义那样"怎样都行"了,而能够比较容易地将这形形色色的"怎样都行"统一起来的理论就是道家的贵无学说了。这里,"无"既是对过去的任何形式的中心的消解,但它并不拒绝中心,虽然这个中心"无"较之那个"道"更加不可限定、无法言说,这正如王弼所说,"无又不可以训,故言必及有"(《世说新语·文学篇》)。这种"无中心的中心"使得魏晋玄学与后现代主义精神既相接近,又相背离。

何晏说:"天地万物,皆以'无为'为本。'无'也者,开物成务,无往不成者也。阴阳恃以化生,万物恃以成形,贤者恃以成德,不肖恃以免身。故'无'之为用,无爵而贵矣。"(《晋书·王衍传》)"无"是一切事物的原因,是一切原因的原因,是世界上纷繁复杂的万物背后最高的东西,正是它决定了各种具体事物何以为各种具体事物,何以具有这样性质,并且以如此这般的方式生存、发展和灭

---

① 雅克·德里达:《论文字学》,汪堂家译,上海:上海译文出版社,1999年,第14、80、74页。

亡。总之,"有之为有,恃'无'以生;事之为事,由'无'以成。夫道之而无语,名之而无名,视之而无形,听之而无声,则道之全也"(《列子·天瑞篇》注引《道论》)。原来这个万物的中心"无"就是"道","夫道者,唯无所有者也。自天地以来,皆有所有矣,然犹谓之道者,以其能复用无所有也"(《列子·仲尼篇》注引《无名论》)。王弼说得更为明确,"道者,无之称也,无不通也,无不由也。况之为道,寂然无体,不可为象"。这里"道"其实就是"无"的别称。

魏晋玄学又叫"新道家","玄"字源于《老子》第一章:"玄之又玄,众妙之门",这表明"玄学"是道家的继续。曹魏以来,由于城市的破坏,商业的停滞、货币的废弃,锢闭性的世族经济日益发展,地区与地区之间的经济缺乏联系,自然经济完全占据了统治地位。在这种情况下,以"自然""无为"为宗旨的老庄思想开始抬头,并迅速成为当时的思想主潮。老子说:"道可道,非常道;名可名,非常名",钱锺书先生说,第一、三两"道"字为"道理"之道,第二"道"字为"道白"之道。"名",名道也;"非常名",不能常以某名名之也。不可名故无定名,无定名故非一名。① 看来,老子虽然否定了一般的中心和绝对,但并没有否定道和名本身。经验的"道"(譬如儒家之"道")不是恒常的、本源性的,但真正的"道"确是存在的,它是万物之本,"朴"而无名。"无名"非"真无","无名"而"有",是谓"妙有"。最后,这种"道"和"名"又是不可言说,不可限定的。王弼在其《老子指略》中说得非常清楚:"夫物之所以生,功之所以成,必生乎无形,由乎无名。无形无名者,万物之宗也。"王弼虽然否定了有形有名的万物,但他仍然认为在万物之上,还有一个更为根本的存在,它是万物得以成为万物的原因,这就是"无"。这个"无"就是中心,但这个"无"又是不可限定、不可解释、不可言说的。

向秀、郭象对老庄原来的道家学说作了重大修正,他们认为,道就是真正的无。老庄也说道是无,但他们所说的无是无名,因为道不是一物,所以不可名,而向秀、郭象则认为,道就是真正的无,道"无所不在,而所在皆无也";老庄否认有人格的造物主存在,代之以无人格的道,道生万物,而向秀和郭象则认为,道

---

① 参见钱锺书:《管锥编》,北京:中华书局,1984年,第408、410页。

其实就是无,与其说是道生万物,不如说是万物自生,"吾以至道为先之矣,而至道者乃至无也"。"无"遍布宇宙,不可确定;它存在,但无形无名;它什么都不是,但又什么都是,它就是"无",并且只能是"无"。向秀、郭象的思想看来与后现代主义精神更为接近,但他们最终仍然没有跨越那最后一步,即否定"无"本身,这使得魏晋玄学与后现代主义仍然可以区别开来。

因为"无"为中心,所以嵇康"越名教而任自然","非汤武而薄周礼",超世独步,我行我素。阮籍更甚,他连上下古今都不承认了,他在《大人先生传》里说:"天地解兮六合开,星辰殒兮日月颓,我腾而上将何怀?"鲁迅先生解说道,阮籍的意思是"天地神仙,都是无意义,一切都不要,所以他觉得世上的道理不必争,神仙也不必信,既然一切都是虚无,所以他便沉湎于酒了"。从对君权的怀疑,到无君论,阮籍说,"盖无君而庶物定,无臣而万事理。"连好皇帝也不相信了。随着对君权的解构,人们又开始对父母权威进行解构,孔融说,"父之与子,尝有何亲?论其本意,实为情欲发耳。子之于母,亦复奚为,譬如寄物瓶中,出则离矣。"人伦关系历来是中国文化的基础,孔融此语实则动摇了中国文化的基础,他终于给曹操提供了一个杀人的理由,孔融便不能幸免于难。但是,同后现代主义根本不同的是,魏晋玄学家并没有否认"无"这个中心,并且,即便是"以六经为芜秽,以仁义为臭腐",也还是有所保留。无为是为了"大为",无为而无不为。道本无名,无名则"可得遍以天下之名名之",如"水以无味,故五味得其和,犹君体平淡,则百官施得其用"。鲁迅先生说得很深刻,"表面上毁坏礼教者,实则倒是承认礼教,太相信礼教",①这在嵇康的《家诫》中表现得十分明显。所以,魏晋玄学家反对中心,并非不相信中心,反倒是因为太相信中心,以致对现实中的一切"伪中心"均表现出强烈的愤慨和不满,甚至不惜采用了一种疯癫的姿态。

---

① 鲁迅:《魏晋风度及文章与药及酒之关系》,《而已集》,北京:人民文学出版社,1973年。第91页。

二、主体"死亡"与"超乎形象"

  正如西方文化思潮经历了"现实主义——现代主义——后现代主义"这样三个相互承接,而又相互混杂的三个阶段一样,在主客体关系的发展变化上,西方的"主体"也大致经历了这样三个阶段:主体的确立(主客体对立)——主体吃掉客体——主体的死亡。

  伊格尔顿说,"西方哲学的历史是对这个显然自主的主体的叙述,这个主体与当代后现代正统中那个消散、分裂的主体正好形成对照。……对于斯宾若莎来说,主体仅仅是一种无情的决定论的一种功能,它的'自由'不过是对铁的必然性的认识。对于大卫·休谟来说,自我是一种便利的虚构,是我们只能假设具有整体性的一大观念和经验。康德的道德主体的确是自主的和自我决定的,但是,它以一种神秘的方式与它的最终决定有着很大冲突。对于谢林、黑格尔和其他唯心主义主义者来说,主体和它的本源有关,正如马克思当然也是如此一样;对于克尔凯郭尔和萨特来说,自我是一种极为痛苦的非自我同一,对于尼采来说,自我表现不过是无处不在的权力意志波浪上的泡沫而已。那么,关于整体化主体的大叙事就到此为止。"19世纪末尼采宣告:"上帝死了";20世纪中叶,福柯宣告"人死了",罗兰·巴特则宣告"作者死亡"。后现代主义的主体便失去了存在的根基,变得无所依附。于是,它"在一个本身也是任意的、偶然的、随机的世界中或是焦虑或是狂喜地自由流动"。这个世界以它自己的"无基础作为主体的基础,以它自己的无需理由的特性为这一主体的自由漂移颁发许可证。这一主体是自由的,并不是因为它没有被决定,而正是因为它被不确定性的过程决定着"[①]。后现代主义的主体正是在这种不确定性中一点点被分裂、瓦解,最后走向消亡。

  在魏晋玄学那里,因为道即无,无即中心,因此从无的观念看天地万物,万

[①] 特里·伊格尔顿:《后现代主义的幻象》,北京:商务印书馆,2000年,第92、52页。

物没有差别,天地与自己同一,主客体之关系不曾分离,这种境界用玄学家的话来说,就是"超乎形象"。魏晋玄学的这一思想显然同"三玄",即老庄易思想有着非常密切的亲缘关系。庄子说:"圣人无己,神人无功,圣人无名。"这种"无己、无功、无名"的境界也就是道家所追求的最高境界。这时人已超越了事物的普通区别,超越了自己与世界的区别,"我"与"非我",即主体与客体的区别,与宇宙和"道"合而为一了,用鲁迅的话来说,就是"并有无修短白而黑一之,以大归于'混沌'。"①这时人成了"混沌氏","天地与我为一,而万物与我并生。"其具体景象就是庄生梦蝶,"不知周之梦为蝴蝶与?蝴蝶之梦为周与?"

庄子的这种"齐物"境界也是玄学家们追求和向往的境界。一个人如果能超越差别,与天地同一,他就能获得绝对的自由和绝对的幸福。向秀、郭象在其《庄子注》中说:"天地者,万物之总名也。天地以万物为体,而万物必以自然为正,自然者,不为而自然者也。故大鹏之能高,斥鷃之能下,椿木之能长,朝菌之能短,凡此皆自然之所能,非为之所能也。不为而自能,所以为正也。故乘天地之正者,即是顺万性之性也;御六气之变者,即是游变化之途也。如斯以往,则何往而有穷哉!所遇斯乘,又将恶乎待哉!此乃至德之人玄同彼我者之逍遥也。"又云:"夫真人同天人,齐万致,万致不相非,天人不相胜,故旷然无不一,冥然无不往,而玄同彼我也。"在这种没有差别的混沌一体中,万物同一、物我不分、无是无非、彼我玄同,主客体化而为一,最后主客体皆忘却,成为真正的无,这才是真正的逍遥。

阮籍、阮咸是叔侄,均为竹林七贤中的人物。阮籍认为:"天地生于万物,万物生于天地,自然者无外,故天地名焉。天地者有内,故万物生焉……自然一体,则万物经其常。入谓之幽,出谓之章,一气盛衰,变化而不伤。是以重阴雷电,非异出也;天地日月,非殊物也"(《达庄生》)。这里的自然,指包括天地万物在内的整个世界,天地万物之所以和谐一致,是因为它们本质上是一致的,虽然其存在形式各有不同,但却并无主体与客体之间的区别。《世说新语·任诞篇》

---

① 鲁迅:《汉文学史纲要》,北京:人民文学出版社,1976年,第19页。

中记载着这样一个人所共知的故事:"诸阮皆能饮酒。仲容至宗人间共集,不复用常杯斟酌,以大瓮盛酒,围坐,相向大酌。时有群猪来饮,直接上去,便供饮之。"诸阮对猪一视同仁,与猪同乐,在他们看来,猪与人、我与物之间没有什么差别,也没有什么对立。因为没有了差别和对立,所以魏晋玄学家们才能够超迈放达,越名任心,与山水动物融为一体。魏晋玄学家正是在这种人与天地万物齐一的境界中,实现了主客体的统一。

为了达到这种"人与天地万物齐一"的境界,酒与醉是必要的,吃药的效果则更为直接,而最后便是走向死亡。酒与醉表现了魏晋文人的时代风骨,在酒与醉中一切界限消失,物我同一。王忱说,"三日不饮酒,觉形神不复相亲。"刘伶妻毁酒器,刘伶誓曰:"天生刘伶,以酒为名(命),一饮一斛,五斗解醒。妇人之言,慎不可听。"继而作《酒德颂》:"惟酒是务,焉知其余。"刘伶纵酒放达,或脱衣裸形在屋中,人见讥之。刘伶说:"我以天地为栋宇,屋室为裤衣,诸君何为入我裤中。"魏晋文人好吃五石散(寒食散),据说服药后便面色红润,神情开朗。当然,吃药的原因比较复杂,但吃药之后无所顾忌,任意而行,却颇有后现代主义的神韵。最后便是死亡取消了一切差异,《列子》中载,"十年亦死,百年亦死,仁圣亦死,凶愚亦死。生则尧舜,死则腐骨;生则桀纣,死则腐骨;腐骨一矣,孰知其异!"死亡取消了终极意义,没有了差别,所谓怎样都行,一切都无所谓。这颇似加缪《局外人》中主人公莫尔索的观点。

嵇康从元气论的自然观出发,认为人是阴阳二气陶化的产物,是阴阳翟凝的结果,"浩浩太素,阳翟阴凝,二仪陶化,人伦肇兴"(《太师箴》)。这就是说,人是阴阳二气的统一体,不能只有阳而无阴,也不能只有阴而没有阳,"二气存于一体"(《养生论》),异气"相须以合德"(《明胆篇》)才有人的存在。在嵇康那里,形体与精神同出于天地之气,二者并行不悖,无所谓谁是第一性,谁是第二性的问题,也没主体与客体的区别。形与神相亲相待,无法分离,合而为一,最后达到一种"内视反听,爱气啬精,明白四达,而无执无为,遗世坐忘,以保性全真"的境界。①

　魏晋之世,玄学与佛学合流,这是知识界的共识。当时佛学大师僧肇与道生便主张万物毕同毕异。僧肇说:"若能空虚其怀,冥心真境,妙存环中,有无一观者,虽复智周万物,未始为有,幽鉴无照,未始为无,故能齐天地为一旨,而不关其实,镜群有以玄通,而物我俱一,物我俱一,故智无照功,不乖其实,故物物自同。"(《大正藏》)这里,物我同根、物我俱一、天地万物的同一,主客体自然也就二者合一,不可分离。佛教追求的最高境界是涅槃,涅槃状态就是个人与宇宙的同一,或者说个人与佛性的同一,也就是自觉个人与宇宙的心的固有的同一。这时主体与客体冥合不分,一切差别都已消失,即所谓"智与理冥,境与神会,如人饮水,冷暖自知"。

　当然,后现代主义与魏晋玄学虽然最后都归于主客体差异的消失,但这种"同一"仍然有着许多的差别。概而言之,后现代主义是在主客体长期尖锐对立之后,最后因为主体的消失,作为其对立面的客体也随之消失,从而实现了主客体的同一;而魏晋玄学却是在继承了中国传统文化,尤其是道家文化中天人合一的思想后,因为消除了天地万物的一切差异,自然也就实现了主客体的同一,真可谓殊途而同归,但是,主体的消失在后现代主义那里是主体面对后工业社会的绝望和无奈,因为在一个一切都成为商品的数码复制时代主体根本就没有位置,它不得不消失;而在魏晋玄学那里主体的消失却是主体追求的最高境界,主体的消失反倒是最充分地体现了主体,因为在一个政局激剧动荡,"天下多故,名士少有全者"的时代里,主体的消失不失为一种保全自身的高妙策略。

三、"能指"倒退与"谈中之谈"

　瑞士语言学家索绪尔思想中最根本和最有启发性的思想,就是将现实世界和语言世界基本上分离开来,他将语言符号划分为"能指"(声音书写记号)和

---

① 参阅许杭生等:《魏晋玄学史》,西安:陕西师范大学出版社,1989年,第216页。

"所指"(观念和意义),而能指和所指的联系完全是任意的,当然,这种"任意的联系"一旦成为集体习惯或约定俗成后,就不再是完全任意的了。所以,索绪尔说:"完全任意的符号比其它符号更能实现符号方式的理想,这就是为什么语言这种最复杂、最广泛的表达系统,同时也是最富有特点的表达系统。"[①]索绪尔在这模糊不清、浑然一片的能指和所指之间终于找到了某种联系,划定了某种界限,确立了某种意义。

后现代主义将索绪尔那里原本就不大牢靠的能指与所指的关系彻底粉碎、颠覆,他们强调能指与所指的对应关系完全是人为的,语言的"意义"完全由符号的差异和关系所决定。阐释语言系统中语言符号的意义,其实就是以新的能指符号取代有待阐释的能指符号的过程,是由一个"能指"滑入另一个"能指"的永无止境的倒退。"我们原以为是所指的东西,即原来在某个层次上对于某一类能指来说确实是所指的东西,却在一种无穷退行中自己变成了另一个层次上对于更底层次的所指来说的指意系统。"[②]在这一过程中,符号所指代的实物实际上是永远不在场,也就是说,"能指"永远被限制在一个语言符号之内,永远不能触及所喻指的实体。

现代主义和后现代主义最大的区别就在这里:现代主义是以"自我"为中心,而后现代主义是以"语言"为中心。早在1932年法国作家贝克特就在他的小说《无名无姓的人》中通过主人公发出了后现代主义的呐喊,"所有一切归结起来是个词语问题","一切都是词语,仅此而已。"一般来说,现代主义遵循以自我为中心的创作原则,将认识精神世界作为主要表现对象;而后现代主义则倡导以语言为中心的创作方法,高度关注语言的游戏和实验。前者通常将人的意识、潜意识作为文学作品的重要题材加以描绘,刻意揭示人物的内在真实和心灵的真实,进而反映出社会的"真貌"。而后者则热衷于开发语言的符号和代码功能,醉心于探索新的语言艺术,并试图通过语言自治的方式使作品成为一个独立的"自身指涉"和完全自足的语言体系。他们的意图不是表现世界,也不是

---

① 索绪尔:《普通语言学教程》,高名凯译,北京:商务印书馆,1980年,第103页。
② 詹姆逊:《语言的牢笼》,钱佼汝译,南昌:百花洲文艺出版社,1995年,第120页。

抒发内心情感、揭示内心世界的隐秘，而是要用语言来制造一个新的世界，从而极大地淡化、甚至取消了文学作品反映生活、描绘现实的基本功能。

魏晋清谈通常被看做是"概念的游戏"，这同后现代"语言即本体"的精确颇为相近。魏晋清谈大致经历了三个阶段："谈中之理——理中之谈——谈中之谈"。起先的"谈"还注意理之胜负，而后便一味注重理中的言谈之美，最后便一味言谈，干脆于理而不顾。在这最后一个阶段"谈中之谈"中，语言似乎成了本体、目的，理之所在已经不顾，"嘲戏之谈"成为目的，谁谈在最后即为胜者，"以先止者为负败"。据说王坦之与范启同去晋简文帝处，二人争先恐后，王坦之在后便说，"簸之扬之，糠枇在前。"范启回敬道，"淘之汰之，沙砾在后。"而时年八岁的张吴兴，亏齿，有人戏言之，"君口中何开狗窦？"张吴兴能应声答道："正使君辈从此中出入。"可见，清谈已成为魏晋时代的灵魂和主要精神特征，"辞喻不相负，正始之音，正当耳尔"。何晏"能清言"，"好辩而无诚"，王弼"通辩能言"，"辞才逸辩"，向秀"最有清辞遒旨"，阮裕"甚精难论"，郭象"言类悬河"，支道林以"支理"名家，殷浩"能言理"……凡此种种，"谈中之谈"成为魏晋时代一道诱人的风景。

因为谈中无"理"，名中无"实"，因此魏晋清谈便只能是"娱心悦耳"，与"实务济世"无涉，颜之推从传统儒学观念出发便将其斥之为"高谈虚论，左琴右书，以费人君禄位"，"辞与理竞，辞胜而理伏，事与才争，事繁而才损"。颜氏这里所作的价值判断，现在看来自然有失公允，但作为事实陈述，却是实情。《世说新语·言语篇》中有一则故事颇能说明问题，"诸名士共至洛水戏，还，乐令问王夷甫曰：'今日戏乐乎？'王曰：'裴仆射善谈名理，混混有雅致。张茂先论史汉，靡靡可听。我与王安丰说延陵子房，亦超超玄著。王武子孙子荆各言其土地人物之美，王云：其地坦而平，其水淡而清，其人廉且贞；孙云：其山巍巍以及嵯峨，其水㳽谍而扬波，其人磊砢而英多。'"文中"其地"指太原晋阳，"其山"指吴地。当时太原已成胡人的世界，吴地则被晋人所灭，因此王姓吴姓的诸豪族所谈的"其地""其山"均没有具体的实指对象，他们完全陶醉在空洞的山水之中，因为所指的不在场、缺席，名士们游戏的便只是能指符号。总之，魏晋玄学家们"越和地理自然游离,越会形容山水的名胜;实际实物的自然越不可把握,概念形象的自然越能增加语汇;自然的对象越离开认识上的点滴占有,则人类对于自然一般就越在虚处开刀"①。

除了山水自然被还原为能指符号外,时间与空间、数量与质量等在玄学家那里,也都离实就虚,脱离了具体的内容,使得一切真实的对象都化而为能指符号的"浮游"。《世说新语·语言篇》中记载着这样一则故事:"晋武帝始登阼,探策得'一',王者世数系此多少,帝既不说,群臣失色,莫能有言者。侍中裴楷进曰:'臣闻天得一以清,地得一以宁,侯王得一以天下贞。'帝说,群臣叹服。"短命帝王对未来的恐惧,居然能够被阐释为大于天地的"一",这里数量已成为可以任意填充所指的能指符号。

汤用彤先生说,魏晋玄学体系是建立在"言意之辨"这一基础之上的。从品评人物、辨名实之理,到"言不尽意""无名无形"以及最后的"忘象忘言",这一思想愈发展愈符合玄学之宗旨。"玄贵虚无,虚者无象,无者无名。超言绝象,道之体也。"这便将"言意之辨"这一语言论、方法论问题上升为一个本体论问题。②王弼说:"存言者,非得象者也;存象者,非得意者也。象生于意,而存象焉,则所存乃非其象也;言生于象而存言焉,则所存者乃非其言也。"所以,"尽意莫若象,尽象莫若言","得意在忘象,得象在忘言"(《周易略例·明象》)。这里"言"即"能指","意"即"所指",但是同后现代主义不同的是,言和意中间还存在着一个中介"象",由于"象"的存在,"言"便有了意义,而"意"却由此而变得更难把握,并且根本无法通过语言去把握。因此,如果停滞于"言"上,便得不到真正的"象";如果停滞在"象"上,便得不到真正的"意"。只有"忘象""忘言",才能获得真正"意";只有越过"言"和"象",人们才能摆脱日常社会角色的束缚,超越现实和自我,真正进入一种自由的审美境界。

嵇康对于名实关系的论述似乎最接近后现代主义精神,他说:"夫言非自然一定之物,五方殊俗,同事异号,趣举一名,以为标识耳。"概念的产生,是由于

---

① 侯外庐等:《中国思想通史》第一卷,北京:人民出版社,2004年,第42页。
② 参见汤用彤:《汤用彤学术论文集》("汤用彤论著集"之三),北京:中华书局,1983年,第218页。

"趣举",不含有一定的意义和内容。这样,通过概念以认识实在,就成为不可能。因为"名"属能指符号,"实"属对象、意义,是所指,能指和所指之间没有任何联系,这便是"名实两离"。"外内殊用,彼我异名",最终是"名实俱去",名与实完全被否定了。嵇康将名实断然分开,从名实不可沟通出发,进而认定认识是不可能的,在这一点上嵇康与后现代主义大致相同。不过,嵇康的"认识之不可能"的观念是立足于概念的相对性,即能指的相对性,而后现代主义则立足于意义的相对性,即所指的相对性。另外,嵇康虽然否认了认识的可能,但却并没有否认名与实的存在,这便是"因事与名,物有其号";而后现代主义认为名与实其实并不存在,存在的只是能指符号。

可以说,后现代主义的语言观与魏晋玄学的"谈中之谈"虽然有着许多的相近或相同的地方,但二者的出发点和归属都不相同:后现代主义是在解构了"绝对意义""终极关怀"以及任何意义上的"中心"之后,心安理得地沉溺在语言能指符号中的"自由嬉戏";而魏晋玄学的"谈中之谈"则是有意地逃避"相对的意义和价值",以避免和任何政治集团产生有意或无意的冲突,这既是一种反抗社会现实的策略,又是一种"安身立命"的高妙手段。后现代主义是因为消解了一切意义,从而使得语言成为纯粹的能指符号;而魏晋玄学却是因为过于执著于终极意义,从而觉悟到语言的无能和无用。后现代主义的怎样都行,使得它难于选择,于是便只好在能指符号中无穷倒退;魏晋玄学因为怎样都不行,所以没有选择,只好谈玄谈虚,在无意义中"自由逍遥"了。

《红楼梦》与后现代写作

面对博大精深、是是非非的《红楼梦》,余英时先生说,"《红楼梦》简直是一个碰不得的题目,只要一碰到它就不可避免地要惹出笔墨官司"①。然而,自《红楼梦》问世以来,二百多年间,不知有多少人在"碰"《红楼梦》,有的人一"碰"走"红",有的人则碰得"头破血流",而更多的人虽然"碰"了《红楼梦》,却依然一辈子平平安安、默默无闻。《红楼梦》就是一个世界,它无所不包,无处不在。俞平伯先生说,《红楼梦》这书"在中国文坛上是个'梦魇',你越研究越觉糊涂"②。冯其庸先生说:"《红楼梦》是一部奇书,奇就奇在从易读的一面来说,几乎是只要有一般文化的人都能读懂它,真可以说是妇孺皆可读;但从深奥的一面来说,即使是学问很大的人也不能说可以尽解其奥义。一部书竟能把通俗易懂与深奥难解两者结合得浑然一体,真是不可思议。"③既如此,它与如今刚刚热闹过,且余热依旧的后现代或许有些关联? 当然,明白人都知道,《红楼梦》绝不是一部后现代小说,并且在很多人看来,《红楼梦》与后现代根本就风马牛不相及。但是,一旦我们细究起来,《红楼梦》与后现代写作还果真不无干系。美国当代著名后现代思想家 D. C. 霍伊(Hoy)说:"从中国人的观点看,后现代主义可能被看做是从西方传入中国的最近的思潮。而从西方的观点看,中国则常常被看做是后现代主义的来源。"④如此看来,《红楼梦》与后现代的关系恐怕还真非空穴来风。"百年红学,大故迭起,波诡云谲,争吵不休"⑤,还颇有点儿像后现代的热

---

① 余英时:《红楼梦的两个世界》,上海:上海社会科学院出版社,2002 年,第 62 页。
② 俞平伯:《红楼梦研究》,上海:上海古籍出版社,2005 年,第 2 页。
③ 刘梦溪等:《红楼梦十五讲》,北京:北京大学出版社,2007 年,第 31 页。
④ 霍伊:《〈后现代主义辞典〉序》,见王治河主编《后现代主义辞典》,北京:中央编译出版社,2005 年,第 3 页。
⑤ 刘梦溪:《红楼梦与百年中国》,北京:中央编译出版社,2005 年,第 9 页。

闹情境。翻检中国知网,竟然搜索到5篇有关《红楼梦》与后现代的文章①。笔者原以为该话题即便没有说尽,所留余地和空间也已非常有限。于是,便将这些文章下载后一一细读,虽说颇受启发,但心中释然,因为这个题目仍然有话可说!

美国当代理论家哈桑认为,后现代主义最重要特征之一就是不确定性(indeterminancy)。"它包含了对知识和社会发生影响的一切形式的含混、断裂、位移……我们不确定任何事物,我们使一切事物相对化。各种不确定性渗透在我们的行为、思想、解释中,从而构成了我们的世界。""像在一般文化中一样,艺术中的不确定性也有许多样式,不一而足。从负面能力到排比句式,应有尽有,形成了难以尽数的形式:杂乱拼凑式、蒙太奇式、偶然音乐、偶然事件、计算机和拓扑艺术、地景艺术、身体艺术、动态和过程艺术、观念艺术、少数艺术、具体诗歌、随意艺术、自毁式雕塑、荒诞派艺术、怪诞形式以及形形色色的、不连续的、减少的、荒唐的、反身的形式。上述种种'艺术'都力图通过不同的方式延缓封闭、挫败期望、鼓励抽象、保持一种嬉戏的多元角度、转换观众心中的意义场。"②可以说,有关后现代主义的唯一确定的东西,就是它的"不确定性"。在后现代那里,甚至连不确定性也是不确定的,这就是"不确定的不确定性"。与之相关联,后现代主义文学的不确定性主要体现在以下四个方面:主题的不确定、形象的不确定、情节的不确定和语言的不确定。

《红楼梦》与后现代的关联,首先便体现在这种不确定性特征上。小说开卷第一回,作者自云:"因曾历过一番梦幻之后,故将真事隐去,而借'灵通'之说,撰此《石头记》一书也……虽我未学,下笔无文,又何妨用假语村言,敷演出一段

---

① 这些文章是周芷汀《论〈红楼梦〉的后现代美学价值》(《中国文学研究》2005年第1期),周慧华《网络时代红楼梦研究的后现代性范式》(《红楼梦学刊》2008年第1辑),周芷汀《多元对话中的后现代性(一)——不确定性:〈红楼梦〉的文本的首要特征》(《红楼梦学刊》2006年第6辑),周芷汀《红楼梦与外国文学关系研究——兼论后现代之后文学思潮流向》(《浙江师范大学学报》2010年第6期),周婷、陈启权《后现代语境中历史叙事经典的多元阐释——以〈三国演义〉与〈红楼梦〉为例》(《名作欣赏》2011年第29期)。

② Ihab Hassan, *The Postmodern Turn: Essays in Postmodern Theory and Culture*, Ohio: Ohio State University Press, 1987, pp. 168,73.

故事来……"总之,书中凡用"梦""幻"等字,乃此书"立意本旨"。① 小说的主旨是梦幻,梦幻的特征就是虚无缥缈,无法确定其所指和意义。

关于小说主题的不确定,鲁迅先生说过一段名言:"单是命意,就读者的眼光而有种种:经学家看见《易》,道学家看见淫,才子看见缠绵,革命家看见排满,流言家看见宫闱秘事……"②《鲁迅全集》的编注者随后下了一个长长的注解:"清代张新之在《石头记读法》中说,《红楼梦》'全书无非《易》道也'……"可见,不同的读者总能从小说中读出不同的意义,究其原因,或许小说原本就没有什么确定的意义。

1904年,王国维发表长篇论文《红楼梦评论》,拉开了现代红学的序幕。王国维的《红楼梦》评论与叔本华的理论密切相关,他在阐述了叔本华的理论后继而推导出《红楼梦》的主题:

> 生活之本质何?"欲"而已矣。欲之为性无厌,而其原生于不足。不足之状态,苦痛是也。既偿一欲,则此欲以终。然欲之被偿者一,而不偿者十百。一欲既终,他欲随之。故究竟之慰藉,终不可得也。即使吾人之欲悉偿,而更无所欲之对象,倦厌之情即起而乘之。于是吾人自己之生活,若负之而不胜其重。故人生者,如钟表之摆,实往复于苦痛与倦厌之间者也,夫倦厌固可视为苦痛之一种。有能除去此二者,吾人谓之曰快乐。然当其求快乐也,吾人于固有之苦痛外,又不得不加以努力,而努力亦苦痛之一也。且快乐之后,其感苦痛也弥深。固苦痛而无回复之快乐者有之矣,未有快乐而不先之或继之以苦痛者也。又此苦痛与世界之文化俱增,而不由之而减,何则? 文化愈进,其知识弥广,其所欲弥多,又其苦痛亦弥甚,故也。然则人生之所欲,既无以逾于生活,而生活之性质又不外乎苦痛,故欲与生活、与苦痛,三者而一而已矣。③

---

① 曹雪芹、高鹗:《红楼梦》,北京:人民文学出版社,1996年,第1—2页。
② 鲁迅:《集外集拾遗补编·〈绛洞花主〉小引》,《鲁迅全集》第八卷,北京:人民文学出版社,2005年,第179页。
③ 王国维、蔡元培、胡适:《三大师谈〈红楼梦〉》,上海:三联书店,2007年,第4页。

因此,在王国维看来,《红楼梦》中的"玉"不过就是生活之欲。宝玉因为"得"玉而误入尘世,因为"还"玉而根绝尘缘。"而解脱之道,存于出世,而不存于自杀。"①王国维以叔本华哲学理论阐释《红楼梦》,自此成为中国比较文学阐释学的经典范例。

王国维的《红楼梦评论》发表以后,随之而来的是寻求影射之"本事"及"微言大义"的"索隐热"。1916年1月6日蔡元培的《石头记索隐》在《小说月报》上连载,后于1917年9月由商务印书馆出版单行本。蔡元培在《石头记索隐》开篇写道:

> 《石头记》者,清康熙朝政治小说也。作者持民族主义甚挚。书中本事,在吊明之亡,揭清之失。而尤于汉族名士仕清者,寓痛惜之意。当时既虑触文网,又欲别开生面,特于本事以上,加以数层障幕,使读者有横看成岭侧成峰之状况。……书中红字多影朱字,朱者,明也,汉也。宝玉有爱红之癖,言以满人而爱汉族文化也,好吃人口上胭脂,言拾汉人唾余也。……甄士隐即真实隐,贾雨村即假语存,尽人皆知。然作者深信正统之说,而斥清室为伪统,所谓贾府,即伪朝也。②

胡适的《红楼梦考证》写成于1921年3月,随即发表于该年5月上海亚东图书馆出版的标点本《红楼梦》中。该书一开头就宣称:向来研究《红楼梦》的人都走错了道路,"他们不是搜求那些可以考定《红楼梦》的著者,时代,版本等等的材料,却去收罗许多不相干的零碎史事来附会《红楼梦》里的情节。他们并不曾做《红楼梦》的考证,其实只做了许多《红楼梦》的附会!"③胡适的矛头之一便是针对当时北大校长蔡元培的。在胡适看来,蔡元培写的那本书,到底还只是一种很牵强的附会,蔡先生"这么多的心力都是白白地浪费了"。甚至说蔡先生的索隐,"完全任意地去取,实在没有道理"。④

---

① 王国维、蔡元培、胡适:《三大师谈〈红楼梦〉》,上海:三联书店,2007年,第16页。
② 同上书,第61—63页。
③ 同上书,第135页。
④ 同上书,第143、146页。

以蔡元培为代表的"索隐派"虽说并非像胡适说的那样,只是将研究当成"猜谜",但其研究路数越走越窄,却大体上是事实。"由于'索隐派'的解释仍限于书中极少数的主角或故事,因此其说服力终嫌微弱。我们只要更改一个字,就可以照旧援引钱静方的批评:'所病者举一漏百。寥寥钗黛数人外,若者为某,无从确指。'"而以胡适为代表的"考证派"则"过分地追求外证,必然要流于不能驱遣材料而反为材料所驱遣的地步,结果是让边缘问题占据了中心问题的位置。极其所至,我们甚至可以不必通读一部《红楼梦》而成为红学考证专家。"① 红学研究如果《红楼梦》缺席,就等于失去了中心;失去了中心便必定会形成后现代众声喧哗的文化景观。正如文学研究应该回到文学本身一样,红学研究自然应该回到《红楼梦》。

脂砚斋与《红楼梦》和曹雪芹有着十分密切的关系。今天,他对《红楼梦》的批点已成为阐释和研究这部巨著的重要依据。脂砚斋批点《红楼梦》第四十八回曰:"一部大书起是梦,宝玉情是梦,贾瑞淫又是梦,秦之家计长策是梦,今作诗也是梦,一并风月鉴亦从梦中所有,故红楼梦也!今余批评亦在梦中,特为梦中之人特做此一大梦也!"② 脂砚斋在第一回"瞬息间则又乐极生悲,人非物换,究竟是到头是梦,万境皆空"四句旁批"四句乃一部之总纲"。③ 所谓"梦中说梦两重虚",我们不仅不知道《红楼梦》的主旨是什么?就连脂砚斋究竟是何人,至今仍是一个谜。有人说脂砚斋是曹雪芹的叔父,有人说他是曹雪芹的堂兄弟,也有人说他就是曹雪芹本人,还有人说他其实是"史湘云",甚至有人说他其实就是曹雪芹的妻子。凡此种种,大多是猜测,并没有任何直接的证据。脂砚斋我们无法找到其确切归属,另一个与曹雪芹关系密切的人物畸笏,我们也同样考究无从。"我们当然希望解决这个问题,然而它也许永远无法解开。"④

脂砚斋的身份之谜固然无法解开,但脂砚斋批《红楼梦》却是不争的事实。曹雪芹生前十余年,即从甲戌定本之前的一两次修订稿开始,便形成了一种几

---

① 余英时:《红楼梦的两个世界》,上海:上海社会科学院出版社,2002年,第12、19—20页。
② 曹雪芹:《脂砚斋重评石头记》,北京:人民文学出版社,1975年,第1123页。
③ 同上书,第5页。
④ 胡邦炜:《红楼梦悬案解读》,成都:四川人民出版社,2005年,第94页。

乎是固定的写作模式:作者每修订一次书稿,脂砚斋就立即作一次阅评。"一部伟大巨著的诞生,竟采取了创作与评论(或曰解说)同步进行的独特方式,这在古今中外的文学史上委实闻所未闻……自脂批产生伊始,作者便一直坚持在书名中将脂砚斋的'评'和他的小说相并列,从而凸显出脂批与《红楼梦》浑然一体不可分割的特点。"①这种将创作与评论融为一体的做法,是《红楼梦》的伟大创举,但是,就西方而言,塞万提斯的《堂吉诃德》中已有类似的写法,只不过后者直接将评论写进了小说,借小说中的人物之口来谈论小说。至于当今风行的后现代小说,混淆创作与评论的界限原本就是该类小说最重要的特点。"把批评和艺术混淆起来,这也许是所有渗透在后现代派中的'类别错误'里面最引人注目的一个。在此之前,作家和学院之间的联系从来没有如此显而易见,文学及其描述之间的界限也从来没有如此容易改变。当文学只剩下探索其极限这一个任务的时候,艺术家和批评家的职能就合而为一了。"②《红楼梦》的写作无意中引导了后现代潮流,正如霍伊所说"中国则常常被看做是后现代主义的来源",可见此言不虚。

其次是情节的不确定。小说又名《石头记》。为什么叫《石头记》呢?原来,当年女娲补天,炼就36501块巨石,仅留下一块未用,弃之于青埂峰下。一日,一僧一道途经此地,灵石开言,下凡心切。那僧便将灵石变为美玉一块,置于袖中,不知去向。许多年之后,巨石上记载了灵石无才补天,幻形入世,历尽离合悲欢炎凉世态的故事。但"朝代年纪,地舆邦国却反失落无考"。小说故事发生的时间地点不确定,无从考辨。

失去了时空坐标,书中的内容也必定虚无缥缈,所谓"假作真来真亦假,无为有处有还无"。"书中所记何事何人?"作者自云:"欲将以往所赖天恩祖德,锦衣纨绔之时,饫甘餍肥之日,背父兄教育之恩,负师友规训之德,以至今日一技无成、半生潦倒之罪,编述一集,以告天下人"。如此看来,小说似乎成了作者的

---

① 邓遂夫:《走出象牙之塔——〈红楼梦脂评校本丛书〉导论》,见曹雪芹《脂砚斋重评石头记庚辰校本》,北京:作家出版社,2006年,第15页。
② 萨克文・伯科维奇主编:《剑桥美国文学史》第七卷,孙宏主译,北京:中央编译出版社,2005年,第454页。

自传,或者说是作者给他所念及的"当日所有之女子""闺阁中本自历历有人"立传。于是便有了脂砚斋的诸多著名考证,曹家堪比贾家,而黛玉、可卿、湘云等均有原型。此后,诸多红学家,譬如俞平伯、余英时等也曾持有相同或相近的看法。

  然而,《红楼梦》毕竟不是自传,也不是史书,更不是变形的家谱,而是小说。"《红楼梦》是小说,是文学作品,不是历史著作。"①"曹雪芹在《红楼梦》里创造了两个鲜明而对比的世界。这两个世界,我想分别叫它们作'乌托邦的世界'和'现实的世界'。这两个世界,落实到《红楼梦》这部书中,便是大观园的世界和大观园以外的世界。"这便是《红楼梦》中的理想世界与《红楼梦》外的现实世界,或者说,就是曹雪芹所虚构的艺术世界与曹雪芹所经历的历史世界。前者为虚构的现实,后者为现实的虚构。百年以来,这两个世界界限的混淆,致使"半个世纪以来的所谓'红学'其实只是'曹学',是研究曹雪芹和他的家世的学问"。②这应该是红学研究悲哀。"至于说到《红楼梦》的价值,可是在中国底小说中实在是不可多得的。其要点在敢于如实描写,并无讳饰,和从前的小说叙好人完全是好,坏人完全是坏的,大不相同,所以其中所叙的人物,都是真的人物。总之自有《红楼梦》出来以后,传统的思想和写法都打破了。"③小说虽然"如实描写",但并不是历史记录;小说中的人物虽是"真的人物",但他们并不是"真的人"。

  曹雪芹的《红楼梦》写到八十回,这以后的情节如何发展,且结局如何?这自然是读者所关心和期待的。当然,即便是前八十回抄本,也不知凡几,"各家相异",况且原书上已明说"披阅十载增删五次",因此,真正的"定本"无从说起。一部没有定稿的奇书,无论是在曹雪芹的生前或是身后,统统处在不确定的删改之中,作者的"本意"或小说的"本意"永远处在"延异"或"播撒"之中,实在难寻其"踪迹"。高鹗所续的后四十回,应该只是《红楼梦》情节发展和结局的一种

---

① 刘梦溪:《红楼梦与百年中国》,北京:中央编译出版社,2005年,第39页。
② 余英时:《红楼梦的两个世界》,上海:上海社会科学院出版社,2002年,第36页。
③ 鲁迅:《中国小说的历史变迁》,《鲁迅全集》第九卷,北京:人民文学出版社,2005年,第348页。

可能性,并且是遭到众多红学家诟病的一种可能性,其余诸多可能性均皆有可能。"至于从高本百二十回续下去的,如《红楼圆梦》《绮楼重梦》……却一时也列举不尽,而且也没有这个必要。"①据统计,"续《红楼梦》的书近四十种"②。这样,"红楼"可以续梦,续梦又可再续,如此反复,无可穷尽。美国当代后殖民主义理论家萨义德认为,"每一部艺术作品都必须是未完成的。"狄更斯、瓦格纳、乔伊斯的作品实际上只为我们提供了"美学完整性的种种幻象",而非真正的整体。他们本质上是未完成的,但是,这种未完成性并非它们的缺陷。艺术作品召唤人类去融入它们,并不是为了使它们完整起来而是为了给它们增色,参与它们的作用过程。③ 如此看来,正是《红楼梦》的这种未完成性成就了它的"美学完整性"。

再次,小说成书的过程也不确定。"成书过程的种种复杂性,留下一个又一个未解之谜,给研究者带来困难,也增加了研究者的兴趣。红学之成为红学,与《红楼梦》成书的复杂性有直接关系。"④这种复杂性从另一方面说就是不确定性。

小说借石头之口,贬评历来野史,以及佳人才子等书。随后申明此书之宗旨:"当那醉淫饱卧之时,或避事去愁之际,把此一玩,岂不省了些寿命筋力。"⑤那空空道人听罢石头之语,再次检阅《石头记》,发现"其中大旨谈情,亦不过实录其事……因毫不干涉时世,方从头至尾抄录回来,问世传奇"。空空道人遂易名情僧,改《石头记》为《情僧录》。东鲁孔梅溪则题曰《风月宝鉴》。"后因曹雪芹于悼红轩中披阅十载,增删五次,纂成目录,分出章回,则题曰《金陵十二钗》。并题一绝云:满纸荒唐言,一把辛酸泪。都云作者痴,谁解其中味!"⑥于是,有了石头上的故事《石头记》。书中的"味"显然是有的,但"味"是什么却不得而知。

---

① 俞平伯:《红楼梦研究》,上海:上海古籍出版社,2005年,第1页。
② 李广柏:《红学史》,广州:广东教育出版社,2010年,第77页。
③ 林赛·沃特斯:《美学权威主义批判》,昂智慧译,北京:北京大学出版社,2000年,第349页。
④ 刘梦溪:《红楼梦与百年中国》,北京:中央编译出版社,2005年,第30页。
⑤ 曹雪芹、高鹗:《红楼梦》,北京:人民文学出版社,1996年,第6页。
⑥ 同上书,第7页。

具体而言,小说的成书过程大致如此。姑苏城葫芦庙旁住着一家乡宦,名甄士隐。他年过半百,膝下仅有一小女,乳名英莲。一日中午小憩,忽一梦。梦中有赤瑕宫神瑛侍者以甘露灌溉绛珠草,后神瑛侍者下凡,绛珠仙子亦下凡将以泪谢恩。于是,勾出多少风流冤家来。甄士隐在梦中见过了那"通灵宝玉""太虚幻境",再欲前行时,一声霹雳,顿时惊醒。猛见一僧一道,以为听到一些疯话。正痴想时,遇到寄居葫芦庙的贾雨村。后贾雨村接受甄士隐赠与的盘缠,进京赶考,得了功名。而甄士隐爱女英莲则在元宵节时丢失,葫芦庙失火将家室烧为灰烬。甄士隐投奔岳丈后,颇感失意,一日与一跛足道人唱着"好了歌"去了。

贾雨村后被革职,云游四方,在扬州给巡盐御史林如海的女儿林黛玉当家教。后随林黛玉进京都,由贾政举荐,官复旧职。多年之后,贾雨村犯了婪索的案子,革职为民,来到急流津觉迷渡口。遇见道者甄士隐,甄士隐请贾雨村到草庵膝谈,谈及温柔富贵乡宝玉的故事。那宝玉已由僧道携至青埂峰下,所谓物归原处。

这一日空空道人又从青埂峰前经过,见那补天未用之石仍在那里,上面字迹依然如旧,于是再抄录一番,欲"寻个世上清闲无事之人,托他传遍,知道奇而不奇,俗而不俗,真而不真,假而不假"。空空道人寻来找去,发现渡口草庵中睡着的贾雨村,以为闲人。而贾雨村早知石头故事,转托他"某年某月某日某时到一个悼红轩中",找到在那里翻阅历来古史的曹雪芹先生。空空道人果然找到曹雪芹,曹雪芹果然乐意代为传述。于是,有了《红楼梦》。小说记载的就是《红楼梦》的成书过程,这样小说就成了关于小说的小说,即"通过文学文本对其自身本质和小说地位的探讨"①。这也就是后现代元小说最主要的特质。

复次,小说的语言也具有不确定性特征。《红楼梦》从"大荒山无稽崖"开始讲述故事,这"无稽"二字便有后现代之意味。小说中的甄士隐、贾雨村皆体现了这种语言的不确定性。既然小说语言没有确定所指,不指涉时事政治,那么,

---

① 史蒂文·康纳:《后现代主义文化》,严忠志译,北京:商务印书馆,2002年,第180页。

作者也好,读者也好,尽可以在小说中自由嬉戏了。"既是假语村言,但无鲁鱼亥豕以及悖谬矛盾之处,乐得与二三同志,酒馀饭饱,雨夕灯窗之下,同消寂寞,又不必大人先生品题传世。"那空空道人则叹曰:"果然是敷衍荒唐!不但作者不知,抄者不知,并阅者也不知。不过游戏笔墨,陶情适性而已!"①脂砚斋在小说第八回批曰:"又忽作此数语,以幻弄成真,以真弄成幻,真真假假,恣意游戏与笔墨之中,可谓狡猾之至。"②这种"游戏的笔墨"已经非常接近后现代写作的精髓了。法国解构主义大师德里达有句名言"文本之外,一无所有"(There is nothing outside the text),直译为"没有任何东西在文本之外"。③"这在许多人看来,就产生了另一种更有说服力的解释:没有任何事物可以逃脱叙述或者说文本性。"④这句话或许可以简化为:"一切东西,皆为文本。"作者的意图不能控制文本,文本中也不可能包含唯一的、本质的意义。一个文本之所以具有意义,并不是因为它本身具有这个意义,而是因为它不可能是别的意义。我们只能通过语言认识世界,而所谓"现实"是与认识它的话语无法分离的,既然一切均存在于文本和话语的不确定的游戏之中,因此也就不存在任何绝对的确定性了。在后现代主义者看来,《红楼梦》就是一部自我指涉的后现代文本,不过,脂砚斋随后补上的一句"作人要老诚,作文要狡猾",又与后现代精神拉开了距离。

小说中充满了各种隐语、暗语、曲笔和用典,满纸佛光道影禅味,寓意丰富复杂、深奥难解。"《红楼梦》中隐语、暗语之多,有时令人难以索解。"⑤小说第五回"游幻境指迷十二钗,饮仙醪曲演红楼梦",这一回描写宝玉游幻境饮仙酒,有十二舞女上来演《红楼梦》词曲十二支,"演出这怀金悼玉的《红楼梦》"。这就是《红楼梦》里唱"红楼"。脂砚斋批阅:"此则红楼梦之点睛"。⑥ 这就是小说中的小说,虚构中的虚构,梦中说梦,这也是后现代元小说的主要特征之一。这里所

---

① 曹雪芹、高鹗:《红楼梦》,北京:人民文学出版社,1996年,第1605页。
② 曹雪芹:《脂砚斋重评石头记》第八回,上海:上海人民出版社,1975年,第5页。
③ Jaques Derride, *Of Grammatologe*, Baltimore: The Johns Hopkins University Press, 1976, p. 158. 参见理查德·罗蒂:《后哲学文化》,黄勇编译,上海:上海译文出版社,2004年,第102页。
④ 塞尔登等:《当代文学理论导读》,刘象愚译,北京:北京大学出版社,2006年,第206页。
⑤ 刘梦溪:《红楼梦与百年中国》,北京:中央编译出版社,2005年,第25页。
⑥ 曹雪芹:《脂砚斋重评石头记》,上海:上海人民出版社,1975年,第1页。

涉及的判词和曲子,大多难以解释,不知所指。其中最为难解的是"一从二令三人木",人们关于这句王熙凤的七字判词"至少提出了近十种解释,却至今仍没有一个能使大家共同信服的结论来。"① 另外,关于元春之死也是疑案重重。"二十年来辨是非,榴花开处照宫闱。三春争及初春景,虎兕相逢大梦归。"②这句关于元春的判词,原本是作者的暗语、谶语,充满玄机和奥妙,语义模棱两可,充满不确定性,因此,学者的有关的解释和注解也南辕北辙,相去甚远。

至于小说中人物形象的不确定性,鲁迅先生早就说过,不单是"好人完全是好,坏人完全是坏的",传统文学中的那种单一确定的形象不见了,呈现在读者面前的更多的是人物形象的复杂性、矛盾性和变异性。这种形象的不确定性几乎体现在所有主要人物身上,诸如宝玉是怎样的形象,宝钗和黛玉孰优孰劣,秦可卿之死,妙玉之谜等,只是前人对此已有过许多论述,故此处无需赘言。

末了,不仅小说的书名不能确定,就连作者的名字也不能确定。"依脂砚斋甲戌本之文,书名五个:《石头记》,《情僧录》,《红楼梦》,《风月宝鉴》,《金陵十二钗》;人名也是五个:空空道人改名为情僧,(道士忽变和尚,也很奇怪。)孔梅溪,吴玉峰,曹雪芹,脂砚斋。一部书为什么要这许多名字?这些异名,谁大谁小,谁真谁假,谁先谁后,代表些什么意义?"故而俞平伯说,面对这第一奇书,"像我们这样凡夫",只能"望洋兴叹"。③《红楼梦》将后现代的"不确定原则"算是进行到底了。不过,面对作者是谁的问题,爱尔兰诺贝尔文学奖获得者贝克特说:"谁在说话有什么关系,某人说,谁在说话有什么关系。"当代著名思想家福柯进而论述道:"凡是作品有责任创造不朽性的地方,作品就获得了杀死作者的权利,或者说变成了作者的谋杀者。"这就是所谓的"作者死亡","作者个人特点的完全消失;作者在他自己和文本之间产生的矛盾和对抗,取消了他独特的个人性的标志"。作者只是话语的一种作用,而话语可以脱离主体,脱离真理,这样一来就消除了具有创造性、真实性的主体。因为主体背后隐藏着某种具有制约

---

① 胡邦炜:《红楼梦悬案解读》,成都:四川人民出版社,2005年,第112页。
② 曹雪芹、高鹗:《红楼梦》,北京:人民文学出版社,1996年,第76页。
③ 俞平伯:《红楼梦研究》,上海:上海古籍出版社,2005年,第2页。

力量的话语,因此所谓主体不过是一种复杂多变的话语作用。"话语的流传根本不需要作者……话语总会在大量无作者的情况下展开。"①于是,我们无需费力去考察诸如作者是谁、作者的真实性、作者的意图及其表现等问题,而应该关注的是有关话语的存在方式、流传方式等问题。在后现代主义者看来,既然"作者已死",也就无需认真地考究《红楼梦》的作者问题,更不必为此寝食难安了。"红楼"话语的存在方式、流传方式才是我们应该思考和研究的问题。

总之,一部《红楼梦》充分体现了后现代的不确定性原则。刘梦溪在《红楼梦与百年中国》一书中总结出诸多"红学之谜和红学'死结'"。刘再复说:"贾(宝玉)、林(黛玉)从何处来,到何处去?女娲补天的鸿蒙之初是何年何月?神瑛侍者与绛珠仙草的天国之恋是什么地点,什么时间?'质本洁来还洁去',何方、何处尚不清楚,何性质又如何了然?贾、林这些稀有生命到底是神之质还是人之质,是石之质还是玉之质,是木之质还是水之质?一切都不清楚……"②一切都不清楚,一切都不确定。正因为不确定,我们有说不尽的《红楼梦》;正因为《红楼梦》说不尽,我们发现了它与后现代的关联。

---

① 福柯:《作者是什么?》,见王逢振、盛宁、李自修编《最新西方文论选》,桂林:漓江出版社,1991年,第446—459页。
② 刘再复:《永远的〈红楼梦〉》,见刘梦溪等著《红楼梦十五讲》,北京:北京大学出版社,2007年,第345页。

卡夫卡与中国文学

进入21世纪以来,世界经济走向国际化、整体化,人类社会呈现出电脑化、信息化特征,整个世界已成为一体,过去那种单一化的生活格局发生了根本变化,世界进入了全球化时代。在这种背景下,我们更应该用整体的、全方位的思维方式来认识现实与阅读文学。随着世界文化交流的日益增多和日益频繁,随着人们的思想观念和认知方式的改变,我们越来越认识到,当今社会任何一国的文学都不可能孤立存在和独立发展。20世纪奥地利著名作家弗朗茨·卡夫卡对中国文学的青睐和接受,以及中国当代作家反过来又将卡夫卡引为知音,无疑给我们提供了一个极好的例证。研究卡夫卡与中国文学的关系①,不仅使我们可以换一个角度来重新思考卡夫卡及其创作的价值和意义,而且通过卡夫卡的视角和眼光来打量中国文学,我们也可以看到一片独特的文学景观和意义。卡夫卡被誉为欧洲文坛的"怪才",西方现代派文学的宗师和探险者,但他的文学历险与他对中国文学的接受和转换又是分不开的,也正因为如此,中国当代作家面对陌生而遥远的卡夫卡时,反倒有了某种亲切的感觉。卡夫卡希望在中国有个"家",中国作家则在卡夫卡那里找到了家的感觉。他们在中西方文

---

① 迄今为止研究卡夫卡的著述已经汗牛充栋,但是,从卡夫卡与中国文学的关系重新审视与研究卡夫卡,中西方学者都明显关注不够,尤其是中国学者,几乎忽略了这一视角。以笔者目前所掌握的材料来看,这方面已有的成果主要有:1985年中国内地学者孟伟严在慕尼黑大学撰写了以《卡夫卡与中国》为题的博士论文;1992年周建民在柏林自由大学撰写了有关"卡夫卡的创作与《聊斋志异》"的比较研究的博士论文;1997年美国亚拉巴马大学教授戈贝尔撰写了《建构中国》一书。1996年加拿大学者夏瑞春(Adrian Hsia)编辑的《卡夫卡与中国》一书,作为"欧华丛书"中的一种,同时在波恩、柏林、法兰克福、纽约、巴黎、维也纳六座城市出版,书中除了有编者撰写的长篇导论外,还收录了6篇相关论文。1997年任卫东在北京外国语大学以德文撰写了博士论文《卡夫卡在中国———一个现代经典作家的接受史》,2002年山东大学的姜智芹则以中文撰写了《"他者"之镜——卡夫卡与中国新时期小说》。此外,国内尚有零星的相关论文发表。值得一提的是,早在1980年上海的《外国文艺》(第2期)就发表了美国作家乔伊斯·欧茨的文章《卡夫卡的天堂》,该文论及了卡夫卡对中国文化,尤其是对中国哲学的兴趣。该文当时在国内曾引起一定反响,可惜国内学者并未就此问题进行更深入、更全面的研究。

化交流的背景下一起构筑了20世纪世界文学中的一道独特风景。

一、"如果我是一个中国人"

卡夫卡特别钟情于中国文化,对中国文学的某些经典更是爱不释手,他曾假定自己是一个中国人。他阅读了大量经过翻译的中国典籍、诗歌、传说故事,认真研究过西方学者撰写的有关中国及东方的著述,翻阅过许多西方旅行家、神职人员、记者、军人、商人等撰写的旅行记或回忆录。他在他的书信、日记或谈话中多次谈及中国文化,对中国古代哲学非常崇拜和赞赏,他曾将中国清代诗人袁枚的一首诗抄录下来,送给他的女友菲莉斯,并反复引用这首诗。他称赞由汉斯·海尔曼编译的《公元前12世纪以来的中国抒情诗》(1905)是一个"非常好的小译本",由布贝尔编译的《中国鬼怪和爱情故事》更是"精妙绝伦",而后者实际上选译自中国古典小说《聊斋志异》。卡夫卡对中国文学与文化的阅读和熟悉,无疑深刻而持久地影响了卡夫卡的思想和创作。

在卡夫卡所有那些有关中国的记载中,最引人注目的应当是1916年5月中旬卡夫卡从玛丽恩温泉寄给女友菲莉斯的一张明信片,上面写着:"当然现在因为宁静和空旷,因为所有的生物和非生物都在跃跃欲试地摄取营养,这儿显得更美了,几乎不曾受阴郁的多风的天气的影响。我想,如果我是一个中国人,而且马上坐车回家的话(其实我是中国人,也马上能坐车回家),那么今后我必须强求重新回到这儿。"[①]关于这段话的意义,有的西方学者指出,卡夫卡可能知道汉语中"落叶归根"这一成语,但是,如果卡夫卡是在这个意义上说"我是中国人"的话,那么这里的"根"就不是指中国,而应当是指耶路撒冷了。有的学者猜测,这也许是因为"他在玛利恩温泉这个度假胜地又记起了《寒夜》一诗中同他一样奋笔疾书于灯下的中国人?或许他在这里意指自己作为一个布拉格讲德语的犹太人,与环境格格不入,犹如一个在欧洲的中国人?又或许他联想到自

---

① 叶廷芳编:《卡夫卡全集》第10卷,石家庄:河北教育出版社,1996年,第46页。

己身体羸弱,同当时欧洲人眼里的中国人一样弱不禁风?"总之,"准确的答案大概只能来自卡夫卡本人,而这已不可能。"① 但是,不管怎样,我认为,这段话表明卡夫卡对中国文化充满了热情和亲切感,对古老的中国非常理解和向往,而这一切以后又体现在他的思想和创作中。

以上所提及的《寒夜》是我国清代著名诗人袁枚的一首诗。卡夫卡在 1912 年 11 月 24 日给女友菲莉斯的信中写道:

> 请等会儿,为了证明"开夜车"在世界、包括在中国也属于男人的专利,我去隔壁房间书箱里取本书,给你抄一首中国小诗。……这是诗人袁子才(1716—1797)的诗。我找到了关于他的注释:"禀赋好,少年老成,官运亨通,多才多艺。"为了让你更好地理解诗,有必要说明一下富裕的中国人就寝前都用香料熏房子。另外,这首诗可能不大适合,但用美代替了繁文缛节。下面就是这首诗:
> 寒夜读书忘却眠,锦衾香尽炉无烟。
> 美人含怒夺灯去,问郎知是几更天?
> 怎么样?这首诗必须细细品味。②

卡夫卡找到的有关袁枚的注释并不确切。"禀赋好"指袁枚天资聪慧,这是实情,他"七岁受《大学》、《论语》于史中,并学作诗文"③。"少年老成"似应改成"少年得志",他 12 岁考取秀才,23 岁中举,乾隆四年进士,时年 24 岁,授翰林院庶吉士。但好景不长,三年后"因习清书不合格"改调江南做知县,初试溧水,又调江浦、沭阳,后调江宁。33 岁乞养归山,寓居江宁小仓山随园,以诗文自娱,极山水之乐,广交名流,领袖一代诗坛。此后除乾隆十七年曾改官奏中不到一年外,终生不再出仕。因此他的这种"卑官早退"绝对说不上是"官运亨通"。"多才多艺"似乎也说不上,比较贴切的应当说是"著作等身、独树一帜"。不过,卡

---

① 卫茂平:《中国对德国文学影响史述》,上海:上海外语教育出版社,1996 年,第 409—410 页。
② Erich Heller and Jürgen Born, ed., *Letters to Felice with Kafka's Other Trial*, Trans., James Stern and Elizabeth Duckworth, New York: Penguin Books, 1978, pp. 166—167.
③ 袁枚著,周本敦标校:《小仓山房诗文集·前言》,上海:上海古籍出版社,1988 年。

夫卡对袁枚的这首诗倒的确一直在细细品味,在以后的一段时间里,他曾在给菲莉斯的信中多次提及这首诗及相关意境。1912年12月4日至5日夜,他写道:"与中国相反,这里是男人想夺走女友的灯。所以,这个男人不会比中国的学究更理智(在中国文学中,对学究的嘲讽和尊敬共存),因为他虽不想让女友在夜里写信,但夜信到的时候,他迫不及待从邮差手里夺过来。"[①]1913年1月13—14日他写道:"我总是在深夜2点左右想起那位中国学者。可惜,可惜唤醒我的不是女友,而是信,是我要写给她的信。"[②]五天后,1月19日他又写道:"最亲爱的,不要低估那位中国妇女的坚强!直到凌晨——我不知道书中是否注明了钟点——她一直躺在床上,灯光令她难以入睡,但她一声不吭躺着,也许试图用目光把学者从书本中拉出来,然而这个可怜的,那么忠实于她的男人没有觉察到这一切。天知道处于什么原因他没有觉察,他根本没有任何理由,以更高一层意义来说,所有理由都听命于她,只听命于她一人。终于她忍不住,把灯从他身边拿开,其实这样做完全正确,有助于他的健康,但愿无损于他的研究工作,加深他们的爱情;这样,一首美丽的诗歌就应运而生了,但归根结底,不过是那个妇人自欺欺人而已。"[③]1月21日他接着写道,这首中国诗对于他们俩"意义很大","这首诗是说学者的女友而不是他的妻子,尽管这位学者肯定上了年纪,博学和年纪这两样看来与女朋友相处这一事实相矛盾。但诗人却义无反顾追求最后的结局,忽视了不可信的一面。""最亲爱的,我从未想到这是一首那么可怕的诗!它向读者敞开大门,也许人们可以随意践踏它、忽略它,人类生活有很多楼层,而眼睛只能看见一个可能,但心里聚集了所有的可能性。你认为呢,最亲爱的?"[④]

1913年3月11—12日他给菲莉斯写信道:"一段时间以来我在想,是否可以叫你'菲',以前你有时候也是这样署名的,这也让人想到'仙女'。还有美丽

[①] Erich Heller and Jürgen Born, ed., *Letters to Felice with Kafka's Other Trial*, Trans., James Stern and Elizabeth Duckworth, New York: Penguin Books, 1978, pp. 197—198.
[②] Ibid., p. 271.
[③] Ibid., p. 277.
[④] 叶廷芳编:《卡夫卡全集》第10卷,石家庄:河北教育出版社,1986年,第226—228页。

的中国……"①这里,中国又成了一个充满异域色彩的童话世界,那里有美丽的仙女,令人神往。卡夫卡将菲莉斯也东方化了。

卡夫卡从多种角度将自己和菲莉斯的关系与中国诗中的"郎"与"美人"的关系进行对照。卡夫卡作为中国"郎",一个中国学者,一个"书虫",一会儿想去夺女友的灯,一会儿又焦急地等待着女友的信;一会儿挑灯拼命写作,一会儿又急不可待地给女友写信;一会儿赞叹中国"美人"的坚强和爱情,一会儿又认为这一切不过是她在自欺欺人罢了。最后他又觉得这是一首可怕的诗,诗中包含着多种可能性,但是人们通常却只能看到其中的一种可能性。卡夫卡通过对中国诗的理解来界定和分析他与菲莉斯之间的关系,这种关系以后又体现在他的作品中,比如《城堡》里K与弗丽达的那种若即若离的爱情关系,就是这样。

另外,卡夫卡在给密伦娜·耶申斯卡信(大约在1920年后)中曾经写道:"我正在读一本关于西藏的书。读到对西藏边境山中一个村落的描写时,我的心突然痛楚起来。这村落在那里显得那么孤零零,几乎与世隔绝,离维也纳那么遥远。说西藏离维也纳很远,这种想法我称之为愚蠢。难道它真的很远吗?"②卡夫卡不相信西藏离维也纳非常遥远,至少在他心里,西藏离他很近很近。熟悉《城堡》的读者可能会发现,这个西藏边境的遥远村落不就是城堡山下的那个小村子吗?

1913年1月16日,卡夫卡在给菲莉斯的信中提到布贝尔,说他"懂得很多东西,他懂中国故事",他出版的《中国鬼怪和爱情故事》,"据我所知,这些故事精妙绝伦"。③马丁·布贝尔是德国犹太人,德国最著名的宗教哲学家之一。1909年至1910年,布贝尔应邀在布拉格作了三场总题目为《犹太教和犹太人》

---

① Erich Heller and Jürgen Born, ed., *Letters to Felice with Kafka's Other Trial*, Trans., James Stern and Elizabeth Duckworth, New York: Penguin Books, 1978, p.335.

② Willy Haas, ed., *Letters to Milena*, Trans., Tani and James Stern, New York: Penguin Books, 1983, p.37.

③ Erich Heller and Jürgen Born, ed., *Letters to Felice with Kafka's Other Trial*, Trans., James Stern and Elizabeth Duckworth, New York: Penguin Books, 1978, p.274.

的报告,卡夫卡至少听过其中的后两场。① 1913年卡夫卡在给菲莉斯的信中也提到了这一点:"布贝尔要作一个有关犹太神话的报告……,我早已听过他的报告。"布贝尔同时是犹太文化和中国文化的专家,他在犹太文化与中国文化之间架起了一座桥梁。1916年布贝尔创办了德国著名的犹太人杂志《犹太人》,卡夫卡的不少小说最初就是在这个杂志上发表的。他在出版了两部有关中国的书《庄子语录和寓言》(1910)、《中国鬼怪和爱情故事》(1911)后,在德国知识界被视为中国专家。《中国鬼怪和爱情故事》其实就是中国古典小说《聊斋志异》的德译本。德国作家霍夫曼斯塔尔曾根据其中的《梦》(即《莲花公主》)改写了一部芭蕾舞剧《蜜蜂》,该剧于1916年上演后曾在欧洲引起轰动,而霍夫曼斯塔尔又是卡夫卡非常喜爱和熟悉的作家。从这里我们便找到了卡夫卡的有关小动物及其变形的小说与《聊斋志异》的结合点。以后卡夫卡又在信中提到他"在读一本中国人写的书《鬼的故事》。因此我想到,这里全是有关死亡的故事。一个人躺在临终的床上,死亡的临近使他摆脱了一切依念,他说:'我的一生是在抵御欲望和结束生命的斗争中度过的。'然后是一个学生在嘲笑一个老唠叨着死亡的老师:'你老是说死,却总也不死。''我会死的。我在唱我的送终歌,一支歌唱得长一些,另一支歌唱得短一些,只需要用几句话便可以概括它们之间的区别'"。卡夫卡随后评述道:"这是正确的,嘲笑这位英雄是不对的,他带着致命的创伤躺在舞台上,唱着咏叹调。我们躺着、唱着,年复一年。"②这段话几乎可以看做是卡夫卡一生的自况,他的一生似乎总在感受着死亡来临的威胁,他不停地抵制着各种欲望,他的全部创作就是面对死亡唱的一首长长的歌。他总在遭受来自各方面的嘲笑,尤其是他父亲的嘲笑:30多岁了,仍一事无成;没有妻子,没有儿女,无心工作,而在创作上却又默默无闻。但是,卡夫卡一辈子从来没有放弃过对写作的追求。他的一生就像他笔下的那位饥饿艺术家,在以生命为代价坚持表演;又像是那位女歌手约瑟芬,是唯一"热爱音乐,也懂得介绍音

---

① Noah Isenberg, *Between Redemption and Doom: the Strains of Germen-Jewish Modernism*, Lincoln and London: University of Nebraska Press, 1999, p. 24.
② Willy Haas, ed., *Letters to Milena*, Trans., Tani and James Stern, New York: Penguin Books, 1983, pp. 168—169.

乐"的人,"要是她死了,音乐也会随之从我们的生活中消失,天知道会消失多少时间"。① 因此,卡夫卡这一段有关中国鬼怪故事的述评,分明就是我们理解卡夫卡及其作品的钥匙。

以上提到的有关中国的书籍,卡夫卡在给友人的信中曾有所交代。1920年11月12日他在给闵策的信中写道:"果戈理、哈菲斯、李白(后二者显然见之于贝特格或者克拉邦特的译本中,它们并不很好),这虽然是个有点偶然的选择,但无论如何比达恩和鲍姆巴赫的舍列森回忆录要好得多。"关于中国诗,卡夫卡曾特别注明:"中国诗有个非常好的小译本,但我估计已经售罄了,新版还一直没有出,是海尔曼译的,皮佩尔出版社的《果壳》丛书之一。"②这个小译本指的是由汉斯·海尔曼编译的《公元前12世纪以来的中国抒情诗》,1905年在慕尼黑出版③。这部诗集共收集中国古代诗歌88首。第一首为《陟岵》(德文译为《年轻的武士》),选自《诗经》。最后一首为《无岸的海》(德文译名),作者是李鸿章。其中收录李白的诗有26首;杜甫的诗有13首。诗集前面有海尔曼长达40余页的"前言",对中国诗歌传统有较为详细和精当的评述。卡夫卡对这部诗集印象极深,曾多次引用其中的诗句,诗中的形象、意象和语言也屡次出现在卡夫卡的作品中。另外,1923年11月,卡夫卡请求库尔特·沃尔夫出版社的迈耶先生给他挑选十余本急需的书,其中有两本是有关中国的:一是弗歇尔的《中国风光》;二是培尔琴斯基的《中国神祇》。④

在卡夫卡的日记中也有两处有关中国的记载:1912年7月5日,他在参观歌德故居后写道:"歌德的房间,一间较小的棱角分明的房间。……有许多中国式的东西。"⑤几天后,7月9日,他又写道:"昨天晚上有关衣服的演讲。中国女

---

① Nahum N. Glatzer, ed., *The Collected Short Stories of Franz Kafka*, Trans., Wills and Edwin Muir, New York: Penguin Books, 1983, p. 360.

② 叶廷芳编:《卡夫卡全集》第7卷,石家庄:河北教育出版社,1986年,第357—358页。

③ Hans Heilman ed. and trans. *Chinesische Lyrik vom 12. Jahrhundert v. Chr. bis zur Gegenwart*, Die Fruchtschale, Vol. 1. Munich: Piper, 1905.

④ 叶廷芳编:《卡夫卡全集》第7卷,石家庄:河北教育出版社,1986年,第596页。

⑤ Max Brod, ed., *The Diaries of Franz Kafka*, Trans., Joseph Kresh and Martin Greenberg, New York: Penguin Books, 1972, p. 473.

子把脚变成畸形,就为了有一个大屁股。"①卡夫卡似乎对有关中国的一切,无论是艺术品,还是风俗习惯都具有浓郁的兴趣,充满热情,并十分敏感,心有灵犀。卡夫卡深受歌德的影响,这一点是不言而喻的。卡夫卡在日记中写道,"我在阅读有关歌德的著作,浑身都在激动,任何写作都被止住了。""歌德,由于他的作品的力量,可能在阻止着德意志语言的发展。"②歌德的那段有关中国的名言,"中国人在思想、行为和情感方面几乎和我们一样,使我们很快就感到他们是我们的同类人,只是在他们那里一切都比我们这里更明朗,更纯洁,也更合乎道德。在他们那里,一切都是可以理解的,平易近人的没有强烈的情欲和飞腾动荡的诗兴……"卡夫卡一定颇有同感,并且,不止如此,卡夫卡甚至希望自己是一个中国人,以逃离他所深恶痛绝的布拉格。

卡夫卡对中国文化的热情、兴趣和研究,在古斯塔夫·雅诺施的《卡夫卡谈话录》中也有详细记载。"卡夫卡博士不仅钦佩古老的中国绘画和木刻艺术;他读过德国汉学家理查德·威廉·青岛翻译的中国古代哲学和宗教书籍,这些书里的成语、比喻和风趣的故事也让他着迷。"古斯塔夫·雅诺施曾经从卡夫卡那里得到两本书:克拉邦德译的《老子格言》和菲德勒译的《老子道德经》。当古斯塔夫·雅诺施问及菲德勒译本的发行人古斯塔夫·维内肯时,卡夫卡说,"他和他的朋友想逃避我们这个机器世界的进逼。他们求助于自然和人类最古老的思想财富。正像您在这里看见的那样,我们到中国古老文献的译本里探求现实,而不去耐心地阅读自己的生活……"卡夫卡也许注意到了布贝尔翻译的《庄子语录和寓言》中有这样两句:"有机械者必有机事,有机事者必有机心"③。卡夫卡显然意识到了中国古老文化对于西方人的生存状态的意义和作用,但他并不想机械地搬用古老的中国文化,因为这样必然会掉进另一种"机心"的陷阱。

---

① Max Brod, ed., *The Diaries of Franz Kafka*, Trans., Joseph Kresh and Martin Greenberg, New York: Penguin Books, 1972, p. 477.
② 卡夫卡:《卡夫卡书信日记选》,叶廷芳、黎奇译,天津:百花文艺出版社,1991年,第23、29页。
③ Martin Buber, *Chinese Tales, Zhuangzi: Sayings and parables and Chinese Ghost and Love Stories*, Trans., by Alex Page, New Jersey and London: Humanities Press International, Inc., 1991, p. 48.

有一次,卡夫卡对古斯塔夫·雅诺施说:"我深入地、长时间地研读过道家学说,只要有译本,我都看了。耶那的迪得里希斯出版社出版的这方面的所有德文译本我差不多都有。"这些译本包括孔子的《论语》《中庸》,老子的《道德经》,《列子》和庄子的《华南经》。他说,这些中国书籍是"一个大海,人们很容易在这大海里沉默。在孔子的《论语》里,人们在站在坚实的大地上,但到后来,书里的东西越来越虚无缥缈,不可捉摸。老子的格言是坚硬的核桃,我被它们陶醉了,但它们的核心对我仍然紧锁着。我反复读了好多遍。然后我却发现,就像小孩玩彩色玻璃球那样,我让这些格言从一个思想角落滑到另一个思想角落,而丝毫没有前进。通过这些格言玻璃球,我其实只是发现了我的思想槽非常浅,无法包容老子的玻璃球。"

在卡夫卡的箴言中有这么一段:"无需走出家门,呆在自己的桌子旁边仔细听着吧。甚至不要听,等着就行了。甚至不要等,呆着别动,一个人呆着,世界就会把他自己亮给你看,它不可能不这样。"①这难道不就是对老子的"不出户,知天下;不窥牖,见天道。其出弥远,其知弥少"(四十七章)的翻译吗?并且,卡夫卡对老子的"小国寡民"的思想也非常倾慕。1917年,卡夫卡去屈劳断断续续地住过8个月,屈劳是一个偏僻的山村,没有电,离最近的一个火车站米切罗伯也有数里之遥。然而,卡夫卡却觉得这里是"天堂","没有比住在一个村庄里生活更自由的了"②。本雅明说,在卡夫卡的作品里,"有一种乡村气息",这种气息就是"邻国就在眼前,远处的鸡鸣犬吠已经进入耳帘。而据说人们未曾远游就已瓜熟蒂落、桑榆暮景了"③。毫无疑问,这段话出自老子的"邻国相望,鸡犬之声相闻,民至老死,不相往来。"(八十章)看来,卡夫卡多少还是把握了老子的那颗"玻璃球"。

不过,对于庄子,卡夫卡倒觉得自己马马虎虎地读懂了。从上面已有的材料推断,卡夫卡应当读过布贝尔翻译的《庄子语录和寓言》(1910)。这个选本选

---

① 叶廷芳编:《卡夫卡全集》第5卷,石家庄:河北教育出版社,1986年,第15—16页。
② Ernst Pawel, *The Nightmare of Reason—A life of Franz Kafka*, New York: Farrar·Straus·Giroux,1984,p.207.
③ 瓦尔特·本雅明:《本雅明文选》,陈永国等译,北京:中国社会科学出版社,1999年,第246页。

有庄子语录和寓言共 54 则,充分体现了《庄子》的故事性、寓言性、哲理性特征,这些应当给卡夫卡留下了较深的印象,并在卡夫卡日后的创作中将有所体现。卡夫卡曾给古斯塔夫·雅诺施念过一段《庄子》:"不以生生死,不以死死生,死生有待邪?皆有所一体。"随后他解释道:"这是一切宗教和人生哲学的根本问题、首要问题。这里重要的问题是把握事物和时间的内在关联,认识自身,深入自己的形成与消亡过程。"他还用铅笔给下面这段话画了四道线:

> 古之人,外化而内不化;今之人,内化而外不化。与物化者,一不化者也。安化安不化,安与之相靡,必与之莫多。狶韦氏之囿,黄帝之圃,有虞氏之宫,汤武之室。君子之人,若儒墨者师,故以是非相也,而况今人乎!圣人处物不伤物。①

可惜他对这段话没有再作解释。卡夫卡认为,读不懂这些深奥的理论是正常的,因为"真理总是深渊。就像在游泳学校那样,人们必须敢于从狭窄的日常生活经验的摇晃的跳板上往下跳,沉到水底,然后为了边笑边呼吸空气,又浮到现在显得加倍明亮的事物的表面。"②卡夫卡非常希望自己能沉入中国文化的水底,在那里呼吸、畅游,领略东方文化的神韵。卡夫卡也的确这样做了。他的全部创作便可以看做是他做出这种努力的证据。

二、德语的"万里长城"

卡夫卡与中国文化的这种独特的、亲密的关系不能不影响到他的创作,他对中国文学的孜孜不倦的学习和精细入微的体味,最终也必然会融化成他自己创作中的一部分,因此,卡夫卡除了在某些作品中直接以中国为描写对象或主题外,他的所有作品几乎都在某种程度上具有中国文化韵味或东方色彩。这样,如果从中国文学的角度来重新审视卡夫卡的作品,那么,我们甚至可以说,

---

① 陈鼓应注释:《庄子今注今译》,北京:中华书局,1983 年,第 588 页。
② 叶廷芳编:《卡夫卡全集》第 5 卷,石家庄:河北教育出版社,1986 年,第 454—457 页。

卡夫卡的全部创作就是用德语在西方建造了一座新的"万里长城"。

譬如,卡夫卡的三部短篇小说《一次战斗纪实》《中国长城建造时》和《往事一页》均与中国有关:它们或借用中国的形象与意象;或以中国为描写对象;或以中国为故事的背景。《一次战斗纪实》几乎包含了卡夫卡日后创作的全部思想和特征。小说从遥望中国、描绘中国到跨越中国,卡夫卡终于超越了东西方的界限,思考和表现了一些属于东西方人的共同的问题。遥远的中国,无疑从一开始就给卡夫卡提供了一种写作、创造和精神自由的机会和可能性。《中国长城建造时》是卡夫卡最重要的短篇小说之一。卡夫卡在这里"修建"的绝不是中国历史意义上的万里长城,而是在西方的关于中国的文本的"万里长城"的地基上,首先消解这些文本的真实性,清理出一片消除了民族偏见和歧视的空间,然后建构起一座试图跨越中西方文化差异的新的"万里长城"。卡夫卡创作《往事一页》的灵感和资料来源于中国,但卡夫卡在创作过程中又竭力抹去中国,通过描写中国来隐喻奥匈帝国和犹太民族的历史和现实,最后卡夫卡通过独特的叙述策略,完成了他对中国,乃至整个东方的独特的理解和阐释。

另外,《在流放地》通常也被认为明显地受到了中国文化的影响。《在流放地》写于1914年10月,据说与卡夫卡7月份解除婚约的痛楚记忆有关。从故事内容来看,小说叙述的一切似乎与中国并没有多大关系,能够证明故事发生在中国的,是因为故事发生的地点是"在赤道地区",并且,这个地方有"热米粥"和"茶馆"。但这些恐怕都只能算是故事发生的奇特、怪异的背景,与小说的思想没有多少直接的联系。这篇小说其实可以看做是一则有关罪恶、刑罚和殉道的寓言。上尉军官既是虐待狂,又是受虐狂;既是罪犯,又是殉道者。他同行刑机器融为一体了:行刑机器的末日就是他的死期;他活着的意义就是为了行刑机器的正常运转,或者说,行刑机器的存在是证明他生命意义的唯一证据。从这个意义上说,这篇小说的意义更应该是形而上的,而不是形而下的。

《一道圣旨》(另译作《诏书》)原是《中国长城建造时》中的一个片断,卡夫卡生前曾将它抽出来单独发表。弥留之际的皇帝、有权有势的钦差、微贱的臣民,这三者之间的关系处于作品的核心地位。钦差手捧着死人的诏书奋力向前,不知疲倦,但数不清的人以及堆积如山的垃圾挡住了他的去路,他还面临着走不完的石阶和庭院……他永远也走不出京城,无法将圣旨送到臣民的手中。但是,小说最后笔锋一转,"对于这一切,你坐在窗边遐想不已,窗外,暮色正在降临。"原来,这一切都不过是"你"的幻觉和梦想。小说由此表明了,当历史和他人构成的外部世界使人失望时,只有通过内心幻觉或梦幻才能经历彻悟。正是在这个意义上,美国当代著名女作家欧茨说,"恰恰在道教中我们找到了卡夫卡的精神实质,就是说意识到有一种绝对无个性并且无法理解的存在,它控制着个人为影响这种存在所作的努力,或者说控制着甚至为影响他们自己的生活所作的努力。"这种"绝对无个性并且无法理解的存在"就是"道",它完全超越了语言,既不能用语言来描述,也不能通过语言来理解。正是这个"道"使卡夫卡入迷,并在他的许多作品中都有所体现。因此,欧茨说,"《诏书》是理解卡夫卡作品的钥匙,说明作家对东方哲学和心理学都感兴趣。"①

除此之外,还应特别提及的,是卡夫卡有一篇名为《中国人来访》的微型小说。小说叙述了这样一件事:一天午饭后,叙述者"我"正躺在床上读书,一位姑娘进来通报说,一个中国人来访,他穿着中国服装,说一种他们听不懂的语言,于是,"我"出去将这个中国人拽进来。小说对这个中国人有一段描述,"他显然是个学者,又瘦又小,戴着一副角边眼镜,留着稀疏的、黑褐色的、硬邦邦的山羊胡子。这是个和善的小人儿,垂着脑袋,眯缝着眼睛微笑。"②这就是卡夫卡对他同时代的中国学者、专家的基本看法:既陌生,又亲切;既尊敬,又嘲讽。当然,这个中国人其实也脱胎于他在致菲莉斯的信中所提到的那位中国学者。

《变形记》是卡夫卡最重要的作品之一。这部小说的故事其实十分简单,用一句话来概括,就是写人变成甲虫。"一天早晨,格里高尔·萨姆沙从不安的睡梦中醒来,发现自己躺在床上变成了一只巨大的甲虫。"③奥地利评论家海因茨·波里策曾说过,"最令人吃惊的确是卡夫卡如此驾轻就熟地掌握的另一种

---

① 叶廷芳编:《论卡夫卡》,北京:中国社会科学出版社,1988年,第687、680页。
② 叶廷芳编:《卡夫卡全集》第1卷,石家庄:河北教育出版社,1986年,第519、520页。
③ Nahum N. Glatzer, ed., *The Collected Short Stories of Franz Kafka*, Trans., Joseph Kresh and Martin Greenberg, New York: Penguin Books, 1972, p.89.

手法:变化成小动物。这种手法通常只有中国人堪与媲美。"卡夫卡"可以说以他的一些短篇小说进入了中国文学之列。18 世纪以来欧洲文学一再采用中国的主题,但是卡夫卡是西方可以提出的从本质上说属于中国的唯一作家"①。的确,在中国古典文学,尤其是在小说《聊斋》中写有大量的变形。而我国著名学者钱锺书在他的《管锥编》论《焦氏易林》之《旅》,阐释"言如鳖咳,语不可知"时,顺手就引用了卡夫卡,"卡夫卡小说《变形记》写有人一宵睡醒,忽化为甲虫,与卧室外人应答,自觉口齿了澈,而隔户听者闻声不解,酷肖薛伟所遭"②。这又从另一个侧面证明了奥地利评论家的论点。不过,在中国的古典文学中,所谓变形之后的鬼神狐怪往往都是理想中的人的化身,是一种美好理想的寄托。即便写人变成蟋蟀,也只着重写人变形后的事实与结果,并不在意人变成蟋蟀之后的心理感受。而在卡夫卡那里,变形是现代人被异化之后的一种外在表现形式,异化已经成为卡夫卡的一种世界观,"生活对于他和对于穷人是完全不同的;首先,对他来说,金钱、交易所、货币兑换所、打字机都是绝对神秘的事物,它们对他来说是一种莫名其妙的谜。"③由于现代西方人普遍地被异化,卡夫卡又找不到异化的原因,所以,格里高尔是在这种背景下突然莫名其妙地被变成了甲虫。

《一份为科学院写的报告》据说受到了中国古典小说《西游记》中孙悟空 72 变的启发。小说写一只猿猴变成人的故事。这只猿猴经历了种种磨难,就像孙悟空早年的修炼一样;最后,就在他学会了喝杜松子酒的一瞬间,他感到自己"跳入了人类社会"④,他变成了一个人。当然,比起孙悟空的摇身一变来,猿猴变人要艰难得多,也要痛苦得多。《征兵》则受到杜甫的《石壕吏》的影响。在卡夫卡熟读的汉斯·海尔曼编译的《公元前 12 世纪以来的中国抒情诗》中就收有杜甫的《石壕吏》,并且,德译本就叫《征兵》或《抓壮丁》。不过,卡夫卡似乎是反其意而用之。《石壕吏》描写"老妇之应役",因为"男丁俱尽"。"天明登前途,独

---

① 叶廷芳编:《论卡夫卡》,石家庄:河北教育出版社,1986 年,第 609、612 页。
② 钱锺书:《管锥编》,北京:中华书局,1986 年,第 568 页。
③ 马克斯·布罗德:《卡夫卡传》,叶廷芳、黎奇译,石家庄:河北教育出版社,1997 年,第 231 页。
④ Nahum N. Glatzer, ed., *The Collected Short Stories of Franz Kafka*, Trans., Joseph Kresh and Martin Greenberg, New York: Penguin Books, 1972, p. 257.

与老翁别。"而在卡夫卡的《征兵》中则人人都争先恐后地希望当兵,连邻村的少女都赶来应征,更不用说男人了。"假使多余的是个男人,那他唯一的愿望就是同其他人一道应征,尽管他不是这个家庭的成员。但这也是毫无希望的,从来也没有一个多余的人被征去当兵,也将绝不会有这样的事儿发生。"①

《美国》描写16岁的少年卡尔·罗斯曼受到中年女仆的引诱后,被父亲放逐到美国的生活经历。不过,小说中的"美国"并不是指那个历史上、地理上的具体的美国,它只是一个语意漂浮的象征符号,批评家和读者完全可以根据自己的理解将其锚泊在任何一种稳定而清晰的意义上。譬如布罗德便认为小说探讨的是"个人进入人类社会的问题","同时也是个人进入天国的问题";而更多的人却愿意将"美国"看做是一种人类美好社会的象征;也有人将小说当作是对美国社会的批评和揭露;当然,将"美国"当作是卡夫卡逃避布拉格的一种策略,或是一种对自由的向往,也不无道理。② 总之,这部小说是一部寓意丰富而又复杂的寓言。本雅明认为,卡尔·罗斯曼是一个"透明的、单纯的、没有性格的人物",是一个中国式的人物,因为"在中国,人们在精神诸方面仿佛缺乏个性;以孔子为古典化身的贤人观念模糊了性格的个体性;他是真正的无性格之人。"另外,"俄克拉荷马自然剧院无论如何都使人回想起中国戏剧,那是一种姿态戏剧……,卡夫卡的全部作品构成了姿态的符码,而这种符码对于作者来说肯定从一开始就不具备任何明确的象征意义;相反,作者试图在不断变化的语境和实验组合中从这些因素衍生这样一种意义。"③ 看来,《美国》不仅在人物形象的塑造方面与中国传统文化的精神有着某种渊源关系,而且在小说的情节安排和场景转换上也颇有中国古典戏剧的韵味。

《诉讼》虽然也写了一场莫名其妙的"审判",但小说着重强调的却是一次无结果的诉讼过程。主人公约瑟夫·K莫名其妙地在自己的寓所里被捕了,最后

---

① Nahum N. Glatzer, ed., *The Collected Short Stories of Franz Kafka*, Trans., Joseph Kresh and Martin Greenberg, New York: Penguin Books, 1972, p.411.
② Ernst Pawel, *The Nightmare of Reason—A life of Franz Kafka*, New York: Farrar·Straus·Giroux, 1984, p.257.
③ 瓦尔特·本雅明:《本雅明文选》,陈永国等译,北京:中国社会科学出版社,1999年,第241—242页。

被判处死刑,这是审判的结果;K在上诉的过程中渐渐认识到,在这个罪恶的世界里,自己作为其中的一分子,作为这个罪恶世界中的一个环节,虽然为罪恶势力所害,但自己也在有意无意地危害他人,因此,一个人一生下来便不知不觉被卷入一场无休止的,而且无望的诉讼之中,这便是人类存在的根本处境。卡夫卡说:"我们发现自身处于罪孽很深重的状态中,这与实际罪行无关。《审判》是遥遥无期的,只是永恒的法庭的一个总诉讼。"①卡夫卡认为,存在着两种真理,分别由"知识之树"和"生命之树"为代表。根据前者,"善"有别于"恶",因此便有了对恶的审判;根据后者,则不知有"善",也不知有"恶",善恶一体,自我和客体不能分离,它们本身就是一个过程、一件事、一次经历,就像"道"一样,超乎语言,超乎理智。卡夫卡的后一种真理便颇有些东方神秘主义的色彩。

《诉讼》中还包含着一个著名的"法门的故事":"法院门口站着一个值班的门警。一个乡下人来到这个门警跟前,要求让他进去。"可是门警不让他进去,乡下人作了各种努力,他把自己所有的东西都送给了门警,门警虽然收下了,却并不放他进去。于是,乡下人开始了他的漫长的等待,直到他临死前,他终于忍不住向门警提了一个问题:"这些年来怎么只有我一个人跑来要求进去呢?"门警回答说:"因为这门就是专门为你开的。"②这个故事充满了悖论:大门敞开着,却又有守卫;门警答应放他进去,又一直不肯放行;乡下人最终没有进去,而门又是专门为他开的。张志扬先生进而发挥道:"门,既是范域的限定,又是这限定的缺口,既可破门而入,又破门而出,'进入存在'或'超出存在'。如果完全的隔就不必通了,完全的通就不必隔了,又通又隔,于是有门,所以,门是限定中的否定。""门的肯定是在否定中或通过否定建立起来的。""迄今为止,人建立世界,就是建立门。"③如此看来,这篇故事,它寓意含混,而又含混得清清楚楚;它如此深刻,又如此完整,以至于可以作出各种不同的解释,同时又根本不能再作任何解释。"法"和"法门"无处不在,并伴随你终生,但你却不能理解,不能"入

---

① 叶廷芳:《西方现代艺术的探险者》,《文艺研究》1982年第6期。
② 卡夫卡:《审判》,李文俊译,上海:上海译文出版社,1987年,第368—370页。
③ 张志扬:《卡夫卡距离》,《门·一个不得其门而入者的记录》,上海:上海人民出版社,1992年,第276、275页。

门"。读者如果稍稍琢磨一下就会发现,这个"法",这个"法门",其实就相当于中国古老的"道",不可道之"道"。

《城堡》是卡夫卡最重要的长篇小说。小说的故事非常简单:土地测量员K深夜来到城堡附近的村庄,城堡近在咫尺,可是无论他怎样努力,也无法进入城堡。他在城堡附近的村子里转悠了一辈子,在生命弥留之际,有人告诉他,说:"虽然不能给予你在村中的合法居住权,但是考虑到某些其他情况,准许你在村里居住和工作。"小说的这个结局非常近似于老子所说的,"反者道之动,弱者道之用。天下万物生于有,有生于无。"K无论怎样努力也无法进入城堡,而准许他留在村子里的原因却与他的各种努力毫无关系。卡夫卡有关"城堡"的意象是否与古老的中国有某种渊源关系,这一点还有待考证。不过,即便我们说,卡夫卡有关"城堡"构思的直接渊源是古希腊诡辩家芝诺的思想,譬如"一个在A点运动的物体无法到达B点""飞矢不动",等等,但这一思想同中国古代思想,譬如公孙龙的"轮不碾地""飞鸟之景,未尝动也;镞矢之疾,而有不行不止之时",以及庄子的"一尺之棰,日取其半,万事不竭"等却不谋而合。美国女作家欧茨则说:"在《城堡》中可以说卡夫卡同样表现了老子叫做道的原始动力,所不同的,卡夫卡是从欧洲人的、历史的观点,以晦涩、阴沉的笔法来表现。城堡显然就是处于永恒的、静态的或者无目标的真理,只有在静止了的、不知进取的思想中才能认识。"① 看来,卡夫卡笔下的这个神秘的"城堡"与我们前文所论及的"皇帝"也非常接近,它终逃不脱古老中国的那个"道"的精神。

《城堡》是一部最能体现卡夫卡创作特色的长篇小说,而这部小说最突出的特征就是它的寓意性和多义性。长期以来,有关"城堡"寓意的解读,一直众说纷纭。我国学者叶廷芳便认为,"城堡"除了是卡夫卡"内心经验的总结""恐怖权威的魔影""'异化'世界的速写"外,它还是"犹太人寻找家园的譬喻""人类寻找上帝的寓言""可望而不可即的真理的象征"②。"城堡"就像一个失却了谜底

---

① 乔伊斯·欧茨:《卡夫卡的天堂》,叶廷芳编《论卡夫卡》,北京:中国社会科学出版社,1988年,第697页。
② 叶廷芳:《寻幽探秘窥〈城堡〉——卡夫卡的〈城堡〉试析》,《外国文学评论》1988年第4期。

的谜语,虽然各种猜法都有道理,但真正的谜底却无人能够猜中,或许"城堡"原本就不存在什么真正的谜底。"城堡"寓意的复杂性、多义性,最后走向神秘,走向虚无。这种神秘和虚无不就是佛教的"无"、道教的"道"么?

《城堡》的这种寓意性和多义性特征与中国古代文学,尤其是老庄的思想方式和表达方式非常接近。中国先秦散文都善于运用譬喻和寓言,《庄子》一书,"寓言十九"。鲁迅先生说,庄子"著书十余万言,大抵寓言,人物土地,皆空言无实事,而其文则汪洋辟阖,仪态万方,晚周诸子之作,莫能先也。"[①]正因为《庄子》一书,寓意深刻而丰富,因此给后人留下了极为广阔的理解和阐释的空间,也引来了无休止的争论和数不清的解读方式。这种情形,对于《城堡》来说,也非常恰当。

总之,卡夫卡的创作方式也似乎是中国式的,他所建造的德语的"万里长城"采用的也是"分段建筑法"。他一次次开始创作他的小说,一次次又停下他未完成的小说去创作另一部新小说,因此,他的小说往往没有结尾,没有完成,他的三部长篇小说就是这样;不仅如此,他最后在遗嘱中执意焚稿,表明他对待他所有的作品的态度和处理方式也是这样。

三、"打开了另一个世界"

随着中国对卡夫卡的译介与研究越来越深入、成熟和系统,卡夫卡对中国当代作家的影响也越来越深刻、持久和全面。1999年新世纪出版社推出了一套丛书"影响我的10部短篇小说",其中莫言、余华、皮皮均选了一篇卡夫卡的小说。卡夫卡不仅促使中国作家改变了文学创作的观念,扩展和丰富了中国小说的写作手法,而且教会了中国作家怎样将小说写得更新鲜、更深刻、更尖锐、更动人魂魄。残雪说,二十多年以前她偶然读起了卡夫卡的小说,"从此改变了我对整个文学的看法,并在后来漫长的文学探索中使我获得了一种新的文学信念"[②]。卡夫卡的某些小说成了中国当代小说家必读的经典,是影响他们一生的

---

① 鲁迅:《汉文学史纲要》,《鲁迅全集》第九卷,北京:人民文学出版社,1981年,第364页。
② 里奇·罗伯逊:《卡夫卡是谁·代译序》,胡宝平译,南京:译林出版社,2008年,第18页。

作品。中国作家从不同的角度领会卡夫卡的奥秘,他们从不会无所收获。他们总能从卡夫卡那里发现或找到自己所需要的东西,卡夫卡成了许多作家将自我与世界连接和沟通起来的桥梁和中介。

1990年余华在一篇名为《川端康成和卡夫卡的遗产》的文章中写道:"1986年让他兴奋不已",这一年他读到了卡夫卡的《乡村医生》,这篇小说"让我大吃一惊……让我感到作家在面对形式时可以是自由自在的,形式似乎是'无政府主义'的,作家没有必要依赖一种直接的,既定的观念去理解形式。卡夫卡解放了我。使我三年多时间建立起来的一套写作法则在一夜之间成了一堆破烂。"① 宗璞开始阅读卡夫卡的时间较早,那是在60年代中期。她原本是为了批判卡夫卡才阅读卡夫卡的,但是,她却发现卡夫卡在她面前"打开了另一个世界",令她大吃一惊。她说,"我从他那里得到的是一种抽象的,或者说是原则性的影响。我吃惊于小说原来可以这样写,更明白文学是创造。何谓创造?即造出前所未有的世界,文学从你笔下开始。而其荒唐变幻,又是绝对的真实。"② 莫言在接触过卡夫卡等作家的作品后说:"我原来只知道,小说应该像'文革'前的写法,现实主义和浪漫主义的结合,噢,原来可以这么写!无形中把我所有的禁锢给解除了。"③ 这种情形,非常接近当年卡夫卡对马尔克斯的震惊和影响:当17岁的马尔克斯读了《变形记》后,他心里想,"原来(小说)能这样写呀。要是能这么写,我倒也有兴致了。"④ 一不小心,卡夫卡的《变形记》创造出了一位伟大的诺贝尔文学奖的得主。卡夫卡对于中国作家的影响之所以深刻而又全面,首先就在于他改变了中国作家的创作观念,使他们重新思考一些昔日被认为毋庸置疑的文学基本问题:"什么是文学?""文学的目的和意义是什么?""文学与现实的关系究竟怎样?"他们惊讶地发现:原来小说可以这样写!

创作观念的改变必然带来创作方法的变化。许多作家曾深深地受益于卡夫卡的创作方法。宗璞的小说《我是谁?》显然受到了卡夫卡《变形记》的影响。

---

① 余华:《川端康成和卡夫卡的遗产》,《外国文学评论》1990年第2期。
② 宗璞:《独创性作家的魅力》,《外国文学评论》1990年第1期。
③ 李子顺:《在写作中发现自我检讨自我——莫言访谈录》,《艺术广角》1999年第4期。
④ 加西亚·马尔克斯、门多萨:《番石榴飘香》,林一安译,北京:三联书店,1987年,第39页。

走向比较诗学

小说写"文化大革命"期间人变成蛇的异化情态,"孟文起和韦弥同样的惊恐,同时扑倒在地,变成了两条虫子……韦弥困难地爬着,像真正的虫子一样,先缩起后半身,拱起了背,再向前伸开,好不容易绕过一处假山石。孟文起显然比她爬得快,她看不见他,不时艰难地抬起头来寻找。"①宗璞的另一篇小说《蜗居》也是一篇卡夫卡式的寓言小说。小说中主人公的背上长出一个蜗牛的硬壳,他便像蜗牛一样地爬行。宗璞认为,在"文化大革命"中,许多人不是一觉醒来,就变成牛鬼蛇神了吗?人变成虫,看似是非常荒谬的,其实非常真实。

蒋子丹的情形与宗璞有点相似。1983 年她在读过卡夫卡等作家的作品后,便想试着写一种荒诞小说,这种小说"所有的细节都真实可信(至少貌似真实可信),没有一句话让人费解,但在骨子里横着一个荒诞的内核,这个内核里又包裹着某种险恶的真实。"她正是在这一思想指导下创作了她的短篇小说《黑颜色》《蓝颜色》《那天下雨》和中篇小说《圈》。当时很多读者都看不懂这些小说,但她对自己的选择并不后悔,她说,"我觉得一个作家选择了错误的目标并不可怕,可怕的是根本没有目标。"②无论怎样,卡夫卡成了蒋子丹选定的目标。

卡夫卡对余华的影响是丰富而直接的。余华曾认真研读过卡夫卡作品,还包括他的书信、日记。面对卡夫卡的作品,余华说,"我就像一个胆怯的孩子,小心翼翼地抓住它们的衣角,模仿着它们的步伐,在时间的长河里缓缓走去,那是温暖和百感交集的旅程。它们将我带走,然后让我独自一人回去。当我回来之后,才知道它们已经永远和我在一起了。"③卡夫卡那种异常锋利的思维,他那轻而易举直达人类痛处的特征给余华留下了极为深刻的印象。余华对卡夫卡的叙述手法更是推崇备至:"卡夫卡的描述是如此的细致和精确","又充满了美感","叙述如同深渊的召唤"。④ 在卡夫卡的小说《乡村医生》中有这么一段,描写医生查看病人的病情时,发现了患者身体右侧靠近臀部处一个手掌大小的伤口:

---

① 宗璞:《宗璞》,北京:人民文学出版社,1991 年,第 38 页。
② 蒋子丹:《荒诞两种》,《作家》1994 年第 8 期。
③ 余华:《温暖的旅程》("影响我的 10 部短篇小说"),北京:新世界出版社,1999 年,第 11 页。
④ 余华:《卡夫卡和 K》,《读书》1999 年第 12 期。

玫瑰红色,有许多暗点,深处呈黑色,周边泛浅,如同嫩软的颗粒,不均匀地出现淤血,像露天煤矿一样张开着。这是远看的情况,近看则更为严重。谁会见此而不惊叫呢?在伤口深处,有许多和我小手指一样大小的虫蛹,身体紫红,同时又沾满血污,它们正用白色的小头和无数小腿蠕动着爬向亮处。可怜的小伙子,你已经无可救药。我找到了你硕大的伤口,你身上这朵鲜花送你走向死亡。①

余华读罢感到震惊不已。这种冷静客观地对血淋淋事实的描写,尤其是用"鲜花"来形容伤口,使余华大开眼界。他的《十八岁出门远行》就是在读了卡夫卡《乡村医生》后写成的,因此,我们可以说,是卡夫卡完成了余华的成名作。在中篇小说《一九八六年》中,余华笔下中学教师自残的场面更是令人触目惊心:"他嘴里大喊一声'剹!'然后将钢锯放在了鼻子下面,锯齿对准了鼻子。那如手臂一样黑乎乎的嘴唇抖动起来,像是在笑。接着两条手臂有力地摆动了,每摆动一下他都要拼命地喊一声:'剹!'钢锯开始锯进去,鲜血开始渗出来……他喘了一阵气,又将钢锯举了起来,举到了眼前,对着阳光仔细打量起来。接着伸出长得出奇也已经染红的指甲,去抠嵌在锯齿里的骨屑,那骨屑已被鲜血浸透,在阳光下闪烁着红光。"②余华在这种充满血腥味的、残酷无情的"死亡叙述"中更是将异常冷漠、绝对超然的叙述笔调和风格推向了极致。

莫言的那种独特的艺术感觉和叙述腔调也部分地来源于卡夫卡。他认为卡夫卡的《乡村医生》是对他的创作产生过重大影响的小说之一。他说,一篇好的小说应当具有独特的腔调。这种独特的腔调,"并不仅仅指语言,而是指他习惯选择的故事类型、他处理这个故事的方式、他叙述这个故事时运用的形式等全部因素所营造出的那样一种独特的氛围"。卡夫卡的《乡村医生》就是这样一篇小说。这是一篇"最为典型的'仿梦小说',也许他写的就是他的一个梦。他的绝大多数作品,都像梦境。梦人人会做,但能把小说写得如此像梦的,大概只

---

①　Nahum N. Glatzer, ed., *The Collected Short Stories of Franz Kafka*, Trans., Joseph Kresh and Martin Greenberg, New York: Penguin Books, 1972, p. 223.
②　余华:《现实一种》,北京:新世界出版社,1999年,第151—152页。

有他一人。"①莫言显然感觉到了卡夫卡的独特腔调,并在他的小说中也有所借鉴和表现。

当然,当代作家对于卡夫卡的思想和创作并不是一味地借鉴和接受,他们也总在进行某种转换和变形。譬如,在宗璞的小说中,主人公最后又直露地发出了我终究是人的愿望,这使得她与卡夫卡区别开来了。人变成虫,虽然都是异化,但是,在卡夫卡那里,异化是一种世界观,无时无刻不在;而在宗璞那里,异化只是暂时的现象,是某个特定的历史时期,如"文化大革命"的产物。在卡夫卡那里,变形既是形式,又是内容,在宗璞那里,变形只是形式,而不是内容;在卡夫卡那里,叙述是冷静和客观的,作者置身于故事之外,漠然地注视着这一切,而在宗璞那里则是夹叙夹议,作者置身其中,感情悲愤激越,最后作者甚至直接站出来说道,"然而只要到了真正的春天,'人'总还会回到自己的土地。或者说,只有'人'回到了自己的土地,才会有真正的春天。"②这样直露的议论,已经不大像是写小说了。总之,宗璞并不想走向彻底的荒诞变形,她笔下的人物虽然已蜕变为"蛇",然而,最终仍然是人性占了上风。

众所周知,对中国新时期作家产生过影响的20世纪西方作家可以排列出一个很长名单,但卡夫卡的影响无疑是十分突出和深刻的。究其原因,我以为主要体现在以下三个方面:

第一,一个荒诞而又真实的艺术世界。卡夫卡最初引起中国作家的关注和兴趣,主要是因为他作品中所表现的荒诞、异化、孤独、隔膜等主题,以及他表现这些主题的荒诞、变形、象征手法。经历了"文化大革命"浩劫的中国作家,对于卡夫卡的艺术世界,既感到新鲜陌生,又感到熟悉适用。用卡夫卡的方法表现中国人的荒诞感、异化感、孤独感,既没有脱离中国的社会现实,又实现了对传统现实主义的突破和超越。卡夫卡的艺术世界无疑引起了中国作家强烈的共鸣,激发了中国作家的创作灵感,提供了表达社会悲剧的新视角和新方向。中国当代作家虽然切入卡夫卡作品的角度不同,但他们所看到的常常是一个怪诞

---

① 莫言:《锁孔里的房间》("影响我的10部短篇小说"),北京:新世界出版社,1999年,第2、7页。
② 宗璞:《宗璞》,北京:人民文学出版社,1991年,第61页。

而又真实的世界:宗璞看到是异化和变形;余华看到的是孤独、焦虑和恐怖;格非看到的是绝望、荒诞和言说的困难;皮皮看到的是平静、紧张和思索;残雪看到的则是作家灵魂的历险……

在中国新时期小说中,"几乎所有描写变形、乖谬、反常规、超日常经验的小说都直接或间接地与卡夫卡有关。"①宗璞说过,她的作品可分为两大类,一类可称为"外观手法",另一类则为"内观手法",后者"就是透过现实的外壳,去写本质,虽然荒诞不成比例,却求神似……卡夫卡的《变形记》、《城堡》写的是现实中不可能发生的事,可是在精神上是那样的准确。他使人惊异,原来小说竟然能这样写,把表面现象剥去有时是很有必要的,这点也给我启发。"②可见,宗璞笔下那个剥去表象、追求神似的艺术世界实际上来源于卡夫卡。

余华曾专门论述过卡夫卡与《城堡》中的 K 之间的关系。余华说:"内心的不安和阅读的不知所措困扰着人们,在卡夫卡的作品中,没有人们已经习惯的文学出路,或者说其他的出路也没有,人们只能留下来,尽管这地方根本不是天堂,而且更像地狱,人们仍然要留下来。"他说:"卡夫卡一生所经历的不是可怕的孤独,而是一个外来者的尴尬。这是更为深远的孤独,他不仅和这个世界所有的人格格不入,同时他也和自己格格不入。"③余华在卡夫卡那里看到是没有出路的地狱、可怕的孤独、外来者的尴尬,以及永远的格格不入。

格非非常钟情于卡夫卡,并研究过卡夫卡。他曾对鲁迅与卡夫卡进行过比较分析,他说:"鲁迅和卡夫卡,他们都从自身的绝望境遇中积累起了洞穿这一绝望壁垒的力量,而'希望'的不可判断性和悬置并未导致他们在虚无中的沉沦。从最消极和最悲观的意义上说,他们都是牺牲者和受难者。而正是这种炼狱般的受难历程,为人类穿越难以承受的黑暗境域提供了标识。""与卡夫卡一样,鲁迅深切地感受到了存在的不真实感,也就是荒谬感,两者都遇到了言说的困难,言说、写作所面临的文化前提不尽相同,但它们各自的言说方式对于既定

---

① 吴亮、程德培:《当代小说:一次探险的新浪潮》,《探索小说集》,上海:上海文艺出版社,1986 年。
② 施叔青:《又古典又现代——与大陆女作家宗璞对话》,《人民文学》1988 年第 10 期。
③ 余华:《卡夫卡和 K》,《读书》1999 年第 12 期。

语言系统的否定,瓦解的意向却颇为一致。"①卡夫卡的这种荒谬感、言说的困难,以及对既定语言系统的否定和瓦解,对格非的创作恐怕不无影响,尽管这种影响也许是通过鲁迅这一中介而得以完成的。

皮皮说,那些好的小说"会陪伴你度过各种光阴。每次读起,无论是晴朗的午后,还是小雨的黄昏,你都会跟它们做一次交流,围绕着生死爱恨。""当年我已经从它们那里获得了超值的享受和补益,今天我再一次从它们那里收获。"在这些好小说中有一篇就是卡夫卡的《在流放地》。皮皮在大学里写的学士论文就是有关卡夫卡的,因此她对卡夫卡曾有过一番研究。她在读《在流放地》时,"经历了很丰富的阅读感受,平静、紧张、恐怖、思索、佩服等等,尽管它的篇幅对此而言显得过于短暂。"②

在残雪看来,卡夫卡的艺术世界就是作者自己灵魂历险的过程。残雪认为,《诉讼》描述了一个灵魂挣扎、奋斗和彻悟的过程。"K被捕的那天早上就是他内心自审历程的开始","史无前例的自审以这种古怪的形式展开,世界变得陌生,一种新的理念逐步地主宰了他的行为,迫使他放弃现有的一切,脱胎换骨。"那么,城堡是什么呢?它"似乎是一种虚无,一个抽象的所在,一个幻影,谁也说不清它是什么。奇怪的是它确确实实地存在着,并且主宰着村子里的一切日常生活,在村里的每一个人身上体现出它那纯粹的、不可逆转的意志。K对自己的一切都是怀疑的、没有把握的,唯独对城堡的信念是坚定不移的。"原来,城堡就是生命的目的,是理想之光,并且,它就存在于我们的心里。《美国》实际上意味着艺术家精神上的断奶,"一个人来到世上,如果他在精神上没有经历'孤儿'的阶段,他就永远不能长大,成熟,发展起自己的世界,而只能是一个寄生虫。"③至于卡夫卡的一些短篇小说,在残雪看来,《中国长城建造时》象征着"艺术家的活法";《致某科学院的报告》记录了"猿人艺术家战胜猿性,达到自我意识的历程";《乡村教师》中的老教师体现了"艺术良知";《小妇人》及《夫妇》描

---

① 格非:《鲁迅与卡夫卡》,《当代作家评论》2001年第1期。
② 皮皮:《让温暖升级》("影响我的10部小说"),北京:新世界出版社,1999年,第1、12页。
③ 残雪:《灵魂的城堡——理解卡夫卡》,上海:上海文艺出版社,1999年,第85、192、38页。

述了"诗人灵魂的结构";《地洞》则表现了艺术家既要逃离存在遁入虚空,又要逃离虚空努力存在的双重恐惧……

看来,残雪完全是以独特的、写小说的方式来解读和描述卡夫卡的作品的,这使得读者在惊讶残雪的敏锐、机智和个性外,也渐渐地开始怀疑,残雪在这里究竟是在解读卡夫卡,还是在构筑她自己心中的卡夫卡?抑或真正的卡夫卡其实就等于她心中的卡夫卡?她究竟是在解读小说,还是在创作小说?

第二,一位普通而又特立独行的业余作家。随着中国作家对卡夫卡的认识和了解越来越深入,随着中国作家主体意识和自由意识的进一步增强,卡夫卡更多地便是作为一个普通人、一个业余作家引起了他们的关注和钦佩。青年作家徐星曾经说过,"现代主义不是形式主义,而是生活方式问题,真正超脱的人实际是最痛苦的人。卡夫卡活着本身就是一个艺术品,写什么样的作品是生活方式决定的,是命中注定的。"[1]的确,卡夫卡的生活和写作都是独一无二,不可模仿的。卡夫卡,这位西方现代艺术的怪才和探险家,他以痛苦走进世界,以绝望拥抱爱人,以惊恐触摸真实,以毁灭为自己加冕……,他是现代世界里的唯一的"精神裸体者",他的独一无二的生活方式决定了他的创作,他的创作完成了他自己。从这个意义上说,徐星一句话便道出了卡夫卡生活和创作的本质。

在中国文坛上同样特立独行的女作家残雪被誉为"中国的卡夫卡"。残雪作品中所包含的那种极端个人化的声音一直令许多读者望而兴叹,她笔下的那个冷峻、变态和噩梦的世界也一直难以为人们所理解和接受,她在偌大的中国似乎缺乏知音,然而,她在一个十分遥远的国度里却发现了卡夫卡,并引以为知音。于是,奇迹便发生了。1999年残雪推出了一本专门解读卡夫卡的大著《灵魂的城堡——理解卡夫卡》[2]。残雪将半个多世纪以来西方有关卡夫卡的评论和著述几乎统统悬置一旁,直截了当地将卡夫卡当作一个作家,或者更确切地说,当作一个小说家来理解。在残雪看来,卡夫卡是一个最纯粹的艺术家,而不是一个道德家、宗教学家、心理学家、历史学家和社会批评家,他的全部创作不

---

[1] 谭湘:《文学:用心灵去拥抱的事业》,《文学评论》1987第3期。
[2] 残雪:《灵魂的城堡——理解卡夫卡》,上海:上海文艺出版社,1999年。

过是对作者本人内心灵魂不断地深入考察和追究的历程。这样一来,残雪似乎一下子就抓住了卡夫卡最本质的东西。的确,写作就是卡夫卡生命中的一切,没有了写作,卡夫卡的生活将变得毫无色彩和意义。卡夫卡说:"在我身上最容易看得出一种朝着写作的集中。当我的肌体中清楚地显示出写作是本质中最有效的方向时,一切都朝它涌去,撇下了获得性生活、吃、喝、哲学思考、尤其是音乐的快乐的一切能力。我在所有这些方面都萎缩了。"①"我写作,所以我存在。"他"不是一个写作的人,而是一个将写作当作唯一的存在方式、视写作为生活中抵抗死亡的唯一手段的人。"②只有写作才能证明卡夫卡的存在。卡夫卡为了写作而拒绝了友谊、爱情、婚姻和家庭,他选择了他自己所惧怕的那份孤独。卡夫卡大概可以算世界上最孤独的作家,而他的小说所表现的也正是现代人的这种孤独感,所以,卡夫卡自己的生活与创作就在这里合而为一了,他成了在生活上最无作为和在创作上最有成就者。

残雪对卡夫卡的生活方式和生活目的颇有同感,她在一篇名为《黑暗灵魂的舞蹈》的文章中这样写道:

> 是这种写作使我的性格里矛盾的各个部分的对立变得尖锐起来,内心就再也难以得到安宁。我不能清楚地意识到内部躁动的实质,我只知道一点:不写就不能生活。出于贪婪的天性,生活中的一切亮点(虚荣、物质享受、情感等等)我都不想放弃,但要使亮点成为真正的亮点,惟有写作;而在写作中,生活的一切亮点又全都黯然失色,没有意义。③

这段话与卡夫卡如出一辙,而与卡夫卡不同的是:残雪并没有拒绝丈夫、儿子和家庭。残雪的孤独更多的是灵魂的孤独,在现实生活中她则比卡夫卡幸运得多。

---

① Max Brod, ed., *The Diaries of Franz Kafka*, Trans., Joseph Kresh and Martin Greenberg, New York: Penguin Books, 1972, p. 163.
② Ernst Pawel, *The Nightmare of Reason—A life of Franz Kafka*, New York: Farrar · Straus · Giroux, 1984, pp. 96—97.
③ 残雪:《残雪散文》,杭州:浙江文艺出版社,2000年,第11页。

第三,一种陌生而又熟悉的文化传统。卡夫卡无疑是一个西方作家,但他对东方文化,譬如日本艺术、印度宗教,尤其是中国文化却情有独钟,他阅读了大量中国文化典籍,深受中国文化的影响,并且,这种影响已明显地体现在他的思想和创作中;卡夫卡是一个犹太人,但他一直生活在基督徒中间,他不信犹太教,但对基督教思想却有着深刻的体悟和亲和性;他是一个接受德语教育并用德语写作的作家,尽管他对德语的掌握和运用已到了炉火纯青的地步,但他在德语中却始终感到自己是一个陌生人。他生活在绝大多数人说捷克语的欧洲城市布拉格,他在家里经常使用捷克语,他还学过英语、法语、意大利和意第绪语,他渴望在犹太语中找到自己的家,但他最终却未能如愿。全部的文化冲突几乎总是以语言为依托的,卡夫卡由于如此深刻地体悟了语言的冲突和困境,因此,他对文化冲突的描述和表现总是和语言问题连在一起,而这又使得卡夫卡的思想和创作具有非常浓郁的现代气息和意义。

　　看来,卡夫卡所代表的文化传统绝不仅仅是西方的,它同时也是东方的,甚至是中国的。卡夫卡不属于任何一种单一的文化,他是一个真正的跨文化作家。然而,正是这种跨文化特征反倒使他顺理成章地成为了一个超越了民族主义、帝国主义和宗教主义的狭隘性和局限性的伟大作家。也许正是由于卡夫卡思想和创作中的这种跨文化因素和特征,使得卡夫卡的作品在当代中国很容易就产生了广泛而深刻的影响,并且,许多中国读者和作家都将他奉为知音,卡夫卡是20世纪对当代中国影响最大的西方作家之一。当代作家北村在接触福克纳、海明威、川端康成、乔伊斯、卡夫卡后明确表示:"我更容易进入卡夫卡。"[①]的确,中国读者阅读卡夫卡,看到的其实是一种陌生而又熟悉的文化传统。

　　通过以上分析论述,我们从卡夫卡出发,经过中国文学这一中介,最后又回到了卡夫卡。卡夫卡特别钟情于中国文学,这必然在他的思想和创作中留下印记;中国当代作家又特别认同和钦佩卡夫卡,这又必然在中国文学中留下深深的印痕。也许卡夫卡当初对中国文学的研读和体会,早就为他在未来中国找到

---

① 北村:《我与文学的冲突》,《当代作家评论》1995年第4期。

读者和知音提供了条件和基础。卡夫卡的跨文化眼光和心胸使他必然成为一个跨文化作家,而一个跨文化作家在一个跨文化的时代必然会独领风骚。正是卡夫卡的这种跨文化特征使他在文化上几乎无所归属;同时,我们也只有将他置于跨文化的视野中加以探索和研究,才能充分地发掘出他的价值和意义;并且,正因为这一研究对象及其研究方法的跨文化特征,因此,我们的研究和探索,其意义也就绝不仅仅局限于西方,或者东方。

走出"围城"与走入"城堡"

——钱锺书的《围城》与卡夫卡的《城堡》之比较

钱锺书的著名小说《围城》与卡夫卡的代表作《城堡》之间的差异显然大于它们之间的相同之处,但是,这两部小说在其主旨立意上又有着惊人的相似之处,这就使我们对这两部小说的比较研究有了充分论述与展开的领域和余地。我们不仅能够通过比较分析,深入地理解和把握这两部 20 世纪的杰作,而且能够借此领略这两位作家迥然相异的生活方式以及人格特征,进而我们又能够体悟到东西方文化的不同韵致以及思维方式的巨大差异。

一、"走出"与"走入"

《围城》中有这么一段人所共知的对话:

> 慎明道:"他(罗素)引一句英国古话,说结婚仿佛金漆的鸟笼,笼子外面的鸟想住进去,笼内的鸟想飞出来;所以结而离,离而结,没有了局。"
>
> 苏小姐道:"法国也有这么一句话。不过,不说鸟笼,说是被围困的城堡,城外的人想冲进去,城里的人想逃出来。"
>
> 方鸿渐后来对"人生万事,都有这个感想"。①

在此基础上,杨绛女士在同名电视剧中将《围城》的主要内涵明确地概括为:"围在城里的人想逃出来,城外的人想冲进去,对婚姻也罢,职业也罢,人生的愿望大都如此。"

---

① 钱锺书:《围城》,北京:人民文学出版社,1980 年,第 96、141 页。以下有关《围城》的引文均出于此,不再另注。

如此看来,《围城》的主旨似乎出自西方。其实不然,在细读小说后我们体悟到《围城》包蕴着更多的中国传统文化的内容,其中尤其是老、庄、周易的文化精神,西方的典故在这里只是一个外在的切入点,而真正的精髓却是中国的,或者更确切地说是美学的。另外,就"围城"之内与"围城"之外的"冲进"与"逃出"而言,小说更注重的是后者而不是前者,"逃出"似乎更符合中国的传统文化精神,杨绛女士将"冲进"与"逃出"的顺序颠倒了过来,看来并不是没有用意的。

据说卡夫卡有关"城堡"的意象来源于古老的中国,这一点虽然还有待考证,但他有关"御花园""中国长城"的寓言得益于中国文化却是确凿无疑的。虽说有关"城堡"的构思可能直接源于古希腊诡辩家芝诺的思想,譬如"一个在A点运动的物体无法到达B点""飞矢不动",等等,但这同中国古代思想譬如公孙龙的"轮不碾地"、庄子的"一尺之棰,日取其半,万事不竭"等却不谋而合。奥地利评论家海因茨·波里策曾说过,"最令人吃惊的确是卡夫卡如此驾轻就熟地掌握的另一种手法:变化成小动物。这种手法通常只有中国人堪与媲美。"[①]卡夫卡显然是非常关注中国文化的,他在给菲莉斯·鲍威尔的信中说:"每当将近深夜两点时我总要想起那位中国学者来。"这位中国学者就是中国诗人袁枚,卡夫卡在他的一封信中引用了袁枚的一首诗,并称"那首中国诗对于我们有着那么重大的意义"。他在致女朋友M.E的信中,向她推荐李太白的诗,他说"中国诗有一个非常好的小译本",这就是汉斯·海尔曼编译的《公元前十二世纪至今日的中国抒情诗》。他还在书信中写道:"我读着一本关于西藏的书;读到对西藏边境山中一个村落的描写时,我的心突然痛楚起来,这村落在那里显得那么孤零零的,几乎与世隔绝。"[②]熟悉《城堡》的读者马上就会发现,这不就是城堡山下的那个小村子吗?

但是,正像"围城"之于钱锺书只是个外在的切入点一样,"城堡"的精神显然是地地道道的西方的,或者更确切地说是宗教的。卡夫卡的同乡、同学、挚

---

① 叶廷芳编:《论卡夫卡》,北京:中国社会科学出版社,1988年,第609页。
② 卡夫卡:《卡夫卡书信日记选》,叶廷芳、黎奇译,天津:百花文艺出版社,1991年,第207—209、184、256页。

友、遗嘱执行人马克斯·布罗特对《城堡》的解释应当说是有说服力的。马克斯·布罗特认为,"城堡"就是上帝恩宠的譬喻。《城堡》的中心所在,就在于表明尘世间和宗教的行为不能用同一个标准来衡量。小说中的所有的诽谤和谩骂,从井底之蛙的角度,从人类的角度来看,只不过表示人类的智慧和上帝的安排是有差距的,虽然人类表面上拥有全部的权力,但事实上却常常由于不可理解的原因遭遇到不合理的待遇。这种人与上帝的不平等关系,这种人与上帝之间不可逾越的鸿沟,我们除了用卡夫卡的方式外,便无法以更合理、更恰当的方式来说明。这正好应了当代著名作家米兰·昆德拉所喜欢的那句犹太谚语:"人类一思考,上帝就发笑。"作为犹太人的卡夫卡对这一谚语大概不会陌生。Gustav Sanouch 在他的《忆卡夫卡》中写道:"卡夫卡是个犹太人,但他所表现出来的基督爱,远超过公司里那些良善的天主教徒和基督徒。""卡夫卡真正力行了忍耐与仁慈的美德。"①因此,虽然单从基督教或犹太教的角度来阐释《城堡》有些过于狭窄,但从宗教的角度来理解小说的寓意还是颇有说服力的。

  无论是"围城"的"走出",还是"城堡"的"走入",这里"走"都是相同的,不同的是"走"的方向和方式。无论是方鸿渐还是 K 都在始终不懈地努力、奋斗、挣扎,这是东西方人共同的人性,文学共同的主题。钱锺书说:"写这类人,我没忘记他们是人类,只是人类,具有无毛,两足动物的基本根性。"卡夫卡说:"我们需要的书,应该是一把能击破我们心中冰海的利斧。"如果从作品的文化渊源来看,我们认为无论是卡夫卡的《城堡》,还是钱锺书《围城》似乎都有意地接受过叔本华的影响。卡夫卡对叔本华是非常熟悉的;钱锺书在他的《围城》及《管锥编》等著作中曾多次提及叔本华,方鸿渐就熟读过叔本华,并加以运用。叔本华说过:"我们万不能由外而去抵达万物的真性。无论我们探索得怎样多,我们所能及到的无他,只是印象和名词罢了。我们好比一个人绕着城堡走来走去,总找不到一个入口,只不过有时约略描绘几下外形而已。"②这段话几乎同时可以作为《城堡》和《围城》的注脚,但是,由于文化传统、作家个性以及生活方式的不

---

① 卡夫卡:《卡夫卡寓言和格言》,张伯权译,哈尔滨:黑龙江人民出版社,1987 年,第 88—90 页。
② 参见威尔·杜兰:《西方哲学史》,杨荫鸿等译,北京:书目文献出版社,1989 年,第 311 页。

同,于是同样面对"城堡",钱锺书选择了"走出",卡夫卡则选择了"走进"。

方鸿渐的追求先后经历了教育、爱情、事业和婚姻(家庭)这四大阶段,但这里的追求更多的应被看做是一种反追求,即对追求的逃避,对教育、爱情、事业和婚姻(家庭)的传统重负的逃避,这里有一种无奈的反抗精神和狡黠的游戏人生的态度,其直接承袭的是道、释的虚无、无为思想,所以,有人认为,"这《围城》本是从无中来"①。这就是走"出"的思想。《管锥编》在对《老子》中的"祸兮福之所倚,福兮祸之所伏"进行阐释时,又引出《越绝书·计倪篇》云:"进有退之意,存有亡之几,得有失之理。"②这大概就是"围城"的旨意。杨绛女士说:"我爱读东坡'万人如海一身藏'之句,也企慕庄子所谓'陆沉'。……一个人不想攀高就不怕下跌,也不用倾轧排挤,可以保其天真,成其自然,潜心一志完成自己能做的事。"③这便是"走出"的境界。彻底的"走出",是既不再走进"围城",也不再走出"围城",是超越了"围城"内外的境界,这便是佛教里的涅槃境界。这大概就是钱锺书的理想境界。

K的追求单纯而又直接,虽然颇有神秘色彩。K的一切努力均是为了进入他梦寐以求的"城堡"。K深夜进入城堡山下的小村子,他一直在为土地测量员的合法身份而进行不懈的斗争,他千方百计想进入城堡。他爱上了城堡长官克拉姆的情妇弗丽达,因为他以为弗丽达可以帮助他接近克拉姆,进而使他进入城堡。然而,酒吧女侍弗丽达在爱上了K后,一意要远离克拉姆,同他一刀两断,这原本是她对K爱情专一的决心和表示,但又灭绝了K进入城堡的希望,因而K不得不离开弗丽达,转而去追求酒吧新来的女侍佩匹……K永远也无法进入城堡这一寓言,若从宗教的角度去理解,便可以把"城堡"理解为"上帝"或者"天堂"。"走入城堡"便成为西方人所梦寐以求的"重返伊甸园",或者说是卡夫卡以其独特的方式所描述的人类的"天路历程"。这便是西方文化传统中的"走入"精神。但丁和班扬的作品大体上就是这一精神的具体体现。歌

---

① 参见《〈围城〉的隐喻及主题》,《读书》1991年第5期。
② 钱锺书:《管锥编》,北京:中华书局,1986年,第53页。
③ 杨绛:《将饮茶》,北京:中国社会科学出版社,1992年,第209页。

德在他的《浮士德》中将这一宗教精神转化为人类追求真理,追求无限的"精神历程",而这一悲剧性的追求对卡夫卡却有着极为深远的影响。卡夫卡说:"我在阅读有关歌德的著作,浑身都在激动,任何写作都被止住了。""歌德,由于他的作品的力量,可能在阻止着德意志语言的发展。"①所以,"城堡"的确也可以看做是古老的"浮士德精神"的现代版本。

二、理趣与理事

钱锺书在他的《谈艺录》中将"理趣与理语"作了区别,"诗不能离理,然贵有理趣,不贵下理语"。理趣者,"乃不泛说理,而状物态以明理;不言空道,而写器用之载道。拈形而下者,以明形而上","举万殊之一殊,以见一贯之无不贯","又如道无在无不在","理中之诗,如水中盐,蜜中花,体匿性存,无痕有味,现相无相,立说无说"。理语者,则"理过其词,淡呼寡味","虽涉句文,了无藻韵"。这里所论之"诗",若换成"小说"也一样的贴切,也许更为合适,因为小说更善于说理。若借用"理趣与理语"这一理论来比较分析钱锺书的《围城》与卡夫卡的《城堡》,我们认为大体上是切合实际的,而且也是有趣而又有意味的。

钱锺书的《围城》和《谈艺录》,其创作时间与出版时间(初版分别是1947年、1948年)显然属于同一时期,《围城》是1944年动笔,1946年完成的,这期间也忙着写《谈艺录》,所以有"兼顾不及"之感。从《谈艺录》中钱先生对"理趣"的明通之论,以及高度赞扬来看,钱先生在其小说中充分而又自如地运用"理趣"原理当不算偶然。卡夫卡的《城堡》虽说是"言理、释理、或更准确地说是寓理"之作,但若用"理语"一词来作简单概括似不合适,因为《城堡》并非抽象议理之作,小说中"城堡"这一形象,虽说像迷宫一样神秘莫测,但它却赫然矗立在山冈上,读者无论如何挥之不去,另外,小说记人记事,虽然背景模糊,但形象逼真,描写具体,因此我们若将"理语"改为"理事"便显得贴切了许多。钱锺书在《谈

---

① 卡夫卡:《卡夫卡书信日记选》,叶廷芳、黎奇译,天津:百花文艺出版社,1991年,第23、29页。

艺录》中论及西方文学有"寓托"之体,与"理趣"略同,所不同者,"吾国以物喻事,以男女喻君臣之谊,喻实而所喻亦实;但丁以事喻道,以男女喻天人之际,喻实而所喻则虚。一诗而史,一诗而玄"。《围城》与《城堡》两部小说似乎正合此旨:前者"喻实而所喻亦实",讽世嘲时,具有春秋笔法;后者"喻实而所喻则虚",荒诞神秘,颇有玄学风范。

  从此处深入下去,我们认为《围城》注重的是"比喻的多边",《城堡》突出的则是"隐喻的神秘"。钱锺书在其《管锥编》中对比喻有许多精彩的议论,他认为比喻有"二柄"与"多边"之分:"同此事物,援为比喻,或以褒,或以贬,或示喜,或示恶,词气迥异,这便是'比喻之二柄'";"盖事物一而已,然非止一性一能,遂不限于一功一效。取譬者用心或别,着眼因殊,指(denotatun)同而旨(signiticatum)则异;故一事物之象可以孑立应多,守常处变",这便是"比喻之多边"①。钱先生在他早年的论文《中国固有的文学批评的一个特点》中就说过:"我们对于世界的认识,不过是一种比喻的、象征的。"②钱锺书对于比喻的特别兴趣和研究必然在他的小说创作中体现出来。《围城》中奇思妙喻俯拾即是,既有"比喻的多边",又有"比喻之二柄"。"围城"便可看做是一个巨大的比喻,而在这个巨大的比喻中又有着无数千姿百态、新颖独特的比喻。周锦在《〈围城〉研究》一书里面,列举了"适切的比喻"六十余个,其实还可举更多的例子。小说中所描写的人和事均实在具体,所喻之主题譬如"前途、命运、事业、财产、恋爱、婚姻、家庭等的挫折"也实在而不虚幻,此即所谓"喻实而所喻亦实"。这些丰富多彩的比喻使得小说中的说理也变得新鲜活泼,令读者兴趣盎然。有人将钱锺书的比喻概括成五种不同的形式:比后点题式、比前引导式、多角度透视的博喻、逆向推理式、逻辑思辨与形象比喻融合式。③《围城》仿佛是钱锺书精心编织的一张巨大的比喻之网,他在这张巨网里打捞起来的是睿智、哲理、幽默和讽刺。钱锺书甚至奉劝读者对待《围城》也采用一种比喻的态度,正如他在电话里

---

① 参见钱锺书:《管锥编》第一册,北京:中华书局,1986年,第36—41页。
② 原文载《文学杂志》第一卷第四期,1937年。
③ 参见田建民:《钱锺书比喻的特点》,《钱锺书研究》第三辑,北京:文化艺术出版社,1992年,第84—96页。

对一位英国女士所说的,"假如你吃了个鸡蛋觉得不错,何必认识那下蛋的母鸡呢?"①

《围城》中的比喻虽然千变万化,不拘一格,但是,比喻这一形式却是中国文学,尤其是中国思维方式的重要特征。中国古代哲学家便惯于用名言隽语、比喻例证的形式表达自己的思想,譬如《庄子》的各篇大都是比喻例证。中国文论和画论以及书论的特点,就是不加逻辑分析,而多用形象化的比喻。比如,讲到谢灵运,就说"譬如青松之拔灌木,白玉之映尘沙",讲嵇康则用"峻切",讲班姬则用"清捷",讲曹植则用"骨气奇高",讲刘桢则用"真骨凌霜",等等。② 因此,从这一意义上说,钱锺书与其说是突破了中国传统小说艺术,不如说是继承和完善了中国传统小说艺术,其思维模式是典型的中国式的。

《城堡》"喻实而所喻则虚"。"城堡"具体实在,但它背后的寓意是什么,却众说纷纭:马克斯·布罗特认为,城堡就是"上帝恩宠的象征";存在主义者认为,城堡就代表上帝;实证主义者认为,城堡就是卡夫卡父亲的出生地沃塞克,卡夫卡写《城堡》就是克服自己和父亲不愉快的经验;社会学者认为,城堡代表"资方",城堡是描写资本主义劳资关系的,我国学者叶廷芳也持这一观点;有人干脆说,城堡就是卡夫卡时代奥匈帝国的代表;也有人认为,"城堡"是描写现代人的危机:现代人过着与世隔绝的生活,他从不留意世界到底是什么,他认为世界只不过是个人意图与欲望的投影而已,所以他只听从他自己;还有人认为,《城堡》是批评官僚制度的:每个阶层都不愿做决定,因此形成许多圆圈,让老百姓一层又一层地绕着,绕到最后又绕回原地,最后变成人类生存的最大威胁。卡夫卡自己却声称:"我写的和我说的不同,我说的和我想的不同,我想的和我应该想的不同,如此下去,则是无底的黑洞。"③"城堡"就像一个失却了谜底的谜语,虽然各种猜法都有道理,但真正的谜底却无人能够猜中,或许"城堡"原本就不存在什么真正的谜底。"城堡"寓意的复杂性、多义性,最后走向神秘,走向虚

---

① 杨绛:《记钱锺书与〈围城〉》,《将饮茶》,北京:中国社会科学出版社,1992年,第118页。
② 参见季羡林:《门外中外文论絮语》,《文学评论》1996年第6期。
③ 参见叶廷芳编:《卡夫卡全集》第七卷,石家庄:河北教育出版社,1996年,第163页。

无,这便是"隐喻的神秘"。

作家对"理趣与理事"的不同选择决定了他们选择不同的创作方法,反过来,不同的创作方法又制约、限定他们表现不同的思想和主题。总体说来《围城》属于传统的现实主义小说,《城堡》则属于现代主义的代表作。读《围城》,很容易使读者联想到《儒林外史》《汤姆·琼斯》等现实主义的经典之作。《围城》的确是"中国近代文学中最有趣和最用心经营的小说",也是"最伟大的一部小说",但它的"有趣"和"伟大"主要在于小说的内容,而不在于小说的形式。就小说的形式而言,它并未超越传统的现实主义,读者面对《围城》,惊讶的是:小说何以写得如此之妙?而卡夫卡的《城堡》却几乎无所依傍,空前而不绝后。读者在探寻小说的寓意和内涵的同时,更多地被小说的形式所震惊:小说怎么可以这样写?这样写还叫小说吗?读者的传统阅读方式在这里受到了质疑,这就使得小说的发展史进入了另一阶段。《围城》的开始两、三段,先清楚地交代时间、地点和人物背景,用不着读者思考猜谜。在这里,作者是传统小说里的全知全能式的作者,读者则是被动接受式的传统读者;《城堡》的开头是这样的:

> K抵达的时候,夜色已深。村子被大雪覆盖着。城堡屹立在山冈上,在浓雾和黑暗的笼罩下,什么也看不见,连一丝灯光——这座巨大的城堡所在之处的标志——也没有。从大路到村里去要经过一座木桥,K在桥上站了很久,仰视着空空洞洞的天宇。①

这里,时间、地点和人物背景都极为模糊,需要读者悉心思考琢磨,读者便不再只是一味被动接受,而必须有更多的主观的创造和联想。因此,用罗兰·巴特的理论来解释:《围城》是"可读的作品",《城堡》则是"可写的作品"。

黄维梁先生以"蕴藉者和浮慧者"为题,比较了鲁迅与钱锺书所代表的中国现代小说的两大技巧模式与风格。若以此来比较卡夫卡与钱锺书,大体上也是切合实际的,只是卡夫卡比"蕴藉者"显然更为抽象、更为含蓄、更为神秘,所以我们觉得称卡夫卡为"寓言者"更为贴切。在卡夫卡的寓言中有一则就叫做《论

---

① 卡夫卡:《城堡》,韩耀成译,杭州:浙江文艺出版社,1995年,第3页。

寓言》,卡夫卡写道:

> 实际上,所有这些寓言仅是表示:不可理解的就是不可理解的——这点我们早就知道了。但我们却必须每天苦心焦虑去思索,"思索它"是一个特殊的问题。
>
> 关于这点,有一个人曾说过:"何必这样勉强呢?只要跟随寓言,你自己就成为寓言,根本不必每天苦心焦虑了。"
>
> 另一个人说:"我敢打赌,这也就是一个寓言!"
>
> 第一个人说:"你赢了。"
>
> 第二个人说:"但不幸地,只是寓言式的赢了。"
>
> 第一个人说:"不,实际上,你是寓言式的赢了。"①

《城堡》可以看做是一则伟大的寓言,所有对《城堡》的理解和阐释也只能是"寓言式"的理解和阐释。卡夫卡说:"有一个寓言,正捏着生命的痛处……"《城堡》就是一个捏着人类生命痛处的寓言。"城堡近在咫尺,K 无论怎样努力也无法进入",小说所记的人与事是具体的,细节描写是真实的,但小说所寓之理却是晦涩的,不可理喻的,这便是我们所说的"理事"。

"浮慧者",即外露的聪明。钱锺书渊博而机智,《围城》夹叙夹议,妙语连珠,雄辩滔滔,不能自己。钱锺书颇为赞赏中国文化中的"涉笔成趣,以文为戏"传统,在这一传统中"哲人说理,亦每作双关语","修辞机趣,是处皆有;说者见经、子古籍,便端肃庄敬,鞠躬屏息,浑不省其亦有文字游戏三昧也"。② 将小说写得有益而更有趣,即钱锺书所说的"理趣",这应该是合乎钱锺书的理论而又十分自然的事。

与"理趣与理事"紧密相关的还有作者所选择的不同的语言风格。《围城》夹叙夹议,有强烈的主观介入色彩。作者锦心绣口,理辞俱佳。小说大量使用了讽刺、幽默、诙谐、调侃、揶揄、玩笑的语言,使读者在机智和笑声中认识人生、

---

① 卡夫卡:《卡夫卡寓言和格言》,张伯权译,哈尔滨:黑龙江人民出版社,1987年,第7页。
② 钱锺书:《管锥编》,北京:中华书局,1986年,第459、461页。

体味人生。小说语言形象生动、简洁有力、清晰典雅、淋漓痛快,小说在悦人之目的同时,使读者对小说之理也心悦诚服。《城堡》叙而不议,采用冷峻与客观的叙述风格。卡夫卡在创作时,尽量不加入自己的意见,不干涉客观事物本身,让它自己陈述出来,即使内容十分惊骇,他也不动声色,保持冷静。他不用形容语、比喻,甚至拒绝使用一个形象的比拟。凡是特别带有艺术色彩的笔法,凡是可以使叙述的内容稍微带有感情色彩的东西,作者都小心地避免了。这一特征无疑使卡夫卡的作品包含着更大的容量,但也给读者的阅读带来更多的歧义,同时也增强了作品的晦涩性和神秘性。

三、用智与用心

"用智"与"用心"只是相对而言,只是所突出的重点不同,并非用智者便不用心,用心者决无用智。钱锺书用智写作,他的《围城》是"写在人生边上",他"以一种业余消遣者的随便和从容"态度而写作,他在人生边缘写作,也把写作当做人生的边缘,写作与人生绝不是一回事,钱锺书是在"围城"之外写《围城》;卡夫卡用心写作,他的《城堡》是"写在人生中间",他说:"除非逃到这个世界当中,否则怎么会对这个世界感到高兴呢?"[①]他是在人生的中心写作,也把写作当做人生的中心,写作即人生,他在"城堡"之内写《城堡》。"卡夫卡活着本身就是一个艺术品。写什么样的作品是生活方式决定的,是命中注定的。"[②]是生活方式决定了卡夫卡成为卡夫卡,同样,也是生活方式决定了钱锺书成为钱锺书。

卡夫卡说:"我去追求一种表达方法,想使每一句话都同我的生活有联系,每一句话都在我的胸中起伏,占据我整个身心。"[③]卡夫卡的一生就像是他笔下的那位"饥饿艺术家",他的饥饿表演原来只有40天,但艺术家出于对艺术的酷爱要求继续表演下去,他不愿在艺术正处于最佳状态时中断表演。在这里,活

---

① 卡夫卡:《卡夫卡书信日记选》,叶廷芳、黎奇译,天津:百花文艺出版社,1991年,第117页。
② 徐星语,见谭湘:《文学:用心灵去拥抱的事业——全国青年文学创作会议拾零》,《文学评论》1987年第3期。
③ 卡夫卡:《卡夫卡书信日记选》,叶廷芳、黎奇译,天津:百花文艺出版社,1991年,第7、8页。

着就是为了追求艺术的最高境界,而追求艺术的最佳境界的代价却是生命本身,这正如浮士德的满足就意味着肉体的死亡一样,追求无限的代价就是消灭有限的肉体。卡夫卡就是本着这样一种精神和方式来创作他的《城堡》的。

钱锺书在《围城》里"想写现代中国某一部分社会、某一类人物",而这某一类人物中似乎并不包括钱锺书自己。杨绛女士说:"组成故事的人物和情节全属虚构。尽管某几个角色稍有真人的影子,事情都子虚乌有;某些情节略具真实,人物却全是捏造的。"杨绛还特别指出:"方鸿渐和钱锺书不过都是无锡人罢了,他们的经历远不相同。"①

卡夫卡与艺术没有了距离,因而他同生活却保持了距离;钱锺书保持着与艺术的距离,因而他同生活却缩短了距离。写作就是卡夫卡生命中的一切,没有了写作,卡夫卡的生活将变得毫无色彩和意义。卡夫卡说:"在我身上最容易看得出一种朝着写作的集中。当我的肌体中清楚地显示出写作是本质中最有效的方向时,一切都朝它涌去,撇下了获得性生活、吃、喝、哲学思考,尤其是音乐的快乐的一切能力。我在所有这些方面都萎缩了。""外界没有任何事情能干扰我的写作(这当然不是自夸,而是自慰)。""我身上的一切都是用于写作的,丝毫没有多余的东西,即使就其褒意而言也没有丝毫多余的东西。"②卡夫卡为了写作而拒绝了友谊、爱情、婚姻和家庭,他选择了他自己所惧怕的那份孤独。他是一个站在穿衣服的人群中间的"唯一的裸体者"。卡夫卡大概可以算世界上最孤独的作家,而他的小说所表现的也正是现代人的这种孤独感,所以,卡夫卡自己的生活与创作就在这里合而为一了,他成了在生活上最无作为和在创作上最有成就者。

卡夫卡外部生活的平淡无奇,反衬出他内心生活的极度焦虑、孤独和恐惧。他白天在工伤保险公司无聊地打发光阴,夜晚却在自己的寓所里用整个身心拼命创作。"在办公室我表面上履行着我的义务,却不能满足我内能的义务,每一

---

① 杨绛:《记钱锺书与〈围城〉》,《将饮茶》,北京:中国社会科学出版社,1992年,第124、125页。
② 卡夫卡:《卡夫卡书信日记选》,叶廷芳、黎奇译,天津:百花文艺出版社,1991年,第28、150、189页。

种未曾得到履行的内心义务都会变成不幸,它蜗居在我内心深处再也不肯离去。""一个中最小的幸福也会成为另一个中的莫大的不幸。"①因此,《城堡》中那个总在努力却永远无法到达目的地的主人公 K,首先就是卡夫卡自己,卡夫卡曾经明确地表示,他要在《城堡》里把自己"写进去"。②卡夫卡(Kafka)将自己的名字的第一个字母作为小说中主人公的名字并不是没有用意的。

  钱锺书的外部生活动荡曲折,但他却永远保持着他那内心生活的平静和稳定。他"只问耕耘,不问收获,清湛似水,不动如山,什么疾风骤雨,嬉笑怒骂,桂冠荣名,一例处之泰然"。"他的存在几乎就是迎接不断的挑战:政治动荡的挑战,宗教成见的挑战,世俗的挑战,乃至荣誉的挑战。但他却以静穆对喧嚣,以冷隽对狂热,以不变对万变。"③对于钱锺书而言,写作(小说创作)只是他生活中的一部分,而且只能算是很小的一部分。没有了小说,钱锺书当然不会像今天这样家喻户晓,但钱锺书仍然是钱锺书。钱锺书用他的才智写作,可写则写,不可写则止,动笔与罢笔均凭他的才气和当时的激情。在创作《围城》的两年里,钱锺书"忧世伤生,屡想中止",若非杨绛女士不断的督促,恐怕很难"锱铢积累地写完"。写完《围城》,钱锺书拟创作长篇小说《百合花》。1949 年,写就的手稿遗失之后,"兴致大扫,一直没有再鼓起来,倒也从此省心省事。年复一年,创作的冲动随年衰减,创作能力逐渐消失",从此便专心于研究和评论工作。写小说只能算是钱锺书的业余生活,是他生活边缘的边缘。这同卡夫卡对创作的态度似乎不可同日而语。

  这种不同的创作态度自然制约和影响着作家选择不同的创作方式。杨绛女士说,钱锺书"常爱说些痴话,说些傻话,然后再加上创造,加上联想,加上夸张",这便是《围城》的笔法。"《围城》是一部虚构的小说,尽管读来好像有真人真事。"钱锺书在他的《围城》里写了生活中许许多多的失意者,而他自己却是在人生道路上付出了努力而又获得了收获的成功者;他或许有过"围城"的经历和

---

  ① 卡夫卡:《卡夫卡书信日记选》,叶廷芳、黎奇译,天津:百花文艺出版社,1991 年,第 10 页。
  ② 参见斯默言编著:《卡夫卡传》,长春:东北师范大学出版社,1996 年,第 313 页。
  ③ 柯灵:《促膝闲谈锺书君》,《钱锺书研究》第一辑,北京:文化艺术出版社,1989 年,第 223 页。

体验,但他更多的则是站在"围城"之外对"围城"之内的人和事的夸张和想象。

《围城》的结尾虽然也有悲剧意味,但其总体的喜剧特征却是显而易见的。杨绛女士多次谈到,钱锺书在创作《围城》的过程中他们夫妇的"笑":"每天晚上,他把写成的稿子给我看,急切地瞧我怎样反应。我笑,他也笑;我大笑,他也大笑。有时我放下稿子,和他相对大笑。""我逐段阅读这部小说的时候,使我放下稿子大笑的,并不是发现了真人实事,却是看到真人实事的一鳞半爪,经过拼凑点化,创出了从未相识的人,捏造了从未想到的事。"[①]这是智者的笑,是会心会意的笑,是满意得意的笑,这里有解嘲,有嘲世,却少有自嘲。

《城堡》中虽然不乏荒诞的、喜剧性的细节描写,但其总体的悲剧性特征却是有目共睹的。《城堡》没有写完,没有结尾,这本身既是作者的悲剧,也是小说的悲剧。在卡夫卡的遗稿中,小说的结局大致是这样的:

> 他(K)不放松斗争,但却终因心力衰竭而死去。在他弥留之际,村民们聚集在他周围,这时总算下达了城堡的决定,这决定虽然没有给予K在村中居住的合法权利,——但是考虑到某些其他情况,准许他在村里居住和工作。

K的努力奋斗正如卡夫卡追求无限和完美一样,均告失败。卡夫卡将写作当作自己唯一的财富,但写作又排斥生活,成为"充满罪孽的失误,对生活的亵渎",而正因为他没有好好生活过,他便特别害怕死亡,最终写作又把他逼向死亡。卡夫卡手持长矛对着外部世界,在漫无目的地上下求索一番之后,最后矛头却对准了自己,这正像从地球的某一点出发,一直走下去,又回到了原地一样。这便是卡夫卡用心写作、用生命写作的悲剧,这一悲剧同时也体现出卡夫卡那不可企及、无法模仿的伟大。

以上我们对《围城》与《城堡》从三个方面进行了比较分析,其实这三方面又是互相制约,互相影响的。"走出"与"走入"这种不同的文化传统与思维方式决定了作家对"理趣与理事""用智与用心"的不同选择;而后者又是构成东西方文

---

① 杨绛:《记钱锺书与〈围城〉》,《将饮茶》,北京:中国社会科学出版社,1992年,第119、133页。

化巨大差异的重要内容。卡夫卡虽然不可能读过钱锺书,但卡夫卡接受过中国文化的影响却是毋庸置疑的;钱锺书的《围城》是否直接受过卡夫卡的《城堡》的影响,我们不得而知,但钱锺书对卡夫卡十分熟悉却又是无可怀疑的。钱锺书在他的《管锥编》论《焦氏易林》之《旅》,阐释"言如鳖咳,语不可知"时,顺手就引用了卡夫卡,"卡夫卡小说《变形记》写有人一宵睡醒,忽化为甲虫,与卧室外人应答,自觉口齿了澈,而隔户听者闻声不解,酷肖薛伟所遭"。[①] 因此,对于卡夫卡与钱锺书,即使不仅仅作平行研究,而进行更多的影响比较研究,也完全是可能的,并且是十分有意义的。

---

① 钱锺书:《管锥编》第一册,北京:中华书局,1986年,第568页。

走向"后诺奖"时代

2012年诺贝尔委员会将该年度的诺贝尔文学奖颁赠给了中国本土作家莫言,释放或者说结束了中国作家乃至中国读者大半个世纪以来的"诺奖情结"。2012年11月24日由中国人民大学文学院、《中国作家》杂志社、北京大学电影与文化研究中心在莫言缺席的情况下联合举办了"诺贝尔文学奖与中国:从鲁迅到莫言"学术研讨会,会上来了20余位专家学者、新闻记者,讨论热烈踊跃。据与会的刘洪涛教授说,此前北京师范大学早已举办过此类的会议,当然,莫言也没有到会,看来这还真有点应了那句"皇帝不急"的俗语。一时间所有有关莫言的话题都成了热门话题,都成了大家感兴趣的话题,据说莫言远在山东高密老宅里的草木,也因此而遭了殃。随着所有的问题都成为莫言获奖之后的问题,我们终于迎来一个"后诺奖"时代。

莫言获奖主要涉及两个问题:一个是莫言该不该获奖的问题,另一个是莫言凭什么获奖,或者说为什么获奖的问题。在我看来,讨论第一个问题没有什么意义,因为莫言已经获奖,这是无法否认的,无论你是赞成也好反对也好。这已经成为一个重要的文学"事件"(event),我们所能做的就是对这个"事件"进行叙述、说明、解释、分析和研究,也就是使这个文学"事件"变成一个文学"事实"(truth)。将这座文学的"丰碑"转换成各种各样的文学"文献"。这些自然都属于上面的第二个问题,也就是所谓"后诺奖"时代的问题。关于这个问题,我想有三点还可以继续思考和讨论。

一、翻译文学与文学翻译

莫言获奖,原因是多方面的,文学的原因、政治的原因、经济的原因,乃至影视改编以及媒介网络等,不一而足,但是,有一个原因应该是确凿无疑的,那就是翻译的问题。翻译的问题又包括两个方面,即翻译文学与文学翻译。

诺贝尔委员会给莫言的颁奖词为:莫言"将魔幻现实主义与民间故事、历史与当代社会融合在一起"。这就是说莫言显然受到了拉丁美洲魔幻现实主义的影响,当然,莫言受到外国文学影响的何止是魔幻现实主义,据莫言坦言,至少还有福克纳、海明威、卡夫卡、托尔斯泰、川端康成等,而这些作家分别用西班牙语、英语、德语、俄语和日语写作,莫言所能接触到的一定不是真正意义上的外国文学,而只能是翻译的外国文学。莫言是一位真正的中国本土作家,从来没有用过中文以外的文字写作,所以,外国读者或评论家如果要阅读莫言,除了极少数的杰出的汉学家,便只能通过翻译了,也就是莫言作品的外文译本,这就是文学的翻译问题。

莫言是一个善于博采众长而又能坚持自己风格的作家,但他所接受的正规教育非常有限。莫言,原名管谟业,1955年2月生于山东高密。他在家乡上过5年小学,"文化大革命"后辍学在家务农,直到1976年参军入伍。尽管从那以后,他也曾于1986年毕业于解放军艺术学院文学系,1991年毕业于北京师范大学鲁迅文学院创作研究生班并获文艺学硕士学位,但这些不过是专业进修学习,算不得正规的教育。一个只接受过五年正规教育的作家荣获世界最高级别的文学奖,这对于那些接受了各种正规高等教育并握有各种正规文凭的作家和理论家来说,多少感到有些尴尬,并心有不甘,这使我们想起四百多年前英国的莎士比亚,因为只上过四年的文法学校,因而引起了某些人的强烈质疑并否认了莎士比亚的著作权。

莫言自然没有这层忧虑,但他却有着某种"影响的焦虑"。20世纪50、60年代,正当我们在经历一场史无前例的文化浩劫时,拉丁美洲文学却在世界文坛异军突起,在西方,乃至整个世界形成了一股"拉丁美洲文学热",或称"文学爆炸"。一时间,作家辈出、群星灿烂、流派纷呈、争奇斗艳。著名的作家有聂鲁达、博尔赫斯、阿斯图里阿斯、卡彭铁尔、马尔克斯、略萨、科塔萨尔、帕斯等。这些作家中先后便有5人获得了诺贝尔文学奖,这不能不让中国作家怦然心动。照说当时拉丁美洲的经济、政治并不比中国先进,但其文学何以能率先走向世界,构成世界文学的又一个高峰? 这自然是中国作家最感兴趣,同时也是最有意义的问题。一时间中国作家开口三句话便不得不说拉丁美洲那"斯们"。

正是在这种背景下,莫言也接受了以马尔克斯为代表的拉美魔幻现实主义文学的影响。"先锋派文学是西方现代主义思潮涌入中国的直接呼应,而寻根文学则是《百年孤独》等魔幻化叙事,和因外来参照而逐渐强化的民族精神文化源流的再审视。在先锋派文学和寻根小说之间活跃着的莫言,或者说与二者联系最为密切的莫言,从某种角度上可以被定位为用先锋文学的技法包裹了寻根文学内涵的当代作家。"[1]莫言曾经坦言:"像我早起的中篇《金发婴儿》(《钟山》1985年第1期)、《球状闪电》(《收获》1985年第5期),就带有明显的魔幻现实主义色彩。"[2]

但是,比较而言,莫言受到美国作家福克纳的影响也许更为直接,也更为深刻。"有一种说法认为,福克纳和马尔克斯都对莫言有着很大的影响,但是据我的研究,还是福克纳的影响大一些。记得莫言曾经说过他看到《百年孤独》是在他写出《红高粱》这些小说,已经拥有了'高密东北乡'这个文学共和国之后的事情,所以'马孔多镇'对莫言的影响应该没有福克纳的'约克纳帕塔法县'大。实际上,作为一个虚构的地理版图,福克纳的'约克纳帕塔法县'对莫言当时还在试探和摸索的写作有醍醐灌顶的功效。"[3]这种说法也得到了莫言的证实。

1984年,福克纳的代表作《喧嚣与骚动》由李文俊翻译成中文在上海译文出版社出版。同年12月一个大雪纷飞的下午,莫言从同学那里借到了这本书。莫言说:"读了福克纳之后,我感到如梦初醒,原来小说可以这样地胡说八道,原来农村里发生的那些鸡毛蒜皮的小事也可以堂而皇之地写成小说。他的约克纳帕塔法县尤其让我明白了,一个作家,不但可以虚构人物,虚构故事,而且可以虚构地理。于是我就把他的书扔到一边,拿起笔来写自己的小说了。受他的约克纳帕塔法县的启示,我大着胆子把我的'高密东北乡'写到了稿纸上。他的

---

[1] 付艳霞:《莫言的小说世界》,北京:中国文史出版社,2011年,第237页。
[2] 孔范今、施战军主编:《莫言研究资料》,济南:山东文艺出版社,2006年,第53页。
[3] 叶开:《莫言:在高密东北乡上空飞翔——莫言传》,见孔范今、施战军主编《莫言研究资料》,济南:山东文艺出版社,2006年,第77页。

约克纳帕塔法县是完全的虚构,我的高密东北乡则是实有其地。我也下决心要写我的故乡那块像邮票那样大的地方。这简直就像打开了一道记忆的闸门,童年的生活全被激活了。我想起了当年我躺在草地上对着牛、对着云、对着树、对着鸟儿说过的话,然后我就把它们原封不动地写到我的小说里。从此后我再也不必为找不到要写的东西而发愁,而是要为写不过来而发愁。"①有人认为,莫言似乎没有读完《百年孤独》,甚至都否认读过《喧嚣与骚动》,因此,"无论是马尔克斯,还是福克纳,对莫言创作的直接影响似乎是微乎其微的"②。笔者以为不然,因为一个作家对另一个作家的影响更重要的体现在创作观念和创作方法上,而这方面的影响并不需要作家像研究者一样去研究对方的作品,甚至都无须多读或细读对方的作品,浅尝辄止,囫囵吞枣,顿悟中得到了自己最想要的东西,这就足矣。作家对作家的真正影响并不在于细节,细节的影响恐怕还停留在模仿的阶段,深刻的影响应该是不留痕迹的。相互影响的作家其作品的相似性愈多则其创造性愈少。

莫言循此路线进行创作,我们发现他的小说《红高粱》基本上具备了《喧嚣与骚动》的特点:首先,完全打破了传统的时空顺序与情节逻辑。莫言说:"谈到《红高粱》,我最得意的是'发明'了'我爷爷'、'我奶奶'这个独特的视角,打通了历史与现实之间的障碍。也可以说是开启了一扇通往过去的方便之门。"③其次,《红高粱家族》采用了多角度叙述结构,将一个故事分别叙述了5次。第三,《红高粱》充满了象征意象,整部《红高粱》就是一个巨大的象征。莫言曾经说过,没有象征和寓意的小说就是清汤寡水。如此看来,《红高粱》似乎有笼罩在《喧嚣与骚动》阴影下的危险。

莫言显然也意识到了这种危险。1986年6月21日,罗强烈在致莫言的信中指出,莫言在多种场合曾多次声称"应尽力从海明威、福克纳或马尔克斯的巨大身影中逃逸出去"④。可见外国文学对于莫言的影响不是太小,而是太大了。

---

① 莫言:《福克纳大叔,你好吗?》,《小说的气味》,沈阳:春风文艺出版社,2003年,第40页。
② 邵璐:《莫言小说英译研究》,《中国比较文学》2011年第1期。
③ 孔范今、施战军主编:《莫言研究资料》,济南:山东文艺出版社,2006年,第42页。
④ 同上书,第14页。

莫言自己后来说道:"我承认他(福克纳)是我的导师,但我也曾经大言不惭地对他说:'嗨,老头子,我也有超过你的地方……你的那个约克纳帕塔法县始终是一个县,而我在不到十年的时间内,就把我的高密东北乡变成了一个非常现代的城市……另外我的胆子也比你大,你写的只是你那块地方上的事情,而我敢于把发生在世界各地的事情,改头换面拿到我的高密东北乡,好像那些事情真的在那里发生过……我的高密东北乡是我开创的一个文学共和国,我就是这个王国的国王'。"①莫言接受了福克纳,但他很快又超越了福克纳。当然,他所接受的福克纳不过是翻译的福克纳,或者说外国文学译介者笔下的福克纳。用莫言自己的话来说,他所接受的外国作家的影响,"其实是翻译家的语言的影响"②。

莫言的创作固然受到翻译文学的影响,但是,当莫言的创作逐渐成熟,并渐渐形成了自己风格和特色之后,他的作品又吸引了一批翻译家,将他的作品翻译成各种外文,在全世界传播和接受。莫言获奖,翻译家可谓功不可没。国外读者包括绝大部分评委均不可能直接阅读莫言的作品,因此,对于莫言作品的翻译,当是莫言获奖的不可或缺的因素。而对莫言作品的翻译,绝不仅仅只是一个语言问题。

美国著名汉学家葛浩文是翻译莫言作品最多的英语译者,他翻译了莫言6部作品:《红高粱》《天堂蒜薹之歌》《酒国》《师傅越来越幽默》《丰乳肥臀》《生死疲劳》。他在美国俄克拉荷马大学举办美国纽曼中国文学奖时,就提名他所翻译的莫言的作品《生死疲劳》。葛浩文几乎不放过任何机会赞扬和推荐莫言。但是,葛浩文对莫言的翻译未必是"忠实"的,为了迎合美国读者,以及更多的西方读者,葛浩文在"译本里加上了一些……原著中没有的东西,譬如性描写",有时又删除了一些比较露骨的性描写。在葛浩文看来,翻译的性质就是重写。在许多研究者看来,莫言作品的英译本显然比原文更为优美、华丽,少了些野气和粗俗。但是,莫言无疑认可了这种几近改写的翻译,甚至认为这种翻译比他的

---

① 莫言:《福克纳大叔,你好吗?》,《小说的气味》,沈阳:春风文艺出版社,2003年,第41—42页。
② 孔范今、施战军主编:《莫言研究资料》,济南:山东文艺出版社,2006年,第58页。

原文更为优秀。莫言曾公开表示:"如果没有他(葛浩文)杰出的工作,我的小说也可能由别人翻成英文在美国出版,但绝对没有今天这样完美的翻译。许多既精通英语又精通汉语的朋友对我说,葛浩文教授的翻译与我的原著是一种旗鼓相当的搭配,但我更愿意相信,他的翻译为我的原著增添了光彩。"①因此,"从根本上说,莫言作品在西方的传播与接收,最重要的还是译者所起的作用。他的作品获得当代最重要的汉学家、翻译家、评论家葛浩文的赞赏与垂青,从而成为他作品的最重要的英语翻译者,让其作品的译本有更大机会能在重要的西方出版社出版并加以宣传;同时也是由于译者的社会资本和象征资本,使译者有机会成为国际重要文学奖的评委,为自己的翻译作品的原作者提名……由此,莫言在西方文学界的被接受就成为必然之事。"②由此推论,莫言获奖也顺势成为必然之事。

二、文学经典与文学标准

任何一个作家获得诺贝尔文学奖都会引起争议,这种争论有大小不同,但完全的风平浪静似从未有过。争论的焦点就是诺贝尔文学奖的标准问题,诺奖的标准是否可以等同于文学的标准,文学标准是否能够选择出最优秀的作家和作品?我们是根据最优秀的作家作品来制定标准,还是根据事先拟定的标准来遴选作品?最优秀的作品是否依然有标准?那么,什么是最优秀的作品?笔者认为,那些最优秀的作品是已经成为文学经典的作品,这些文学经典绝不是诺贝尔文学奖评定的结果,它应该成为诺贝尔文学奖的原因和标准。经典不是因为它是经典而优秀,而是因为它优秀所以是经典。

自从诺贝尔文学奖设立至今,最优秀的作家没有获奖或者获奖的不是最优秀的作家,已经是不成问题的问题。有些作家获奖被认为名不符实,并且这样的作家并不在少数,因为他们的获奖并没有让人们记住他们,反倒是在人们很

---

① 莫言:《我在美国出版的三本书》,《小说界》2000年第5期。
② 邵璐:《莫言小说英译研究》,《中国比较文学》2011年第1期。

快将这些作家忘却后质疑诺贝尔文学奖的公平和水平。1901年,首届诺贝尔奖颁赠给了法国作家苏利-普吕多姆,"以表扬他的诗作,因为它们揭橥了崇高的理想主义、完美的艺术造诣,以及心与智两种元素的珍贵结合"。[①] 这个决定当时引起了轩然大波。从这位法国作家已经全然被人们忘却来看,当时的质疑显然是有道理的。有一些伟大的作家则并没有获奖,譬如托尔斯泰、左拉、易卜生、哈代、乔伊斯、卡夫卡、普鲁斯特、高尔基等,这使得人们对于诺贝尔文学奖的眼光和标准产生质疑,乃至于不屑。关于托尔斯泰与诺奖无缘,瑞典文学院常任秘书威尔生特别解释道:"这位《战争与和平》的作者诚然是一位非常伟大的作家。不过,很不幸,他对道德表露出一种怀疑的态度;还有,他是一名文学家,对宗教缺乏深刻认识,可是却公然批评圣经。当然,就他的文学上的造诣来说,他是应该获奖。不过,如果真的把奖颁给了他,则此奖所象征的'理想主义'必然会助长那种革命性教谕的气焰,使它变得加倍的危险。瑞典文学院不欲这种事情发生。"[②]这番话激怒了托尔斯泰,他自动退出了诺贝尔文学奖的竞争。看来,诺贝尔文学奖不仅与文学有关,还与政治有关,与宗教有关,与"理想主义"有关。当然,这一切都与诺贝尔的遗嘱有关。有些作家虽然获奖,但他自认为来的太迟了,譬如肖洛霍夫。有的作家获奖后声言,获奖已经不能提升他的名誉了,反倒是诺奖颁赠给他提升了该奖项本身的名誉,譬如马尔克斯。有的作家索性拒绝了诺贝尔文学奖,众所周知的是萨特和帕斯捷尔纳克。还有作家考虑到拒绝诺贝尔文学奖比领奖更能引起新闻媒体的关注,以至于更有可能失去自己已有的平静的写作和生活,因而不得已选择了领奖,譬如贝克特。凡此种种,究竟是获奖作家的问题,还是那些没有获奖作家的问题,抑或是诺贝尔文学奖的标准有问题?

这与诺贝尔文学奖的评奖标准有关,也与我们对"最好的作家"的认识和理解有关。最优秀的作家应该是那些已经成为了经典的作家,诺贝尔文学奖的标

---

① 若利韦、阿司特隆·斯特龙伯格:《诺贝尔秘史》,王鸿仁译,北京:中国友谊出版公司,1989年,第4页。
② 同上书,第8页。

准并不等同于文学的标准,况且文学标准一定是变化的,从来没有亘古不变的文学标准。是伟大的作家制定了文学的标准,而不是因为标准而制造了伟大的作家。如此看来,并不是诺贝尔文学奖成就了伟大的作家,而是伟大作家参与并制定了诺贝尔文学奖的标准。

在阿尔弗雷德·诺贝尔的遗嘱以及根据它而制定的诺贝尔颁奖章程中,文学奖的审核标准是:不论国籍,但求对全人类有伟大贡献,且具有理想倾向的杰出文学作品。诺贝尔无论在时代上,还是在观念上都可以说是个彻头彻尾的19世纪人。他终身未娶,并无子嗣。临终前立遗嘱,拨900万美元为基金,以其年息奖掖五个部门有特殊成就的人才。他热情地信仰着人类的进步,对人类的前途抱着极乐观的想法。也许正是坚持诺贝尔的文学标准,1902年,该年度的文学奖颁给了德国作家蒙森,又一个被人们忘却了的作家。1903年,法朗士提名勃兰兑斯,但勃兰兑斯的那种反神学、分裂主义及煽动性文字不能为瑞典文学院接受,于是他们决定在易卜生与比昂逊中选一位。最终选了比昂逊。现在看来,这即便不能看做是错误的选择,至少是没有远见的选择。

这一次诺贝尔文学奖选择莫言,这是否意味着莫言的文学创作已达到或超越了世界水平,抑或诺贝尔文学奖的水平已经降落或者退化到了世界水平之下?莫言获奖,究竟是因为中国作家的"诺奖情结",还是因为诺贝尔文学奖的"中国情结"?是莫言走向了世界,还是世界走近了中国?莫言是当代中国最优秀的作家之一,但他还不是经典作家,成为经典作家还有待时间和历史的考验。诺贝尔文学奖并不总是能奖给世界上最优秀的作家,因为它只颁赠给那些还活着的作家,而活着的作家寿命毕竟有限,通常情况下他还不如普通老百姓长寿,他无法看到二三百年后他的作品是否还有读者。

三、"诺奖"之后或曰"后诺奖"时代

莫言获奖之前,中国没有真正意义上的诺贝尔文学家奖的获奖人,虽然我们有过许多传说,譬如鲁迅、林语堂、沈从文等曾有机会获奖,但均因各种原因

与诺奖擦肩而过。但是,传说毕竟不是事实,即便有零星的档案资料证明,档案仍然不能等同于事实,正如历史不能假设一样。令人颇感困惑的是,1938年美国的赛珍珠因为"她对中国农村生活所作之丰富而生动的史诗式描绘"而获奖。这真是莫大的讽刺。这究竟是中国作家出了问题,还是诺贝尔文学奖出了问题?现在看来,真正成问题的是赛珍珠,因为美国的文学史上见不到她的踪影,中国的文学史也没有留下她的痕迹,诺贝尔文学奖似乎拿它的荣誉打了水漂。2000年高行健的得奖,到底是因为政治的文学,还是文学的政治?高行健离文学有多远,尚有争议,但他离中国已经很远,1987年他移居法国,1997年他加入了法国国籍,已算不得中国作家了,顶多只能算是华裔作家。

然而,莫言获奖后这一切都发生了改变。莫言作为运用现代汉语写作的中国本土作家,他的获奖无可争议。而随着他的获奖中国也就进入了所谓的"后诺奖"时代。"后诺奖"时代对于中国当代作家、理论家究竟意味着什么?这是我们应当思考和讨论的问题。

对于中国作家而言,莫言获奖无疑使他们更加接近了诺贝尔文学奖,从而增加了更多的文学自觉和自信。莫言虽然是中国当代最优秀的作家,但是与莫言不相上下的中国作家至少还可以列举出20余人,譬如贾平凹、余华、韩少功、刘震云、王安忆……对于这些作家而言,莫言的获奖虽然不等于自己获奖,但至少说明他们与诺奖已经非常接近,只不过缺少些机缘罢了,譬如好的外文翻译、好的汉学家的赏识等。只要坚持本色写作,应该说这些作家还均有机会。况且,莫言获奖之后整个世界都开始关注莫言,这就必定会更为关注莫言的写作环境,因而也就一定会关注莫言周围的作家。当然,此前说过,诺奖的标准并不等于文学标准,作家完全没有必要为了诺奖而写作,为了诺奖而写作,未必就一定不能得奖,但一定创作不出日后成为经典的作品。用莫言的话来说:"如果奔着这个奖那个奖写作,即便如愿以偿得了奖,这个作家也就完了蛋。"[①]当今社会,作家的身份多种多样、复杂多变,但优秀的作家有一点总是坚持不变:他是

[①] 孔范今、施战军主编:《莫言研究资料》,济南:山东文艺出版社,2006年,第39页。

一个作家,他为写作而写作。

　　这一点,作为莫言的写作导师的美国作家福克纳堪为典范。福克纳一生扮演过太多的角色:孤僻的少年、负伤的老兵、流浪汉、波希米亚诗人、好莱坞写手、酒鬼、游手好闲的家伙、邮政局局长、丈夫和情人、猎手和养马人、诺贝尔文学奖获得者、文化大使、驻校作家、慈爱的外公、贵族……但他最终却是一个作家。虽然他经常为赚钱而写作,但他内心深处只想当一个纯粹的作家。"他写了一些书,然后死了",这是他理想中的墓志铭。[①]

　　莫言在一次演讲中谈到作家为什么写作的问题,他认为,除了"为老百姓写作"之外,还有一种"作为老百姓的写作",而后者才是真正意义上的民间写作。莫言说:"任何作品走向读者之后,不管是'作为老百姓的创作'还是'为老百姓的创作',客观上都会产生一些这样那样的作用,都会或微或著地影响到读者的情感,但'作为老百姓的写作'者,在写作的时候,不会也不必去考虑这些问题。""真正的民间写作,'作为老百姓的写作',也就是写自我的自我写作。"[②]莫言确信,真正伟大的作品必定是"作为老百姓的创作"。面对现实生活中的名利和鲜花,作家如何保持本色,"作为老百姓而写作","不要忘记了最重要的东西",这就是莫言经常提醒自己并保持警惕的。因此,莫言也算得上一个在众多复杂身份的作家中还能保持一些纯粹的作家。

　　莫言获奖之后,中国作家没有了"诺奖"的焦虑,应该可以成为更加纯粹的作家,这样他们不仅越来越接近乃至超过了"诺奖"的标准,甚至可以参与创建文学的标准。如此一来,他们已经"对全人类作出了伟大的贡献",至于他们何时获奖或是否获奖便不再变得重要,也不再成为问题了。

　　莫言的获奖使我们可以重新思考比较文学和外国文学学者的职责与作为。如果说莫言的获奖离不开翻译文学与文学翻译的话,比较文学与外国文学学者便为莫言走向世界作出了不可或缺的贡献。莫言通过中文阅读了丰富外国文学作品,吸取了丰富的营养,甚至有了"醍醐灌顶"的效果;莫言的作品又被优秀

[①] 杰伊·帕里尼:《福克纳传》,吴海云译,北京:中信出版社,2007年,第274页。
[②] 孔范今、施战军主编:《莫言研究资料》,济南:山东文艺出版社,2006年,第37、41页。

的翻译家译成外文,为成千上万的国外读者所阅读和接受。莫言通过翻译文学走近世界,又通过文学翻译走向世界。

外国文学学者应该给中国作家,当然更多的是中国的普通读者提供丰富的精神食粮,这些"食粮"有些是经过加工的,有些是没有经过加工的,再配上对这些"食粮"的分析和说明。这样的工作应该比当下更为风行的纯粹的符号游戏、语言游戏、结构游戏更为有益。当以莫言为代表的一批作家接受了外国文学的影响,而他们的创作又成为了世界文学的一部分时,外国文学学者应该为此感到骄傲和自豪;而当他们的工作和研究与此毫无关系时,他们是否应该警醒和反思他们的工作和研究究竟还有什么价值和意义?

总之,莫言的获奖,应该说标志着中国文学走向世界,中国文学已成为世界文学的重要组成部分,然而,比较而言,我们的理论似乎太滞后了。我们的理论家睁大眼睛注视着西方学术一丝一毫的风吹草动,但国外学术界对中国的理论却关注太少,甚至不闻不问。什么时候中国的学术理论也像莫言的小说一样,拥有越来越多外国读者,从纯粹的"进口"到保持一种"进出口"的平衡?我们的理论走向世界似乎还颇需时日,因为我们模仿和借鉴得太多,甚至连评判理论的标准和语言也是外来的,而探索与独创则太少。这样的理论即便在国内也逐渐呈现萎缩的态势,遑论走向世界。

后　记

　　2003年初,我来到天津师范大学与孟昭毅教授和王晓平教授一起申报比较文学与世界文学博士学位点,同年获得批准。2004年开始招生,于是给博士生开课就变得迫在眉睫了。孟教授当时是文学院院长,而天津师范大学文学院那时正值发展腾飞之际,孟教授自然忙得不亦乐乎;王晓平教授那时常年住日本,回国的日子并不多。因此,给博士生开课就成为我不可推辞的责任了。好在我那时还算年轻,也敢于接受挑战,便毫不犹疑地给博士生开设了两门课:一门是"后现代思潮";另一就是"比较诗学"。我认为,作为比较文学专业的博士生,无论什么研究方向,都应该或多或少地涉猎比较诗学的阅读和研究,否则其研究很难有深度和高度。即便我们并不专门做比较诗学研究,但是,只要我们的比较文学研究走向综合和概括,也就是走向理论化和哲学化,我们的研究就必定具有比较诗学的特征或意蕴。比较诗学既是跨文化的文学理论研究,又是文学理论的比较研究,或者不如说就是将比较文学的研究上升到一个理论的、诗学的、哲学的高度。因此,无论我是否准备充分,比较诗学这门课总是应该开设的。

　　当然,我开设这门课还是有些积累和基础的。早在2000年以前,当时还在首都师范大学任教的杨乃乔教授组织编撰《比较诗学教程》,邀我参编。我们在首都师范大学开了两天会,拟出详细大纲,并确定各章节的撰写人员。如今将近20年过去了,只可惜这本书仍未见出版。当时分配我撰写的是有关厄尔·迈纳的《比较诗学》,不久后杨乃乔教授便寄来了该书的原版复印本。我仔细研读原著,并参阅了其他有关比较诗学的论述,撰写了书中的"厄尔·迈纳的比较诗学体系"一节。随后我就将写成的文稿给了《东方论坛》杂志社,期待在书出版之前发表,如此那本教材什么时候出版便不用着急了。后来文章倒是很快发表了,而那本教材却迟迟未能出版,而杨乃乔教授已从首都师范大学调入复旦大学了。不过,通过这次撰写工作,我对比较诗学算是有了一些专门的涉猎和

后　记

研究了。厄尔·迈纳的比较诗学体系亦构成了我对比较诗学的一些基本看法。2000年我考入北京师范大学跟随刘象愚先生攻读博士学位,刘先生开设了一门"比较诗学"课,当然,这门课的主要形式是讨论,讨论一些比较诗学的基本概念,譬如文化、文学、小说、悲剧、再现、表现等。记得当时博士、硕士生在课堂上各抒己见,倒也分外热闹。于是,我毕业后便将《比较诗学教程》大纲与刘先生的比较诗学讨论大纲整合调整,尝试在天津师范大学开设比较诗学课程。

不料,这门课一开就是14年。这十余年间虽说我的研究重心并非比较诗学,但一年一度总得集中一些时间专门阅读和分析当年出版的有关比较诗学的新成果。同时,由于开设这门课,自然只要看到有关比较诗学的成果也就分外留意,总是不失时机地收集这方面的研究资料。当然,这期间自己也有意识地陆陆续续地写了一些有关比较诗学的文章。记得2011年8月赴上海参加"中国比较文学学会第十届年会暨国际学术研讨会",在"中外比较诗学"一组第一场发言的有陈跃红、杨乃乔、丁尔苏、周宪、曾艳兵、方汉文六位教授,乐黛云会长等亲临会场,会场座无虚席,由于座椅不够还有与会者站立聆听,现场气氛异常热烈。在这里可以约略地感受到中国的比较诗学研究的空前盛况。陈跃红的发言题目是"穿越文化疆界与回到历史现场",杨乃乔的是"'文姬归汉'的个人历史与华夏民族的'离散精神原型'",丁尔苏的是"互动与启迪:跨文化研究的求知动因",周宪的是"跨文化研究:从其他学科学习什么?"方汉文的题目是"《海天诗话》与中国比较诗学的滥觞",我的发言题目是"比较文学的立场问题"。会议结束前还有乐黛云会长热情洋溢的总结发言。如今时过境迁,那天教授们的发言仿佛历历在目,但是,那种中国比较诗学研究的风光盛况则恐怕再难复现。

这以后自己又自觉或不自觉地撰写了一点有关比较诗学或者涉及比较诗学的文章,如此积少成多、集腋成裘。如今有机会将所有这些有关比较诗学的文章汇集在一起,取名"走向比较诗学",算是对自己多年来有关比较诗学思考和研究的一个交代和总结。1963年法国比较文学研究者艾田伯说:"将两种自认为是敌对实际上是互补的研究方法——历史的探究和美学的沉思——结合起来,比较文学就必然走向比较诗学。"如今半个多世纪过去了,比较文学确乎走向了比较诗学,但是比较诗学依然只能算是比较文学的一个分支、一个部分,绝不可能替代比较文学。比较诗学是一种方法,一种眼光,一种思维方式;比较文学走向比较诗学,既是一种趋势,又是一种必然,还是一种召唤。比较诗学的实践永远比比较诗学的理论探讨更有意义,并且,只有在比较诗学的实践积累了丰硕的成果之后,比较诗学的概括和总结才有可能。作为比较文学学者,我们有时会注重历史的探究,有时会注重美学的沉思,但是,将二者截然分开是不可能的,将二者融为一体则是非常困难的。没有哲学的沉思,历史的考证便没有意义;没有历史的考证,哲学沉思便没有根基。只有将二者结合起来,比较文学研究才会落在实处,又有了价值和意义。这大概就是我撰写本书的宗旨和目的。

最后感谢中国人民大学文学院比较文学与世界文学重点学科的基金支助,感谢耿幼壮教授的关心和支持,感谢北京大学出版社责编李娜的精心编辑,否则本书的出版将还会往后拖延,不知何年出版,亦不会以现在这种样态呈现在读者面前。

曾艳兵
2017 年 6 月 2 日于人民大学静园 N 楼